科学健康孕育丛书

最权威、最全面、最科学的孕产妇保健

最时尚、最实用、最贴心的新妈妈产后

U0132845

# 孕产妇保健

# 科学方案

欧阳晓霞◎编著

YUNCHANFUBAOJIAN

KEXUEFANGAN

中国妇女出版社

**图书在版编目（CIP）数据**

孕产妇保健科学方案/欧阳晓霞编著．—北京：中国妇女出版社，2009.1

ISBN 978－7－80203－631－4

Ⅰ．孕…　Ⅱ．欧…　Ⅲ.①孕妇—妇幼保健—基本知识②产妇—妇幼保健—基本知识　Ⅳ. R715.3

中国版本图书馆 CIP 数据核字（2008）第 146278 号

# 孕产妇保健科学方案

作　　者：欧阳晓霞　编著

责任编辑：陈　元

封面设计：大象设计

出　　版：中国妇女出版社出版发行

责任印制：王卫东

地　　址：北京东城区史家胡同甲 24 号　邮政编码：100010

电　　话：(010) 65133160（发行部）　　65133161（邮购）

网　　址：www.womenbooks.com.cn

经　　销：各地新华书店

印　　刷：北京市业和印务有限公司

开　　本：170×240　1/16

印　　张：17.5

字　　数：280 千字

版　　次：2009 年 1 月第 1 版

印　　次：2009 年 1 月第 1 次

书　　号：ISBN 978－7－80203－631－4

定　　价：28.00 元

# 前　言

　　每一对年轻的父母都希望自己的爱情结晶——孩子，能够健康活泼、智力超群，能够承托他们所寄予的厚望，成为他们的骄傲。但是，从新妈妈初期怀孕到顺利产出可爱的宝宝，直至开发他们的无穷潜力，都是一项科学系统的"工程"，涉及方方面面的工作和知识，尤其是我们已经进入21世纪，科学知识的爆炸式增长，使许多行业、工作都出现了崭新的变化。优生优育、科学教育已经成为国人的共识，这需要年轻的父母们以科学知识为依托，用爱心、耐心和细心去哺乳、抚养自己的宝宝。

　　《孕产妇保健科学方案》立足实用、视野开阔，在力求知识性和实用性的同时，博采众家之长，并紧跟时代步伐，力求从多方面、多角度阐述现代科学中有关孕妇优生保健的相关知识。融科学性、指导性和实用性于一炉，内容全面、翔实，结构科学严谨，脉络自然分明，文字通俗易懂，堪称一本可现查现用的孕产妇保健知识全书。

编　者

# 目 录

## 第二章　女性的怀孕过程

## 第三章　妊娠与女性生理心理变化

## 第五章　孕期中的饮食与营养

## 第六章 孕妇的运动保健

第七章　孕妇的着装与美容护理

## 第八章 孕期中母体、胎儿的变化与保护

## 第十二章　产后疾病的治疗与保健

# 第一章
## 孕前的各项准备

## 1. 遗传学知识

### （一）什么是遗传

随着人类遗传工程学科的发展，人们开始运用人工控制遗传的方法促进优生。年轻的夫妇应该具备一定的遗传学基础知识，预防后代遗传病的发生。

子女的容貌、血型、体态、身材等都与父母有相似之处。这是遗传基因在发挥着决定作用。但是仅仅相似并不相同，子女像父母但不同于父母；同是父母所生，兄弟姐妹也不完全相同。正如俗话所说：一母生九子，连娘十个样。这种亲代和子代之间及子代个体之间的差异现象，就是变异。遗传性和变异性是共存的，遗传性保持了人类本身形态和生理特征的恒定，使人类世代相继繁衍；变异使物种的特性有所改变，使之不断发展。人体由百万亿个细胞组成，细胞可分为两大类，一种称为"体细胞"，如肌肉细胞、骨骼细胞、神经细胞，另一种叫做"生殖细胞"，就是精细胞和卵细胞。

细胞核内的遗传物质，叫做染色体，染色体记载着遗传信息，它是人类遗传物质的储存库。

人体细胞里有 46 条染色体，是成对存在的，共 23 对。每对染色体，一条来自父亲，一条来自母亲。其中 44 条男女两性都一样，称常染色体。另两条是决定性别的，称性染色体。

在人类成熟的每个生殖细胞中，只有 23 条染色体。精子有含 X 染色体和含 Y 染色体两种。卵子只有含 X 染色体的一种。当受精时，含 X 染色体的精子与卵子结合，形成 XX 合子，会发育成女胎。含 Y 染色体的精子与卵子结合,则形成 XY 合子,发育成男胎。基因是决定每一种遗传性状的独立的遗传单位。人类细胞核内大概有 5 万多个基因。也就是说 23 对染色体中的每一对染色体上都有 2000 多个基因。基因决定了人的各种遗传性状。

(二)遗传病的特点

每个人都继承父母及上几代的遗传基因,这些基因有些是健康的,也有些是带疾病的。遗传性疾病的种类很多,目前已知有 4000 多种。不同的遗传性疾病,其遗传的方式也不一样,有的病可以在下一代出现,有的病则在第二三代以后才发病。

遗传病具有先天性、终身性和遗传性的特点。遗传病很难治疗,主要是注意预防。

要避免近亲结婚。我国婚姻法规定,禁止直系血亲和三代以内的旁系血亲结婚。直系血亲指相互之间有直接血缘关系的人,包括生育自己和自己生育的上、下各代,如父母和子女、祖父母和孙子女、外祖父母和外孙子女等。旁系血亲指出自祖父母、外祖父母的血亲,除直系血亲外,都是旁系血亲。三代指从本身这一代算起,向上推数三代和向下推数三代。所谓三代以内的旁系血亲,就是指祖父母和外祖父母以下同源而出的旁系血亲。

人体细胞有 46 条染色体,其中一半来自父亲,另一半来自母亲,直系血亲和三代内旁系血亲的男女双方有很多基因是相同的。父女、母子间有 1/2 基因是相同的;祖孙或同胞间,有 1/4 基因是相同的;伯、叔、舅、姑、姨与内外侄女、侄甥之间,有 1/8 基因是相同的;堂、姑、姨表兄弟姐妹之间,有 1/16 基因是相同的。亲缘之间,由于相同的基因较多,结婚后致病基因组成纯合子的机会也多,从而使遗传病的发病率增高。

为了提高民族健康素质,提高人口质量,禁止近亲婚配。表兄妹如已结婚则禁止生育。

(三)遗传病的种类

遗传病与一般疾病比较,一是某些遗传病在每一代中发病的个体是按一定的比例出现的;二是遗传病仅按亲子关系在家族中传递,不会传递至无亲缘关系的个体;三是大多数遗传病都是终身性的。

人类遗传性疾病的遗传方式是多种多样的,归纳起来可分为单基因遗传病、多基因遗传病和染色体病三类。

(1)单基因遗传病:由一个(一对)致病基因引起的疾病,称为单基因病,单基因病可发生在常染色体上,也可位于性染色体上。致病基因可以是隐性的,也可以是显性的。

常染色体显性遗传病常见的有:软骨发育不全、多发性家族性结肠息肉症、肾性糖尿病、夜盲症、血胆固醇过高症、骈拇及多指畸形、遗传性舞蹈症、视网膜母细胞瘤、遗传性神经性耳聋、过敏性鼻炎等。

常染色体隐性遗传病常见的有:家族性痉挛性下肢麻痹、白化病、苯丙酮尿症、呆小病、半乳糖血症、先天性聋哑、遗传性小头畸形、高度近视等。

X 连锁隐性遗传病常见的有:蚕豆病、血友病、红绿色盲、先天性白内障、血管瘤病、眼白化病、肛门闭锁、先天性丙种球蛋白缺乏症等。

X 连锁显性遗传病常见的有:抗维生素 D 佝偻病、脂肪瘤、遗传性肾炎等。

(2)多基因遗传病:多基因遗传病是由多个致病基因的积累作用和环境因素共同作用的结果,此类病虽与遗传有关,但遗传规律较复杂。

常见的多基因遗传病有:精神分裂症、先天性畸形足、哮喘、先天性髋关节脱位、冠心病、原发性高血压、唇(腭)裂、先天性幽门狭窄、消化性溃疡、银屑病、萎缩性鼻炎、重症肌无力等。

(3)染色体病:由于染色体异常所造成的肌体构造及功能异常称为染色体病。

人类染色体异常有两种,一种是数量上的变异,体细胞内染色体呈23条的倍数增加或非整倍增加;一种是构造上的变异,如缺失、倒位、易位、重复等。

常染色体异常综合征常见的有先天愚型、猫叫综合征等。

性染色体异常综合征常见的有先天性睾丸发育不全综合征、性腺发育不全、两性畸形等。

(四)受孕前怎样进行遗传咨询

(1)遗传咨询的目的

遗传咨询的目的,是评估你是否可能遗传疾病给下一代,第二个目的,则是利用分析结果来决定是否要怀孕。如果有任何血亲,包括先前曾有过的孩子,曾患遗传性疾病,你就要考虑进行遗传咨询。

(2)遗传咨询的流程

参加遗传咨询时,医生会询问关于你的健康及家族病史。通常每个病例都是一种特殊的状况,医生针对疾病,依照血缘关系排列出来的详细家族族谱而定,在咨询时你应尽可能备妥齐全的资料。由于遗传咨询需要相当长时间的深入探究,要有心理准备花相当多的时间。咨询人员同时受过遗传学及心理学的训练,仔细评估遗传的危险性,为你提供正确的资讯,帮助你做出决定。如果危险性不大,你可试着怀孕生子。然而,如果危险性相当高,你也许就得考虑不要冒险尝试。

像镰状血球贫血或戴萨克斯氏病之类的遗传疾病,可以利用咨询而了解双亲是否带有缺陷的基因,方法包括直接检试血液中之镰刀型血球,或检验是否含有戴萨克斯氏病特有的基因产物,或者利用基因或染色体进行配对杂化分析。如果这个基因片段能与亲代的基因或染色体杂化附着的话,则表示亲代体内含有此病的基因,反之则无。然而,大部分的疾病多半涉及数个基因,因此很难去一个个地检查。像囊状纤维化即是一例,但目前诊断的准确率已逾90%。像汉汀顿舞蹈症这类的疾病中虽已定出相关的染色体片段,但真正相关的基因仍未被确定。在这种情况下,遗传学家喜欢将它比拟为城镇计划,也就是知道城镇中哪部分有问题,至于是哪间房子才是问题的根源所在,则不太明了,依此类推,遗传学家可根据资料来推测某个人是否可能生出具有舞蹈症的后代。

(3)遗传咨询有用吗

如果你有下列任何一种情况的话,专家的建议将对你非常重要。先前曾生出罹患囊状纤维化之遗传基因疾病,或唐氏(综合)症等染色体异常的新生儿者;先前曾生出先天异常的新生儿,如畸足之情形者;家族病史中有心智障碍或发育异常情形者;你与配偶彼此有血缘关系,你有习惯性流产的情况;你或你的配偶任何一方年龄超过35岁,如果求诊的夫妇已育有一名异常子女,则咨询人员首先要排除其他遗传因子造成的原因,如麻疹;另外还需考虑是否因暴露于辐射、药物或受伤所致的可能性。同时应安排该名子女前来就诊,咨询人员会用水冲洗口腔黏膜,将冲出的细胞收集起来以便进行基因或染色体鉴定。虽然有时候很难明确地指出其中的原因,但咨询人员绝对会予以充分的诊断,使你更清楚地了解到再怀有另一个有缺陷的孩子的概率。如果毫无遗传疾病的迹象,你也会获得完整的确认。重要性双亲的家族中部分成员,若带有造成血友病的异常基因,他们也许本身并未患血友病,但却将这种有缺陷的基因遗传给下一代,使某些男性后代因而患血友病,而女性后代则成为带有血友病基因的正常人。遗传咨询人员会利用家族的病历,推断整个家族患某种疾病的可能情况。

(五)近视会遗传吗

近视是我国人群中患病率较高的眼科疾病。在城市的发病率高达30%

以上。近视给我们日常生活工作中带来许多不便。因此许多年轻的患有近视的夫妇十分担心自己的近视是否会遗传给下一代。

科学地讲,近视是由遗传因素和环境因素引起的。调查分析证明,近视眼约65%是会遗传给下一代的。尽管近视会遗传,但也不必过分担心,因为降低这种遗传病是完全可能的。

首先,要让孩子注意用眼卫生。学习或者看书时的光线和距离要合理。

其次,要让孩子远离近视,配偶的选择要精心,争取避免有害遗传因素在后代身上显现出来。

另外,孕妇在怀孕时,就要在营养、环境等方面做好对胎儿的保健工作。

### (六)身高与遗传有何关系

身高是遗传因子和环境因素共同作用的结果。一般来说,高身材的父母,其子女也是个大个子。矮身材的父母,其子女身材也不会太高。身高是由多方面因素决定的,遗传因子提供了可能性,身高还有后天因素的作用,其中营养因素非常重要,我们知道,人的一生中有三个"发育猛增期",即1周岁内、学龄前期(4~6岁)、青春期至性成熟期(13~18岁),这三个关键期营养、保健对人的生长发育影响很大。假如,父母都是高个子,而孩子营养跟不上,与身高有关的钙质、蛋白质等营养素缺乏,孩子的身高就会受到很大影响,尤其是在身高关键期阶段。

预测子女未来身高的公式是:(单位:厘米)

儿子未来身高(厘米) = 父亲身高 $\times 0.419$ + 母亲身高 $\times 0.265$ + 56.699(厘米)

女儿未来身高(厘米) = 父亲身高 $\times 0.306$ + 母亲身高 $\times 0.413$ + 40.069(厘米)

注意:此公式仅供参考。

### (七)容貌与遗传有何关系

许多准爸爸和准妈妈都非常关心未来宝宝的容貌。但是遗传又不像"克隆"技术那样一模一样,有些特征会绝对像,有些特征又是似像非像。看看是怎么回事吧!

肤色和下颚:在肤色和下颚的遗传上,会像克隆技术一样像得无法保留,但它俩又有一些差异。肤色的遗传一般是父母肤色综合的结果,而下颚的遗传是不容商量的遗传。

双眼皮的遗传接近百分之百。

身高、肥胖、秃顶的遗传有百分之五十以上的概率。

声音虽然是先天遗传,但是具有很大的可塑性。

### (八)血型的遗传关系

(1)血型的遗传规律

人的血型是按一定遗传方式遗传的,孩子的血型决定于双亲的血型基因,而基因是成对存在的,并且有隐性、显性之分。所以,孩子与父母血型虽有一定的内在联系,但又不一定完全相同。父母均是 A 型血型,子女血型可能是 A 型,但也可能是 O 型的。我们只可以根据血型判断其子女可能或不可能出现的血缘关系,而不能做出绝对的肯定。

父母血型与子女血型的遗传关系

| 父亲血型 | 母亲血型 | 子女可能血型 | 子女不可能血型 |
|---|---|---|---|
| A | A | A、O | B、AB |
| A | O | A、O | B、AB |
| A | B | A、B、AB、O | — |
| A | AB | A、B、AB | O |
| B | B | B、O | A、AB |
| B | AB | A、B、AB | O |
| AB | O | A、B | AB、O |
| O | O | O | A、B、AB |
| B | O | B、O | A、AB |

(2)母子血型不合的应对

既往分娩有过死胎、死产或其新生儿有溶血病史的孕妇,如再次妊娠仍可能产生更严重的母子血型不合性溶血,这种孕妇要及早到医院进行检查,如怀疑母子血型不合,要立即采取预防措施和治疗。医生要详细询问既往病史,同时测定夫妇双方的血型和 RH 因子,如果孕妇血型为 O 型,丈夫为 A 型、B 型或 AB 型,则胎儿有可能发生 ABO 型的血型不合症;如果夫妇一方为 RH 阳性,另一方为阴性,则要注意 RH 型的血型不合症的发生。对这种孕妇应采取各种预防措施。一般在妊娠期可采取下列措施:

按医嘱服中药进行治疗。

黄疸茵陈冲剂以及一些活血化瘀理气药物可以对血中免疫抗体的产生起到抑制作用。

积极采取提高胎儿抵抗力的措施：例如在妊娠24周、30周、33周各进行十天左右的综合治疗。

## 2. 孕前保健常识

### (一) 孕前保健的意义

妇女一生中有30余年的生育期，是完全应该并可能进行认真考虑及选择生育时机的，这就是为什么要要求开展孕前保健及咨询指导的原因。比较理想的妊娠应当选择男女双方，尤其是女方的身体、心理和社会环境等方面均在最佳时期，也就是选择受孕的最佳时期。否则常在孕期出现许多不适宜妊娠的问题，如正在患病毒性肝炎，或由于职业或疾病接触了某些不利妊娠的因素。

妊娠之后发现了有害因素，不论终止妊娠或是治疗疾病，或是等待观察，对孕妇及胎儿健康均有威胁。因此，这些不利因素如能在孕前发现，则可先予处理，避免了对妊娠的危害，可以减少许多高危妊娠。

如果结婚后不准备避孕的夫妇，应在婚姻保健中给予孕前保健及指导；如果婚后打算避孕一段时间再受孕，就应在停止避孕前，接受孕前保健及指导。做好婚姻保健及孕前保健指导将会避免许多不适宜的妊娠，保障妇女身心健康，有利于社会安定。

### (二) 孕前保健的主要内容

孕前保健的内容主要包括：

(1) 双方的年龄及健康。如女性小于18岁或大于35岁是妊娠的危险因素，因为易造成难产或影响胎儿发育。

(2) 心理、社会环境。工作或学习过于紧张疲劳，生活困难，如居住环境拥挤、经济拮据、家庭不和、刚刚受到重大精神打击等均不宜妊娠。

(3) 疾病。双方患有疾病均应考虑是否适合妊娠。尤其女方如患有心脏病、肾脏病、高血压等应考虑能否承受孕产全过程。轻者可在医师指导下妊娠，重者与内科医师会诊，如不适合妊娠应在避孕情况下积极治疗。其他慢性疾病：如女方患有精神病、糖尿病、癫痫、甲状腺功能异常等，在治疗中不宜妊娠。

一些良性肿瘤:如乳腺或盆腔内良性肿瘤以及经常发作的慢性阑尾炎等,均宜在孕前手术。否则孕期加重再行治疗,均会影响妊娠或胎儿。恶性肿瘤均应治疗后再妊娠。男女一方患有传染性疾病:如肺结核、病毒性肝炎、淋病、尖锐湿疣等在传染期均不宜受孕。女方如患肝炎已不传染,但肝功能不良,不宜受孕或在医生指导下决定。

(4)生活方面。如烟酒嗜好孕前应尽量戒除。口服避孕药时间较久,应于停药后半年再怀孕,期间可改用避孕工具,等等。

(5)男女双方的职业均应注意,应无长期接受有害物质的历史。如有接触影响生殖细胞的毒物应做必要的检查,必要时远离,等恢复正常再怀孕,怀孕后应继续避免接触有毒物质,直至哺乳期后。

总之,做好孕前保健可以减少许多高危妊娠和"畸形"胎儿的发生。

(三)驾车与男性生育能力

据最新研究,职业驾驶汽车的男性,更容易发生不育。研究者发现,驾车会引起阴囊温度升高,而高温对睾丸内的精子形成,会产生不良影响。

研究小组对 9 名成年男子进行了试验。他们把温度计固定在受试者阴囊表面。受试者先步行,然后驾车 160 分钟。在前 20 分钟的驾车过程中,受试者阴囊平均温度从 34.2℃ 上升到 35.5℃。在后两小时内,阴囊温度高达 36.2℃ 以上。

过去的研究已经发现,以驾驶为职业的男性,精子数量较少,畸形精子比例较高,其妻子在结婚后需要较长时间才能怀孕,但出现这些问题的原因不清楚。该项研究的人员说,驾驶过程中阴囊温度增高,可能是职业驾驶员生育能力降低的重要原因之一。

人们已经知道保持阴囊凉爽的重要性,就是要防止阴囊温度太高。其实,内、外裤的大小及厚薄,对阴囊温度有更重要的影响,驾驶员应当予以重视。

(四)男性吸烟与生育能力

许多男子从青少年时代起就养成了吸烟、酗酒的习惯,久而久之,成了顽固的"烟民"或"酒鬼"。殊不知这会引起终生不育。

首先,烟、酒均可损害男性的性功能,从而引起男性不育症。吸烟是引起男性的动脉血管受损的常见危险因素。吸烟后,阴茎血压指数明显下降,血液输入明显减少,从而诱发不育症。饮酒对男性性功能也有十分有害的影响。酒精可引起性腺,严重地损害间质细胞,抑制睾酮的合成,使雄激素水平降低。

其次,烟、酒均可直接损害性腺和精子。精子的产生依赖性腺,同时,精子的生成表现为细胞数的急剧增殖和细胞的分化与成熟,这一过程需要大量的脱氧核糖核酸(DNA)和蛋白质,而香烟的烟雾浓缩物中含有诱发细胞畸变和阻碍淋巴细胞合成 DNA 的物质,这对精子的发生、成熟和畸形精子的比例都有明显的影响。研究表明,吸烟者精液中畸形精子的比例远远高于不吸烟者。酒精通过毒害生殖器官,引起血清睾酮水平降低,从而引起性欲减退、精子畸形,导致男性不育。

所以,为了保护男性正常的生育能力,必须戒烟戒酒。

(五)胡萝卜对女性的影响

根据医学院研究发现,过量的胡萝卜素会影响卵巢的黄体素合成、分泌量减少,有的甚至会造成无月经、不排卵或经期紊乱的现象。

这种情形最早是在精神性厌食症患者身上发现的,即使她们不吃东西,没有月经,抽血仍发现血中胡萝卜素过高,后来在一些不是精神性厌食症的女病人身上发现,如果大量吃胡萝卜,会造成血中胡萝卜素偏高,而出现不孕症、无月经、不排卵等异常现象。研究人员解释这可能是胡萝卜素干扰了类固醇合成所造成的状况。

临床医生曾在六位因为吃了过量的胡萝卜而导致月经异常的女人身上发现,她们的卵巢黄澄澄的,称为黄金般的卵巢。

①月经紊乱

(1)月经周期改变:月经提早或延迟;

(2)经量改变:经量过多、过少;

(3)经期延长:常见于黄体功能不全及子宫内膜炎症。

②闭经

年龄超过 18 岁尚无月经来潮;月经来潮后又连续停经超过 6 个月。闭经引起的不孕为数不少。

③子宫内膜异位、盆腔炎、子宫肌瘤、子宫发育不良、子宫位置异常等疾病存在时可出现行经腹痛。

④月经前后诸症

少数妇女月经前后周期性出现"经前乳胀"、"经行头痛"、"经行泄泻"、"经行浮肿"、"经行发热""经行口糜"、"经前面部痤疮"、"经行风疹块"、"经行或烦躁"等一系列症状常因内分泌失调而黄体功能不健全引起,常可导致不孕。

⑤白带异常

有阴道炎、宫颈炎（宫颈糜烂）、子宫内膜炎、附件炎、盆腔炎及各种性传播疾病存在时会出现白带增多、色黄、有气味、呈豆腐渣样或水样，或伴有外阴痒、痛等，而这些疾病又都可不同程度地影响受孕。

⑥腹痛

慢性下腹、两侧腹隐痛或腰骶痛常常是在有盆腔炎、子宫肌炎、卵巢炎、子宫内膜异位症、子宫、卵巢、肿瘤时出现。

⑦溢乳

非哺乳期乳房自行或挤压后有乳汁溢出，多提示有下丘脑功能不全、垂体肿瘤、泌乳素瘤或原发性甲状腺功能低下、慢性肾功能衰竭等疾病，也可能由避孕药及利血平等降压药引起。溢乳常常合并闭经导致不孕。

（六）女性吸烟易患不孕症

一份最新科学研究报告指出，女性吸烟将面临患不孕症和过早绝经的危险。

妇女在吸烟时会吸入一种可引发卵巢衰竭的毒素，可大大缩短她们的生育期。研究人员将这种毒素——多环芳香烃（PAH）注射入雌鼠体内，发生了一系列化学反应，最终导致雌鼠体内的卵子死亡。研究报告证明多环芳香烃对雌鼠的影响长达6年。

在证实了这种毒素对雌鼠卵子产生的反应后，科学家就将人类的卵巢组织植入雌鼠皮下。结果，里面的卵子在注射该毒素三天后就死亡了。

研究发现，这种毒素附在子宫内卵细胞表面的受体上，这种黏附作用引发了化学反应导致卵子死亡。而且该毒素造成的破坏是逐渐的，不能立刻察觉，卵巢仍会继续运作，毒素的破坏作用也会持续一段时间，最终形成突发性的后果。

（七）"心焦难得子"的原因

一对夫妇婚后数载未能得子，只好领养一个孩子来抚养，但是不久女方却意外地怀孕了，这种事情并不少见。这说明了什么问题呢？一句话，心焦难得子。

不孕夫妇不同程度都有紧张、忧虑、恐惧等心理因素存在，有的盼子心切，婚后数月未能怀孕就猜这疑那，焦急不安；有的出于公婆或父母的责难，夫妇心情抑郁，精神负担及心理压力很大。但是，当他们领养了孩子之后，这些因素都化为乌有,这就大大增加了女方受孕的可能性。

近年来,神经内分泌学的研究证实,生殖功能障碍大部分是心理因素引起的。紧张、忧虑、恐惧等不良心理因素的刺激,可通过神经传入大脑,影响大脑中丘脑和垂体功能,阻碍性腺激素的分泌,在女子可引起闭经、月经不调、不排卵等;在男子则可引起精子减少、活动力减弱以及阳痿、早泄、不射精等性功能障碍,从而造成不孕。

因此,经过各种不孕因素的检查,若未发现生殖器官明显异常,则未怀孕并不是没有生殖功能,而可能是由于心理因素引起的"心因性生殖功能暂时障碍"造成的。一般来说,消除忧虑和影响生殖功能的心理因素后,大多数不孕问题都会得到解决。

(八)男性预防不育的措施

虽然男性不育症原因复杂,种类繁多,但有一些男性不育症是可以预防和避免的。在中国传统的观念当中,不能生育是一件很对不起先人的事情,虽然现在这种观念有了改变,但是不育症对于男性来说仍然是一个沉重的思想包袱。如果坚持良好的生活习惯,有一些男性不育症是完全可以预防和避免的:

第一,要按时接种疫苗,良好的个人卫生习惯,以预防各种危害男性生育能力的传染病,如流行性腮腺炎、性传播疾病等。

第二,要从青春期开始做好性教育和卫生教育工作,掌握一定的性知识,了解男性生理特征和保健知识,如果发现有不同于平时的变化如:肿大、变硬、凹凸不平、疼痛等,一定要及时诊治。

第三,要加强自我保护意识,尤其应做好职业防护。如果你经常接触放射性物质、高温及有毒物质,一定要严格按照操作规定和防护章程作业,千万不要疏忽大意,如果近期想要孩子,最好能够脱离此类工作半年后再生育。

第四,要注意对生殖器官的保护。生殖器是一个很娇嫩的器官,它的最佳工作温度要比人的体温低1℃左右,如果温度高,就会影响精子的产生,所以任何能够使温度升高的因素都要避免,如:长时间骑自行车,泡热水澡,穿牛仔裤等。

第五,改变不良的习惯,戒烟戒酒;不要吃过于油腻的东西,否则会影响你的性欲;另外还要注意避免接触生活当中的有毒物质,如:从干洗店拿回来的衣服要放置几天再穿,因为干洗剂会影响男性的性功能。

第六,应做好婚前检查工作,通过体检,早期发现异常,可以避免婚后的痛苦。结婚以后要经常和你的妻子交流性生活中所遇到的问题,互相配合、互相谅解,这样很多精神性早泄就可以避免。

第七,在夫妻生活中要互相配合、互相谅解,否则容易发生射精异常等性功能障碍。

### (九)维护生育能力应注意的几点

专家指出,除了先天生殖系统发育不良之外,不孕的原因有很多是后天因素造成的,只要能克服这些后天因素,再辅以定期治疗,都能摆脱不孕的噩梦。以下提供了一些建议,引导女性从生活习惯着手,维护自己的生育能力。

健康的基础是均衡的饮食。三餐正常和充足的睡眠,避免熬夜。

①避免太早有性经验

当生殖系统尚未发育成熟时,若太早有性经验,容易受到伤害和感染,导致生殖器官的细致构造发生永久性的创伤。

②做好避孕措施

避免不必要的流产手术。

染病时,要做彻底的诊断与治疗,以免治疗不及时而导致不孕、宫外孕、输卵管积水等后遗症。

③控制体重

急剧变瘦或变胖都可能是疾病的起因,必须注意。

④努力消除便秘

肠内有大便堵塞的话,会加重内盆内淤血的现象,因而导致经痛或子宫疾病。

⑤注意身体警讯

行经不正常是身体发出的 SOS 信号。

⑥记录基础体温

自认为健康的人,最好也量量基础体温,检查看看是否正常排卵。

⑦一年一次接受妇科检查

因为妇产科的检查基本上都是内诊,如果对做内诊很排斥,可以要求由腹部做子宫或卵巢的超声波诊断。

⑧维持固定性伴侣

太错乱的性生活会造成生殖系统的负担,感染疾病的风险也会升高。

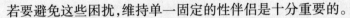

若要避免这些困扰,维持单一固定的性伴侣是十分重要的。

⑨避免摄取影响生育能力的食物

如咖啡、可乐、烟、酒、槟榔等,多摄取维生素 A、B、C、E 等抗氧化维生素及叶酸、铁、锌、钙等矿物质,不要吃过多油腻的食物(尤其是动物性脂肪)。因为胆固醇摄取过量会使荷尔蒙的规律发生错乱。

⑩慎选职业

工作环境也会影响你的生理状况,洗衣业、加工业、股市、娱乐业的一线工作环境都是相对不理想的选择。

（十）新婚夫妇不应怀孕

新婚期间最好避孕,因为婚事繁忙,男女双方体质下降,此时怀孕肯定对胎儿不利;新婚期间招待亲朋好友,饮酒吸烟、大吃大喝,这些也会影响胎儿健康。最好选择对母子都有利的时机怀孕才好。

新婚夫妇都还年轻,由于学习、工作、经济等原因,婚后不应立即怀孕,因此应当采取避孕措施。新婚期及以后的一段时间内,性中枢兴奋性较高,选择避孕方法也有一定要求。

①最好的避孕方法

男用避孕套,方法简便,效果好。对身体无害,对今后的妊娠及后代发育没有任何影响。在众多的避孕方法中,避孕套应当首选。

外用避孕药膜、避孕片、避孕栓、避孕膏等,可以与避孕套交替使用。外用避孕药对双方身体都无害。但初次性交时难以应用。

短效口服避孕药服用时间不宜过长,最好服用 2～3 个月。因为短效口服避孕药会抑制排卵,会对卵巢功能发生影响。

新婚后数年内不想怀孕时,也可去医院上节育环。

新婚期不宜使用的避孕方法是安全期避孕法,新婚女性情绪激动,性兴奋性较高,不仅会使月经周期发生变化,而且会出现期外(非排卵时间)排卵。此外,也不宜用长效口服避孕药或打避孕针,若要使用,时间也不可过长。

②避孕失败的补救措施

人们在采用各种避孕措施的时候,难免有失误或失败的时候。失误常常发生在利用工具避孕时,避孕套破裂或滑脱,或阴道隔膜未放置好,在性交时位置移动,或用体外排精法未及时将阴茎从阴道抽出,等等。失败则意味着发生了意外妊娠。

对于避孕失误的补救办法有几种。首先,一旦发现避孕失误,应立即起床蹲下,让精液尽量流出;其次可用清水或在清水中加几滴醋,清洗阴道;同时应尽快服用事后避孕药或探亲避孕药。

事后避孕药主要有大剂量雌激素、孕激素和雌、孕激素复合制剂。探亲避孕药是我国开发的一类避孕药,主要适用于两地分居的夫妇探亲时避孕。其优点是在使用时间上不受月经周期的限制,在任何一天开始服用都可发挥避孕效果,且效果也比较好。目前常用的探亲避孕药有数种,大部分为单一的孕激素类药物,在探亲期间可服用这类药物,但若探亲超过了半个月则应改服短效避孕药。有些并非两地分居的夫妇以探亲避孕药作为长久避孕方法是不合适的,因为它会打乱月经周期。对于避孕失误的夫妇可以采用探亲避孕药补救,至于如何使用需具体阅读每种药的说明。事后避孕药和探亲避孕药的作用机制不是单一的,与药物的种类、开始服药的时间、持续服用时间以及剂量大小等诸多因素有关。通常有以下一些作用:抑制卵巢排卵,影响子宫内膜正常发育,改变宫颈黏液性质,影响输卵管的正常蠕动,等等。

通过上述这些补救措施,一般可以实现避孕。如果避孕失败,妊娠已发生,则只能进行人工流产中止妊娠。有些妊娠可能被忽略,直到孕中期才发现,这时只能以中期引产来中止妊娠,为此会增加妇女精神的痛苦和肉体的损伤。所以必须及早认识避孕失误的情况,及时给予补救,减少意外妊娠的发生。

(十一)不孕不育者可适当选用粥疗

不孕者要在医生指导下,通过辨症辨病后,选用粥疗。下面分别介绍几种粥疗方法:

(1)男性不育者:

## 枸杞菜猪腰粥

【适宜】早泄,阴虚体质。

【配方】枸杞菜半斤,猪腰1对,大米100克,葱白1根,油、盐适量。

【方法】猪腰洗净切片,大米加水适量煮成粥后,加入枸杞菜、猪腰、葱白煮熟,加油、盐调味。一日分两次食用。

## 金樱子粥

【适宜】早泄,遗精,阴虚体质。

【配方】金樱子 10～15 克,粳米 50～100 克,山药 2 根,芡实 20 克。

【方法】先用金樱子、芡实煮成浓汁,用布巾滤去渣,然后将粳米、山药一并煮粥食用。

## 山萸肉粥

【适宜】阴虚体质。

【配方】山萸肉 20 克,粳米 100 克,白糖适量。

【方法】上述配料共煮粥食用。

## 阳起石牛肾粥

【适宜】阳痿,阳虚体质。

【配方】牛肾 1 个,阳起石 30 克,大米 50 克,油、盐、葱白适量。

【方法】先将阳起石用 3 层纱布包好,加水约 2500 毫升,煮 1 小时,取澄清液,然后将牛肾切成小块和大米一起煮成粥,再加油、盐、葱白调味食用。

## 锁阳煲粥

【适宜】阳痿及举而不坚者。

【配方】锁阳 15～20 克,大米及清水适量。

【方法】同煮成粥,熟后不食锁阳。

## 苁蓉羊肉粥

【适宜】阳痿,早泄,滑精,阳虚体质。

【配方】肉苁蓉 10～15 克,精羊肉 100 克,粳米 100 克,细盐少许,葱白 2 斤,生姜 3 片。

【方法】分别将肉苁蓉、精羊肉洗净,切细,先用沙锅煎肉苁蓉取汁,去渣;入羊肉、粳米同煮,沸后加盐、生姜、葱白同煮为稀粥。此药粥适用于冬季食用,5~7日为一疗程,凡大便溏薄及性机能亢进者不宜选用。

(2)女性不孕者:

## 鹿角胶粥

【适宜】肾阴虚,宫小不孕。

【配方】鹿角胶15~20克,粳米100克,生姜3片。

【方法】将鹿角胶捣碎;生姜切细。取大米淘净,加清水适量煮粥,待沸后调入鹿胶、生姜等,煮为稀粥服食,每日1剂。

## 椒面粥

【适宜】肾阳虚,宫小不孕。

【配方】蜀椒3~5克,白面粉100~150克,生姜3片。

【方法】先将蜀椒研为极细粉末,每次取适量同面粉拌匀,调入水中煮粥,后加生姜稍煮即可食用。

## 干姜粥

【适宜】肾阳虚,小腹冷痛不孕。

【配方】干姜1~3克,高良姜3~5克,粳米100克。

【方法】先煎干姜,高良姜3~5克,去渣,再入粳米同煮为粥。对慢性脾胃虚寒,下腹冷痛者,先从小剂量开始,量渐增,3~5日为一疗程,早晚食用,尤以秋季、冬季食用为宜。

## 茴香粥

【适宜】肾阳虚,小腹冷痛不孕。

【配方】小茴香10~15克,粳米50~100克。

【方法】先煎小茴香取汁,去渣,入粳米煮为稀粥;或用小茴香3～5克研为细末,调入粥中煮熟食用。此药粥对实热病症及阴虚火旺者不可选用,以3～5日为宜,每日分两次趁热服用。

## 9. 孕前心理准备

### (一)孕前心理准备的主要内容

怀孕和分娩是女性一生中最重大的事情。一个女性只有经历了恋爱、婚姻、怀孕、分娩、做母亲这一过程,才算是拥有了一个完整的人生,才称得上是一个完整而成熟的女性。女性怀孕期间的心理状态与情绪变化直接影响着体内胎儿的发育,影响着孩子成年后的性格、心理素质的发展。

由此看来,怀孕期间女性良好的心理状态不仅影响着孕妇,而更重要的是对孩子的直接影响。如果婚后夫妻双方都希望尽快要孩子,双方就必须从心理上做好准备,内容包括:

(1)接受怀孕期特殊的变化:妻子体型变化、饮食变化、情绪变化、生活习惯变化以及对丈夫的依赖性的增加。

(2)接受未来生活空间的变化:小生命的诞生会使夫妻双方感情生活空间和自由度较以前变小,往往会因此感到一时难以适应。

(3)接受未来情感的变化:无论夫妻哪一方,在孩子出生后都会自觉或不自觉地将自己的情感转移到孩子身上,从而使另一方感到情感的缺乏或不被重视。

(4)接受家庭责任与应尽义务的增加:怀孕的妻子需要丈夫的理解与体贴,尤其平时妻子可以做的体力劳动,在孕期大部分都会转移到丈夫身上;孩子出生后,夫妻双方对孩子与对家庭的义务都在随着时间的迁移而增加。

不论是否正在盼望着怀孕,还是抱有随遇而安的想法,或是对可能发生的事情感到困惑、担忧、恐惧,甚至还没来得及作任何基本准备时已经怀孕,即使这样,一旦怀孕成为事实,就要愉快地接受它。要知道,怀孕、分娩不是疾病,而是一个正常的生理过程,天下绝大多数的女性都经历了或正在经历或将要经历这个阶段。

以一种平和、自然的心境迎接怀孕和分娩的到来,以愉快、积极的态度对待孕期所发生的变化,坚信自己能够孕育一个代表未来的小生命,完成将他平安带到这个世界上的使命,就是我们需要作的心理准备。这种心理准备是夫妻双方的。丈夫充分的心理准备可以帮助妻子顺利度过孕期的每一阶段，并对未来孩子的生长发育奠定坚实的基础。

从少女到妻子，从结婚到怀孕，从分娩到做母亲，所有的变化都是人生经历的自然过程与阶段。因此，无论是新婚的年轻夫妻，还是结婚数载的老夫妻，无论是妻子还是丈夫，只要我们以自然与平和的心境，接受这些自然的事实与过程，用我们聪明的大脑思考，用我们可以沟通的方式与生活的伴侣及时沟通，共同警惕在每个过程或每个阶段可能发生的问题或矛盾，并及时处理解决。

相信每对夫妻都会以非常健康的心理面对发生在眼前的一切：每对夫妻都会相互支持并非常顺利、安全地度过每个自然阶段，每对夫妻都可以保持结婚时的最佳状态。

(二)树立生男生女都一样的正确观念

对于这一点，不仅是准妈妈本人要有正确的认识，而且应成为家庭所有成员的共识，特别是老一辈人要从"重男轻女"的思想桎梏中解脱出来，给予子女更多的鼓励和关心，解除孕妇的后顾之忧。

特别是在农村，面对社会强大舆论的压力，哪怕没有来自家庭直接的压力，女人也会自觉不自觉地为孩子的性别担心。有了这样的顾虑，那么怀孕前的心理负担就不会小，这对优生肯定不利。如果能有生男生女都一样的思想准备，则可放松，不再有思想包袱，对优生则大有好处。

(三)和谐的孕前心理环境

(1)夫妻善于主动调节相互之间的心理平衡，当一方由于气质上的或性格上的原因失去正常的心理状态时，另一方要善于引导对方摆脱困境。

(2)善于安排适宜的生活节律，以消除容易由此导致的心理失调。

(3)彼此都善于在特定情况下，加强自身处理与对方关系中的"容忍度"，平时进行适当争论的非原则性问题，可留待以后的适当时机解决；也可借其他方法使之自然消化。

(四)提前做好妊娠反应的心理准备

虽然大多数的女性为要一个宝宝，而做好了心理准备。但是她们没有想到的是孕后的种种不适会如此令人难受，如头晕、乏力、嗜睡、恶心、呕吐，有的甚至不能工作，不能进食。可这只是孕育宝宝经历的第一步。

要减轻这些症状，方法是：早晨起床，可以先吃一些饼干或点心，吃完后休息半小时再起床，无论呕吐轻重，都不要吃东西。要选择清淡可口的蔬菜、水果,少吃油腻、太甜的食物,以少食多餐为好。呕吐发作的时候,可以做深呼吸来缓解症状,但嘴里有吐的东西时,不要吸气。如果呕吐严重,就要找医生诊治。

（五）消除忧虑

一些年轻妇女对怀孕抱有顾虑,一是怕怀孕后会影响自己优美的体型;二是难以忍受分娩时产生的疼痛;三是怕自己没有经验带不好孩子。其实,这些顾虑是没有必要的。毫无疑问,怀孕后,由于生理上一系列的变化,体型也会发生较大的变化,但只要坚持锻炼,产后体型就会很快得到恢复。事实证明,凡是在产前做孕妇操,产后认真进行健美操锻炼的年轻妇女,身体的素质和体型都很快地恢复了原状。另外,分娩时所产生的疼痛也只是短暂的一阵,只要能够很好地按照要求去做,同医生密切配合,就能减少痛苦,平安分娩。

妻子怀孕之后,由于生理发生变化,心理上也会发生变化,如烦躁不安、唠叨、爱发脾气,对感情要求强烈或冷淡等。对于这些变化,丈夫应当理解和体谅,并采取各种方法使妻子的心情愉快,顺利地度过孕期和产期。

尤其要主动从事家务劳动,对妻子更加体贴,这既可减少妻子的疲劳,又会让妻子更加愉快。妻子怀孕之后,对食物的要求千奇百怪,为此,当丈夫的要有心理准备,做好经常采购、挑选、更换的思想准备。

（六）受孕心理对胎儿有什么影响

绝大多数青年男女组成家庭后,都越来越感到有一种需要,孕育一个孩子来寄托他们的希望。于是,在热切的期待和希望中,等来了怀孕的消息,盼望中的宝宝终于来了,这是一种健全的受孕心理。持有这种心理的夫妇,当然对受孕有了积极的心理准备,成功地将情感与理智合二而一,选择好最佳受孕时机,创造最好的孕育条件,施行最积极的胎教手段,为即将降临人间的孩子奠定了良好的生理基础。

有人糊里糊涂地怀孕,既然有了就要着吧。显然这类父母缺少受孕的心理准备,一切任其自然发展。对即将出生的孩子来说,是不负责任的。当然也就不能产生积极的影响。

由于工作、学习、生活等诸多因素的影响,有些青年夫妇暂时没准备要孩子,但又未能有效地采取避孕措施,而是怀有侥幸心理。一旦怀孕,他们往往犹豫不决,"亦真亦幻难取舍"。这种矛盾的心理状态如不及时纠正,势必对胎儿产生消极的影响。

有些父母对怀孕持反对或排斥心理，甚至觉得怀孕改变了他们的生活，或因生活受限而痛苦不堪。一些妇女得知怀孕后变得压抑，甚至想去做流产。显然，这种心理对胎儿的身心健康是十分不利的。

此外，还有些父母盼子心切，一心只想生男孩，从心理上不能接受女孩。或者婚姻生活不幸福，想生个孩子来维系日渐分裂的婚姻，弥补精神上的空虚等。诸如此类的种种受孕心理都是不健康的，当然也就不能对孩子在心理和生理上的健康成长起到积极作用。

事实上，大多数母亲得知怀孕后会感到兴奋和焦虑，内心会充满矛盾。无论多想怀孕，一旦成真，内心的矛盾在所难免。这些情绪都是正常的，用不着对此感到内疚。

妊娠的特殊纽带，使夫妻间爱的关系更加亲密，从此准父母将进入一个心满意足的全新角色。请记住，良好的受孕心理是胎教不可缺少的组成部分。未来的父母应重视这一环节，在充分的准备下，在极大的喜悦中，等待新生命的诞生。

（七）受孕的最佳心理状态

中医强调，交媾时精神愉快，心情舒畅，可以排除一切忧郁和烦恼。《大生要旨》指出："时和气爽之宵，自己情思清宁，精神闲裕"、"清心寡欲之人和，则得子定然贤智无病而寿"。说明了受孕时良好心理状态与优生的密切关系，情绪的激烈变化以及极度疲劳势必导致气血逆乱，经络闭塞，脏腑功能紊乱，精气耗散，干扰精卵结合，影响受孕。

根据德国一位心理学家的调查，在青少年精神分裂症患者中，有41%在遗传因素外还有母体受孕时突遭精神刺激的历史，诸如被强奸、做爱时突遇巨大声响、恐怖事件或性交后被虐待、殴打、激怒等。他认为这可能是突然强烈的心理刺激干扰了精子或卵子的遗传密码，给胎儿在将来的脑神经发育中留下了隐患。

根据现代心理学和人体生物钟理论，当人体处于良好的精神状态时，精力、体力、智力、性功能都处于高潮，精子和卵子的质量也高，此时受精，易于着床受孕，胎儿素质也好，有利于优生。

那么，要使孕妇保持良好的心态，应注意些什么呢？

一是要形成尊重和关心孕妇的良好风尚，要通过温馨和睦的家庭气氛，充足有益的休息，健康、文明的心理平衡，共同创造有利于优孕、优生的生活条件和客观环境；

二是孕妇要加强道德修养,多行善事,心胸宽广,勿听恶语,学会制怒,切忌暴躁恐惧、忧郁愁闷和捧腹大笑;

三是孕妇要养成良好的文化娱乐、生活习惯,不去闹市区和危险区,不看淫秽凶杀读物、影片,多看美丽的景色、图片,多读优生优育和有利于身心健康的书刊,多听悦耳轻快的音乐,保持愉快的心情;

四是家庭成员,特别是做丈夫的,更应该注意自己的言行,给妻子以更多的体贴、关怀和温情,做好饮食调理,加强孕期营养,以满足胎儿生长发育的需要。

同时,丈夫要主动分担家务,让妻子在舒适、和睦、宽松的环境中健康、愉快地度过妊娠期。从而为生育一个健康、聪慧、活泼、可爱的小宝宝,从爱情的种子孕育时起,就给其创造一个美好的摇篮,奠定坚实的优生基础。

## 4. 完美的性生活

### (一)怀孕对性生活的影响

许多研究都显示,怀孕时的性生活有减少的趋势,但是性生活的质量多半不受影响。

在怀孕初期,因为害怕、骨盆腔充血、乳房胀痛的原因,还有担心会流产,所以整体而言,行房次数减少 1/3 左右。

在怀孕中期,因为害怕现象消失,胎儿情况比较稳定、心情比较轻松,同时阴道血管有充血现象,增加性高潮程度,所以行房次数会比初期增加。整体而言,行房次数只比未怀孕前少 1/4。

到了末期(28 周以后),孕妇肚子越大,性交可能刺激子宫收缩,而感到不舒服,所以行房次数减少 60%。有 30% 的夫妻,在此期没有性生活。

有些准妈妈如果有出血、习惯性流产、前置胎盘、曾经早产或是目前有早产迹象正在治疗,就必须小心。

医生叮嘱:

一般而言,刺激乳头及性高潮,虽然会引起子宫收缩,但都是暂时性的,不会影响胎儿及怀孕。不过姿势可以调整,以避免压迫腹部。

### (二)怀孕早期的性生活

人与普通动物的区别之一在于能够用理智战胜感情,控制生理上的需要。尤其为了下一代的平安健康,有时必须做出理智选择。

夫妻过性生活是婚后夫妇正常的生活。但当妻子怀孕后,如何过性生活却是应该高度重视的事了。为了保证胎儿的健康,妊娠头3个月应避免性交。

为什么妊娠头3个月要禁止性生活呢?这是因为妇女怀孕后内分泌机能发生改变,对性生活的要求降低。同时还有心理方面的因素,担心性生活会影响胎儿正常发育和安全,还有身体方面的因素,身体笨重,不灵活,行动缓慢,不方便等。更重要的是妊娠头3个月里,由于胚胎正处于发育阶段,特别是胎盘和母体子宫壁的连接还不紧密,如果进行性生活,很可能由于动作的不当或精神过度兴奋时的不慎,使子宫受到震动,很容易使胎盘脱落,造成流产。即使性生活时十分小心,由于孕妇盆腔充血,子宫收缩,也会造成流产。

对于性生活造成的细菌感染也要注意。怀孕期分泌物增多,外阴部不仅容易溃烂,而且对细菌的抵抗力也减弱。被细菌感染,症状如加重就有流产的危险。所以平时要注意保持局部清洁,同时在性行为前必须特别注意。关于这一点,丈夫也应同样注意。

同时,由于孕妇内分泌的改变,早孕反应的发生,使得对性生活没有多大兴趣,常常表现出厌倦或对丈夫不满意。因此,丈夫应了解这一情况,可以用其他方式交流夫妻感情。夫妇过性生活应该相互体贴和谅解。如果男方不能做到这一点,就容易造成孕妇的不愉快和夫妻感情上的隔阂,因此,在性交的问题上,应首先考虑对自己将来的孩子是否有影响。所以在此阶段,应尽量控制或禁止性生活。

(三)孕中期适度的性生活有益于健康

妊娠3个月以后,胎盘逐渐形成,妊娠进入稳定期;早孕反应过去了,孕妇的心情开始变得舒畅。由于激素的作用,孕妇的性欲有所提高。加上胎盘和羊水的屏障作用,可缓冲外界的刺激,使胎儿得到有效的保护。因此,妊娠中期可适度地进行性生活,这也有益于夫妻恩爱和胎儿的健康发育。国内外的研究表明:夫妻在孕期恩爱与共,生下来的孩子反应敏捷,语言发育早而且身体健康。

妊娠中期的性生活以每周1~2次为宜。值得注意的是:妊娠期的性生活应该建立在情绪胎教的基础上。所以,舒心的性生活充分地将爱心和性欲融为一体。白天,丈夫给妻子或者妻子给丈夫亲吻与抚摸,爱的暖流就会传到对方的心田。这样对于夜间的闺房之爱大有益处。反过来,夜间体贴的性生活又促进夫妻白天的恩爱,使孕妇的心情愉快,情绪饱满。

此外,丈夫的精液中含有一种精液胞浆素。它具有与青霉素相媲美的抗菌功能,能够杀灭葡萄球菌等致病菌,可以清洁及保护孕妇的阴道。

应该注意的是,性生活前丈夫须除包皮垢。妻子怀孕后,由于激素的影响,使阴道内的糖原增多,妊娠期阴道内的化学变化非常有利于细菌的生长和繁殖。因此,妊娠早期一段时间禁止性交之后,在恢复性生活时,丈夫务必将包皮垢及龟头冲洗干净,以避免妻子的阴道遭受病原微生物的侵袭,从而诱发宫内感染。因为,宫内感染是危及胎儿生命的重要诱因。

### (四)怀孕晚期的性生活

在怀孕 8 个月以后,孕妇的肚子突然膨胀起来,腰痛,身体懒得动弹,性欲减退。此阶段胎儿生长迅速,子宫增大很明显,对任何外来刺激都非常敏感。夫妻间应尽可能停止性生活,以免发生意外。若一定要有性生活,必须节制,并注意体位,还要控制性生活的频率及时间,动作不宜粗暴。这个时期最好采用丈夫从背后抱住孕妇的后侧位。这样不会压迫腹部,也可使孕妇的运动量减少。

尤其是临产前 1 个月或者 3 星期时必须禁止性交。因为这个时期胎儿已经成熟。为了迎接胎儿的出世,孕妇的子宫已经下降,子宫口逐渐张开。如果这时性交,羊水感染的可能性更大。有人做调查后证实,在产褥期发生感染的妇女,50% 在妊娠的最后 1 个月夫妻有过性交。如果在分娩前 3 天性交,20% 的妇女可能发生严重感染;感染不但威胁着即将分娩的产妇安全,也影响着胎儿的安全,可使胎儿早产。而早产儿的抵抗力差,容易感染疾病。即使不早产,胎儿在子宫内也可能受到母亲感染疾病的影响,使身心发育受到障碍。

由于此阶段胎儿生长迅速,子宫增大很明显,对任何外来刺激都非常敏感。随着妊娠日期的递增及子宫逐渐增大,胎膜里的羊水量也日渐增多,张力随之加大。如果这时过性生活,男方的动作较猛或者用力稍大,就可能导致"胎膜早破"。

一旦发生胎膜破裂,羊水就会大量地流出,使胎儿的生活环境发生变化而活动受到限制,子宫壁紧裹于胎体,会导致胎儿宫内缺氧。如果在胎膜破裂之后要求保胎,常常可能引起宫腔内感染,使胎儿在未出生之前就饱受了各种细菌的袭击。即使胎儿出生后存活,也由于有严重的感染存在,轻者可能给婴儿后天的发育及智力带来不良影响,重者危及生命。

胎膜早破的并发症是"脐带脱垂"。在胎膜破裂之后,脐带随着胎膜上破口的扩大而脱于阴道内或者体外。脐带脱垂是围产儿死亡的直接原因。因为此时胎儿与母体之间的血液循环及氧气供应中断,胎儿因缺氧可立即死于宫内。脐带一旦脱出常不易还原。为了争取胎儿存活及减少母体损伤,脐带脱垂后以分娩越早越好为原则。

另外子宫在孕晚期容易收缩,因此要避免给予机械性的强刺激。

对于丈夫来说,目前是应该忍耐的时期,只限于温柔地拥抱和亲吻,禁止具有强烈刺激的行为。为了不影响孕妇和胎儿的健康,夫妻间不但要学会克制情感,而且最好分睡,以免不必要的性刺激。

有自然流产和习惯性流产的孕妇,应在整个妊娠期间都避免性交,千万不要为一时的冲动造成永久的悔恨。

(五)孕期房事体位

怀孕期头 3 个月与末 3 个月要绝对禁止房事,4 个月至 6 个月虽不禁止,但也应节制。从怀孕期女性性欲变化规律及预防产科疾病发生的角度出发,在此期间房事选择合理的性交体位尤为重要。

妊娠期间性交姿势的选择应以女性舒适且腹部不承受挤压为原则,可在以下几种姿势中进行选择。

①女性跪卧后入式

采用这种姿势要注意男方上身体重应由自己腿部支撑,不可过分前倾,动作宜小,以防女方腹部受压。此式可防止阴茎插入过深,强烈刺激子宫及移动胎位。

②女性半仰卧侧入式

男女双方同向侧卧,女前男后,俱向后斜倚,女方双腿分开,男方双腿置于女方双腿间行房事。此式中,女半卧于男上,腹部无受压危险,且因体位特点,阴茎插入阴道的深度较浅,故适宜妊娠期采用。

③双立位后入式

女方站立、上身前倾、双手扶支撑物,两腿分开、臀部举起,男方立于其后交接。此式亦无压迫女腹之嫌,可控制阴茎插入过深。

④女卧男跪前入式

女仰卧、男跪立交接。此式要求男方上体始终保持较直,不可过于前倾,且男方体重支撑点不离于自身腿部。否则会压迫女性腹部及阴茎插入过深,引发不良后果。

不少性学专家认为怀孕期性交可采用女上位的性交姿势。女上位的姿势,可方便女性控制阴茎插入阴道的方向、深度以及两阴相互运动,并可先全面掌握腹部及其他部位受刺激情况,安全系数相对高于女下位的姿势。

(六)应有正常的性心理认识

男女双方的性心理活动具有明显差异,因此,协调男女的性心理活动,才能使男女双方达到性和谐,才能在性生活中体会到愉快和享受。

在现实生活中,有一个错误的认识,总以为男性的性欲比女性强烈,男性的性欲似乎永远得不到满足,实际上这完全是传统的道德观念造成的。

历史上男性在性生活中总是处于主动和占有的地位,女性总是处于被动和冷淡的地位。大男子主义的倾向使男性随时提出性生活的要求,随自己的意志要求女性满足自己的性欲;而女性对性要求却难以启齿,在性生活中也不敢提出要求,以致性欲压抑、得不到满足,生活工作受到影响。据专家统计,在女性失眠患者中有80%是性欲得不到满足引起的。在许多性生活不协调的夫妇中,多数是男性性能力较差引起的。而且,年龄对性欲有一定影响,男性性欲在20岁左右达到高潮,而女性性欲高潮是在35岁以后。

当然,对性的要求不是单一的内容。男性在进入成熟期之后,不止是热衷于性交,同时还欣赏多种性接触方式,如亲吻、拥抱、爱抚、交谈等。男性需要在"爱"的基础上建立性关系。情爱与性爱密切联系,在情爱的基础上性爱才是真正的幸福。换句话说,感情上爱得越深,性交快感才越强烈。

男性在性交前也需有一个"启动"时期,这个准备阶段可能很短,也可能很长。密切接触、交流、拥抱、抚摸,都可以刺激性感上升。多数男性对性交前的嬉戏表示重视与欢迎。

男性并不一定愿意自己先发动性行为,但当女方提出性要求时,男方可能表示欢迎并积极响应,男性在女性的主动要求下可能出现更大的性高潮。

女性性欲的心理基础主要是情爱,女性更多的需要是男性对其温柔的关怀和炽热的感情,情爱胜于性爱,但性爱又是情爱的高峰。

女性在工作生活中所遇到的困难与问题,对女性性欲有很大的影响。女性性欲得到发挥和满足时,一定是女性生活比较顺利之时。

女性在性生活之前和之中的心理状态,表现比较复杂,受传统道德的约束,女性一般不会放开表达性感受,不会公开说出感受。因此女性往往性欲不能尽情、充分、淋漓尽致地宣泄。

## 5. 孕前的物质准备

妻子怀孕之后,身体将发生一些明显的变化,许多日常用品的需求也相应地有所变化,为了避免不便,夫妇双方应提前做好各种必要的物质准备。

(一)内衣的准备

要选择吸水性强、有伸缩性的材料制作的内衣,最好使用纯棉制品。如果去商店购买成品,也应按此原则。由于内衣要勤洗勤换,还应注意选购易洗及柔软的衣料;因孕前要经常检查和进行乳房保养,所以还应注意选购或制作容易穿、脱的乳罩。最好制作几个用带子系的平脚内裤,孕期穿三角内裤有时会出现松弛现象,同时,到肚子相当大时,三角内裤就无法穿用,内裤和衬裤都不要松紧带,以免勒着肚子,压迫胎儿。最好使用有伸缩性的带子以便根据腹围的变化进行调节。

(二)外衣的准备

应该选择那些宽大的、穿在身上不感到紧,并能使鼓起的肚子不太明显的服装,颜色和衣料可根据个人的爱好选择,但最好以简单、朴素为好。这样可以给人以精神振奋和愉快的感觉。大红、大绿或花哨的图案会增加孕妇的臃肿感,条状花纹能使孕妇相对苗条一些。

外衣也可穿用家中老人宽大的衣服,或向其他人借来临时穿用一段时间。夏天最好做一条孕妇裙,将来拆了可以给小宝宝做小被褥,可谓"一裙两用"。

在计划受孕期,男女双方最好不穿紧身裤,如尼龙裤、牛仔裤等。因为这些布料透气性差,容易给病菌形成滋生地,使女性容易患阴道炎,从而影响到受孕的过程。男方内裤过紧,易使睾丸压向腹部,增加睾丸的温度,使精子生成减少,在这种情况下受孕,畸形儿或有先天性缺陷的婴儿出生率会有所增高。

(三)鞋子的准备

怀孕之后,身体的重心发生变化,一双合适的鞋对于保证行走安全有着极为重要的作用。选择鞋时,应注意以下几点:

(1)有能支撑身体的宽大的后跟。

(2)鞋跟的高度在 2 厘米左右。

(3)鞋底上有防滑纹。

（4）宽窄、长短适度。

（5）鞋的重量较轻。

孕妇不要穿高跟鞋，一是稳定性差，稍不注意就会出现扭脚、摔跤等现象，而孕期跌跤有时会出现早产、流产等情况；二是穿着时为保持重心腰和后背都要很难受地稍向后仰，这样容易产生腰痛。但平底鞋也不理想，走路时的振动会直接传到脚上。

还要准备1~2双稍大一点的鞋子，因为怀孕后期容易出现脚部浮肿。

**（四）准备音乐唱片、磁带**

准备一些音乐唱片、磁带，以及一些比较好的书籍，以便孕期实施胎教时用。

**（五）经济准备**

怀孕之后，孕妇身体需要增加营养，以保证胎儿的发育和孕妇身体健康。孕妇身体发生显著变化，需要添一些合适的衣物。为迎接小宝宝的降生，还要花费一笔数目可观的资金。这一切都要求夫妇事先安排好怀孕后的经济问题，统筹兼顾，保证重点。要本着勤俭节约的精神来添置所需物品，能代用尽量代用，或者利用旧物改制。总之，要合理安排经济支出，以免关键时刻手头吃紧，出现麻烦。

**（六）受孕环境的准备**

受孕环境的准备包括两个方面：一是从事与有毒、有害、高温、放射线及电离辐射物质密切接触的夫妇（特别是女方），应暂时调离原工作岗位，以保障精子、卵子的质量。二是应该对受孕的时间、地点有所选择。一般情况下应避开在10~11月份或3~4月份受孕，以免宝宝在酷夏或严冬时出生。受孕地点力求舒适、安静、幽雅和空气新鲜，避免旅途受孕。

## *6.* 孕前的营养准备

如今的年轻夫妇都知道优生优育要从胎儿期抓起，诸如适当参加一些活动，避免不良生活因素的干扰，特别是注意科学饮食，为胎儿发育提供足够的营养素等。然而，营养专家认为，上述这些准备应当再向前推移，尤其是在营养方面，如果等到怀孕后才把它提上议事日程，孕妇自身可能要付出健康损害的代价，胎儿发育往往也会受到种种消极影响。那么，在营养方面，怀孕前要做些什么呢？

（一）重视标准体重

育龄妇女若体重过低，说明营养状况欠佳，易生低体重儿；过于肥胖则易致自身发生某种妊娠并发症，如高血压、糖尿病等，且导致超常体重儿的出生，故准备怀孕的妇女首先要实现标准体重。标准体重的计算方法，可用身高（厘米）减110，所得差（公斤）即为标准体重。据统计资料，怀孕后期的妇女体重都会比孕前增加饮食量，使自己体重达到标准值。

（二）纠正营养失衡

准备怀孕的妇女以往可能出现过贫血症状，也可能有过节食减肥、某营养素短缺或是过多，这对于优生不利。故妇女在怀孕前应当对自己的营养状况作一下全面了解，必要时也可请医生帮助诊断，以有目的地调整饮食，积极储存平时体内含量偏低的营养素。如肌体缺铁，可进食牛肉、动物肝脏、绿色蔬菜、葡萄干等；缺钙可进食虾皮、乳制品和豆制品等。孕前准妈妈需补充哪些营养呢？

①热能：孕期由于胎儿、胎盘以及母亲体重增加和基础代谢增高等因素的影响，在整个正常怀孕期间需要额外增加8000千卡的热量。WHO（1979年）建议早期每日增加热能150千卡，而在以后两期每日增加350千卡。

②增加蛋白质摄入：蛋白质是人类生命的基础，是肌肉、脏器最基本的营养素，占总热量的10%～20%，为了满足母体、胎盘和胎儿生长的需要，孕期对蛋白质的需要增加，妊娠中期应增加15克，妊娠晚期应增加25克。蛋白质供给不足有发生妊高症的危险，故应多进食肉、鱼、奶、豆制品等。

③脂类：在生殖过程中脂类生理变化最多。胎儿储备的脂肪可为其体重的5%～25%。脂质是脑及神经的重要组成部分。

④多吃含钙丰富的食物：钙是骨骼与牙齿的重要组成部分，怀孕时需要量为平时的2倍。孕前未摄入足量的钙，易使胎儿发生佝偻病、缺钙抽搐。孕妇因失钙过多可患骨质软化症、抽搐。孕前开始补钙，对孕期有好处，且钙在体内储藏时间长，所以应多进食鱼类、牛奶、绿色蔬菜等含钙丰富的食物。

⑤多吃含铁丰富的食物：铁是血色素的重要成分。如果铁缺乏就会贫血。胎儿生长发育迅速，每天约吸收5毫克铁质，且孕期孕妇血容量较非孕时增加30%，也就是平均增加1500毫升血液，如果缺铁，易致孕妇中晚期贫血。铁在体内可储存4个月之久，在孕前3个月即开始补铁很有好处。含铁多的食物有牛奶、猪肉、鸡蛋、大豆、海藻等，还可用铁锅做饭炒菜。

⑥补充锌:锌是人体新陈代谢不可缺少的酶的重要组成部分。锌缺乏可影响生长发育,使得身材矮小,并影响生殖系统,女性不来月经,男性无精与少精。孕前应多吃含锌的食物,如鱼类、小米、大白菜、羊肉、鸡肉、牡蛎等。

⑦碳水化合物:葡萄糖为胎儿代谢所必需,多用于胎儿呼吸,碳糖可被利用以合成核酸,为胎盘蛋白质合成所需。碳水化合物的供给应占热能的60%。

⑧无机盐及微量元素:(1)钙和磷:钙、磷是构成人体骨骼和牙齿的主要成分。我国营养学会建议钙供给量中期为1000毫克/日,晚期为1500毫克/日。(2)铁:妊娠期妇女缺铁性贫血发生率较高。我国营养学会建议供给量为28毫克/日。(3)锌:除儿童以外,孕妇是易缺锌的人群。我国营养学会建议供给量为20毫克/日。(4)碘:甲状腺素的主要组成成分,甲状腺有调节能量代谢和促进蛋白质生物合成的作用,有助于胎儿生长发育。我国营养学会建议供给量为175微克/日。

⑨维生素:孕妇的维生素需要量比一般成人的更高更多。虽然可以通过均衡的饮食来满足所有的营养需要,但一些专家认为,即使是最健康的饮食者也需要外界帮助。

但要记住,维生素补充剂只是一种安全措施,并不能取代健康的饮食。由于药店柜台出售的维生素补充剂可能含有过量的维生素和矿物质,对胎儿的发育有害,因此明智的做法就是,在怀孕之前就开始服用专门给孕妇配制的药片。与医生交流,确定胎儿出世前你应该服用什么样的维生素补充剂。

⑩补充足够的叶酸:每天至少400毫克。每个人可能都需要更多的叶酸,并不仅仅是孕妇需要。叶酸是一种B族维生素,它能降低心脏病、中风、癌症、糖尿病的发病率,而且能降低胎儿神经管畸形,例如无脊柱胎儿。

据美国公众健康服务机构的研究,大部分育龄妇女每天都应该服用400微克叶酸,相当于0.4毫克。如果你的家族有神经性畸形胎儿史,那么医生会建议你每日的叶酸摄取量增加到4毫克,而且至少在怀孕前1个月就开始服用,怀孕的前3个月要一直服用。药店柜台出售的维生素补充剂应该含有800微克叶酸,而且你还可以吃富含叶酸的食物,例如深绿叶蔬菜(菠菜和甘蓝)、柑橘、坚果、豆类、强化营养面包、谷类。叶酸是一种水溶性维生素,所以如果你服用过多的叶酸,过量部分就会流出身体。某些孕妇不适用这个规律,叶酸过量会导致维生素 $B_{12}$ 缺乏症,有时候素食者会出现这种疾病。如果认为自己存在这些问题,那么就可以咨询医生。

(三)丈夫也要合理补充营养

生长是从受精开始的,生长过程中自始至终贯穿着遗传与环境的相互作用。遗传是体格生长、智力发育的内因,卵细胞在受精时,来自父母双方的基因组合,赋予了下一代生长发育的潜力;而环境因素,如营养和疾病等是外因,决定此种潜力能否充分发挥,丰富的营养,可使亲代传递给下一代的生长发育潜力得以充分发挥。因此,当一对夫妇希望怀孕前应做到合理营养。

美国加州大学人类营养中心的一项新研究成果表明:男性饮食与自身的生殖健康有着密切联系,作为繁衍后代的另一半,父亲的饮食对宝宝将来的健康也很重要。

为了优生,丈夫要做到不偏食。精子的生存需要优质蛋白质、钙、锌等无机盐和微量元素,精氨酸及多种维生素等,如果偏食,饮食中缺少这些营养素,精子的生成会受到影响,或许会产生一些"低质"精子。因此,想让妻子怀孕期间,丈夫在做到"样样食物我都吃"的前提下,适当多吃些富含锌、精氨酸等有利于优质精子形成的食物,如牡蛎、甲鱼、河鳗、墨鱼等。

科学研究发现,人类精子的产生与饮食成分有关,食物中一旦缺乏钙、磷、维生素 A、维生素 E 等物质,精子的产生就会受到影响,或者产生一些质量差、受孕能力弱的精子。

有一些营养物质是男性生殖生理活动所必需的,如果体内缺少了这些物质,就会有碍于性腺的正常发育和精子的生成,严重者可能导致不育。维生素 A、B 族维生素和维生素 E 都能增强生精功能,一般认为,维生素 A 缺乏可使精子能力减弱,维生素 E 缺乏会使睾丸受损。

人体内的微量元素对男性的生育力也有重要影响。研究表明,锌、锰、硒等元素参与了男性睾丸铜的合成和运载、精子的活动和授精等生殖生理活动。体内缺锌可能导致男性性腺功能低下,睾丸变小、质软、精子生成减少或停止;缺锰可使男性发生精子成熟障碍,导致精子减少;缺硒会减少精子活动所需的能量来源,使精子的活动力下降。

孕妇在饮食中补充叶酸,以防止婴儿出现先天性神经系统缺陷,这对于准备做父亲的男性来说,同样具有重要意义。男性体内叶酸水平过低,会导致精液浓度降低,精子活力减弱。

此外,叶酸在人体内能与其他物质合成叶酸盐,如果男性体内缺乏叶酸盐,还会加大婴儿出现染色体缺陷的概率,使婴儿长大后患癌症的危险性增加。男性缺乏维生素 C 会损害自身的精子数量和质量,这就意味着吸烟男子的生殖能力比较低下。因此,男性也要多补充叶酸的食物。

(四)丈夫要重视的饮食营养守则

现代社会的高科技创造了人类社会前所未有的发展,同时也给自然环境带来负面影响,尤其是对食物链的破坏,直接损害人体健康,最可怕的是对人类生育力的冲击,祸及子孙后代。考虑要宝宝时,应在饮食上多留心,避免有害物质对自己身体的伤害,从而保护健康强盛的生命力。

除了人人皆知的不要吸烟和酗酒外,准爸爸还要注意如下几点:

①吃大量富含维生素 C 和抗氧化剂的食物。因为维生素 C 和抗氧化剂能减少精子受损的危险,提高精子的运动性。一杯橙汁含有 124 毫克维生素 C。每天至少摄取 60 毫克维生素 C,或者,如果你吸烟,那么你应该摄取更多维生素 C,每天至少 100 毫克。

②饮食中增加锌含量,每天至少 12 毫克到 15 毫克。即使是短期锌缺乏症,也会减小精子体积和睾丸激素含量。富含锌的食物包括瘦牛肉(50 克牛肉含 4.5 毫克锌)、乌鸡肉(50 克乌鸡肉含 2.38 毫克锌)。

③提高钙和维生素 D 的摄取量。每天服用 1000 毫克钙和 10 微克维生素 D 能提高男性生育能力。富含钙的食物包括低脂牛奶、奶酪,牛奶和鲑鱼中含有维生素 D。

④停止服用兴奋剂,例如大麻和可卡因。大麻会降低精子的运动性,可卡因会影响大脑中决定释放生殖激素的化学物质。吸毒还会导致胎儿畸形。

⑤有人把韭菜当伟哥来助性,但要注意防范农药污染,以免对男性生殖功能造成损害。

⑥现在长得又肥又大的茄子,是用催生激素催化而成,对精子生长有害,最好不要多吃。

⑦虽然水果皮有丰富的营养,但果皮的农药含量也最高,所以一定要削皮吃。

⑧有皮的蔬菜也要先去皮,然后洗干净,再下锅。可是很多年轻人图省事,认为经过加热后就没有问题,实际上错了,不论怎么做,毒仍在菜里。一般的蔬菜要先洗干净,再放入清水中浸泡一段时间,然后再下锅。若是要生

吃蔬菜,除洗泡外,吃之前还要用开水烫一下,这样做,维生素可能破坏了一些,但农药的成分更少了,这对人体健康更安全。

⑨咖啡中的咖啡因对男性生育有一定影响,尤其每天饮用过多时,其危害更大,所以要少喝。

⑩用泡沫塑料饭盒盛的热饭热菜,可产生有毒物质二噁英,对人体危害特别大,对男性生育产生直接影响。不要用泡沫塑料饭盒来盛饭菜。

⑪为了方便,年轻人喜欢用微波炉来加热饭菜。用微波炉专用的聚乙烯盒子盛饭菜,其中的化学物质在加热的过程仍会释放出来,融入饭菜中,使食用者受其毒害。有人用瓷器,其实瓷器含铅量高,对人体更是有害。所以最好不要用微波炉加热饭菜。

⑫图省事的准爸爸特别要注意,冰箱里做熟的食物,吃之前一定要再热一次,否则,冰箱里的制冷剂对人体也有危害。

⑬现在的肉类食品原料在不同程度上受到污染,河海里的鱼类也同遭厄运,但又不能不吃它们,不过不要单吃某一类食品,更不能偏食,什么肉类都吃点。有条件,尽量吃天然绿色食品,均衡营养。

(五)应避免其他各种食物污染

食物从其原料生产、加工、包装、运输、储存、销售直至食用前的整个过程中,都有可能不同程度地受到农药、金属、真菌、毒素以及放射性核素等有害物质的污染,对人类及其后代的健康产生严重危害。因此,孕前夫妇在日常生活中尤其应当重视饮食卫生,防止食物污染。应尽量选用新鲜天然绿色食品,避免食用含食品添加剂、色素、防腐剂的食品,如市售饮料、罐头、卤肉、糕点、香肠及"方便食品"等。各种腌制酸菜富含致胚胎畸变的亚硝胺,千万不要吃。蔬菜应充分清洗干净,必要时可以浸泡一下,水果应去皮后再食用,以避免农药污染。尽量饮用白开水,避免饮用各种咖啡、饮料、果汁等饮品。在家庭炊具中应尽量使用铁锅或不锈钢炊具,避免使用铝制品及彩色搪瓷制品,以防止铝元素、铅元素对人体细胞的伤害。

男性在孕育下一代过程中的作用是精子的提供者,以后就不再担当重任。所以相对于孕妇来说,男性孕前的营养就更为重要。男性怀孕前半年即应补充一些有利于精子生长发育的营养食物,如锌、蛋白质、维生素 A 和其他某些矿物质如铜、钙等。

总的来说,在计划怀孕前 3 个月,夫妻双方都应尽量吃好吃饱,保证营养合理、平衡,营养状况好的具体指标是:夫妻双方体重均有一定增加,但不能过胖。

## 7. 怀孕最佳时机

（一）最佳受孕的条件

如果准妈妈想要孩子,应尽可能在具备以下条件时怀孕。

①夫妇双方身体健康。

②夫妇双方精力充沛,心绪良好。

③心理准备已经基本成熟。

④物质条件已经基本具备。

⑤气候适宜、环境良好。

⑥避开冬末春初疾病的高发季节。

⑦夫妇双方3个月以上均未接触烟酒。

⑧夫妇双方均未接触有害射线。

⑨夫妇双方半年以上均未接触苯、铅、砷等有害物质。

⑩夫妇双方两个月以上均未服用对怀孕质量有影响的药物。

（二）计划受孕的时间

在掌握最佳受孕时机后,还要注意到最佳受孕时间。如果夫妻还没有做好这方面的思想准备,也不具备养育孩子的经济条件时就怀孕,就不宜生育。

考虑到各方面的因素,以及未来家庭的建设,选择适当的时期妊娠和分娩,是很必要的。首先应该确定要不要孩子。有的因家族中有遗传病史,对要不要生孩子犹豫不定,这就需要通过向医生请教之后,经过充分商量,再决定要不要孩子。如已确定要孩子,就须从夫妻双方的健康状况、年龄、工作及学习的安排、家庭的经济状况,甚至小孩出生后的哺养和教育作全面考虑,做到"心中有数",选择各种条件都处于最佳状况的时期,来完成生儿育女的人生大事。

（三）怎样才能容易受孕

最佳时间应当选择女方排卵日,如果不在排卵日则妊娠机会较少。可以在每日早上起床之前测定基础体温确定自己的排卵日。从经期后开始,每日测体温后自己画体温曲线,经期后基础体温上升,所以基础体温升高的前一日为排卵日。连续测定3个月就可以大体确定自己是第13日还是第

14 日排卵。

另一种方法是:在排卵前 5 日,宫颈黏液量增多,黏液一般透明清澈,并逐日变得更加黏稠,到有一日能用手指拉成长丝时就是最易受孕的一日。此外,在排卵之前 7～10 日要禁欲,使丈夫储备足够的精子。

和谐美满的性生活是必要的受孕条件。男性性欲旺盛,容易唤起而且能迅速进入高潮,射精后则迅速消退有十几分钟不适应期。女性的冲动唤起和消退较迟,维持时间较久。双方经过互相适应的过程才能获得和谐和合作的经验。

女方的性唤起程度不够,许多腺体还没有分泌,使精子难以通过漫长的通道进入输卵管,或者男方过于紧张,还未接触或者刚刚开始便出现射精,使精卵难以结合。美满的性生活是指双方都能达到性高潮。精子在阴道充沛的液体护送下增强活力使卵子受精,这才是最佳的妊娠条件。

精子经过阴道深处进入宫颈口,通过子宫到达输卵管,依靠子宫和输卵管的收缩加上黏液的推动,活力强壮的精子在半小时后直达输卵管的伞端狭窄处与卵子会合。精子如果碰不到卵子,其生命力是 48 小时。卵子常在下次月经前 14 天成熟,从卵巢排出,经输卵管伞端开口处,在狭窄处稍停留而与精子会合。卵子如果未遇到精子,从排出到消亡大约为 24 小时。受精能力不过 20 小时左右,所以细心地掌握自己的排卵日期是十分必要的。

# 第二章
# 女性的怀孕过程

## 1. 精子和卵子

### (一) 精子的产生机制

人的睾丸位于阴囊中,这里的温度较之腹腔温度低 4℃ ~ 7℃,同时,多皱褶的阴囊皮肤还有大量的汗腺可通过汗液分泌加速散热,以利精子产生和生存。大多数孩子在出生时睾丸已从腹腔降入阴囊内,少数在出生后逐渐下来,但最晚不应超过 1 年。睾丸未能按期降入阴囊内称为隐睾症,可以是一侧的,也可以是双侧的。

睾丸每日可产生上亿个精子。为什么它会有如此大的能力呢？因为睾丸具有一个庞大的"精子制造工厂"。睾丸内有数百条弯弯曲曲的小管,称做曲细精管。每条小管的直径还不到 1 毫米,但很长,所有小管的长度加起来约有 250 米。这些小管就是产生精子的场所。曲细精管的生精上皮含有生精细胞。这些生精细胞在不断发育的过程中,逐渐地向管腔方向移动,最终脱离曲细精管上皮,以成熟精子的形式向管腔内释放。

睾丸除了具有生精功能以外,另一重要功能就是分泌雄性激素。胎儿时期的睾丸就开始了内分泌的功能,以促使向男性分化。如因先天缺陷,雄激素分泌不足或缺乏接受雄激素作用的受体,胎儿会出现不同程度的假两性畸形;因各种原因致青春期雄激素分泌不足,会使男性第二性征延迟出现、不出现或得而复失,且常常伴有不育症。此时需要外源补充激素,以促使内外生殖器官和第二性征的发育。

精液为一种灰白色液体,主要是由睾丸、附睾、前列腺及精囊的分泌物质所组成,还有少量尿道腺体的分泌物。

精子是精液中最重要的有形成分,占 5%~10%。精子是由睾丸中的精原细胞逐渐发育而成,整个发育周期约需 74 天。成年男性每天约可产生精子 1 亿个左右。身体状态的变化,外界刺激(如放射线、温度)等,只能改变精子的质量,并不能改变其发育周期。

液体成分称为精浆,是输送精子所必需的介质,其中精囊分泌液占 60%~70%,前列腺占 20%~30%。

精子在睾丸的曲细精管产生后,进入输精管道,最后再经尿道排出体外。输精管道包括附睾、输精管和射精管。附睾为细长的扁平器官,贴附于睾丸的后外侧,长约 5.5 厘米,附睾的作用是储存由睾丸产生的精子,并使其继续发育达到成熟;其分泌的液体,参与精液的组成。

输精管收缩时能排出精子。输精管沿睾丸后缘上升,通过阴囊上部,达腹股沟进入盆腔,于膀胱后面与精囊腺排泄管会合,二者会合后称射精管。

射精管是一对极短的肌性管道,仅长 2 厘米,由精囊腺排泄管与输精管汇合而成,大部分为前列腺所包围,开口于尿道前列腺部。射精管只有在性兴奋达到一定阈值时才突然开放,使精液经尿道射出。

精子在曲细精管成熟后,从睾丸支持细胞上脱落下来进入管腔内,随着支持细胞分泌的睾丸网液进入直细精管,通过睾丸网的网状管,经睾丸网后上部发出的输出小管进入附睾。精子在极度迂回弯曲的附睾管内要停留2~3 周,进一步成熟后进入输精管。此后精子的迁徙主要是由于输精管肌肉收缩造成的。输精管在接近前列腺时扩大而形成输精管壶腹,来自附睾的成熟精子暂时储存在这里。

有关精子的一组基本数据:

①男性平均开始制造精子的年龄:12.5 岁,每次射精所产生的精液2 毫升~6 毫升;

②每次射精中所含的精子数:1 亿;

③精子的寿命:2.5 个月(从形成到射出体外);

④精子与卵子相遇受精所需的时间:2.5 秒。

(二)什么是正常的精液

正常的精液是实现生育的最基本的条件之一。为保证精液分析的精确性,必须注意收集精液的正确性。受验者应在检查前 3~5 天内避免性交,用手淫收集一次排精的全部精液于干燥的玻璃或塑料瓶内,在一小时内送检。太长时间停止性生活后收集的精液会增加不活动精子的数量,不能代表精液的真实情况。

正常精液的标准需从以下两方面考虑：

(1)外观：一般为灰白色，禁欲时间较长可为淡黄色。刚刚排出的精液为胶冻状，于 5 ～ 25 分钟内液化。液化不良的精液会影响精子的游动，妨碍受孕。一次射出的精液量约 1.5 毫升 ～ 6 毫升，太少则影响精子活动及对阴道酸性环境的中和，太多则降低精子密度。精液的 pH 值偏碱性，一般在 7.2 ～ 8.4 之间。偏酸性时影响精子活动和代谢。

(2)显微镜检查：精子浓度是重要指标。正常时应在 $20 \times 10^6$/毫升以上。但是单纯的精子浓度测定不能反映男性的生育能力，必须重视精子的活动率和活动度。畸形精子的数目不应超过 40%，否则影响生育，这常常是睾丸生精功能发生障碍所致，也可能由于精索静脉曲张使生精上皮出现应激反应的结果。精液中白细胞的数量，在高倍镜视野中不应超过 10 个，并且不应有红细胞。否则说明可能存在前列腺炎和精囊炎。

(3)精浆生化分析：一般情况下，精液分析只作上述两方面的检查即可估计男性的生育能力。有些情况可能还需作进一步生化分析。精浆中含有的许多生化物质都与精子的生存和活动密切相关。常用的参数有果糖、锌、前列腺素、氨基酸及多种酶类。对某些精子运动能力较差的精液，可以作这些指标的检测，以进一步寻找不育的原因。

(三)卵子的产生机制

卵巢是女性的性腺，是位于子宫两侧的一对扁椭圆形器官。成年女子卵巢约重 5 克 ～ 8 克。绝经后萎缩变小、变硬。卵巢虽小，但能量巨大，既是卵子产生的场所，又可以分泌多种性激素。卵巢异常可以影响某一个体正常性别的表达，影响正常月经的出现，影响生育。

卵巢还是人体肿瘤种类发生最多的器官之一。卵巢功能衰退时，无论是生理性的自然衰退，还是人为因素造成的，人体都可能出现更年期不适，比如潮热、心慌、易发脾气等。

作为保障生物体繁衍传代的重要器官，卵巢从胚胎时期就具备了产生卵子的功能，并于胎儿出生时，携带有 10 万 ～ 50 万个卵细胞来到人世间。只不过绝大部分都在发育过程中退化死亡。

正常情况下，人的一生只有数百个卵细胞发育成熟。而这些成熟的卵子中，仅有极个别的能受精发育成胚胎。在绝经前，卵巢一直不停地、周期性地产生成熟的卵子。

由于卵巢性激素的作用,女性特征如生殖器官发育、乳房丰隆、音调高、女性体态,等等,逐渐显现并成熟。最具女性标志的月经,则更是在卵巢激素调节之下发生的。如果卵巢发育异常,那么不仅在女性生殖器及第二性征可能出现异常,而且常会伴发身体其他部分的畸形。

比如卵巢发育不全时,肉眼见卵巢呈条索状,并且没有卵泡存在;患者常伴有月经初潮延迟,或不发生月经,乳房、腋毛均呈发育不良型,内外生殖器呈幼稚型;而且表现为身体矮小、蹼状颈、主动脉狭窄及肘外翻等;性染色体也不正常。由于卵巢发育不全造成的这种雌激素水平低下,只能人为地给予雌激素替代治疗。通过治疗,虽可促进乳房、外阴及子宫发育,但不能生育。

(四)卵子的成熟过程

女性的生殖功能在胎儿时期就已奠定了基础。其一生中的全部卵细胞都在胎儿期增殖形成,不过这时的卵细胞都是未成熟的,叫做卵细胞。每个卵细胞周围有一层原始的卵细胞,称颗粒细胞,二者共同组成了原始的卵泡,即始基卵泡。

这些始基卵泡从胎儿时期,及至妇女一生中,都在不断地、成批地生长发育,但绝大多数在开始发育后不久即衰退、萎缩、死亡,只是到了青春期以后,某些始基卵泡才能发育成熟。

在生育年龄,一般地说,每一月经周期只有一个卵泡发育成熟。尽管同时可有很多卵泡在发育,但绝大多数未成熟即衰退、消亡。受大脑中下丘脑和垂体分泌的激素的调节,其中一个卵泡继续发育。这时卵泡的结构变得越来越复杂。卵泡中心的卵母细胞逐渐长大,卵泡周围的一些细胞也在分化,并形成了卵泡膜细胞。

卵泡发育的同时,卵泡膜细胞和颗粒细胞共同作用分泌雌激素,维持子宫内膜的生长。颗粒细胞之间逐渐形成了一个腔隙,其内充满了液体,称为卵泡液。在卵母细胞周围的细胞还分泌一种物质,称为黏多糖,形成一圈,围在卵母细胞周围,称为透明带。卵母细胞就是在透明带、卵泡液和周围无数细胞的层层严密保护之下发育成熟的。

成熟的卵泡不但整个体积变大,卵泡液增多,而且整个卵泡逐渐移向了卵巢表面。这时的卵泡直径可达16毫米~20毫米,称为成熟卵泡。而这时的成熟卵泡,受激素的调节作用,即将进入下一阶段——排卵过程。

(五)认识卵子

卵巢是产生卵子和分泌雌性激素的器官。卵子有两段不同的发育,一次在出生前,另一次为青春期开始以后。在胚胎时期,卵原细胞已进入卵巢内发育。此时卵原细胞会不断减数(减半)分裂,像这样的细胞,在胎龄7个月时可能拥有几百万个;不过,这些细胞大多不会成熟,有些甚至提前萎缩掉,因此,出生时大约剩下10万~100万个。

出生后到青春期前卵子仍继续萎缩,青春期开始后如果卵子未受精,则卵细胞便随子宫增生的内膜及血液排出。到更年期后卵子便已消耗殆尽。一个健康的女性,一生中大约会排出400~500个成熟的卵子,其余的卵母细胞大多萎缩掉了。所以女性卵子的数量是固定的、无法再新生。

卵子较精子大,它的外围有保护膜。保护膜由透明带和卵泡细胞组成。在一个月经周期中,卵巢内常有几个甚至十几个卵泡同时发育,但一般只有一个发育成卵子。

在妇女一生中仅有400~500个卵泡发育成卵子。随着卵泡的成熟,卵巢壁有一部分变得特别薄,并显得特别凸出。排卵时,卵泡就从这里破出而进入输卵管,排卵时间是从月经第一天算起的第13~14天,约28天排卵一次。

卵子从卵巢排出后,约需3~4天进入子宫。进入子宫前要在输卵管壶腹部停留2~3天。性交时,精子被射入阴道后,即一起向子宫腔内运动,最后在输卵管与卵子相遇,但一般只有一个精子最后进入卵内而成为受精卵。受精卵在子宫壁植入,逐渐发育成为胎儿。

## 2. 受精的生理机制

夫妻性生活中,每次射到女性阴道内的精子多达3~5亿个,这些精子首先会向子宫直奔而去,经过子宫颈管,再由子宫内腔、输卵管到达输卵管壶腹。

卵巢制造出来的卵子,经过输卵管前往子宫的途中,卵子就会遇到精子。

在上亿个大小仅约0.5毫米的精子中,只有一个能超越其他精子,冲破卵膜,进入内部成功地受精,所以受精行为是在输卵管内部进行的。

卵管壁的绒毛将精子与卵子结合形成的受精卵,运送至子宫。不断进行细胞分裂的受精卵,逐渐变成胞胚体。

胞胚进入子宫内膜,称为"着床",进而开始怀孕。

（一）受精时间和部位

卵子排出后的寿命一般估计约为 $24 \pm 6$ 小时，而排卵每月只有一次，所以受精时间就在月经周期的中期，排卵后 24 小时以内。但临床上有时看到在月经周期的第 7 天前后性交而怀孕的例子。其原因究竟是性交引起了期外排卵，还是精子的存活期延长尚不清楚，但值得人们提高警惕的是：在排卵期之前，想利用安全避孕并不是绝对"安全"的。

卵子排出后大约经 8～10 分钟就进入输卵管的壶腹部，排卵期在壶腹部—峡部连接点处，有一个生理性狭窄环，卵子就停在此处，如遇到精子，即在此处受精。由于两侧的输卵管在后陷凹处很接近，排出的卵亦有可能进入对侧的输卵管。

（二）精子的顶体反应

当获能的精子到达卵细胞附近时，它就发生"顶体反应"，人们认为顶体反应是受卵子影响，但卵细胞如何引起顶体反应还不清楚。顶体外膜与精细胞膜的顶端破裂形成小泡，膜中间释放出水解酶。现已被识别的有三种酶：

①放射冠穿透酶

其作用是使放射的颗粒细胞松解，脱离卵细胞外围。可以设想，当一个卵被许多精子所包围，这些精子所释放的放射冠穿透酶，共同使透明带外面的颗粒细胞脱落。

②透明质酸酶

颗粒细胞脱落后在透明带周围仍有一圈树枝状放射冠基质，是连接颗粒细胞与透明带的，精子释放的透明质酸酶有分解这些基质的作用；结果是使放射冠消失，暴露出透明带来。

③蛋白分解酶

类似胰蛋白酶样物质，能使精子穿过透明带。发生顶体反应后的精子头部，其上半部仍有一层顶体膜，中段有两层顶体膜和一层精细胞膜，顶体下面的头部只有一层细胞膜称为顶体后鞘。

在精子离体情况下发现，精子穿过透明带，这一过程约需 10 分钟，在体内的条件下可能快一些。精子必须是在获能并发生顶体反应后，才有穿过透明膜的能力。穿过时精子头部顶端的穿孔器先钻入透明带，以后整个进入卵细胞与透明带间的卵外间隙中。

(三)受精过程

①精子穿过卵细胞膜的过程

进入卵周间隙的精子是怎样进入卵细胞的？用电镜观察发现,精子不是从头部顶端(穿孔器式)钻入卵膜的,而是从精子的中段(赤道段)开始与卵细胞膜融合,随后,再向后延伸,包括精子尾部的一部分或全部;顶部是最晚进入卵细胞的。最后全部精子埋入卵细胞浆之中。卵子的受精也像其他细胞融合一样,包括两个细胞膜融合的过程。在卵细胞膜上有部分蛋白质含量较多,其性质较稳定;另外部分含脂类较多,代表膜的活性较强的部分。精子的获能意味着膜的改变,包括活性的增强和部分表面抗原的消除。

②多精子入卵的阻滞

哺乳动物正常情况下,只允许一个精子进入卵黄与卵子发生受精作用,但在受精处,经常有许多多余精子也与卵子相接触,如果多个精子入卵,往往胚胎发育早期就死亡。所以,在进化过程中就出现了阻滞多精入卵的一系列反应,其中包括卵细胞的皮质反应、透明带反应和卵黄膜反应等。

③精原核与卵原核的形成

精子进入卵细胞后,它的尾部脱落,头部的核膜消失,留下一个含有半数染色体的裸核,核内经过去氧核糖核酸的合成与浓缩,形成新的染色体,又出现核仁和新核膜,最后形成精原核。精子进入卵细胞后,刺激卵细胞的分裂;原来停滞于第二次成熟分裂中期的次级卵母细胞,很快发生分裂后形成成熟卵子和几乎不含胞浆的第二极体。第二极体被排到卵外间隙。至此,卵子的两次成熟分裂才完成。成熟卵子的细胞核即卵原核,含有22条常染色体与1条X性染色体。两个原核的形成,约需经历12小时。

④两个原核的融合

两个原核逐渐移到卵细胞的中央而相会。此时,核膜消失,核仁亦消失,来自两个原核的染色体,混合在一起,形成1个含有46条染色体的细胞,称为受孕卵或合子。受精过程不仅恢复了染色体的数目,而且是父母双亲的遗传基础;不但决定合子的性别,而且受精过程刺激合体进行一系列细胞分裂,称卵裂。孕卵在受精后数小时内,即开始有丝分裂,形成2个分裂球。

⑤孕卵的性别

受精卵的性别决定于精子所带的性染色体。如精子所含性染色体为Y型,则受精卵(XY)将发育成男胎;如精子的性染色体为X型,则受精卵

（XX）将发育成女胎。假如在减数分裂时两个性染色体没有平均分到两个次级精（卵）母细胞时，将发生各种类型的性畸形。

⑥体外受精

关于受精的过程的知识，很多来自体外受精实验。人卵的体外受精，从1970年以来 Edwards 等就已有报道。研究对象为月经周期规律的，仅因输卵管疾病而引起不孕的妇女。

⑦受精的抑制

受精是生殖过程的一个重要环节。在计划生育研究方面，受精的抑制也是许多学者的研究课题，已知的是，合成胰酶抑制物可作用于卵子与精子而抑制受精。

⑧受精的变异

卵原核如与一个以上精原核融合，将形成三倍体；如第一或第二极体未被排出卵外，卵原核、精原核加上极体，三者融合亦可形成三倍体。如果在配子形成过程中，染色体发生变异，精子老化，卵子（排卵前或排卵后）老化或配子不成熟，都可导致受精卵发育异常或胚胎死亡。

## 3. 孕卵的着床

孕卵的"着床"是指一个发育着的胚泡，植入到母体子宫内膜的过程，也称为孕卵的植入或着床。着床是胎生动物生殖生理的一个重要环节。着床之前，孕卵所需的营养都来自卵细胞的胞浆、输卵管和子宫腺体的分泌物。显然，这些分泌物远不能满足胚胎发育成为足月胎儿的需要。因此，孕卵必须及时着床，否则就会很快死亡。着床以后，孕卵可以从母血中获得大量而多种多样的、在发育生长时所需要的营养物质，并且通过胎盘将其代谢废物，经母血排泄出体外。

（一）子宫内膜的准备

在每个有排卵的月经周期中，子宫内膜都有接受孕卵的准备，包括宫腔上皮、腺体上皮和间质的改变。子宫内膜变化的高潮，相当于胚泡发育到与子宫接触的阶段。子宫内处在能接受胚泡的时间不长，当内膜有充分准备而宫腔内不存在发育着的胚泡时，内膜就不能继续增殖，而发生退行性变化。此时会有大量细胞死亡，并形成碎片，而随月经经血排出体外。如果子宫内有胚泡存在，则子宫内膜将进一步发生各种变化，而变成胎盘的一部分。

①着床子宫内膜的变化

主要表现为细胞的增殖、分泌活动的出现和血液供应的增加。在排卵前,子宫内膜上皮包括腔上皮与腺上皮出现细胞分裂的高潮。排卵后,间质细胞分裂活跃。排卵后的子宫内膜的不同组成部分,由于不同作用而分化,宫腔上皮变成一个能吸附胚泡的表面。在电镜下可看到表皮细胞上有许多指状凸起,可能有吸附卵泡的作用。内膜腺体开始有分泌功能,分泌一种黏多糖,可能有协助供应胚泡营养物质的作用。间质细胞分化成为蜕膜样细胞,为着床后形成胎盘做好准备,但子宫内膜的蜕膜化着床之前不甚显著,其主要变化发生在着床之后。与此同时,子宫内膜的血管也随着内膜的增殖而增加,变得弯曲呈螺旋状,为孕卵着床做好血液供应的准备。

②子宫内膜的蜕膜反应

虽然排卵后子宫内膜就有明显改变,但孕卵着床以后,内膜的蜕膜变化更为加快。间质细胞变化大,呈多角形,间质细胞胞浆嗜酸,细胞排列整齐,呈石块镶嵌状。电镜下可见到由未成熟的纤维细胞发展为成熟的蜕膜细胞的全过程。细胞浆中有游离和结合于蜕膜组织的胶原物质。在人类的子宫蜕膜可看到有三种不同细胞:一种是小细胞,含胞浆较少,属于尚未分化的细胞,一种是中等大小细胞,胞浆中富于糖原及脂类物质;第三种细胞的胞浆呈斑点状,富于核糖体与线粒体,核较小,核膜较致密。在蜕膜细胞之间可以见到 PAS 染色阳性、抗淀粉酶的沉积物。它们在胞浆内形成以后释放到细胞周围。这些物质形成囊样结构,包围着蜕膜细胞,据认为有保护蜕膜细胞不受滋养层细胞侵犯的作用。

早期妊娠时,子宫内膜腺体表现为高度锯齿状,上皮细胞呈扁平状,染色淡,有活跃的分泌活动,随后分泌腺的蜷曲程度减少。从内膜全层来看,表层的蜕膜细胞呈显著镶嵌状,腺体狭窄,静脉充血。中间层,亦即海绵层的分泌活动在整个孕期都很明显,而基底层在孕期仍保持其无功能的特点。

③子宫内膜的代谢特点

孕卵期子宫内膜的代谢特点是蛋白合成与酶活性增加,反映细胞的新生和组织的增生。排卵后,在孕酮作用下使子宫内膜为孕卵的着床准备好营养物质和一个适宜的组织"床"。排卵前用于合成蛋白质的能量,排卵后转而用于生产和利用糖类、黏多糖和脂类。在早孕期间,由于酸性黏多糖的聚合,使间质中的胶质松懈,而改善血管通透性,有利于营养和代谢物质的流动和交换。

(二)着床过程

①着床时间

卵子受精后,在输卵管中运行3~4天而达到子宫腔;在子宫腔内游离2~3天,并形成胚泡,着床时间一般是在受精后5~7天。

②着床部位

大多数孕卵是在三角形子宫腔上部的前后壁上着床,偶尔在子宫腔侧方。如孕卵在子宫下段着床,则有可能形成前置胎盘。孕卵着床均有极性,亦即总是以内细胞团的一端,首先与子宫内膜接近。着床点多数处在几个内膜腺体开口之间的宫腔上皮上,与内膜间质和螺旋动脉的小分支的末端相离很近。

③附着与植入

根据观察,人和其他动物的早期胚胎的发育和植入子宫的过程,可看到有下列两步变化,即附着与植入。

附着:在透明带解体以后,内细胞团周围的滋养层细胞分裂很快,形成一个囊,包围着内细胞团。在内细胞团附近的滋养层细胞上,有许多纤毛样突起。这些突起与子宫腔上皮的纤毛样凸起,形成犬牙交叉式的衔接。

植入:胚泡附着在子宫内膜表面以后,很快深入子宫内膜,上皮细胞染色变浅,细胞膜消失。

大约在受精的第9天,滋养层开始分化。靠近胚囊的细胞,具有细胞膜,细胞较大而染色浅,称为细胞滋养层。向子宫内膜深处发展的滋养层细胞,为多核的合体滋养层。合体滋养层穿透基底膜后进入间质,间质中有充裕的能源和氧气供应,使滋养层很快发育。在合体细胞层中出现一些腔隙。由于合体滋养层的破坏,内膜血管断端与腔隙相通,使母血流入腔隙,但因血流缓慢、压力不高,因而不致把卵冲掉。母血进入腔隙后,可以把滋养层的分泌物(绒毛促性腺激素)吸收到母血中,并能改变卵巢黄体成为妊娠黄体。随着滋养层的增殖、分裂,形成更多的腔隙,使母胎之间物质交换的面积大为增加,约在受精后12天,子宫内膜表面由孕卵着床而造成的创口,已被四周的宫腔上皮完全修复。此时,孕卵被埋在肥厚的蜕膜层内而受到保护,这就是着床过程的终了。这时在内膜呈一小丘样凸起。

(三)着床的抑制

抗着床是节制生育的一条重要途径。胚泡着床取决于胚泡发育、黄体功能与子宫内膜生理变化的同步,三者之间任何一方遭到干扰或破坏,皆可使着床失败。

①改变卵子运动速度

受精卵在输卵管运送的同时开始分裂,子宫内膜为了接受受精卵也发生相应变化。用药物改变卵子运行速度,干扰两者的同步性,可影响受精卵的着床。大剂量外源雌激素可以引起输卵管峡部产生"闸门"作用,延缓卵子的运输,使受精卵进入子宫与子宫内膜的变化不同步,从而达到抗着床之效。这可能就是大剂量雌激素作为事后避孕药的机制之一。目前也有人用抗雌激素作用的化合物作为事后干扰卵子运行的速度来节制生育,系着眼于加速卵子运行的速度,使卵子在未受精或受精后立即进入宫腔,因受精卵与内膜发育不同步而达到避孕目的。此外,肾上腺素拮抗剂与前列腺素也可能改变卵子运动的排卵而避孕。

②干扰子宫内膜的变化

着床后两天,子宫内膜间质细胞转变为蜕膜细胞,为着床后胎盘形成之一的胚泡提供必要的营养,还限制滋养层细胞的过度侵入,以及保护胎儿免受母体子宫的免疫排斥反应。蜕膜细胞的形成有赖于雌、孕激素精巧的平衡,改变激素的正常状态可以改变子宫内膜与胚泡发育的同步性,从而阻断着床。现用的低剂量孕激素化合物以及缓慢释放的孕激素硅胶囊,就是根据这种原理设计的,此法不影响垂体功能,比口服避孕药安全。

③干扰子宫内膜孕酮受体

孕酮必须与受体结合才具有生物活性。在人类子宫内膜的细胞质中已检出高亲和性的孕酮受体。用药物竞争孕酮受体可以达到抗着床及抗早孕的目的。目前国内临床试用的一些抗孕激素,如 RMI 已证明确能在受体水平与孕酮竞争,从而对抗孕酮的作用。RMI 也具有明显的抗孕激素活性。目前尚需合成一些作用强而专一,副反应弱的抗孕激素。基于雌激素有促进孕酮受体合成的作用,亦有人提出在月经后用抗雌激素抑制雌激素,使孕酮受体产生减少,从而达到避孕目的。

# 4. 生男生女的奥秘

一直以来,人们对生男生女都十分关心,那么,生男生女的奥秘究竟是什么呢?怎样才能科学地选择未来宝宝的性别呢?

(一) 生男生女的科学解释

我们知道,生命的基本单位是细胞。细胞主要可分为细胞质和细胞核,细胞核位于细胞质中。细胞核中有一种很容易被碱性染料染上颜色的物质,称为染色质。在细胞分裂时,染色质呈为形状清晰的染色体,决定生物遗传性状的基本因素就在染色体上。

每一种生物的染色体数是恒定的。人的体细胞中有46条染色体,可配成23对,其中22对是男女相同的,而有1对染色体则男女有别,这对染色体与性别直接有关,叫做性染色体。女性的性染色体大小、形状相同,称为X染色体;男性的性染色体中一条与女性X染色体相同,另一条极小,称为Y染色体。在生殖细胞形成时,染色体发生分离,数目减半,两条性染色体分别进入不同生殖细胞中。母亲的两条X染色体分开,进入到不同的细胞,所以卵细胞中只有一种,即22 + X;父亲的X染色体与Y染色体彼此分开,进入到不同的精子中,便产生两种精子:一种是22 + X(称为X型精子),另一种是22 + Y(称为Y型精子)。在受精过程中,精子和卵随机结合,若X型精子与卵子结合成受精卵,受精卵核型为44 + XX,发育为女孩;若Y型精子与卵子结合,受精卵核型为44 + XY,发育为男孩。因此,生男生女并不是女方的责任,而是决定于卵子和精子结合的一瞬间。

(二) 科学控制生男生女的方法

从优生的角度讲,生男生女都一样,关键是要"优生",以得到一个聪明、健康的孩子。重男轻女的结果势必造成男女性别比例不平衡,其后果是十分严重的。

人们很早以前就希望生男生女能随心所欲,但是迄今为止,决定人类性别基本上还是靠"自然选择"。但是,随着科学技术的发展,特别是遗传工程的深入研究,人们逐渐认识到,为了保护人种质量,阻断某些对民族素质影响较大的遗传病,控制性别是一个必须采取的有效措施。一般都是在怀孕后才进行检查证实的,能不能通过在怀孕前采取某种措施,来决定生男或者生女呢?

人们通过长期的研究和实验,发现决定性别的关键是男性的X型精子和Y型精子。它们具有不同的特性:男性X型精子活力弱,行动慢,生存时间较长,而Y型精子活动力强,游动性快,寿命稍短一点;X型精子喜酸性环境,Y型精子喜碱性环境。于是,人们就根据它们的这些特点采用一些方法来达到人工控制性别的目的。

下面介绍的方法有助于对未来宝宝性别的选择：

**第一，饮食控制法。**通过饮食改变人体内的酸碱度，创造一个适宜于 X 精子或 Y 精子的环境。女方可吃一些酸性食物或富含钙、镁的食物，如不含盐的奶制品、牛肉、鸡蛋、牛奶以及花生、核桃、杏仁、五谷杂粮、水产品等，生女孩的可能性大。吃偏碱性的食物或含钾、钠多的食物，如苏打饼干、不含奶油的点心、各种果汁、咸一点的食物，粮食中的根茎类，如白薯、土豆、水果、栗子等，生男孩的机会较多。采取饮食控制法，要从准备怀孕前一个月开始。

**第二，掌握排卵期。**在接近女方排卵期时同房，易生男孩，过了排卵期后同房易生女孩。这是利用 Y 精子好动，寿命短和 X 精子动作慢但寿命长的特点，人为地制造促使精子和卵子成功结合的环境。

**第三，改变阴道的酸碱度。**采用配制 2% 或 2.5% 的苏打水冲洗阴道后同房，可以增加男孩的出生机会。用 30% 或 50% 的食醋或 1% 的乳酸钠冲洗阴道后同房，可以增加生女孩的机会。

**第四，性高潮控制法。**男方在女方性高潮时射精，易得男孩；男方射精后女方才达到性高潮，或无明显快感，易得女孩。

**第五，把握同房次数。**短期内性交频繁，每次射精时的精量少，生女孩的可能性大，反之则生男孩的可能性大。

**第六，掌握射精深浅。**想要女孩子在阴道浅处射精，反之则在临近子宫口的地方射精。

由于施行以上各种方法的目的均是为了防止伴性遗传病的发生，因此，最好是在医生诊断男女方为遗传病基因携带者后，供人工选择胎儿性别时试用。

（三）胎儿性别的科学预测

怀孕后有没有方法早日知道究竟是男孩还是女孩呢？随着科学的发展，目前预测胎儿的性别已有几种方法：

**第一，**在妊娠 3～4 月，经下腹部从孕妇子宫的羊膜腔里抽取少量羊水，将羊水放在高速离心机上离心，保留细胞团，并经过固定、晾干和染色等步骤，然后放在显微镜下面观察细胞核内的 X 和 Y 染色体后，当 X 染色体出现在 10% 以上时，即可预测为女胎；当 Y 染色体达 20～25% 时，即可诊断为男胎。

**第二，**在怀孕 70 天左右，经阴道从子宫或子宫颈取少许分泌物，制成涂片,用显微镜观察胎儿细胞"性染色体"的情况,来判断胎儿是男还是女。

第三,从孕妇一滴血中测胎儿的性别,此方法近年来在国内外已开始使用,取得了满意的结果。具体的操作步骤是:在孕妇的耳垂或手指上采一滴血,放在玻璃片上,推成血片,用特殊的方法进行染色,待干燥后放在光学显微镜的油镜下计数 200 个至 1000 个中性分叶的白细胞,记录发现中性分叶白细胞的细胞核上"鼓槌体"的数目。在计数 200 个中性分叶白细胞后,假如发现 3 ~ 10 个"鼓槌体"时,则为男胎;发现 0 ~ 2 个"鼓槌体"时,为女胎。在计数 1000 个中性分叶白细胞时,假如发现 12 个以上"鼓槌体",预测胎儿的性别是男胎;发现 0 ~ 10 个"鼓槌体"时,为女胎;据报道,计数 200 个中性分叶白细胞的准确率为 92%,而计数 1000 个的准确率为 98%,显而易见,同其他预测胎儿性别的方法相比,这种方法简单、安全、准确率高,从妊娠一个半月开始,一直到分娩前都可进行,假如重复检查准确率更高。

第四,用羊膜腔穿刺法来预测是其中的一种方法。在怀孕 16 周左右,做羊膜腔穿刺,抽出羊水进行特殊培养,经过检查,若性染色体是 XX 配对时,胎儿为女性;若是 XY 配对时,胎儿即为男性。在预测性别的同时,还可以发现其他染色体病,只要及时采取有效措施,同样可以达到优生的目的。尽管预测男女方法各种各样,由于我国实行一对夫妇只生一个孩子,所以预测胎儿性别对家庭无意义,反而会导致我国的男女性别比率失衡,故不予提倡。

第五,用 B 型超声波诊断,不但可以检查出胎儿的性别,还可以看出胎儿是否患有小头畸形、脑脊膜膨出、脑积水和其他对智力发育有严重障碍的疾患,同时还可以检查出是否双胎、多胎、葡萄胎和宫外孕等。这是一种既不损害胎儿,孕妇也不痛苦,准确性很高的检查方法。

第六,检查绒毛膜细胞 X 或 Y 染色体,也可以早期预测性别,准确率在 90% 以上。

第七,通过孕妇血液或尿液检查,准确率也在 90% 以上,血液中 Y 染色体出现率在 1% 以上者为男胎,1% 以下者为女胎。尿液"免疫扩散法",早期预测胎儿性别准确率也可达 90%。

第八,在胎儿外生殖器已能区分的时候,用胎儿镜直接观察,也可判明胎儿的性别。这里需要强调的是:预测胎儿性别的目的是为了阻断遗传病的延续和发生,切不可滥用,不能人为地制造性别不平衡。

第三章
妊娠与女性生理心理变化

# 1. 妊娠的机制

妊娠第一个月,大部分人几乎没有自觉症状,因此,要想了解是否妊娠是不可能的。正因如此,在妊娠之后不久即发生的流产现象往往被认为是迟来的月经,经常会使人搞错。倘若期望着妊娠则排卵之后就应谨慎,同时身体的动作等应该不可勉强,亦即当基础体温升高之时就须考虑很可能是怀孕了。

实际上,受精卵着床于子宫内壁时才开始妊娠,因此,妊娠零周、妊娠第一周即为妊娠的准备阶段。着床的卵即变成胎芽,而绒毛覆盖于上面。胎芽发育不久即成为胎儿。而至妊娠第 4 个月之时,绒毛就形成胎盘。如此,胎儿继续发育,到了第 10 个月(满 39 周)时,才会从母体分娩出来而开始独立生活。

# 2. 妊娠期生理变化

(一)妊娠早期的生理变化

当受精卵在子宫内生长、发育,就叫怀孕。那么,怎样知道已经怀孕了呢?新生命开始后有哪些"征兆"呢?

有以下几个早期现象可提醒你注意:

①月经停止(又称闭经或停经)

已婚的妇女月经一直有规律,又有过性交史,突然发生闭经,首先考虑的是可能怀孕了。但有时还需同哺乳、环境变化、更年期、口服避孕药或者其他一些原因引起的月经停止相区别。

②早孕反应

表现为在怀孕 6～12 周之间,出现恶心、呕吐、便秘等消化系统的症状,是由于怀孕期妇女胃酸分泌减少,胃肠道的蠕动减低,食物在胃内停留的时间较长造成的。此外,还有一半以上的妇女有胃纳不佳和喜欢吃酸的食物或甜的食物,以及乏力和嗜睡等表现。这些现象是因怀孕早期大脑皮层的抑制与皮层下中枢的兴奋,引起植物神经系统不平衡而造成的。

③乳房变化

怀孕早期就可以感到乳房发胀,压上去有疼痛的感觉。这是由于怀孕以后,卵巢分泌的孕激素增加,促使乳腺小泡的发育,故乳房增大,并有发胀的感觉。

④小便表现

小便次数增多。这是由于子宫逐渐增大而压迫膀胱,引起膀胱刺激而产生的症状。

⑤基础体温的变化

经常测量基础体温的妇女,如果月经到期未来,而基础体温保持在升高的水平上,则妊娠的可能性较大。

已婚妇女出现以上这些现象,往往表示有怀孕的可能。在医院里,妇产科医生还要进行妇科检查来了解子宫的大小、阴道和子宫颈的改变。

(二)妊娠时身体各系统的演变

(1)心血管系统

心脏的变化:伴着子宫的增大而使横膈上方心脏被推向上升,靠近胸廓并略向左移,心脏的工作量增加,心率加速,心搏量增大。

血液的变化:先前是血液循环量随妊娠月份而慢慢增加,怀孕 32～34 周最明显,血液相对稀释,红细胞及血红蛋白的测定值均较低,为生理性贫血,白细胞数亦上升,为 7500～10000 个/立方毫米,红细胞沉降速度亦比平常加快,最高可达 50～60 毫米/小时,血浆纤维蛋白原从未孕时 300 毫克上升到足月的 600 毫克。孕妇静息心排血量增加是孕妇血循环最重要的变化,一般从妊娠 10～12 周开始增长,周围血管阻力于早期妊娠开始下降,约在妊娠 30 周时降至最低水平,故妊娠期动脉压亦有变动。一般收缩压保持稳定,而舒张压稍有下降,脉压加宽。周围阻力的降低可导致孕妇对血流急剧改变的适应能力下降,因而使有心脏病的孕产妇由于不能胜任负担而发生心力衰竭。

**(2)呼吸系统**

子宫在怀孕后增大,将横膈往上推挤,膈肌活动幅度减小,导致胸廓容量的增大,横径增加2厘米,周径增加5～7厘米,妊娠期间气体交换需求量增加,呼吸频率稍加快。

除此之外,妊娠期间,由于鼻黏膜增厚,水肿因而抵抗力稍低,故易患感冒。

**(3)消化系统**

妊娠早期出现食欲减退、恶心、呕吐,在怀孕12周后这些症状渐渐消失,另外,消化道的各器官随着子宫的增大,其解剖位置也发生相关联的变化,如胃趋向水平位,肝向上,向右后方移位。

**(4)泌尿系统**

尿液检查可发现尿糖,是因为随着妊娠时人体代谢的增加,肾脏负荷也增大,肾小球滤过亦增加,但肾小管的重吸收功能有限,因此使葡萄糖从尿中排出,这和糖尿病是有区别的。

在妊娠前的三个月,随着子宫增大,可压迫膀胱,引起排尿次数增多,而在孕后期夜尿增多,孕足月时出现尿频。

**(5)神经系统**

在妊娠时出现植物神经功能不稳状态,如头晕、恶心、呕吐,甚至晕倒,也会发生肌肉痉挛、神经痛或麻木感。

**(6)内分泌系统**

妊娠时,在孕妇体内可出现一个重要的内分泌器官,此即胎盘,怀孕期间人体内分泌活动极其活跃,可分泌雌激素、生乳素以及绒毛膜促性腺激素等。

以上是胎盘内分泌的激素,除此,亦有胎盘外分泌的内分泌激素,如垂体激素、甲状腺素、肾上腺皮质类固醇激素、雄激素等。

**(7)皮肤**

孕妇由于腹壁皮肤张力加大,使皮肤下的弹力纤维破裂,出现很多紫色或淡红色没有规律的裂纹,为妊娠纹;此外,妊娠时脑垂体分泌促黑色素细胞激素增多,使色素增加,加上雌激素显著增多,使孕妇面部、外阴等处出现妊娠斑,在产后多可逐渐消退。

（8）骨骼

孕妇的骨盆、关节、韧带也开始松弛，耻骨联合也轻度分离，那是受孕激素的影响，假若过分松弛可引起关节疼痛；此外，孕妇常出现腰酸，原因是妊娠时子宫的重量使身体重心前移，为了保持平衡，孕妇的头和肩向后倾，腰向前挺形成的。

（三）常见的妊娠反应

善待早孕反应

孕早期约有半数以上孕妇可发生挑食、偏食及轻度恶心、呕吐等现象，医学上称早孕反应。

此反应一般从怀孕 6 周开始，第 12 周以后逐渐消失。发生早孕反应，可采取以下措施：

1. 解除紧张、焦虑、注意休息，保证足够的睡眠时间。

2. 饮食少量多变，想吃就吃，爱吃啥就吃啥，不必考虑食物营养价值。

3. 多补充水分。

4. 避免刺激性气味和过于油腻的食物。早孕反应不是病，一般不必用药物治疗。

5. 妊娠剧吐

少数孕妇反应特别严重呈持续呕吐，甚至不能进食、进水，称为"妊娠剧吐"。

呕吐出食物外，还有黏液泡沫，也可能有胆汁或血性物。由于呕吐频繁，孕妇处于失水状态。如果病情继续恶化，将发生抽搐、昏迷、黄疸等严重症状，甚至造成死亡。一旦发病，需到医院及时就诊。

（四）应当重视妊娠日记

十月怀胎是正常，一朝分娩能否顺利，关系到日后小生命和母亲的安全与健康。因此在整个妊娠期间，如能将有关事项及时记载下来，则是一份宝贵的档案资料，可供医务人员了解孕妇妊娠的经过是否正常，从而及时采取必要的措施，以保证胎儿的安全和分娩的顺利。

妊娠日记可包括以下内容：

末次月经日期：这是判断预产期的主要依据（它的计算方法是以末次月经的第一天起，月份加 9 或减 3，日数加 7）。

妊娠反应（一般在妊娠第 6 周开始出现）的时间。应记明何时开始，何时消失，以及反应程度。

第一次胎动日期(多发生在妊娠第18~20周,第一次胎动日期加上150天就是大约的预产期)。经产妇自觉胎动时间稍早于初孕妇。

早期妊娠时的相关检查。如停经后做过妇科检查、尿妊娠试验等应记录下来,并保管好有关病历和化验单。

孕期中所患病,包括疾病的起始日期,医生的诊断处理,特别是病毒性感染,应详细记载。例如,有个产妇生了一个兔唇儿,未查出遗传因素,但孕期因两次感冒吃过好多种药物,这很可能就是引起胎儿兔唇的原因。如能及时记录在妊娠日记上,让医生早一点准确地掌握这些情况,就可以帮助她及早采取补救措施或提出终止妊娠的劝告而不致懊悔终身。

孕期用药。许多药物特别是西药可在妊娠早期使胎儿畸形,在妊娠后期使胎儿受害,因而应谨慎用药,并及时记录药名,用药量和用药天数。就医时应主动向医生说明自己正在孕期,孕妇本身更不能想当然地随便用药。

孕期并发症。如有发生下肢浮肿、阴道流血、头昏、眼花、视力障碍等症状时,应咨询医生,并记录于妊娠日记上。

接触X射线和放射线性物质或有毒物质。孕妇对上述射线及物质应避免接触,以防对胎儿带来不利影响。如有接触,应作记录。

性生活次数。妊娠早期同房可能引起流产,妊娠晚期再同房可能造成破水、早产、产褥感染。妊娠中期虽可以同房,但次数不宜过多,并且应作记录,以便控制(可用"+"符号表示)。

胎动次数。正常胎动数每小时在5次以上,多者可为20~40次。有正常胎动说明胎儿存活,若胎动次数每小时少于5次,表示胎儿有缺氧情况存在。若胎动停止,说明胎儿情况危险,应立即到医院检查。孕妇每晚睡前数胎动一小时,住院者可每日早、中、晚各数一小时,并加以记录。

阴道流水的时间和量。妊娠期如有大量的阴道流水,可能是羊膜已破,胞水流出,表示孕妇临盆或羊水早破,遇此情况,除及时记载流水时间外,应到医院检查。

产前检查的日期、胎位情况。

日常生活变化。包括生活习惯、出外旅行、工作情况改变、外伤、巨大精神创伤等都在记录之列。

妊娠日记最好由孕妇自己写,也可以夫妇讨论后由丈夫代记。要逐日逐项记录,记录要详细准确,直至分娩。

## 3. 妊娠中女性的心理变化

### (一) 妊娠期女性的心理特征

妊娠从卵子受精开始到胎儿脱离其附属物自母体排出终止,是一个正常而又复杂的生物过程。孕妇在这一过程中所发生的解剖、生理的巨大变化和孕妇即将发生的社会角色转换,必然引起孕妇错综复杂的心理变化。孕妇的心理状态、举止行为等对胎儿发育和孕妇自身发生着影响。

通常,孕妇总的心理特征常常反应在一种正负交替的心理波动上。生育是女性的"专利"或倾听到新生命象征的胎音,孕妇肯定存在着不可掩饰的喜悦之情(为正性)。另外,孕妇的心理上还有对婴儿性别、畸形、难产、经济负担等的担忧(为负性)。如国内调查了200例孕妇,在妊娠中69.5%的人明显对周围小孩子感兴趣;95.5%的人能正确对待早孕反应给身体带来的不适,主动请医生指导;75%的人对初次出现胎动无比喜悦,有的还描绘孩子的相貌,企盼能综合父母的优点;84.2%的人对腹中胎儿设计起未来人生蓝图,其中71.1%的人希望孩子将来上大学,成为医生、音乐家、科学家、企业家、演员等,还有12.2%的人希望孩子成为能工巧匠。

心理学上,以三个生物妊娠时期有相应的三个心理妊娠期来描述正常妊娠女性的心态。

### 第一时期

多数孕妇将妊娠纳入自己的生活计划,并为进入母亲角色做好心理准备。

初期妊娠女性的心理反应强烈,感情丰富,如矛盾、恐怖、焦虑、将信将疑或内向等,情感变化甚至可在整个妊娠期间重现。此时期孕妇常全身倦怠、头晕、恶心、呕吐、厌食,这是正常的妊娠反应所致。有的孕妇情绪不稳定,容易激动或流泪,也有的孕妇变得寡言少语,对事物过于敏感,出现易受伤害性。孕妇由于味觉及嗅觉变得敏锐,对食物的爱好明显改变,喜食酸性食物或辛辣食物如泡菜、辣椒等。兴趣爱好也发生改变,如欣赏儿童娓娓动听的歌曲、观看小朋友做游戏的兴趣倍增,说明孕妇在适应躯体的生理变化,开始输入眷恋小生命的母爱。有的孕妇对性生活有畏惧和回避的现象,也有部分孕妇性兴奋增强,两者都属正常现象。

**第二时期**

孕妇身体逐渐走入正常轨道。恶心、呕吐等反应消失，是相对比较稳定的时期，自我感觉良好是此期的主要特征。此期孕妇精神处于最佳状态，胎动的出现，能够使孕妇感受到新生命的存在，胎儿作为脏器的一部分而变得具体，增强了母亲的正向感觉，对胎儿生长和发育的过程感兴趣，会拉着丈夫的手放到腹部，使丈夫也分享幸福，并去了解自己的胎儿，如找同等处境的人交谈，或阅读有关书籍，或为宝宝的出生做些准备。

**第三时期**

腹部膨大，压迫下肢，孕妇活动受限，加之子宫压迫症状出现尿频、便秘，会使孕妇再度出现心烦和易怒。有的孕妇因摄入钙及各种维生素不足，易出现下肢肌肉痉挛，痉挛部位多在拇指或腓肠肌，常于夜间发作使孕妇睡眠不足，此外，对丈夫陪伴和亲人的依赖心理增加。孕妇应通过孕产咨询、讲座和阅读有关文章知道分娩是一个正常自然的生理过程，减轻心理负担与压力，适应生理变化带来的不适。

**（二）孕中期妻子常见的要求**

了解怀孕的妻子对丈夫的期望，对丈夫帮助妻子顺利度过孕期十分有利。以下是大多数处于孕期的妻子对丈夫的期望：

胎儿生长发育迅速，自己也度过了早孕反应阶段，对各种营养物质的需求也大大增加，可能会特别喜欢吃某些丈夫根本就不喜欢甚至厌恶的食物。自己从内心希望自己的丈夫能学习、了解有关营养方面的基本知识，帮自己纠正偏食的不良习惯，合理安排好自己的一日三餐，也可借此机会提高自己的厨艺。

怀孕中期，自己的身体开始显得笨拙，不能再像以往那样操持家务，为丈夫洗衣做饭。此时，总是希望丈夫能够照顾好自己，同时学习料理家务，为将来共同照顾孩子做好准备。

怀孕中期的家庭保健监护胎儿发育、健康状况的手段，又是三口之家共同活动的时刻。丈夫应当关注这件事，帮助自己数胎动、听胎心、量体重；当自己大腹便便时，不要忘记提醒自己坚持不懈。

怀孕中期孩子的听觉、视觉、味觉、触觉均已逐步建立，与意识有关的脑皮质也开始成熟，这是早期施行胎教的好时机。希望丈夫能经常和自己一起，与自己体内的胎儿谈话、欣赏音乐，通过腹壁和孩子交流情感，刺激孩子对外界反应的灵敏性。从内心希望丈夫能与自己同步感受孩子的成长历程。

现在这个时期正是进行胎教的最佳时期,希望丈夫能一起感受孩子带给自己的兴奋,感受孩子的胎动,感受孩子的心声;如果每天一家人能在一起聊聊天、听听音乐、抚摸他,感受他对父母的反应,那真是无比的幸福。

根据医生的要求,自己每天要为体内的孩子记数胎心音、胎动,还要定期测量自己的血压、腹围等。这些妻子自己可以做,但听胎心音与测量腹围时,却感到有些不方便。妻子希望自己的丈夫帮助,并体验孩子的运动,以便增加母子、父子之情。

随着怀孕月份的增加,妻子开始感到自己的皮肤正在发生变化,担心自己生产后变得丑陋,特别希望丈夫能够了解自己的心情,并且帮助自己寻找保护皮肤健康的方法,帮助自己每天进行20分钟的皮肤护理。

(三)怎样才能有正确的妊娠心理

怀孕之后,妻子在身体和心理上将产生比较大的变化,应该有足够的精神准备。

首先应当消除忧虑感。一些年轻妇女对怀孕抱有担心心理,一是怕怀孕后会影响自己优美的体型;二是难以忍受分娩时产生的疼痛;三是怕自己没有经验带不好孩子。其实,这些顾虑都是没有必要的。毫无疑问,怀孕后,由于生理上一系列的变化,体型也会发生较大的变化,但只要坚持锻炼,产后体型就会很快得到恢复。事实证明,凡是在产前做孕妇体操产后认真进行健美操锻炼的年轻妇女,身体的素质和体型都很快地恢复了原状并有所增强。另外,分娩时所产生的疼痛也只是短暂的一阵,只要能够很好地按照要求去做,同医生密切配合,就能减少痛苦,平安分娩。

孩子是夫妻爱情的结晶,是夫妻共同生命的延续,为了夫妻间诚挚的爱,为了人类的不断繁衍,做妻子的应当有信心去承担孕育、生育的重任。有了强烈的责任感和坚定的信念,就一定能克服所遇到的一系列困难,迎接小宝宝的诞生,从而体验到人类最美好的情感——母爱。

怀孕之后,为了胎儿的健康,需要注意的事项很多,许多活动和娱乐都将受到限制,作为妻子对此应有充分的思想准备。

如果做妻子的正在从事某个专业的学习或参与某项课题的研究,怀孕和分娩对此带来一定程度的不便,对此要有充分的认识,要做好产后再发奋补救的准备。

(四)什么是"产前抑郁"

很多人都知道有"产后抑郁症",但对"产前抑郁症"及其严重性却知之甚少。最近有专家提出,产前抑郁症的危害性远远大于产后抑郁症,严重的话甚至还会做出伤害自己的行为,诸如自残、自杀等,累及胎儿的生命。

产前抑郁症是近年来出现的一种新的孕期心理疾病。女性从怀孕起,由于体内激素出现变化,特别在孕早期的 3 个月里,出现呕吐等各种身体不适;同时,心理也容易出现波动,情绪更容易低落。由于生育期女性是精神病易感人群,如果调节能力差的女性此时没有得到适当照顾,心理压力过大,难以从"少女角色"转换到"妈妈角色",就可能在临床上表现出躁狂、抑郁、精神分裂,甚至出现意识障碍和幻觉,以致发生难以预料的意外事件。

怀孕后的女性往往最担心产后会失去怀孕前的一切,在丈夫和单位里"失宠",更多女性还担心自己身材会变形。

越来越多的女性在怀孕后马上辞掉工作,原先充实的生活状态、明确的生活目标一下子就没了,人也变得很空虚,上班族孕妇不做事情就东猜西想,猜想久了心理问题也就出来了;另外,很多女性从小没吃过苦,生孩子会带来的痛楚让她们整天诚惶诚恐。

丈夫在孕前、产后都要密切关注妻子的心理变化,尽一切可能关心她、体贴她,减少不良刺激,使之保持愉快心情和稳定情绪,对生男、生女也不要有过多压力。

在产前要做好孕妇的卫生宣教工作,使产妇对分娩和产后的卫生常识有所了解,减轻孕妇对分娩的恐惧感和紧张感。

孕妇还应该及时调节情绪,放松心情,平时适当地进行户外运动,比如短途旅游、做孕妇操、游泳等;参与一些社交活动;保持充足的孕期营养,因为足够的营养和充分的休息能够避免心理疾病的发生。

**(五)妊娠女性应注意情绪对胎儿的影响**

最近的研究结果表明,当胎儿的耳、眼等感觉器官在母体内日臻完善后,对母亲的血流声、说话声和她的呼吸、心跳、胃中的水声、肌肉和关节动作的声音,甚至外界的音乐、噪声等各种声响都能听到,而且有所反应。试验结果表明,自妊娠第 7 个月起,强烈的声响会引起胎儿加速呼吸和身体移动。当孕妇情绪激动,如吵架时,有 50% 的胎儿心率加快,80% 以上的胎儿胎动增强。这是由于孕妇和胎儿的内分泌、代谢是通过胎盘联系的。当孕妇情绪波动时,体内肾上腺素、肾上腺皮质激素增多,这些物质都能通过胎盘影响胎儿的生理功能。

科学家们还做了许多实验,发现胎儿能分辨不同的音乐。他们将录音机放在孕妇的腹部,然后播放华尔兹曲,一面监听胎儿的心跳。他们发现有些胎儿心跳加速了,但另一些胎儿心跳并没有什么变化。两年后,胎儿对华尔兹曲有反应的那些母亲报告,他们的孩子性格很好。研究人员认为,胎儿在母亲腹内已对音乐有了好恶,音乐对胎儿性格形成有一定的影响。

现代医学已阐明,孕妇在情绪抑郁、精神不快的情况下,由于会引起内神经系统与内分泌系统的功能紊乱,同样会影响胎儿的正常形成。特别是精神紧张状态下,身体里分泌过多的肾上腺皮质激素和肾上腺素。肾上腺皮质激素中主要是可的松激素,这种激素体内太多的话,就会影响胎儿某些组织和器官的生长发育,尤其是容易诱发唇裂、腭裂等畸形,肾上腺激素具有强烈的收缩血管和平滑肌肉的作用,过多的肾上腺激素会促使子宫的血管和子宫本身肌肉的收缩,造成子宫缺血和子宫腔内压力增高,这样便要妨碍或阻挠胚胎的正常生长发育。

祖国医学也十分重视这个问题,早就认识到"孕借母气以生,呼吸相通,喜怒相应,一有偏倚,即致子疾"。说明孕妇的情绪活动,可能会影响脏腑、气血功能,并可能通过母体影响胎儿。

# 4. 妊娠的早期诊断和应对

## (一) 孕早期应做的化验检查

(1) 孕早期,为确定妊娠是否正常,需做血或尿的妊娠试验。

(2) 确定为正常妊娠后,在当地医院决定进行系统产前检查的准妈妈需做血型、Rh 因子、肝功能、乙肝表面抗原、甲胎蛋白、血清巨细胞病毒、弓形虫等的检查。

(3) 有其他疾病的准妈妈尚需做有关疾病的化验检查,如有甲状腺功能亢进,需做甲状腺功能测定。

(4) 孕期需查血、尿常规,整个孕期至少查 3 次血红蛋白,在初次尿常规检查之后,应当从怀孕 30 周起每次产前检查均需查尿常规。

(5) 妊娠 28 周每位准妈妈需做口服 50 克葡萄糖后一小时查血糖的筛查试验,结果不小于 7.7 毫摩尔/升者,需进一步查口服 100 克葡萄糖耐量试验,以进一步确定有无糖代谢异常。

(6) 妊娠超过 40 周未自然临产的准妈妈,需了解阴道内有无致病细菌,为引产做好准备。

（二）孕早期应做阴道检查

准妈妈第一次产前检查时，常规要做阴道检查。不少准妈妈怕对胎儿影响而拒绝，这是不对的。因为胎儿的生长和娩出与母体的生殖器官有密切关系，尤其在分娩时，胎儿要从子宫通过宫颈口、阴道、外阴。如果不了解软产道情况，到孕晚期或临产出现意外或难产时，会缺乏足够准备。通过阴道检查，要了解以下情况：

（1）外阴：有无炎症，组织弹性如何，有无瘢痕。

（2）阴道有无炎症、畸形（横膈、纵隔）、瘢痕；白带检查有无滴虫、真菌、淋菌等。

（3）宫颈口松紧、坚韧度，有无宫颈糜烂、炎症、畸形。

（4）子宫大小和妊娠月份是否相符，有无肌瘤或畸形，如双子宫、双角子宫等。

（5）卵巢有无肿瘤。发现异常应及时处理，以预防流产、早产；对卵巢肿物应争取在怀孕 4 个月时切除，以免扭转；阴道炎要治疗；阴道横膈、纵隔可选择在临产后手术切开或直接剖宫取胎。这些处理都是为了安全分娩并保护胎儿。

阴道检查要在孕早期进行，因为这时子宫不太大，盆腔器官容易摸清，不易遗漏，而且不可失时机地进行处理。

（三）孕早期应检查白带

正常妇女阴道内有多种细菌存在而不发病。当阴道黏膜受到损伤、化学刺激或月经等血液分泌物淤积，破坏了阴道的正常状态，细菌大量繁殖往往会引起阴道炎。另外，阴道毛滴虫、霉菌引起的阴道炎也很常见。近年来，淋菌性阴道炎也屡见不鲜。

阴道炎可以没有症状，但大多有白带增多、脓性、臭味，外阴阴道黏膜发红，并有瘙痒、灼热、疼痛等不适。

各种阴道炎对准妈妈、胎儿均有危害。阴道滴虫可引起泌尿道感染；霉菌在阴道黏膜表面形成白膜；胎儿娩出时接触可引起霉菌性口腔炎（鹅口疮），因疼痛影响吸收，还可能发展成霉菌性肺炎；淋菌可迅速传染给新生儿，最常见为淋菌性眼结膜炎，治疗不及时可能导致失明。

孕期阴道炎还可以使宫颈处的羊膜和绒毛膜发炎，坚韧度下降，容易使胎膜早破而引起早产、流产、胎儿宫内感染，甚至于胎死宫内或新生儿败血症等；阴道伤口容易化脓、裂开或引起产褥感染。

白带检查发现异常应及时彻底治疗。

**(四)怎样使用验孕笔**

一般验孕笔会标示准确率,例如95%、98%等;若无标示,并不表示准确率100%,因为某些因素会造成验孕笔失效。

(1)验孕笔失效可以两种形态表示:

①已怀孕,但验出来显示没有怀孕,即验孕笔不够敏感:可能的原因包括验孕笔过期、药剂已失效;另一种原因是厂商使用的药剂有问题。

②未怀孕,但验出来显示怀孕,即验孕笔试剂太灵敏:女性怀孕时体内的绒毛腺性激素会升高,可经由尿液验出,验孕笔就是在测试体内的绒毛腺性激素。但绒毛腺性激素存在于每一个人体内(包括男性),只是量较少。有些试剂因为太敏感,即使量少也可能呈阳性反应,而让使用者以为怀孕了。

(2)检验时间不正确:太早验与太晚验,都可能使检验结果不正确。有些人在性交后2~3天就检验,往往验不出正确的结果。有些人则在怀孕一段时间后才验,然而因为绒毛腺性激素值会随着怀孕周数增加而增加,例如10周后,数值即可能达到10万以上,而一般的验孕笔在超过一定的数值后即验不出来。

(3)如何正确验孕:如果对于验孕笔标示的结果有怀疑,最好使用两个品牌的验孕笔。另外也可以到妇产科检查,妇产科医师觉得有怀疑时,会使用不同的试剂或是将尿液稀释来检验,必要时还可以抽血检查。另外,怀孕大约到6周(从上次来月经的第一天算起)以后,可以用超声波看看胚胎是否位于子宫内。虽然验孕笔的准确度极高,但并非100%,需要仔细地确认,以免使用验孕笔呈阴性却已怀孕,而在未注意服用药物、做放射性检查,后来知道怀孕后,终日惶惶不安。

## 5. 异位妊娠的种类与成因

**(一)罕见的异位妊娠**

正常妊娠时,孕卵应着床于子宫体腔之子宫内膜,如孕卵着床于子宫体腔以外,则属异常,称为异位妊娠。以往习惯称为"宫外孕",尚有不恰当之处,因宫颈妊娠,输卵管间质部妊娠以及子宫残角妊娠,严格说来,仍属子宫的一部分,但却划为正常子宫体腔之外的妊娠。

异位妊娠发生部位有输卵管、卵巢、腹腔、阔韧带、子宫颈以及子宫残角等,最常见部位为输卵管(占总病例的 95% 以上),较少见者为原发腹腔妊娠、卵巢或宫颈妊娠。至于子宫残角妊娠,则为子宫畸形的一种,亦较少见。此外,妊娠还可能发生在部分切除的输卵管及子宫。

异位妊娠的发生率按国内外各地各时期的报告,差异较大。宫外异位妊娠与正常妊娠之比,由 $1:84 \sim 1:357$。据国内少数较大医院统计为 $1:43 \sim 1:50$。近年来发生率有所上升,可能由于出生数减少,具体原因尚需作仔细调查、统计、分析而做出科学的结论。

(二)输卵管妊娠

大多数哺乳类动物,卵子在输卵管壶腹部受精,约经 3 天时间进入宫腔,约在受精后第 6 天开始在子宫内膜着床,这时孕卵是在囊胚期。凡由种种原因,孕卵被阻于输卵管者,则可能发生输卵管妊娠。

【输卵管妊娠的常见原因】

(1)输卵管内膜炎

轻度卵管内膜炎,其管腔未被完全堵塞,但管腔内皱褶粘连,管腔变狭,甚至有陷凹形成,在这种情况下,可使孕卵在运行途中被阻滞而就地着床发育。

(2)输卵管周围

流产后或足月产后的感染,阑尾炎引起的盆腔腹膜炎,均能造成输卵管周围炎:此时,重要的病变是在输卵管的浆膜或浆肌层,使输卵管周围发生粘连,管形扭曲,管腔狭窄。

(3)输卵管手术后

如发育不良时,输卵管可能比较细而有憩室、副伞端(常为盲端);亦可见全长为双管或部分双管等。

(4)输卵管手术后

如输卵管成形术、输卵管吻合术等之后,可因疤痕而致输卵管通畅不良。

(5)各种节育措施

宫内避孕器,带器妊娠中输卵管妊娠占 4% ~9%,也可高达 16%。宫内避孕器合并异位妊娠率较用其他避孕具者高 12 倍。其原因可能系输卵管炎或宫内异物影响输卵管蠕动所致。单纯孕酮口服避孕药怀孕者中 4% ~6% 为异位妊娠。输卵管结扎术或输卵管夹绝育术后因瘘管形成或再通而妊娠者中,15%为异位妊娠。应用硅胶环套者异位妊娠率高于50%。

### (6)输卵管周围肿瘤

如子宫肌瘤、卵巢瘤等,均能压迫输卵管腔或使输卵管明显移位。

### (7)其他

输卵管、子宫内膜异位症,可以增加孕卵着床于输卵管内的可能性。

输卵管妊娠,输卵管管壁薄,远不如子宫壁肌层坚韧。输卵管黏膜只有表层,缺少黏膜下组织。当妊娠时也不能形成完好的蜕膜反应,以抵抗滋养叶细胞的侵蚀。

输卵管妊娠发生在壶腹部者最多,其次为峡部,少数发生在间质部(1%～5%),极少在伞部,更少在输卵管—卵巢伞。从原发部位尚可继发输卵管—腹腔妊娠、输卵管—卵巢妊娠、卵巢腹腔妊娠以及阔韧带妊娠。

输卵管妊娠时,同样有宫内妊娠时的内分泌变化,所以子宫肌纤维增生肥大,使子宫大于正常非孕子宫,但小于停经月份应胀大的子宫。子宫内膜呈蜕膜样变化,腺上皮低矮、染色淡,分泌旺盛,腺体增生呈锯齿状。间质细胞呈大三角形,紧密相连状如花墙。当胎儿死亡后,约50%病例可排出整齐的三角形蜕膜管型,其余则呈细小碎片脱落排出。

### 输卵管妊娠的主要表现

输卵管妊娠在流产或破裂之前,除有妊娠表现外,无其他不适,患者往往认为是正常怀孕。其类型临床表现如下:

### (1)腹痛

不少患者是因腹痛而就诊。突然下腹疼痛,以一侧较重,犹如刀割或撕裂;有的还向肩、颈部放射,系因出血量多,血液刺激横膈所致。所以,疼痛范围与血量有关。临床常遇到因反复发作而来就诊者。每次发作表示腹腔内有新的出血。显然,腹痛是由血刺激腹膜所致。但临床上有时腹腔血不多,而疼痛相当严重。所以,疼痛发生除因血液刺激外,可能还与输卵管肿胀、破裂及个人痛阈不同有关。

### (2)闭经

多数孕妇在出现腹痛或阴道流血前有短期闭经,一般闭经在6～8周左右。值得注意的是,不应该把由于蜕膜分离所出现的少量不规则出血误认为月经。约1/4或更多患者无闭经史,可能因未仔细询问病史,将不规则阴道流血或蜕膜多量出血误认为末次月经。所以,无闭经史也不能完全排除异位妊娠。

### (3)阴道点滴流血或出血

胎儿死亡后,雌、孕激素比例变化,蜕膜分离而表现为少量不规则阴道出血,有的出血较多(5%),酷似月经,或多于正常月经量。伴随阴道流血,可能有整个子宫管型排出或管型的碎片排出。如不仔细询问流血量、间隔时间等,只凭患者自述月经为某月某日,就有可能将异常阴道流血误认为月经来潮而以为没有闭经史。出血时间与输卵妊娠所处部位有关,在输卵管峡部者较早,在输卵间质部者较晚。

### (4)晕厥、休克

约有1/3病例出现晕厥和无力,但如仔细询问病史,实际发生比例较高。休克患者仅见少数病例。低血容量可以两种简单方法检查,一为比较卧位和坐位时的血压,脉搏升高,表示低血容量;二为观察测定尿量,在血压尚无明显下降时,尿量锐减,也表示低血容量。

### (5)腹部包块

少数卵管妊娠系因发现下腹包块而来就诊者,经仔细询问,可了解到上述主要症状。包块为凝固的血块及其周围包绕的器官(子宫、输卵管、卵巢、肠管及大网膜等)。包块的部位占据子宫—直肠窝者居多,少数破入阔韧带者则在盆腔一侧,偶尔可能积于子宫底部而在腹腔形成包块。子宫—直肠窝血肿可引起排便困难及疼痛,日久血肿还可发生感染。

在急性期,腹部有压痛、反跳痛,腹肌有抵抗,但较腹膜炎时之板状腹为轻。一次内出血较多者,则经叩诊能发现有移动性浊音。病情迁延时间较长者,则血肿形成,块物固定,半实质感,且有压痛,血肿较大者,可在腹部被触及。

阴道窥器检查,注意宫颈是否着色,宫颈口有无组织堵塞。

**输卵管妊娠的治疗**

### (1)中西医结合治疗

中西医结合治疗的优点在于能够避免手术的创伤和病人、家属的恐惧心理;能保留患侧输卵管,有的还能恢复功能。根据八纲辨证,输卵管妊娠属于血淤少腹、痛则不通的实证。因此,应以活血祛淤止痛为治则。然而输卵管妊娠病理变化多种多样,所以又要根据不同的阶段施治,个别也有经后穹窿切开,取出血块,继以活血化淤及消炎治疗。

### (2)手术治疗

一般说来疗程短,也安全,但是需做剖腹手术。下列情况时应考虑手术治疗：

①闭经时间较长，疑为输卵管间质中妊娠或子宫残角妊娠，由于此类病灶如一旦破裂，往往出血较多，危及生命，因而宜考虑手术。

②内出血多，休克严重而不宜等待者，应在处理休克的同时，争取时机，做手术治疗比较稳妥。

③妊娠试验持续阳性，包块继续长大者，或经中医中药治疗二三周无明显效果者也应做手术治疗。特别是一些要求绝育的患者，因为总是要做一次手术，不妨一举两得，而且可以避免在用药治疗期发生大出血的危险。

**（3）保留输卵管手术**

由于诊断技术的改进，近 20 年来异位妊娠的正确诊断率可高达 90%。半数以上可以在破裂以前做出诊断，故可采取保存输卵管的手术，被保留的输卵管日后仍可输送精子与受精卵。或将输卵管切开取出孕卵，然后缝合输卵管，术后腹腔内放置可防止粘连的药物。其手术方式有：切除及吻合、切实可切除及移植、切开取胎及输卵管部分切除术。切开输卵管及取胎术，或切片检查胎盘附着处有无出血，然后在放大镜下实行切口吻合术，为最常用的、效果最好的手术。

**（4）对侧输卵管的处理**

对侧输卵管有炎性闭锁时，如患者健康情况良好而无小孩者，尽可能做输卵管造口术，如已有小孩，应做输卵管切除术。如患者健康情况不佳，则可不处理，术后加用抗感染药。对侧输卵管正常时，如患者又有小孩，病情允许，应劝告结扎对侧输卵管。年龄超过 40 岁才不应考虑今后妊娠问题。

**（5）自体输血**

为急性失血时的有效救急措施，多年来一直应用，未见有明显严重反应，而对抢救急性失血性休克却起到积极作用，尤其在没有血源的情况下更为重要。血不凝，无黏稠状、无臭味，显微镜下红细胞破坏率不超过 30% 者可以应用。每 100ml 血液中加 3.8% 枸橼酸钠 10 毫升，输血 500 毫升以上并给以 10% 葡萄糖酸钙 10～20 毫升，以避免枸橼酸中毒。血液经漏斗垫四层纱布过滤后使用。近来主张不必使用防凝剂。

引起输卵管妊娠的原因很多，但以输卵管炎居首位。故在临床上应积极治疗，避免产生及流产后感染，积极治疗盆腔感染，是预防输卵管炎，亦是预防输卵管妊娠的一个方面。

**（三）卵巢妊娠**

卵巢妊娠系指妊娠发生于卵巢之内者，非常罕见。一般说来，它的诊断标准为：

①患侧的输卵管必须正常。

②胎囊必须位于卵巢中。

③卵巢及胎囊必须经子宫卵巢韧带系于子宫。

④在胎囊壁为卵巢组织。最近认为胎囊壁多处应有卵巢组织,卵巢组织区域必须间隔一定距离,胎儿组织与周围粘连组织中间为卵巢组织。

发生率为 9000～60000 妊娠中 1 例。至今得到证实的报道超过 250 例。卵巢妊娠与其他异位妊娠的比率为 0.7：100,但带宫内避孕器者,两者的比例为 1：9,着床部位可以在卵泡内或卵泡外。受精可能在卵巢表面或接近表面,很可能是在一个完全的成熟卵细胞内,由于偶然机会,结合卵子未被输卵管伞端吸入。卵巢妊娠大多发育不超过 3 个月。孕卵也可在早期死亡,而无破裂,形成卵巢肿块包括血肿、胎盘、胚胎或大体类似黄体出血。初孕、经孕都可发生,一般无孕史或炎症存在,也不合并有子宫内膜异位症。曾有重复卵巢妊娠及卵巢双胎妊娠的报道。临床表现如输卵管妊娠,短期闭经或无闭经、妊娠反应,不规则子宫出血,腹痛,大量内出血。手术前很难确诊。

**(四)子宫颈妊娠**

子宫颈妊娠系指孕卵在宫颈管内着床和生长,极为罕见。可能因子宫内膜缺损或疤痕形成,延缓至宫颈内着床。胚胎组织与宫颈之组织紧密附着,胎盘及胎儿位于子宫颈内而宫体内无胚胎组织。绒毛膜深入宫颈管壁,多见于经产妇。有早孕症状和体征,阴道流血为最早症状,可以反复出现,开始最少,以后可以逐渐增多。其主要特征为子宫颈的改变。宫颈在短时间内变大,呈圆锥体样,外口扩张呈凹入的孔状,边缘变薄,充血状。宫颈软,颈管内可触一如面粉团感的半环形肿物,常有黏稠淡红色分泌物流出。子宫体可稍增大。因发生率低,常误诊为不可避免性流产或先兆流产。

诊断明确后,处理原则为尽快终止妊娠。早孕者可行宫颈刮术,术后用纱布紧压子宫创面,血不止时,应施行全子宫切除。妊娠月份大或刮宫时大出血,应用纱布压迫止血、输血,情况允许可行全子宫切除术。术后详细检查大体病变及送病理检查。术后要预防感染。

**(五)残角子宫妊娠**

子宫残角为先天发育畸形,一侧副中,肾导管发育不全所致。残角往往不与另一侧发育好的子宫腔沟通,本身内膜发育也不良。在残角妊娠,卵子可来自同侧卵巢或对侧卵巢。如残角对侧宫腔不沟通,精子经对侧输卵管或是受孕卵经宫腔游走而来,在残角妊娠前,对侧子宫可有正常分娩。残角壁发育不良,不能承受过大的胎儿,所以常在妊娠 3~4 个月出现破裂、内出血症状,未破裂前,可在子宫上部一侧触及胀大妊娠子宫残角,形同不规则胀大的妊娠子宫,但不一定能确诊,B 超检查有助于诊断异常部位的胎囊。临床表现如输卵管妊娠,极个别残角妊娠可发育到晚期妊娠,并可发动微弱宫缩。

治疗为手术切除残角。残角妊娠易与输卵管妊娠相混。残角妊娠的胎囊在圆韧带附着内侧,而输卵管妊娠的胎囊在圆韧带附着点外侧。

### (六)子宫切除术后之异位妊娠

子宫切除术后妊娠甚罕见,可发生在:

①部分子宫切除术后。

②受孕恰好在子宫切除术前。

③受孕发生在子宫切除术后。

部分子宫切除术后输卵管与残余子宫腔有沟通,保留的子宫尚能容孕卵生长至一定程度。

第二种情况受精大概发生在子宫切除前数日,即月经的第 16 天至第 19 天。可能被诊断为术后血肿形成,日后吸收或形成输卵管妊娠流产或破裂,与一般输卵管妊娠流产或破裂表现相似。如思想上有所警惕,妊娠试验有助于诊断。

已做子宫切除患者事先采取避孕措施,可以避免其发生。

### (七)宫壁妊娠

受精卵在宫壁肌层着床,生长发育,并无开口通向宫腔,孕卵与宫腔、输卵管、圆韧带等由肌壁隔开,宫壁最终破裂。此种情况如何形成,尚无定论。

### (八)宫角妊娠

孕卵附着在输卵管口近宫腔侧或在输卵管间质部,但向宫腔侧发育而不在间质部发育,故称为宫角妊娠以示与输卵管间质部妊娠区别。严格来说,这种妊娠不应属于异位妊娠(而属宫腔以外妊娠)。大多数宫角妊娠在妊娠 3 个月内流产,个别达足月者无论是流产或足月分娩,胎盘都较难剥离,应予重视。

### (九)腹腔妊娠

腹腔妊娠亦很罕见。有原发和继发之分。

原发腹腔妊娠系孕卵种植于腹腔腹膜、肠系膜或大网膜上所致,但有人怀疑这种情况是否真正存在。诊断原发腹腔妊娠的三个条件：

①两侧输卵管和卵巢必须正常，无最近妊娠迹象。

②无子宫——腹腔瘘。

③妊娠只存在于腹腔，且妊娠期短，足以排除来源于输卵管。第三点常不易辨别。

最近有人认为有以下两点说明原发腹腔妊娠是可能的：

①胚腔上皮有可能演变为副中肾导管上皮，子宫后壁浆膜常有蜕膜反应就是例证；

②腹腔横膈膜异位症可为孕卵种植部位。

继发性腹腔妊娠大部分系输卵管妊娠破裂或流产，胚囊进入腹腔，但仍保持与附着在输卵管的胎盘联系，使胎儿能继续发育。少数系由于过去剖宫产子宫伤口裂开，胎儿游走至子宫外。更少见的是其他原因的子宫伤口、子宫憩室妊娠等。胎儿长期存留腹腔可形成木乃伊化、石胎、脓肿等。

**腹腔妊娠症状**

大多数有输卵管妊娠破裂或流产症状的病史，即短期闭经，不规则阴道流血及腹痛，随后腹部逐渐长大，自觉本次妊娠不同以往，总觉腹部不适，甚至疼痛，以胎动时为显著。如年久化脓，形成瘘管时，可有胎儿骨排出。

**（十）宫外、宫内复合妊娠**

这种情况极为罕见，也极不易诊断，常为输卵管妊娠破裂探查时被发现，除有输卵管病变外，子宫增大、柔软、充血，从而作进一步检查，方证实为复合妊娠。复合宫外妊娠要单独处理宫外妊娠，处理宫内妊娠则视患者对于生产的要求及子宫所受影响而决定（刮宫或保胎）。

**（十一）子宫憩室妊娠**

子宫憩室为先天性畸形，位于宫壁，为卵圆形，直径 1～2cm，开口于宫腔，孕卵在憩室着床更为罕见，只有十余例报道。日后孕卵发育决定于憩室口的大小、憩室壁的厚薄及其本身的大小、可有破裂、流产及继续妊娠等可能。

# 第四章
# 孕产妇孕期防病与保健

## 1. 流产

### (一)先兆流产

先兆流产是指妊娠早期阴道出现少量流血,同时有不明显的阵发性腹痛,子宫颈口未开,胎膜未破,子宫大小与停经月份相符者。

### (二)难产流产

难产流产是指阴道流血量多或持续流血在两周以上,腹痛较重,胎膜已破,宫口已开等征象者。

### (三)不完全流产

不完全流产是指胎儿已经排出,尚有全部胎盘或部分胎盘仍留于子宫腔内者,留滞的胎盘影响子宫收缩,子宫颈口开放,往往伴有大出血。

### (四)完全流产

完全流产是指胎儿与胎盘已全部排出,宫口已闭,子宫已缩小,出血已减少,无须刮宫治疗。必要时给予促进子宫收缩和抗感染的药物,回家休养。

### (五)过期流产

过期流产是指妊娠早期胎儿已死于子宫内两月以上未排出者。妊娠诊断肯定,曾有先兆流产症状或无,之后妊娠反应消失,尿妊娠试验由阳性转为阴性。

### (六)习惯性流产

习惯性流产是指有连续3次或3次以上的自然流产者。

## 2. 葡萄胎

葡萄胎为胚胎的绒毛过度增生,间质发生水肿、变性而引起的疾病。依其病程经过分为良性葡萄胎与恶性葡萄胎。

**(一)良性葡萄胎**

是指葡萄胎组织局限于子宫腔内,很少侵犯子宫肌肉及附近组织,一般不发生远处转移。

【小知识】

①自怀孕 2~4 月常有不规则的阴道流血,色暗,间歇性地反复发生,有时在排出血液中杂有水泡样组织。

②子宫增长迅速,大小常超过妊娠月份,子宫体软,触不到胎儿部分,亦无胎心及胎动。

③常伴有妊娠中毒症状。

④卵巢黄素化囊肿的发生率较高。

⑤小便妊娠试验,稀释度在 1:200 以上仍出现阳性反应时,则有诊断价值。

⑥超声波检查,无胎动及胎心反射,但所见波形特点,以密集的低小中波紧密相连,无液性平段。

⑦妊娠月份超过 5 个月者,行腹部拍片检查,无胎儿骨骼发现,则葡萄胎甚属可能。

⑧极少数患者亦可有阴道或肺部转移,病人有咳嗽带血丝现象,X 线胸部检查中可见转移性小的阴影;或者在阴道可见紫色结节。早期不易与恶性葡萄胎鉴别,但当葡萄胎组织去除后,良好葡萄胎转移灶多能迅速消失,而恶性葡萄胎则不易消失。

**(二)恶性葡萄胎**

恶性葡萄胎是指葡萄胎组织已侵入子宫肌层或穿入附近组织,或者并有远处转移。

【小知识】

①常发生于良性葡萄胎之后,并且多发生在 5 个月以内,而 1 年以后发生者极少(约 4.7%)。

②葡萄胎排出后，阴道有持续不规则出血在 1 个月以上，子宫复旧缓慢，且较柔软，应疑为恶性葡萄胎。

③葡萄胎术后 2 个月原尿或 3～6 个月 200 毫升浓缩尿，蟾蜍试验仍持续阳性，或由阴性转为阳性，或阳性稀释度上升，均应高度怀疑恶性葡萄胎。

④诊断性刮宫，以排除单纯残存葡萄胎。但在诊断刮宫时，无论刮出残存葡萄胎组织或未刮出残存葡萄胎组织，而小便阳性稀释度均不下降，且子宫仍大，应诊断为恶性葡萄胎。

⑤葡萄胎在未排出前，或在排出后有转移病灶出现（常见肺转移和阴道转移，亦可发生其他部位转移），应考虑为恶性葡萄胎可能。因恶性葡萄胎之转移率远较良性葡萄胎为高。

## 3. 绒毛膜上皮癌

绒毛膜上皮癌系一种由绒毛膜上皮发生的恶性肿瘤。多发生于葡萄胎之后（约 50％），而流产、足月产后亦可发生。病理上的特点是具有高度增殖能力的绒毛膜上皮细胞侵入子宫肌层，并伴有病灶周围大片出血和坏死，但不能见到完整的绒毛结构，以此与恶性葡萄胎区别。

绒癌除侵入子宫肌层外，并很早出现转移，常常伴有肺和阴道转移。

【小知识】

①葡萄胎、流产、足月产后阴道持续不规则流血在半年以上，且子宫增大变软，形状不规则，并伴有双侧卵巢黄素化囊肿者，应高度疑为绒毛膜上皮癌。

②小便妊娠试验：在葡萄胎排出后 8～12 周原尿仍为阳性反应；或由阴性转为阳性者；或半年以后原尿阴性，而 300 毫升浓缩尿持续阳性者，应多考虑为绒癌。

③出现转移症状，如咳嗽、咯血症状出现，或阴道出现紫色结节而发生出血者；或有头痛、抽搐、昏迷、瘫痪等脑转移症状者。

④诊断性刮宫，以排除残存绒毛组织，并将刮出物做病理检查，依其所检结果帮助诊断，但应注意有时因癌位于子宫肌层之中，所得阴性结果，仍不能否定绒癌之诊断。

⑤阴道转移结节之病理检查，观察病理形态，有无绒毛存在，以及局部

病灶清除后尿内绒毛激素稀释度的改变等,以与葡萄胎转移作鉴别。

# 4. 宫外孕

"宫外孕"又称异位妊娠,也就是受精卵没在子宫腔内正常的位置着床,根据着床部位不同,有输卵管妊娠、卵巢妊娠、腹腔妊娠、宫颈妊娠及子宫残角妊娠等。其中以输卵管妊娠最多见,大约95%以上的宫外孕均为输卵管妊娠。而输卵管妊娠也是最危险的类型。输卵管妊娠有两种后果,一是胚胎流入腹腔形成输卵管妊娠流产,二是造成输卵管妊娠破裂。二者均可引起腹腔内出血,而后者更为严重,大量的内出血会导致休克,严重者危及生命。

【小知识】

(1)多数患者有停经及不孕的病史。

(2)常有少量阴道流血,可持续数周之久。

(3)腹痛表现为主要症状,轻者为下腹隐痛,但亦可突然发作为剧烈腹痛,腹痛多从一侧开始,逐渐蔓延全腹。

(4)内出血症状:严重内出血时,患者烦躁不安,面色苍白,出冷汗,脉搏快而细弱,血压下降等休克症状甚为明显。

(5)腹部及阴道检查:可有腹部刺激征,出血多者,可叩出移动性浊音;阴道检查穹隆部饱满,有触痛,宫颈疼痛明显,盆腔隐约触及软的包块。

(6)后穹隆穿刺可吸出不凝固的陈旧血液,可帮助诊断,但不应作为常规方法。

根据上述病史及体征,一般多能做出诊断,但对一时不能确定诊断的患者,可入院作短期严密观察。观察中可作以下检查及准备:

①每1~2小时测血压、脉搏1次,观察失血情况及腹部体征变化。

②尿妊娠试验:阳性者可帮助诊断,而阴性者不能排除宫外孕。

③诊断:刮宫,以排除自然流产,刮出物未见绒毛,仅为脱膜组织时,对宫外孕之诊断则有帮助。

宫外孕可根据病情轻重、当时设备条件,选用非手术疗法或手术疗法。

# 5. 早产

特点是与足月妊娠相似,有阵发性腹痛,少量阴道出血或见红,宫口未开或已开大等征象。

**(一)先兆早产**

(1)在家卧床休息。

(2)酌情应用镇静剂。

(3)中药保胎无忧散,胎产丸,可依据情况应用。

**(二)难免早产**

(1)在妊娠 36 周以前,无阵发性宫缩,但胎膜已破者,可给抗菌素预防感染,此时不需催产,以待胎儿生长。

(2)在妊娠 37 周以后,胎膜已破,检查宫颈已成熟,则可考虑用药发动分娩。

(3)临产前一般不用镇静剂或止痛剂。

(4)接产方法同正常分娩。但为了减少损伤和胎头受压,可以考虑会阴切开或产钳助产,以缩短分娩期。

(5)胎儿娩出后,应将胎盘血挤向新生儿,以便获得大量的血液,有利于以后的生长。

(6)按早产儿护理小孩。

## 6. 前置胎盘

前置胎盘是指胎盘附着子宫下段或子宫颈内口,位置低于胎儿的先露部。

**1. 门诊疑为前置胎盘者,可入院检查**

**2. 住院检查**

(1)卧床休息。

(2)询问病史及体格检查,并测量血压,血、尿常规化验等。

(3)严密观察阴道出血量,禁止肛查及灌肠,并少做腹部扪诊。

(4)配血备用。

(5)如妊娠尚未足月,阴道流血不多,无宫缩,胎心好,孕妇一般情况佳时,可等待观察,并适当地作以下检查,进一步确定诊断。

①腹部检查:先露部高浮,胎位变异性大(一时臀位,一时横位,一时头位),胎心好,常于下腹一侧或前壁听到吹风样收缩期杂音,所谓胎盘鸣,速

率与母体脉搏一致。

②阴道检查:应根据出血多少,选择适当的时间进行。一般出血很多,且发生在妊娠足月或接近足月,必须立即处理时,就应进行阴道检查,如果出血甚少,妊娠还没有到达 36 周,检查可以延迟到适合分娩的时期进行。那时检查除了与阴道、宫颈的病变鉴别外,还可决定合适的中止妊娠的方法。

③X 线检查:分直接侧位摄影、膀胱造影和盆腔动脉造影 3 种方法,但以第一种方法较为简便,其诊断准确率亦高(90%),故多被临床采用。

方法:使产妇仰卧或直立,从侧面摄一张 14×17 的侧位片,即可观察出胎盘阴影在子宫壁轮廓内的分布位置,但附着在子宫后壁的前置胎盘,一般不易看出,可用胎头与骶岬关系的方法协助诊断,即需摄侧位片两张,一张在子宫底施加压力拍摄,一张不加压力拍摄,一般骶岬与胎头是靠近的,如果加压摄片,胎头与骶岬不能接近,则应怀疑有胎盘存在。

前置胎盘的处理要根据其种类,出血多少,妊娠月份,胎儿情况,经产与初产,子宫颈消失度与扩张度,孕妇贫血程度,有无休克等而决定。

3. 中止妊娠

(1)部分性前置胎盘或低置胎盘

①人工刺破胎膜,使胎头下降压迫胎盘以止血。

②破膜后胎头仍高,压迫胎盘不良,可用头皮钳在近小囟门部位夹住胎儿头皮,并在柄上坠 500 克左右重物牵引,一面压迫止血,一面促使产程进展。

③术后如宫缩尚未发动,用 1% 单位浓度的催产素静脉点滴引产,严密观察产程及产妇一般情况,如进展顺利,可待其自娩。

④如产妇已大量失血,有休克发生可能,且估计在短时间内不能自产(初产妇子宫颈口开大在 4 厘米以下,经产妇子宫颈管未消失者),不论初产或经产应行剖宫产术。

(2)完全性前置胎盘:应行剖宫产术

①前置胎盘合并头盆不称,高龄初产,横位等产科问题时,应考虑行剖宫产术。

②如在农村巡回医疗,一时无手术处理条件,可选用布包扎腹部,促使胎先露下降,同时应用消毒纱布填塞子宫颈周围穹窿部,上下对抗压迫止血后立即转送有条件的医院处理。

4. 产后处理

(1)婴儿娩出后,如有流血,可及早施行人工剥离胎盘术。

(2)胎盘娩出后,将子宫上推,一手压住子宫下段,一手刺激子宫底使其收缩,以减少出血。

(3)注射子宫收缩药,以防产后出血。

(4)检查胎盘是否完整。

5. 输血

是前置胎盘治疗的重要措施,可根据出血,无论术前、术后、术时应及时补给。

## 7. 胎盘早期剥离

为妊娠晚期一种严重并发症,是指在胎儿未娩出前,正常部位附着的胎盘与子宫发生剥离。

【小知识】

(1)常有妊娠中毒症,高血压症,慢性肾炎,创伤,仰卧性低血压综合征等病史。

(2)轻型病人,由于胎盘剥离面积小,除在阴道少量流血外,又无明显症状,往往于胎盘娩出后检查时发现。

(3)重型病人,多发病突然,出现剧烈腹痛,阴道流血及胎动消失,相继有休克前期及休克症状出现,其休克症状远比外出血量所引起者为重,此时检查,子宫收缩坚硬如板,触痛显著;胎儿摸不清,胎心音消失。

(4)个别严重病人可能出现尿闭、血凝障碍等症状。

(5)化验检查:血红蛋白下降,白血球数增加,尿中可能有蛋白,有时有血尿出现。

## 8. 妊娠中毒症

妊娠中毒症是一种全身小动脉痉挛与水钠潴留的综合病症。它的表现特点是水肿、高血压、蛋白尿,重者可出现抽搐及昏迷,个别病例可并发心力衰竭、肾功能衰竭,因而是威胁母子生命的一种严重病症。

临床分类如下:

（一）轻度妊娠中毒症

妊娠水肿:指由于体内钠离子潴留,组织水分不能排出,在妊娠后期出现单纯性浮肿,而无高血压及蛋白尿。

（二）中度妊娠中毒症

指妊娠后期,出现浮肿,高血压,以及由于肾血管痉挛管壁缺氧、受损而通透性增高所致的蛋白尿,或有其中两种症状者。血压一般较轻度为高（160/100 毫米汞柱）,但无自觉症状出现。24 小时尿蛋白定量一般不超过 5 克。

（三）重度妊娠中毒症

（1）先兆子痫:指除浮肿、蛋白尿外,血压一般高于 160/100 毫米汞柱,同时伴有脑血管痉挛而致的头痛、头晕;视网膜血管痉挛而致的眼花,视力模糊,以及上腹不适、胸闷、恶心等自觉症状。24 小时尿蛋白定量往往有 5 克或以上,如不积极处理,则可能出现严重的并发症。

（2）子痫:指具有先兆子痫症状未积极处理,而发生抽搐及昏迷,即成为子痫。根据子痫发生的时间,分别称为产前子痫、产时子痫、产后子痫。

（3）每周门诊复查 1 次,观察血压变化及有无浮肿与蛋白尿出现。

# *9.* 双胎妊娠

双胎妊娠在临床上比较常见,一般多能自然分娩,但其并发症无论在孕、产时或产后均比单胎时为多。例如妊娠中毒症、羊水过多、产后出血、感染、前置胎盘及胎盘早期剥离等发生率较高亦较严重,所以是产科临床中的一个重要问题。

【小知识】

①双胎妊娠子宫较同期单胎妊娠子宫过大。腹部可摸到较多的肢体及两个胎头。听诊时可在两处听到不同速率（差别在 10 次/分以上）的胎心音。胎儿体重越大,其诊断的准确率也越高。

②对腹部摸不清的可疑双胎孕妇,可行 X 线摄片诊断,但必须与临床结合,不能独立地依靠 X 线片。

③在检查中,还应注意与羊水过多,巨大胎儿,妊娠并发子宫肌瘤或卵

巢囊肿作鉴别。

## 10. 羊水过多

羊水过多是指羊水量超过 2000 毫升者。

【小知识】

(1)急性羊水过多

①多发生在妊娠 6~7 个月,短时间内子宫迅速增大,出现明显的压迫症状。由于膈肌上升,迫使心慌气短,不能平卧。病人感觉胀痛难忍,往往主动要求引产。

②检查腹壁紧张而且发亮,有明显液体震荡感,胎位多摸不清,胎心音亦听不清,有胎体感,但与双胎不易鉴别。

③做 X 线摄影以区别双胎,并了解胎儿有无畸形。

(2)慢性羊水过多

①多发生在妊娠后期,子宫增大缓慢,症状轻微,病人多能适应,一般可待到妊娠足月。

②胎体能够查清,但活动较大。常有胎位不正。

## 11. 过期妊娠

过期妊娠是指妊娠超过 42 周而未临产者。由于妊娠过期,胎盘趋于衰老,绒毛血管开始梗塞,绒毛基层纤维化,绒毛周围有纤维素沉着,使氧和营养物质的供应受到影响,因而胎儿宫内窘迫和胎死宫内的发生率远比一般足月妊娠为高,所以临床上必须引起注意。

【小知识】

①过期妊娠的诊断比较难以确定,因为有时月经周期不规则,或者记错日子,这样就影响了诊断的准确性。但月经周期一向规则的妇女,末次月经日期也记得准确,由此推算妊娠超过 42 周,即可诊断为过期妊娠。

②月经不规则的妇女,则应参照胎动时间,胎儿大小,羊水的多少,宫颈是否成熟等做出估计。

③有条件时,如果雌三醇测定有下降趋势;或者阴道涂片中以表层细胞

为主,妊娠舟状细胞消失或极少,嗜酸细胞指数(达 20%)及核致密指数(达 20%～40%)增加,并有平铺的外底层细胞出现。这种雌激素与涂片变化反映了胎盘功能不全,随时有发生胎儿宫内窘迫的可能,应考虑妊娠不宜延长。(胎盘功能不全,亦见于妊娠中毒症、妊娠合并慢性高血压、慢性肾炎、糖尿病等)。

④羊齿状结晶出现 5 天。

## 12. 巨大胎儿

巨大胎儿是指胎儿达 4000 克或以上者。由于巨大胎儿的分娩过程比一般体重胎儿稍有困难,因而亦需引起注意。

【小知识】

①巨大胎儿的孕妇腹部膨大明显,子宫底高,腹围大,胎头宽阔,常高浮于骨盆入口之上。如果骨盆径线正常,头盆试验不能将胎头压入盆口,即为巨大胎儿的可能征象。

②估计胎儿体重的方法有多种,我们常用宫高×腹围＋500 的计算方法,但因腹壁厚薄,羊水多少,先露入盆深浅等的因素,所以估计不易十分准确。如能注意产前估计与产后胎儿体重做对照,临床估计胎儿体重的经验即会逐渐提高。

③巨大胎儿常出现于经产妇,父母体格高大以及糖尿病患者,应予以注意。

可疑巨大胎儿在处理分娩时,一般都给以试产机会,观察胎儿与母体骨盆之间有无不相称。试产中胎头迅速下降,则有自然分娩可能,应耐心观察等待,若经过足够的试产之后,胎头下降仍无进展,即有头盆不称可能,应予阴道检查及 X 线骨盆测量明确诊断后,可考虑剖宫产术。

巨大胎儿分娩中之会阴破裂率,产后出血率及产后病率均明显增高,应适当给予预防及处理。足月妊娠之巨大胎儿,应当予以引产。

## 13. 胎膜早破

胎膜早破是指产程尚未开始以前胎膜即破裂者。

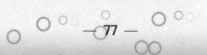

【小知识】

①胎膜早破常见于骨盆狭窄,胎位不正等先露部与骨盆入口不能很好衔接的孕妇。

②胎膜破裂之后,有羊水从阴道流出,量多者一看即可确定诊断。量少者可用石蕊纸试验阴道液酸碱度鉴别,正常的阴道酸碱度为 pH 值 4.5～5.5,趋于酸性,于破膜之后常在 7～7.5 之间,或高于 7.5,趋于碱性。

③将阴道积液涂片干燥,显微镜下观察,见到羊齿植物叶状结晶者为胎膜已破,无结晶时为未破。

④如为前羊水破裂,用苏丹Ⅲ染色法加以鉴别,如能见到胎儿皮脂者为胎膜已破。

## 14. 脐带脱垂

脐带脱垂是指胎膜破裂后脐带脱出于子宫口外或阴道口以外者。

【小知识】

①破膜以后胎心忽有变快、变慢或不规则,应想到脐带脱垂的可能,须立即做阴道检查确诊。

②在检查同时应给氧气吸入,维生素丙、葡萄糖、尼可刹米等药物四联疗法。

③检查确有脐带脱垂存在,须依宫口扩张程度,胎露部高低,头盆相称与否,脐带有无搏动等具体情况进行处理。

## 15. 子宫收缩功能紊乱

子宫收缩是否异常,须在严密观察产程之后才能做出诊断。一般第一产程 8 小时、第二产程 2 小时无进展,应考虑为产妇产力异常,应进一步诊断。

(1)潜伏期延长

潜伏期延长多见于子宫发育不全,高龄初产妇之宫颈强直,先露高浮,子宫肌病变,精神紧张,雌激素不足或孕酮量过多,以及过早地使用了止痛、镇静、诱导麻醉等药物的情况下。子宫收缩时失去其极性或对称性。有时子宫体比子宫底收缩力强,有时两侧子宫角收缩不协调,出现子宫收缩无一定间歇,常处于紧张状态,因而子宫内压力增高,形成所谓高张力型子宫收缩。此时,产妇产痛显著,有时拒按子宫壁,烦躁不安,多并发排尿困难,肠胀气等功能紊乱状态。由于子宫肌不能完全放松,胎盘血流受阻,因而胎儿窘迫现象出现得较早。

（2）潜伏期及活跃期延长

此种情况除了上述因素以外,多发生于轻度头盆不称,或胎头机转不正常的情况下。产程的进展缓慢,当子宫颈口扩大 2～3 厘米之后,子宫颈口扩张的速度以平均每小时不足 1 厘米的速度向前进展,因此,使产程延长。

上述两种情况均为原发性子宫收缩功能紊乱,也称为原发性子宫乏力,是产程延长的最常见原因。它几乎全部发生在初产妇中,异常胎位比正常胎位的发生为多。它不仅发生在骨盆正常的产妇,也可以发生在骨盆异常的产妇,它还将减少轻度骨盆狭窄产妇的阴道分娩机会。

（3）活跃期延长

此种情况多见于有头盆不称或胎头机转不正,常并发胎膜早破的产妇。其子宫收缩协调,有正常的极性和对称性,但宫颈扩张的进展缓慢,相继出现子宫乏力,因而宫腔内压力较低,形成所谓低张力型子宫收缩。此类产妇虽无明显产痛,但精力疲惫,重者可出现脱水,阵缩稀而强度弱,甚至阵缩时子宫壁仍可压陷。由于宫腔内压力较低,胎盘血液受阻较轻,故胎儿窘迫现象较少,或出现较晚。但产时感染的机会较多。

（4）减速期延长

往往由于第一产程过度疲劳,或者由于中骨盆狭窄,使先露不能顺利下降,子宫收缩力减弱,形成减速期延长。临床表现第二产程延长,如不及时处理,可危害母子健康。

（3）、（4）两种情况均发生于第一产程的后期,或第二产程,因此称为继发性子宫收缩功能紊乱或继发性子宫乏力,多由于中骨盆狭窄或胎头机转不正引起,增加了产钳助产机会。初产妇比经产妇为多。

上述几种情况均可导致产程延长,临床上初产妇总产程若超过 24 小时,即称为滞产。

# 16. 常见的胎位异常

### (一)枕后位与枕横位

枕后位与枕横位常于临产后发现,形成此种胎位的因素主要有3类。

**①骨盆的开口异常**

常见于男性骨盆、类人猿型骨盆以及高同化骨盆。

**②骨盆的倾斜度**

正常骨盆的倾斜度约60度左右。此角度越小,则子宫收缩对胎儿的推动越有效。胎儿头可很快下降达于坐棘间径平面,如果胎儿头俯屈不良,即会受到此狭窄平面的影响,枕部不能前转,而成持续性枕后位或枕横位。相反,骨盆倾斜度越大,则枕后位的发生机会比前者为少。

**③其他因素**

• 胎儿过小,可固定于任何位置。

• 有复合产式,子宫肌瘤,前置胎盘等不利因素存在,使胎头前转受阻。

• 子宫收缩不良而无力使胎头前转。

• 胎儿头屈曲不良,前顶先触及盆底而转向前方。

**【小知识】**

临床上胎头下降缓慢,子宫颈口扩张迟缓,宫口开全前产妇过早屏气用力;或宫口将近开全,而产程停滞;或第二产程延长无进展;应当考虑有枕后位或枕横位之可能,应作进一步检查确定诊断。

**①腹部检查**

先露为头,如胎头已部分入盆,可在耻骨联合上的一侧,摸到凸起的前额部分。胎背偏向母体的后方,而前方可摸到胎儿的小肢体,胎心音多在腹部的外侧方听到。

**②肛门或阴道检查**

以矢状缝两端之大小囟门作标志,大囟门在前,小囟门在后,即为枕后位。如两个囟门正好位于左右两侧,即为枕横位。由于胎儿头俯屈较差,大囟门较易触及,且比小囟门位置为低。如因胎头变形显著,肛查不易摸清,可在宫口开大5厘米以上,在消毒准备下阴道检查。阴道检查上述标志如仍辨别不清,则可在宫口开全时进一步探耳廓,如耳屏在前耳轮向前即可诊

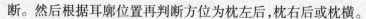

断。然后根据耳廓位置再判断方位为枕左后,枕右后或枕横。

③X 线摄影

在摄片中以乳突阴影的朝向确定胎头位置,同时可作 X 线骨盆测量,以除外头盆不称。

(二)臀位

【小知识】

①腹部检查:子宫形状与正常胎位一样。胎体纵轴与母体纵轴一致,而胎头居于子宫底端,硬而圆有浮球感。胎臀位于子宫下段,形状不规则,质地较软,触及胎肢时有运动感。胎心音多在脐上一侧听到。

②肛门或阴道检查:肛门检查时,以右手食指伸入肛门内,指腹朝上即可触及胎臀或胎肢体部分。如先露尚未入盆,则盆腔较空虚,不易查清。肛查不能确诊,可行阴道检查,一般能够确诊。临产后应注意鉴别:

- 手与足:手指长,足趾短,手掌不凸出,而脚跟凸出明显。
- 口腔与肛门:口腔有吸吮动作,口腔内有牙床触及;而肛门有环形的约束感,但无牙床触及,检查手指有胎粪可见。

③X 线检查:临床检查不能确诊,可行 X 线腹部拍片检查,并结合骨盆大小,以决定分娩方式。

(三)横位

【小知识】

①腹部检查:腹形横宽,胎头位于母体一侧,胎臀位于另一侧。胎心在脐之上下。

②肛门或阴道检查:感到盆腔空虚,触不到先露。宫口开大时,可触及肩胛骨,肋骨及手。一般判断胎方位,以肩胛骨判前后,以腋窝尖端指向判左右,如肩胛朝前,腋窝尖端左指向胎儿头端,则为肩左前,其他可类推。

③横位,临产之后,未得到及时处理,随着子宫收缩的增强,迫使胎肩挤入盆腔,胎臂脱垂,胎颈被拉长,胎体折叠,胎头及胎臀被阻于骨盆入口之上,此时,即成为忽略性横位。

④忽略性横位,在强烈的宫缩下,可使子宫下段拉长变薄,在子宫上下两段之间出现病理性复环。如未及时妥善处理,可发生子宫破裂,危及母子生命。因此,必须高度警惕。

(四)复合先露

复合先露是指除了一个主要的先露部(头或臀)之外,尚有肢体(上肢或下肢)与主要先露部共同进入骨盆腔。

常于临产后经阴道检查方才发现,能触知肢体位于先露部旁边,或在先露部之下,应与横位与臀位作鉴别。

复合先露如不影响分娩的进展,可不加处理。如影响分娩进展,则应查明有无头盆不称。除外头盆不称以后,可按不同情况分别处理。

手与头同时先露时,应嘱产妇向手之对侧侧卧,以待手下自然回缩。自然回缩不成功,或试将下垂肢体推入子宫腔,使胎头固定;或等待宫门开全后以产钳助产。遇有不能还纳而影响产程,或出现子宫破裂者,则应行剖宫产术。

上肢与臀先露,因不影响产程进展,不需加以处理。

(五)面位及额位

胎头在衔接于骨盆入口时少数例子是在仰伸姿势衔接,由于仰伸程度不同,临床上可见前囟先露,额先露及面先露,前囟先露和额先露大多为暂时性过渡性先露,可随产程进展。前囟先露多转为枕先露,额先露多转为面先露。持续性前囟先露及额先露极少见。

【小知识】

①额位:腹部虽然能摸到枕骨隆突及胎背之间的凹陷,但很难确定诊断。主要靠阴道检查摸到额部和额缝,在额缝的一端有大囟门的前角,而在另一端有鼻根及眼眶上缘。

②面位:腹部检查枕骨隆突及胎背之间的凹陷明显,胎儿体变为"S"形。胎背不易摸清。胎心音常于胎儿肢体所在侧响亮。肛门或阴道检查,则可分辨出胎儿的眼眶、鼻根、口腔及额部。要查清颏前颏后,并与臀先露区别。

③阴道检查未能肯定诊断者,X线摄片检查可协助诊断。

## 17. 妊娠水肿

妊娠期孕妇常发生下肢水肿,一部分是由于胎儿发育、子宫增大,压迫下肢,使血液回流受影响,这样的水肿经过卧床休息后就可以消退,如果卧床休息后仍不消退,称不妊娠水肿,是不正常的现象,应该引起重视。

妊娠期发生水肿,开始时可以是隐性的,也就是孕妇体内水分已经增加,但不表现水肿,而是表现体重增加过多、过快,每周增长超过500克以上,这是由于水分留在各器官间隙和深部结缔组织中,而不能很快复原。这种水肿一般由踝部开始,逐渐上升至小腿、大腿、腹部至全身。妊娠水肿有时是妊娠期全身疾病的一种症状,应引起注意。

**(一)妊娠水肿的原因**

1. 妊娠期下肢毛细血管压力升高,滤过率增加,加上静脉压力升高,影响组织液回流,尤其站立或走路时间过长,可使水肿加重。

2. 毛细血管通透性增加,尤其是妊娠高血压综合征时,全身小动脉痉挛使毛细血管缺氧,血浆蛋白及液体进入组织间隙导致水肿。

3. 内分泌影响,使肾小管对钠的吸收增加,体内水分潴留,也引起水肿。

4. 血浆胶体渗透压降低,也就是血浆蛋白下降,在蛋白质摄入不足或吸收不良时,尤其劳动负荷量过大时,都容易出现水肿。

无论什么原因引起的妊娠水肿,药物治疗都不能彻底解决问题,必须改善营养,增加饮食中蛋白质的摄入,以提高血浆中蛋白质含量,改变胶体渗透压,才能将组织里的水分带回到血液中。另外应减少食盐及含钠食品的进食量,如少食咸菜,以减少水分潴留。还要增加卧床休息时间,以使下肢回流改善,肾血流量增加,增加尿意,减轻水肿,有全身疾病的孕妇应该积极治疗。

**(二)治疗注意事项**

(1)浮肿严重者应卧床休息,下肢浮肿者睡眠时宜把两腿适当抬高;

(2)注意休息与保暖,避免过度疲劳;

(3)宜低盐或无盐饮食,少吃用发酵粉与碱制的糕点,多吃一些有利于利尿退肿的食品,如冬瓜、赤豆、苡仁、扁豆、荠菜、黑鱼、鲤鱼、玉米、西瓜等;

(4)少吃生冷、油腻和不消化食物,防止进一步损伤脾胃而温聚水泛;

(5)保持情绪舒畅,消除紧张恐惧心理;

(6)若属气滞者(按肿处,随按随起),可适当活动,使气血流通;

(7)虽然中医有"有因无损"的原则,但利窍、滑胎的药物,还是应酌情使用,病愈即止;

(8)利尿退肿不宜太过,先取食疗后取外治法,无效者再用成药自疗法。

# 18. 孕期痔疮

## (一)孕期痔疮发生的原因

妇女在怀孕期间,尤其是妊娠后期,容易发生痔疮。这是因为妊娠期间,盆腔内的血液供应增加,胎儿发育后,长大的子宫会压迫静脉,而造成血液的回流受阻,再加上妊娠期间盆腔组织松弛,都可能促使痔疮的发生和加重。分娩以后,这些因素自然会逐渐消失,痔疮的症状也会得到改善,甚至消失。

## (二)孕期痔疮的治疗

1. 如果在妊娠期间对脱出来的痔疮进行套扎、冷冻、激光等特殊治疗,或手术切除,孕妇均需要冒一定风险。因此,只要不是大量或经常出血,还是等到分娩以后再进行彻底治疗。万一痔疮脱出,不能托回肛内,应及时到医院进行诊治。

2. 妊娠期间患者应以饮食疗法为主,多吃含粗纤维的蔬菜和水果,例如,菠菜、韭菜、香蕉、梨等。对于习惯性便秘者,可经常食用一些润肠通便的食品,例如,蜂蜜、炒黄豆、瓜子等,这样才能保持大便通畅。另外,在上厕所时,应采取坐坑式,而且排便时间不宜过长。如果在排便时痔疮脱出,应及时进行处理:排便后,先洗净肛门,然后躺在床上,垫高臀部,在柔软的卫生纸或纱布上放些食用油,手拿油纸,将痔疮轻轻地推入深处,然后塞进一颗刺激性小的肛门栓。但是,不要马上起床活动,最好同时做提肛运动5～10分钟。如果在走路、咳嗽时痔疮脱出,那么按上述方法处理后,在肛门后还要用多层纱布抵压住、固定。

另外,可用1%～2%苏打水坐浴,每晚一次,保持外阴部清洁。

# 19. 妊娠呕吐

## (一)病因症状

妊娠呕吐是妊娠早期征象之一,多发生在怀孕2～3个月期间,轻者即妊娠反应,出现食欲减退、清晨恶心及轻度呕吐等现象,一般在3～4周后即自行消失,对生活和工作影响不大,不需特殊治疗。少数妇女反应严重,呈持续性呕吐,甚至不能进食、进水,头晕乏力或喜食酸咸之物等,这时称妊娠呕吐。

此病多见于精神过度紧张,神经系统功能不稳定的年轻初孕妇。另外,胃酸降低,胃肠道蠕动减弱,绒毛膜促性腺激素增多及肾上皮质激素减少等,与妊娠呕吐也有一定关系。

妊娠呕吐即怀孕后出现恶心、呕吐、头晕、厌食或食入即吐的现象。中医称之为"恶阻"、"子病"、"病儿"、"阻病"等。其主要由于胎气上逆,肠胃失和所致。临床上一般分为脾胃虚弱与肝胃不和两种类型,前者可见恶心、呕吐清水、厌食、精神倦怠、嗜睡等症,治疗宜健脾和胃、降逆止呕为主;后者可见恶心、呕吐酸水或苦水、胸肋胀痛、精神抑郁、口苦、烦躁等症,治疗宜平肝和胃、降逆止呕。若仅见怀孕后恶心、嗜酸、择食或晨间偶有呕吐痰涎等,这是妊娠早期常有的反应,属正常情况,一般3个月后可自行消失。

(二)自疗注意事项

1. 保持情绪的安定与舒畅。

2. 居室尽量布置得清洁、安静、舒适,避免异味的刺激,呕吐后应立即清除呕吐物,以避免恶性刺激,并用温开水漱口,保持口腔清洁。

3. 注意饮食卫生,饮食以营养价值稍高且易消化为主。可取少食多餐的方法。

4. 为防止脱水,应保持每天水的摄入量,平时宜多吃一些西瓜、生梨、甘蔗等水果。

5. 呕吐严重者,需卧床休息。

6. 保持大便的通畅。

7. 呕吐较剧者,可在食前口中含生姜1片,以达到暂时止呕的目的。

## 20. 孕期皮肤病的诊治

妇女在妊娠期间,因内分泌改变及胎儿生长发育的需要,母体发生一系列的适应性变化,很容易产生皮肤病。妊娠期间妇女的皮肤病轻者可令患者瘙痒不止,重者可造成婴儿胎死腹中,因此千万不可小视。一般情况下,造成婴儿胎死腹中的皮肤病主要有以下几种。

(一)妊娠痒疹

常见于妊娠3~4个月的孕妇。皮疹为全身散在多数小结或丘疹,伴剧痒,夜间尤甚。搔抓后常有表皮剥脱及血痂等继发性改变。一般产后3周内自行消退,有暂时性色素沉着。但下次妊娠仍会再发。皮疹严重时可有死胎出现。

### (二) 妊娠疱疹

通常发生于妊娠3~6个月时,开始有全身不适、发热、皮肤发痒等症状,数天后可出现红斑、丘疹、水泡等损害,往往聚集成群,呈环状排列。泡破后结痂,愈后留下色素沉着。在妊娠期中,病情往往反复减轻或加重。有时可伴有蛋白尿和血尿。一般在分娩前后皮疹开始消退,有时直到月经再来时才痊愈。此病对母亲一般无危险。但死胎、婴儿先天性异常和新生儿死亡率可高达50%。

## 21. 妊娠期泌尿系统感染

### (一) 泌尿系统感染的原因

泌尿系统感染多指肾炎、膀胱炎和尿道炎。妊娠期由于特殊的生理环境,易患泌尿系统感染,原因有:

1. 妊娠期肾脏对葡萄糖、氨基酸及水溶性维生素等营养物质过滤增多,所以尿液中这些物质含量增加,为细菌生长提供了物质条件。

2. 妊娠期输尿管增粗、变长并屈曲,蠕动减少,排尿后输尿管中仍留有一些尿液,使细菌有繁殖的条件。

3. 排尿时由于膀胱收缩,使膀胱内压增大,可致部分尿液逆流而进入输尿管中,又不易排回膀胱,导致上行性感染。

4. 临产时,由于胎头挤压,使膀胱底部充血、水肿,极易导致局部损伤和感染。

5. 孕妇不注意性生活卫生,分泌物增多,不注意清洗大小阴唇及阴道前庭部,极易污染尿道口。

女性尿道短,尿道口距肛门近,本来就是发生泌尿道感染的重要因素,因此从早孕期就要有所预防,不论发生在妊娠哪个时期都是非常有害的。

### (二) 泌尿系统感染包括哪些感染

泌尿道可以分为下泌尿道即尿道及膀胱,上泌尿道即输尿管、肾盂等两部分。这两部分可以分别发生感染如单纯的膀胱炎或尿道炎、肾盂炎等,但也常合并发生,如从下泌尿道感染蔓延到了上泌尿道。

急性尿道炎、膀胱炎常有尿急、尿频、尿痛,甚至血尿症状,有低热或不发热。尿检查中有红、白血球,全身检查有白血球升高或无变化,诊断并不困难,应当及时治疗,治疗彻底可避免复发或继发上行感染。下泌尿道感染的预防,除注意孕期卫生,加强营养增加肌体抵抗力外,还要保持外阴清洁,尤其性生活要注意卫生。

上泌尿道感染主要为急性肾盂肾炎,因为肾盂炎常影响肾实质而成肾盂肾炎。急性肾盂肾炎可以由下泌尿道蔓延而来,也可以由肾脏周围感染引起,孕期、产时或产后导尿也可能造成感染。急性肾盂肾炎发病时很突然,有高烧寒战、腰痛等表现,叩击腰背部也痛。尿中有大量白血球即可诊断。但也有症状不明显,仅有腰酸,因此要注意尿改变。孕期中,有可疑情况时,应多次查尿以免贻误此病。

(三)对泌尿系统感染的治疗及预防

【治疗】

主要是抗炎治疗,多饮水以利排出毒素,左右侧轮注侧卧,便于两侧尿引流。迅速对症降温处理,避免高热致畸。由于孕期抵抗力低下,如不及时治疗可能造成败血症危及生命。因此,孕期急性泌尿道感染是一个严重的合并症,应当认真对待。

孕期急性泌尿道感染治疗要及时而彻底,但用药要谨慎,以免对胎儿造成不利影响。

【预防措施】

1. 保持外阴清洁、干爽,用中性皂液清洗外阴。

2. 内衣内裤用天然材料,如棉、线等制品。

3. 多饮水、多排尿,尽量不憋尿,减少膀胱压力。

4. 睡眠和休息应取左侧卧位,减少增大的子宫对输尿管的压迫。

## 22. 妊娠期流感的防治

流行性感冒简称流感,是同一种流行性感冒病毒引起的具有高度传染性的急性传染病。传播迅速,易发生大面积流行,甚至全世界大流行,平时多为散发。有时可继发肺炎而使病死率增加,病好后有一定的特异性免疫力。

中国是流感的发源地,发病率高,感染人数多,常常因为太普遍而不引起重视。其实妊娠(尤其是早期)患了流感,对胎儿有一定影响,影响的大小取决于感染的程度(病情、病程及其并发症)等。

1. 妊娠合并轻型流感,对孕妇、胎儿影响均不大,很少引起流产和死胎。如果并发肺炎时可引起孕妇死亡。

2. 妊娠合并重型流感,可使孕妇流产率及孕妇死亡率增加。

3. 妊娠早期合并流感,可使早期胚胎发育异常、流产、死胎、胎儿宫内发育迟缓,新生儿的死亡率也增加。这是因为流感病毒经胎盘危及胎儿。

4. 妊娠3~4周合并流感时,流感病毒可使胚胎神经管发育受到干扰。流感病毒感染可能是神经管畸形的原因之一。

5. 妊娠合并流感,可使新生儿死亡率增加,也可能使儿童恶性肿瘤的发生率增高。

6. 患流感时用到的解热镇痛药和抗病毒药,用药的类型和剂量都要考虑对胎儿的影响,应在医生的指导下进行,尤其是妊娠的早期。

流感病毒感染后会有1~2天的潜伏期,(最短数小时,最长3日)。虽然临床表现不尽相同,多数会有高热、头痛、四肢酸痛、明显乏力、鼻塞、流涕、喷嚏、咽痛及干咳等表现。有的孕妇皮肤可出现各种皮疹。多数患者在1~2日内达高峰,3~4日内症状逐渐消失。

对流感以预防为主,增强体质,适当锻炼,感冒流行季节少出现在公共场合。治疗主要为对症治疗,要卧床休息,多饮水,可进流质或半流质清淡饮食。酌情使用解热止痛剂。

## 23. 孕期的牙科治疗限制

想做妈妈的朋友们,最好能在怀孕前先做牙齿检查,因为孕期不适合做牙齿治疗,若牙齿出现紧急状况,也只是做暂时性的症状治疗,拔牙或任何侵入性治疗则延至产后再进行。

怀孕期间建议每三个月定期检查牙齿。如果孕期一定要进行牙齿治疗,医生提醒孕妇,需注意以下几项问题:

1. 怀孕前期(前三个月孕期)这个时期是胚胎器官正在发育与形成的关

键时期,脑神经与心脏血管系统、头脸部五官、口腔牙齿、四肢等器官都在这个阶段成形。医生指出,孕妇在孕期中经历牙齿疼痛和看牙的焦虑与压力,可能对胎儿都有不良的影响,所以这个时期,若非紧急状况,医生建议不要进行牙科治疗。

2. 怀孕中期(第四至第六个月孕期)若一定要治疗牙齿,这时期是较适当且安全的治疗时机,建议只做一些暂时性的治疗,如:龋齿填充。若为必要性拔牙,为了美观,可装暂时性假牙。

3. 怀孕后期(后三个月孕期)此时期孕妇不适合长时间的牙科治疗,因为除了敏感的子宫容易因外界刺激而引发早期收缩外;再者治疗时的卧姿,胎儿的重量会压迫到下腔静脉,减少血液回流,引发躺卧性低血压,同时使心脏输出量下降,产生脑中缺氧,而有晕厥丧失意识的可能。建议孕妇可朝左侧卧,以减轻重量压迫,或偶尔变换姿势。

第五章
孕期中的饮食与营养

# 1. 孕妇的饮食营养特点

食物的质量和饮食的方法,在维持人体健康、安宁中起着重要作用。怀孕时期,营养问题就更为凸出。做选择性的搭配,达到饮食平衡,是件比较复杂的事,所以一定要了解各种不同食物的营养成分,以及在烹调过程中,如何保持其营养价值。

怀孕期,胎儿从母体流经胎盘的血液中吸取生长、发育所需要的全部营养:氨基酸(构成蛋白质的单位)、糖类、脂肪酸、矿物质、维生素以及复杂的分子,如"抗体"等。即便在孕妇营养不良时,胎儿也要从母体血液中吸取正常发育所需的一切。例如,当母体贫血时,本身体内铁质已减少,但胎儿吸收母血中铁质的功能却会加强,以维持其需要,并要把部分铁储藏起来。

所以,作为孕妇,应该避免饮食中的营养缺乏,保证身体处于最佳状态,使自己血流中能含有足够的、为胎儿所需的一切营养物质。

怀孕期,母体对营养的需求增加,是因为增加了胎儿血液循环、胎儿器官和骨骼生长发育、胎盘生长及其正常功能等需要,以及母体本身重要器官工作量增加等所致。

## (一)饮食量与体重

怀孕期,饮食的质比饮食的量更为重要。超体重妇女营养不良的可能性比低体重的妇女要少些,但超重的身体在产后很难恢复正常体型。另外,孕妇在怀孕期体重增加的倾向差异很大,有些孕妇在怀孕前期体重增加了很多,后来却反而有所下降;另一些则越近后期,体重增加越多。

如果孕前体重在标准范围,则要根据体重比例来注意饮食的平衡。通常,孕妇在怀孕期都要增加一些体重,但也不必总是有"为 2 个人吃"的想法。事实上,每天仅需要增加 500 大卡热量;这实际上只相当于 100 克坚果类食物。只要保证摄入的食物是含有各种营养物质的,饮食量一般可根据自己的食欲而定。

(二)应注意孕期中的饮食均衡

①什么是饮食均衡

由于孕期营养的特殊性,作为孕产妇更应当尽可能遵守平衡膳食的原则,合理安排一日三餐,再结合孕期的特点,就能够得到合理、充足的营养,增强体质,促进胎儿的生长,保证孕妇的健康。

均衡饮食的内容可概括为几个字:全面、均衡、适度。

"全面"指食物应多样化,食物种类越广泛越好。这是构成均衡饮食的基础。我们已经知道营养素划分为 7 大类,40 多个小类,而单靠一种或少量几种食物不能提供人体所需的全部营养素,例如鸡蛋是一种营养比较全面的食品,含有丰富的优质蛋白质、卵磷脂、胆固醇、维生素 B 等,但是含维生素 C 和膳食纤维极少,如果单纯吃鸡蛋就不能获得充足的营养,但如果吃西红柿炒鸡蛋就能够补充这些不足,达到全面的营养,这就是均衡饮食的一个简单例子,因此要求人们的食谱尽可能广泛,每日摄取食物的种类应尽可能的多。根据食物的营养成分不同,可以将其分为五大类:第一类为谷薯类,如米、面、玉米、红薯等,主要含有碳水化合物,蛋白质和 B 族维生素,是人体最经济的热能来源;第二类是蔬菜水果类,富含维生素、矿物质及膳食纤维,对人体健康起重要作用;第三类是动物性食物,如肉、蛋、鱼、禽、奶等,主要为人体提供蛋白质、脂肪和矿物质;第四类是大豆及其制品,如豆腐、豆腐干等,含有丰富的蛋白质、无机盐和维生素;第五类是纯热能食物,如食糖、油脂、坚果类食物,能够为人体提供热能。每日选用这五大类食物,每月保证30 种食物,就达到了均衡饮食的基础。

"均衡"是指各种食物数量间的比例合理,即应达到最接近人体吸收可维持生理健康的模式。

"适度"是指各种食物的摄入量要与人体的需要相吻合。过多或过少,都会影响人体的健康。营养学中最常用"膳食金字塔"来表明均衡饮食。金字塔由四层组成:第一层是谷类食物,如米饭、馒头、薯类等,这是塔底,表明应是每天吃的最多的食物;第二层是蔬菜和水果,每天应吃得适量;第三层是鱼、禽、肉、蛋等动物性食物,每天应吃得适量,但比蔬菜、水果要少;第四层是纯热能食物,这是塔尖,每天吃的量应该最少。食物金字塔告诉我们选择食物的科学比例,并且要求品种多样化,将各类食物搭配着吃,才能达到均衡饮食。

②怎样安排饮食

均衡饮食为胎儿的正常发育提供了基础。应按照孕妇热能和营养素的膳食供给标准来选择食物的种类和数量,组成孕妇的均衡饮食。每日由充足的谷薯类保证膳食中的热能、B 族维生素的供给,由适量的畜禽肉、水产品、蛋及动物内脏提供充足的优质蛋白质、脂肪、维生素 A 以及重要的微量元素和无机盐。由蔬菜、水果提供维生素和无机盐及膳食纤维,但是此类食物供热能较少。大豆及制品中含有丰富的蛋白质和必需氨基酸,还能提供钙和维生素 $B_1$,但由于大豆中同时含有一些影响蛋白质吸收的物质,应通过加热或发酵将其破坏后再食用。奶及奶制品因其优质的蛋白质,含丰富易吸收的钙质而对孕妇有非常重要的作用,提倡每日摄入 500 ~ 750 毫升奶类,经乳酸菌发酵后的酸奶,其钙的利用率更高,有助于改善孕妇的消化功能,应提倡选用。对于食用油脂以及纯糖食物应适量摄入,过多则容易导致热能超标。安排均衡饮食还应注意食物的多元化,根据季节配制不同饮食。更为重要的一点是要照顾到孕妇个人的饮食习惯,在不违反均衡营养的前提下,选用喜爱的食物和口味,提高进餐的兴趣。需要注意的是,均衡饮食中并没有将营养滋补品或保健品列入每日必选的食物,它们大多并不是人体所必需的,因为通过合理的饮食也能够达到滋补的目的,所以不要盲目地食用保健品甚至以其为饮食的主要部分。最好的办法是购买各种天然的营养丰富的食物,从每日三餐中得到孕期所需要的营养。

(三)孕期中不同阶段对营养的需求特点

怀孕前和整个怀孕期都应保持适当的营养。然而在不同的阶段里,孕妇及胎儿对营养的要求是有所不同的。

①怀孕前

专家们认为,怀孕前实际上是对营养需求最重要的一个阶段。在准备受孕的数周和数月中,要保证自己的血液中含有足够的矿物质、维生素和其他营养物质,以满足在一旦受孕后的怀孕初期,这个胚胎发育的重要阶段,对营养的需求。

准备怀孕的妇女以往可能出现过贫血症状,也可能有过节食减肥、限食脂肪和动物性食物的经历,或是有体内脂肪堆积过多等营养失调现象。从优生角度考虑,怀孕妇女肌体营养失衡会带来胎儿发育所需的某些营养素短缺或是过多,于优生不利。故妇女在怀孕前应当对自己的营养状况作一个全面了解,必要时也可请医生帮助诊断,有目的地调整饮食,积极储存平时体内含量偏低的营养素。如肌体缺铁,可进食牛肉、动物肝脏、绿色蔬菜、葡萄干等;缺钙可进食虾皮、乳制品和豆制品,等等。

②怀孕初期

怀孕的前3个月内,胎儿的器官正在形成。这一阶段要避免偏食现象;但也要注意,饮食的变化不要太大。如一个平时吃素的人,吃一些肉,往往就需要经过几个月的时间才能使身体适应。要多吃一些粗制的或未经加工的食品。

这个阶段,可能因恶心等消化道反应而影响正常的饮食,但胚胎会从母体的储备中获得必要的营养,直到早孕反应消失,正常饮食开始。可以吃一些碳水化合物和蛋白质混合的小餐,但不要吃有刺激性的东西和精制糖块等。

在妊娠初期由于内分泌及精神因素的影响,往往有轻度恶心、呕吐、厌食、偏食等现象,称为妊娠反应。有的孕妇妊娠反应严重,则不能进食,也有的孕妇不想吃饭,或者只吃某种食物,不愿吃其他食物。这些现象都会影响进食、消化和吸收,脾胃功能也会下降。因此,孕妇要以健脾和胃易消化的清淡食物为主,避免油腻,确保孕妇饮食不减,并略有增加。主食以面食为好,最好是干品,如面包干、馒头等。副食如豆腐干、卤鸡蛋、糖炒栗子、苹果、莲藕、西红柿、卷心菜、茄子等。这些食物富含丰富的蛋白质及维生素 B 族、维生素 C。如果孕妇恶心严重,可以口含一片生姜,起止呕作用。

孕初期孕妇易发生腹泻或便秘。腹泻不仅损失营养,而且因肠蠕动亢进而刺激子宫,易引起流产,因为妊娠早期正是易流产的阶段。所以,在饮食上一定要注意卫生,多吃些易消化的食物。怀孕早期也容易发生便秘,便秘排便时用力鼓气,也易引起流产。如果发生便秘,可以多吃些纤维素多的蔬菜、水果以及薯类食物。

a. 保证优质蛋白质的供给:孕妇如果缺乏蛋白质就会影响胎儿中枢神经系统的发育,使脑组织数量减少,这是出生后无法弥补的损失。

孕早期母体子宫和乳房已开始增大,胚胎、胎盘开始发育,羊水也已产生,此时胚胎生长虽然缓慢,但肌体已有一定量的蛋白质储存,妊娠一个月时,每日储存蛋白质0.6克。由于早期胚胎缺乏氨基酸合成的酶类,不能合成自身所需的氨基酸,必须由母体供给,所以孕早期必须供给足够的优质蛋白质。鸡蛋、肉类、鱼和虾是比较普遍且人们喜欢吃的优质动物蛋白质食物,但有些人却不喜欢吃,可用豆类、鲜豆类及豆制品、干果类、花生酱、芝麻酱等植物性食品来代替。

b. 适当增加热能:热能的摄入量,只要比未孕时略有增加即可满足需要。最好多从植物脂肪中摄取热量,如多吃些芝麻油、豆油、花生油、玉米油等,既可提供热量,又能满足母体和胎儿对脂肪的需要。碳水化合物也是热源,可适当增加蔗糖、面粉、大米、玉米、红薯、土豆、山药等食品的摄入。碳水化合物比脂肪容易消化,在胃内停留时间较短,有缓解妊娠反应的效果,有妊娠反应的孕妇宜多吃此类食品。

c. 确保无机盐、维生素的供给:在怀孕第9周至第10周,胚胎骨骼开始骨化,必须补充钙和磷。铁有造血功能,如果妊娠中期缺铁,会导致妊娠中、后期妊娠贫血症。锌对胎儿发育和对脑的形成有重要作用,不可缺少。维生素可维持人体正常生理功能。

d. 每日营养素摄取量:孕早期指孕1~3个月。妇女妊娠初期,基础代谢与正常人没有显著区别,所以推荐膳食营养素摄入量与非孕妇时相同。

③怀孕中期

怀孕4~6个月通常是最舒适的时期,这也是孕妇重点的阶段。在这个阶段里,已经适应了怀孕生活,展望怀孕后期的分娩,食欲大为增加。这恰恰也是胎儿的迅速生长、需要大量营养的时候。不过,不要吃得太多。

这个时期,孕妇的基础代谢加快,热能需要量比妊娠早期增加约1255.2千焦。孕妇需要摄入足量的蛋白质、脂肪、碳水化合物及多种微量元素。补充钙剂和维生素$B_1$可以缓解妊娠中期常出现的手足抽搐症状。为了保证有充足的营养,孕妇可以适当增加饭量,但过量的食物无论对胎儿还是母亲都是有害的。肥胖的孕妇易患妊娠高血压综合征和糖尿病,还会导致消化不良及胃病,孕妇应当控制肉食,多吃杂粮更有益于孕妇的健康和胎儿的脑发育。

a. 增加热能:从妊娠中期开始,孕妇的基础代谢加速,糖利用增加,热能需要量每日比妊娠早期增加约1255.2千焦。增加热能,就要多食用富含脂肪、蛋白质、碳水化合物的食物。随着热能的增加,与能量代谢有关的维生素$B_1$、维生素$B_2$的需要量也要增加。

b. 摄入足够量的蛋白质：为了满足胎儿、子宫、胎盘、母血、乳房等组织迅速增长的需要，并为分娩消耗及产后乳汁进行储备，蛋白质的摄入量应足够。同时，妊娠中期的胎儿细胞分裂发育处于高峰期，蛋白质的缺乏可导致脑细胞的永久性减少。一般每天摄入蛋白质要比妊娠早期多摄入 15～25 克，最好动物性蛋白质、植物性蛋白质各占一半。植物性蛋白质主要是大豆蛋白。所以，现阶段，除了以面粉、米为原料的主食外，肉类、鱼类、蛋类、奶类等副食品也尤为重要。最好做到混合搭配食用。

c. 多吃矿物质和微量元素丰富的食物：从怀孕的第 10 周开始，孕妇的血容量迅速增加，至第 33 周达到最高峰，以后迅速减慢。孕妇如果铁质摄入不足，就会发生贫血，也会影响胎儿铁的储备。因为胎儿肝脏要储备出生后 6 个月的铁用量。铁摄入不足会使婴儿期较早出现缺铁性贫血。所以，孕中期孕妇要多吃些含铁丰富的食物，一是本身储备铁为分娩失血作准备，二是为胎儿铁储备提供条件。食物中含铁丰富的有动物血、肌肉、肝脏以及谷类粮食、蔬菜、坚果等。维生素 C 能增加铁在肠道内的吸收，孕妇应多吃些维生素 C 含量丰富的食物，如蔬菜、水果等。咖啡、茶叶含有单宁酸，能抑制铁的吸收，孕妇不宜大量饮用浓茶和咖啡。

碘是合成甲状腺素的重要物质。甲状腺素能促进蛋白质合成，有利胎儿生长发育。孕妇从怀孕开始，尤其是到妊娠中期，甲状腺功能活跃，碘需要量增加。各种海产食品都含有丰富的碘，是膳食碘的最好来源。

钙、磷、锌等矿物质和微量元素对胎儿生长发育很重要，在孕中期孕妇的膳食中要注意增加这些营养成分。

d. 保证适量的脂肪供给：脂肪是提供能量的重要物质。妊娠中期，脂肪开始在孕妇的腹壁、背部、大腿及乳房部位存积，为分娩和产后哺乳作必要的能量储备。怀孕 24 周时，胎儿也开始脂肪储备。脂肪还是构成脑和神经组织的重要成分，必需脂肪缺乏时，可推迟脑细胞的分裂增殖。脂肪的摄入应注意植物油和动物油适当比例，植物油要稍多于动物油。植物油所含的必需脂肪酸比动物油更为丰富。动物性食品肉类、奶类、蛋类已含有较多的动物脂肪，孕妇一般不必再额外摄入动物油。平时烹调孕妇菜肴，只用植物油就可以了。

e. 要增加维生素的摄入量：自妊娠中期开始，孕妇对各种维生素的需求量增加，尤其要注意补充叶酸和维生素 $B_{12}$。

叶酸是合成核酸必需的物质。叶酸缺乏时核酸形成减少，影响红细胞成熟，引起巨幼红细胞性贫血。妊娠中、后期，孕妇对叶酸的需求量增加。叶酸最丰富的食物来源是动物肝脏，其次是绿叶蔬菜、酵母及动物内脏。

维生素 $B_{12}$ 能促进红细胞的发育成熟，缺乏时也可引起巨幼红细胞性贫血，一般和叶酸缺乏同时存在。维生素 $B_{12}$ 主要含在动物肝脏中，肉、蛋、鱼中也含有维生素 $B_{12}$。植物性食品一般不含维生素 $B_{12}$。

维生素 $B_6$ 在妊娠中期需要量也增加，尤其是在怀孕 5 个月以后最明显。如果孕妇维生素 $B_6$ 缺乏，新生儿出生后体重降低。维生素 $B_6$ 的分布很少，其含量最多的食物有蛋黄、肉、鱼、奶、谷、豆类及白菜。

总之，孕中期是胎儿发育成长旺盛的时期，也是孕妇肌体变化最大的时期。孕妇对各种营养素的要求，一是全面，二是量大，同时兼顾以上营养素的摄入。所以，在孕中期必须避免偏食，并适当增加饮食量，以保证孕妇健康和胎儿的正常发育。

④怀孕晚期

接近分娩和哺乳的阶段，仍需要良好的营养。要特别注意少吃不易消化的或可能引起便秘的食物。平衡饮食，可有助于减轻过重的体重，也有助于晚上的睡眠，并能为分娩和哺乳提供能量。

孕晚期还是胎儿生长最快的时期，本时期饮食应在控制热量的同时，增加营养物质的供给。妊娠期膳食中蛋白质丰富，能使产后乳质良好。补充钙对胎儿骨骼和牙齿的发育十分重要。孕晚期，用血量加大，补铁可以防止缺铁性贫血症的出现。孕妇应该多吃鱼类，以促使胎儿脑和神经系统的正常发育。

a. 相应增加蛋白质的供给：孕期对蛋白质的需求量增加，以满足母体、胎盘和胎儿生长需要。特别是最后 10 周，胎儿需要更多的蛋白质以满足组织合成和快速生长的需要。同时分娩过程中所带给身体的亏损及产后流血等，均需要蛋白质补充。妊娠期膳食中蛋白质丰富，能使产后泌乳旺盛，乳质良好。为此我国营养学会建议孕晚期每日膳食蛋白质摄入量应增加 20 克。应多食用动物性食物和大豆类食物。

b. 适宜量的必需脂肪酸：孕期需要供给胎儿脂肪作为储备，脂质是胎儿脑和神经系统的重要组成部分。孕晚期是胎儿大脑细胞增殖高峰，神经髓鞘化迅速，需要充足的亚油酸转化为花生四烯酸，满足大脑发育。另外二十二碳六烯酸（DHA）为神经突触发育所必需，多吃海鱼可以提供较多的 DHA。

c. 供给充足的钙和铁：胎儿 20 个乳牙和第一颗恒牙约在孕 8 个月时钙化，并且胎儿体内的钙一半以上是在怀孕的最后两个月储存，因此钙的摄入对胎儿骨骼和牙齿的发育十分重要。我国营养学会建议孕晚期每日钙摄入量为1200毫克。此期间孕妇膳食应多选用含钙的食物,如奶或奶制品,在烹调鱼时应加些醋,使鱼骨变酥,可连骨一起食用。虾皮也是含钙很高的,经常食用有利健康,豆制品和芝麻酱也是必不可少的补钙食品。但是补钙的同时,要补充适量的维生素D。

妊娠期需要增加铁摄入量的重要性不亚于钙。足月胎儿肝内储存的铁,可供出生后六个月之内用,其中大部分是在母亲妊娠的最后两个月内储存。在这两个月内,胎儿肝脏以每日5毫克的速度储存铁。孕妇自己也需要储存一些铁,为分娩失血所需。我国营养学会建议孕妇铁的适宜摄入量为28毫克。动物肝脏和血液含铁量很高且是血红素铁,利用率高,可经常选用,如与含维生素C高的食物同食更好。

d. 热能的供给要适量:孕晚期热能的摄入量同孕中期。特别是在妊娠的最后两个月,孕妇的体力活动有所减轻,要适当限制脂肪和碳水化合物的摄入量,以免胎儿长得过大,可能增加难产的机会。

e. 多摄入维生素$B_1$:孕晚期需要充足的水溶维生素,尤其是硫胺素(维生素$B_1$)。这是因为孕妇需要维持良好的食欲与正常的肠道蠕动,孕晚期如硫胺素摄入不足,易引起便秘、呕吐、气喘与多发性神经炎,还会使肌肉衰弱无力,以致分娩时子宫收缩缓慢,使产程时间延长,增加生产的困难。

孕妇除了注意均衡合理的饮食之外,万万不可忽视空气、水和阳光的重要性,它们所提供的营养是其他物质无法替代的。

新鲜的空气是人体新陈代谢过程中所必需的。身处城市的孕妇,每日面临各种有害废气的威胁,不少人大多数时间待在室内,呼吸不到新鲜的空气,这不仅会使孕妇的健康受损,而且也会给胎儿带来不利的影响。因此,早上起来后,最好到有树林或草地的地方去做操或散步,呼吸植物所释放出来的清新空气。平时,也应该经常到树木多的地方或较大面积的草坪去散步。晚上睡觉时,最好能稍微开一点窗子,以有利于空气的流通。

人体重量的60%都是各种液体,水的重要性不言自明。调节体内各组织的功能、保持肌体的稳定性以及协助代谢过程都离不开水。怀孕期间多喝水还有助于皮肤和肺部的排泄及体温调节。同时,要注意少吃盐和过咸的食品,否则体内大量存在的钠离子会引起浮肿和不适。

孕妇同样也离不开阳光。阳光中的紫外线照到人体的皮肤上,可穿透皮肤表面,使之产生维生素D,可以帮助体内钙质的吸收,防止胎儿患先天性佝偻病。紫外线除了能防止佝偻病外,还具有杀菌和消毒作用。阳光在室内照射 30 分钟以上,能达到空气消毒的效果。这样可以提高孕妇的抵抗力,预防感染性疾病,有益于胎儿的发育。

### (四)怎样看待食欲大增及爱吃零食

①食欲大增

食欲的增加,通常反映了怀孕期身体对营养需求的上升。怀孕早期食欲下降,是因为恶心等早孕反应所致。怀孕晚期食欲减退,是因为子宫增大,压迫消化道,以致不能一餐进食很多,宜少食多餐。进餐时宜细嚼慢咽,这样可避免进食过多和消化不良。

有时,食欲不振也可能是饮食中缺乏某些物质所致,尤其是维生素 B 和锌,为此要吃一些富含维生素 B 和锌的食物,即使不喜欢也坚持吃几天,这样胃口可能马上就会好转。

②爱吃零食

怀孕后,孕妇有时对某些食物不能忍受,尤其是咖啡、油腻和煎炸食品等。而另一方面有些孕妇会产生对某些食品的嗜好,通常是些酸甜类的零食,也可能爱吃一些平时混杂在一起吃的食物。

爱吃零食和对某些食物的厌恶,可能是怀孕阶段体内激素变化所致。激素变化影响舌上的味蕾。这些变化只要仍合乎情理,也就没有什么害处。只是过多地吃果酱、蛋糕、制作食品、巧克力、果汁、汽水、冰激凌和其他一些甜食,很容易增加体重。

如果有在两餐之间吃点零食的嗜好,可吃一些能量释放缓慢的碳水化合物类,如坚果、葡萄干等干果类,还可吃些粗纤维的菜和水果,如胡萝卜、芹菜和苹果等,准备好少量的零食是有用的。如果进餐很多,营养也很丰富,则最好少吃零食。

## 2. 孕妇的营养和饮食内容

均衡饮食对一般人也很重要,对孕妇的影响更加大,原因是在怀孕期间,孕妇须兼顾吸收给胎儿的营养。

要使婴儿身体健壮,就必须使其所吸吮的乳汁中,包含各种营养素(蛋白质、脂肪、糖、维生素、铁、钙等无机盐类)。

但是单项食品无法包含一切的营养素,所以必须配合各种食品食用,若

想摄取足够的营养,不妨搭配食用以下的食品:

（一）绿、黄、红等颜色深的蔬菜

譬如,菠菜、甜菜、芜菁、洋芹菜、胡萝卜、南瓜等,这些食品富含维生素 A、维生素 C、铁、钙和蛋白质。但是蔬菜烹饪时间过长会破坏维生素,这一点在烹调之时就须特别注意。

（二）壳类、芋头类

米、面包、面条、面线及其他各种壳类和马铃薯、芋头等均为卡路里的来源,并含有维生素 $B_1$、$B_2$。

除此之外,玉蜀黍、粟、高粱等也富含维生素 A 及无机盐类。

（三）鱼类、海藻、乳制品

海带、裙带菜、小鱼、牛乳及乳制品,均为维生素和钙类的丰富来源,海藻除含有钙、维生素 A、C 之外,尚含丰富的碘。

（四）奶油、肝油

奶油、花生油、沙棘油、肝油、香菇等,均为维生素 A、C 的主要供给物。在此要特别一提的是偏食对孕妇的害处。偏食会引起:

①脂肪不足,使胎儿发育不良。

②卡路里不足容易导致孕妇中毒及早产。

③蛋白质不足,导致早产、中毒及胎儿死亡率增加。

④糖分不足,这是导致卡路里不够的原因。

⑤钙质不足,使胎儿发育不良,孕妇身体呈酸性反应,会影响健康,婴儿牙齿生长缓慢及牙疾的次数增多。

⑥铁质不足,导致孕妇贫血及新生婴儿贫血。

⑦最佳保胎蔬菜是孕妇的必吃食品之一,其中菠菜尤其值得推荐。因为菠菜含有丰富的叶酸,每100 克菠菜的叶酸含量高达 350 微克,名列蔬菜之榜首。叶酸的最大功能在于保护胎儿免受脊髓分裂、脑积水、无脑等神经系统畸形之害。专家因之主张孕早期的 2 个月内就应多吃菠菜或服用叶酸片。同时,菠菜中的大量 B 族维生素还可防止孕妇盆腔感染、精神抑郁、失眠等常见的孕期并发症。唯嫌不足的是菠菜含草酸也多,而草酸可干扰人体对铁、锌等微量元素的吸收,消除此弊的办法是先将菠菜放入开水中焯一下,则大部分草酸即被破坏掉,吃起来就安全了。

（五）最佳防呕吐食品

晨吐为孕期最难受的反应之一,给孕妇带来相当大的痛苦。有没有防治的良策呢？营养学家推荐两种食物可当此任，一种是柠檬汁，另一种是油炸土豆片。选择适合于孕妇口味的食物有良好的防吐作用，与姜汁啤酒、苏打饼干相比，柠檬与土豆含有更多的维生素，对孕妇更为有益。

**（六）最佳饮料**

专家推荐绿茶，理由是绿茶乃微量元素的"富矿"，对胎儿发育作用突出的锌元素就是其中一种。据测定在食谱相同的情况下，常饮绿茶的孕妇比不饮者每天多摄取锌达 14 毫克之多。此外，绿茶含铁元素也不少，故常饮绿茶可防贫血。但传统的观点却是孕期不宜饮茶，主要原因是茶叶中的鞣酸可干扰食物中锌、铁等元素的吸收。最近，研究人员找到了一个两全其美的办法，那就是把握好饮茶的时机。一般说来，人在进餐后 30～60 分钟，食物中的铁质已基本吸收完毕，此时再饮茶便无干扰铁质吸收之弊而尽收补锌之利了。

**（七）最佳食物举例**

①芹菜

芹菜是一种可以增加精力的蔬菜，它受到人们广泛的喜爱。芹菜具有独特的气味，且含纤维素多，有很好的通便作用，并可作为降血压的辅助治疗菜。

芹菜中含有较多的水溶性维生素，还有维生素 P，能降低毛细血管通透性，加强抗坏血酸作用。按中医的说法，它有清热、利湿、醒脑的作用。它味甘苦，性凉，有平肝清热，祛风利湿，对于妊娠高血压综合征患者降低血压，效果甚佳，同时，对于高血压引起的头晕眼花、肩酸、头痛等症也非常有效。而且它对于降低血清胆固醇也有一定疗效。

新鲜的芹菜榨汁喝，效果很好。在芹菜汁内放些蜂蜜更易饮用，其甜味能为胃肠所吸收，效果更佳。怀孕或更年期高血压患者，可一日饮用芹菜汁 40 毫升左右，效果非凡。

②苹果

苹果含维生素 $B_1$、维生素 $B_2$、维生素 C、胡萝卜素、烟酸、糖类、脂肪、蛋白质、果胶、磷、钙、铁、钾、锌、纤维素、苹果酸、枸橼酸、鞣酸等。

苹果味甘而酸，性平。具有健脾开胃、生津止渴等功效。适用于脾虚泄泻、食欲不振、消化不良、津少口渴等症。对治疗孕妇消化不良、轻度腹泻有好处。苹果皮有和中止呕功效，可用于妊娠呕吐。

据研究表明，吃苹果能减少血液中胆固醇含量，增加胆汁分泌和胆汁酸功能,可防止胆固醇沉淀形成胆石症。经常吃苹果可预防胆固醇增高。苹果中含有丰富的钾,能与体内过剩的钠盐结合,使之排出体外,所以,多吃苹果可预防血压升高。

苹果又有"智慧果"、"记忆果"之美誉。苹果含有大脑必需的营养素,如糖类、维生素、矿物质,且富含锌元素,它是构成与记忆有关的核酸、蛋白质必不可少的元素。因此,多吃苹果,可增强记忆。

③坚果

很多准妈妈会因坚果中含有大量的脂肪和蛋白质,害怕食用后发胖,而对它望而却步。其实恰恰是这两种营养成分,无论是对于准妈妈自己的能量补充,还是对腹中胎儿的成长都是不可或缺的。

胎儿吸收的所有营养均来自准妈妈的血液供给,因此务必在怀孕期间保持健康的饮食。吃得好不能只考虑热量,还要知道自己所吃食物的品质和营养含量。

在食物的分类中,坚果都被归为脂肪类食物。高热量高脂肪是它们的特性,但是坚果含有的油脂虽多,却多以不饱和脂肪酸为主。对于胎儿来讲,身体发育首先需要的营养成分当然是蛋白质。但是对于大脑的发育来说,需要的第一营养成分却是脂类(不饱和脂肪酸)。据研究,脑细胞由60%的不饱和脂肪酸和35%的蛋白质构成。另外,坚果类食物中还含有15%～20%的优质蛋白质和十几种重要的氨基酸,这些氨基酸都是构成脑神经细胞的主要成分,同时还含有对大脑神经细胞有益的维生素 $B_1$、维生素 $B_2$、维生素 $B_5$、维生素 B、E 及钙、磷、铁、锌等。因此无论是对准妈妈,还是对胎儿,坚果都是补脑、益智的佳品。

**核桃**

补脑、健脑是核桃的第一大功效,另外其含有的磷脂具有增长细胞活力的作用,能增强肌体抵抗力,并可促进造血和伤口愈合。另外,核桃仁还有镇咳平喘的作用。尤其是经历冬季的准妈妈,可以把核桃作为首选的零食。

**花生**

蛋白质含量高达30%左右,其营养价值可与鸡蛋、牛奶、瘦肉等媲美,而且易被人体吸收。花生皮还有补血的功效。

**杏仁**

杏仁有降气、止咳、平喘、润肠通便的功效。对于预防孕期便秘很有好处。但是中医认为杏仁有毒,不宜多食。

瓜子

我们经常可以看到的是葵花子、南瓜子和西瓜子。多吃南瓜子可以防治肾结石病;西瓜子中医认为性味甘寒、具有利肺、润肠、止血、健胃等功效;葵花子所含的不饱和脂肪酸能起到降低胆固醇的作用。

夏威夷果

一种原产于澳洲的坚果。夏威夷果含油量高达60% ~ 80%,还含有丰富的钙、磷、铁、维生素 $B_1$、$B_2$ 和氨基酸。

松子

含有丰富的维生素 A 和 E,以及人体必需的脂肪酸、油酸、亚油酸和亚麻酸,还含有其他植物所没有的皮诺敛酸。它不但具有益寿养颜、祛病强身之功效,还具有防癌、抗癌之作用。

榛子

含有不饱和脂肪酸,并富含磷、铁、钾等物质,以及维生素 A、$B_1$、$B_2$、烟酸,经常吃可以明目、健脑。

④小米、玉米

每 100 克小米和玉米蛋白质、脂肪、钙、胡萝卜素、维生素 $B_1$ 及维生素 $B_2$ 的含量,均是大米、面粉所不及的,营养学家研究表明,小米和玉米是健脑、补脑的有益主食。

⑤芝麻

芝麻,特别是黑芝麻,"可通肠胃、疏血脉、润肌肉"。《本草纲目》中说它具有"补气、筋、健脑"的效果。黑芝麻含有丰富的钙、磷、铁,同时含有19.7%的优质蛋白质和近 10 种重要的氨基酸,这些氨基酸均为构成脑神经的主要成分,必须随时进行补充。芝麻的食用方法较多,炒熟后研末,加入盐和焙过的花椒粉后可夹馍、调面条、还可拌在凉菜里或蒸成花卷,制成芝麻酱,经常食用,具有补血、养发、润肠、生津等功效。

⑥鹌鹑

鹌鹑的药用价值很显著,据《食疗本草》记载:"食用这种食品,可以使人变得聪明"。枸杞,远志肉与鹌鹑同时炖熟服用,具有健脑养神益智的功效。

⑦大枣

每 100 克大枣中维生素 C 的含量高达 540 毫克。除了煮粥食外,还可制成枣馅、枣糕、枣饼、枣馍,或包在粽子里食用。

⑧黑木耳

含糖量每 100 克高达 65.5%，含钙量高于紫菜，含铁量高于海带。所含胶质可把残留在消化系统的灰尘和杂质吸附，集中起来排出体外，从而起到清胃涤肠的作用，还具有帮助消化纤维一类物质的特殊功能。木耳还具有滋补、益气、养血、健胃、止血、润燥、清肺、强智等疗效，用于滋补大脑和强身，还可以和其他菜肴配合烹调。黑木耳炖红枣，具有止血、养血之功效，是孕、产妇的补养品，木耳黄花菜共炒，可收到补上加补之效。

⑨桂圆

维生素 C 的含量仅次于红枣，是防治神经衰弱的良药，同时兼有食疗的效果。

⑩荔枝

将荔枝干与大米适量煮食，可健胃补脾。荔枝干与大枣各 10 个，水煎服，可治孕、产妇贫血、体虚。

孕妇在整个怀孕期间需要 40 克钙，其中绝大部分是在怀孕后 3 个月内积蓄的。这 3 个月内每天需要补钙 1.2 克。牛奶中钙的含量丰富，1 千克牛奶中含钙 1.2 克。发达国家中人们以牛奶为主食，孕妇基本不缺钙。我国妇女如每天能吃 250～500 克牛奶，摄入的钙量是不足的，但孕妇骨髓中有足够的钙储存，很容易从骨髓中动员出来，同时孕妇对钙的吸收是增强的，因此，一般怀第一胎的孕妇并不缺钙，新生儿也不会缺钙。在孕晚期，有些孕妇出现下肢抽筋，补充钙可使症状消失。一般补钙的途径可从以下三方面着手。

A. 每天早、晚喝牛奶各 250 克，可补钙约 600 毫克。

B. 多吃含钙丰富的食物，如骨头汤、鱼虾。

C. 补充钙剂，最好是可吸收的钙剂。

如果以上 A、B 补充足够，基本不需要补充钙剂。不爱喝牛奶的孕妇，可以每天补充 600 毫克容易吸收的钙剂。

⑪海鱼

有关统计数据表明，孕妇重症产后抑郁症发病率大约 10%，而初产妇则更可高达 13%～15%。一项新研究表明，孕妇吃鱼可以降低产前或产后抑郁。

这是因为她们可以获得一种叫做脂肪酸的营养物。该物质在海洋鱼类（尤其是大马哈鱼、金枪鱼、沙丁鱼和鲱鱼）中含量较丰富。服用鱼肝油也可以补充这种物质。

研究人员对11721名妇女的分析发现,孕妇在妊娠末三个月从海鱼中摄取的脂肪酸越多,孕期及产后发生抑郁的危险就越小。精神病专家说,与脂肪酸摄入最低的孕妇相比,该物质摄入最多的孕妇抑郁问题的危险小一半。

专家说,由于担心汞污染的缘故,孕妇最好将海鱼进食量控制在12盎司/周。研究表明,大马哈鱼、鲶鱼、干贝及罗非鱼较少含汞。鱼肝油中也没有汞。

## 3. 孕期中的饮食安全和禁忌

### (一)多吃绿色无害食品

要选用天然绿色食品,不食用催生催熟果品;水果食用前要浸泡,可削皮,就可以防止农药,等等。

**孕妇不宜吃的食品**

**山楂** 山楂有活血通淤作用,同时又有收缩子宫功效,最好不要吃。

**薏苡仁** 薏苡仁是一味药食兼用的植物种仁,其性滑利。药理实验证明,薏苡仁对子宫肌肉有兴奋作用,促使子宫收缩,因此有诱发流产的可能。

**马齿苋** 马齿苋既是药物又可做菜食用,但其性寒冷而滑利。经实验证明,马齿苋汁亦对子宫有明显的兴奋作用,易造成流产。

**久存土豆** 土豆中含有生物碱,存放越久的土豆生物碱含量越大,而中剂量的土豆生物碱便可影响胎儿正常发育,导致胎儿生长缓慢。

**热性香料** 孕妇吃热性香料(小茴香、八角茴香、花椒、胡椒、桂皮、五香粉、辣椒粉等)容易消耗肠道水分,使胃腺体分泌减少,压迫子宫内的胎儿,易造成胎儿不安,羊水早破,自然流产、早产等不良后果。

**螃蟹、甲鱼、海带** 这些水产品有活性软坚作用,食用后对早期妊娠易造成出血、流产之弊。螃蟹有活血化淤之功,尤其是蟹爪,有明显的堕胎作用;甲鱼有较强的通血络散淤块作用,鳖甲的堕胎力比鳖肉更强;海带功能软坚,散结,化淤,亦有堕胎之嫌。

### (二)孕妇应少吃的食品

油条:油条是许多家庭早餐桌上的常见食品,但孕妇应少吃。主要由于油条的制作中需加入明矾,明矾是含铝的无机物,每500克面粉的油条,大约用15克明矾。如果孕妇每天吃两根油条,等于吃了三克明矾。积蓄起来其摄入铝相当惊人。这些铝通过胎盘,侵入胎儿的大脑,造成大脑障碍。

糖精:糖精和糖是截然不同的两种物质。糖是从甘蔗和甜菜中提取的。糖精是从煤炭焦油里提炼出来的,其成分主要是糖精钠,无营养价值,纯净的糖精对人体无害。但孕妇不应长时间过多地食用糖精,或大量饮用含糖精的饮料,或是每天在饮料中加入糖精,糖精对胃肠道黏膜很有刺激作用,并影响某些消化酶的功能。出现消化功能减退,发生消化不良,造成营养吸收功能障碍,由于糖精是经肾脏从小便排出,所以会加重肾脏负担。

盐:孕妇每天进食氯化钠不能超过 20 克。过多进食氯化钠后引起水肿,血压升高。如果孕妇患有某些疾病,如心脏病、肾脏病等,应从妊娠开始就忌盐或食低钠盐,如发现孕妇患有妊娠高血压,也应忌盐。孕妇应逐渐习惯低盐饮食。

酸性食物:由于妊娠早期的妊娠反应,一般孕妇都喜欢一些酸性食物,认为酸性食物能缓解孕期呕吐,甚至有些人还滥用一些酸性药物止呕。其实,孕期多吃酸性食物并不好。近年来的科学研究证明,酸性食物和酸性药物是造成畸胎的元凶之一。在妊娠的最初半个月左右,不食或少食酸性食物或酸性药物最好。

咸鱼:咸鱼含有大量二甲基硝酸盐,进入人体内能被转化为致癌性很高的二甲基硝胺,并可通过胎盘作用于胎儿,是一种危害很大的食物。

黄芪炖鸡:黄芪具有益气健脾之功,与母鸡炖熟食用,有滋补益气的作用,是气虚的人食用的很好的补品,但快要临产的孕妇应慎食,避免妊娠晚期胎儿的正常下降的生理规律被干扰,而造成难产。

罐头食品:罐头食品在制作过程中都加入一定量的添加剂,如人工合成色素、香精、防腐剂等。尽管这些添加剂对健康成人影响不大,但孕妇食入过多则对健康不利。另外,罐头食品营养价值并不高,经高温处理后,食物中的维生素和其他营养成分都已受到一定程度的破坏。

冷饮:怀孕后胃肠功能减弱,过食冷饮会使胃肠血管突然收缩,胃液分泌减少,消化功能减弱而出现腹泻、腹痛等症状。现代医学研究表明,胎儿对冷的刺激十分敏感,当孕妇吃过多的冷饮后,胎儿会躁动不安。

菠菜:人们一直认为菠菜含丰富的铁质,具有补血功能,所以被当做孕期预防贫血的佳蔬。其实,菠菜中含铁不多,而是含有大量草酸。草酸可影响锌、钙的吸收。孕妇体内钙、锌的含量减少,影响胎儿的生长发育。

巧克力和山楂:过多食用巧克力会使孕妇产生饱腹感,因而影响食欲,其结果是身体发胖,而必需的营养却缺乏。孕妇较喜欢吃酸东西,山楂便成了首选果品。山楂对子宫有兴奋作用,孕妇过食可使子宫收缩,导致流产,故要少吃。

猪肝:芬兰和美国已向孕妇提出了应少吃猪肝的忠告。因为在给牲畜迅速催肥的现代饲料中,添加了过多的催肥剂,其中维生素 A 含量很高,致使它在动物肝脏中大量蓄积。孕妇过食猪肝,大量的维生素 A 便会很容易进入体内,对胎儿发育危害很大,甚至会致畸。

味精:味精的主要成分明谷氨酸钠,血液中的锌与其结合后便从尿中排出,味精摄入过多会消耗大量的锌,导致孕妇体内缺锌。锌是胎儿生长发育之必需品,故孕妇要少吃。

火锅:羊群中弓形虫的感染率为 61.4% ,猪为 0.6% ,牛为 13.2% ,鹅为 35% ,而狗达 70% 以上,尤为惊人。弓形虫的幼虫往往藏匿在这类受感染的动物肌肉细胞中,肉眼是无法看到的。人们吃火锅时,习惯把鲜嫩的肉片放到煮开的汤料中稍稍一烫即进食。这种短暂的加热并不能杀死寄生在肉片细胞内的弓形幼虫,进食后幼虫在肠道中穿过肠壁血液扩散至全身。

鸡蛋:鸡蛋被营养学家们誉为人体营养的"宝库"。许多人误认为生鸡蛋比熟鸡蛋有营养。认为生鸡蛋有润喉、清燥之功。其实生吃鸡蛋是很不科学的,主要有以下四种害处:

(1)在生鸡蛋的蛋清中有一种对人体有害的碱性蛋白质——抗生物蛋白。当大量生鸡蛋白进入人体后,便会产生较多的复合物,从而阻碍了人体对生物素的吸收,使人体有可能患生物素缺乏症。人体一旦缺乏生物素,便会出现全身乏力、食欲不振、恶心、呕吐等症。

(2)生鸡蛋的蛋白质不易被吸收。因为生鸡蛋的蛋白质结构致密,在胃肠道不易被蛋白水解酶水解,而不能直接吸收。所以,生鸡蛋中绝大部分蛋白质只在消化道过一下,便排出体外。但经加热处理后,这些情况都会消除而被吸收。

(3)食用生鸡蛋,易得胃肠炎。鸡蛋生下后,难免有些病原体通过鸡蛋外壳侵入到蛋的内部,甚至潜伏到蛋黄之中。如果食用生鸡蛋后,病原体就会在肠道内兴风作浪,使人畏寒、发热、恶心、呕吐、腹痛、腹泻。若鸡蛋煮熟后,病原体被杀死,就不会出现这些症状了。

(4)食用生鸡蛋会增加肝脏负担。大量未经消化的蛋白质进入消化道,受到肠道细菌所含酶的催化,会发生腐败,产生许多有毒物质,其中有一小部分随粪便排出体外,但还有大部分被肠道吸收经门静脉进入肝脏。尤其是肝功能原来已受到损害者,再食用生鸡蛋的话,就会增加肝脏的负担,出现肝功能受损的情况。

**四种鱼孕妇不能吃:**

鱼类被广泛公认是健康食品,有些鱼还含有保护心脏的脂肪。然而,不同种类的鱼体内会积聚着不同量的汞,这是一种对人体有害的天然元素。

最近,美国食品和药物管理局提醒孕妇及计划怀孕的妇女,要避免食用鲨鱼、鲭鱼王、旗鱼及方头鱼,因为这四种鱼的汞含量可能会影响胎儿大脑的生长发育。

值得注意的是,金枪鱼因为所含的汞少而没被列入孕妇禁食范围。但有负责制定汞管理条例的人士认为,妇女们在怀孕期间吃很多罐装的金枪鱼也是不好的,有些地区已经限制孕期妇女每星期吃金枪鱼的量不要超过198克。

汞进入孕妇体内之后,可能破坏胎儿的中枢神经系统,造成宝宝的认知能力低下,有人认为每年受汞影响的儿童约有六万名。食品和药物管理局提出的警告主要是针对孕妇的,但这也提醒了母亲和幼儿注意不要过多食用前面提到的四种鱼类。

不过,如果有哪位女士昨晚吃了旗鱼,现在也大不可必惊慌,因为吃这些鱼的危害在于汞的长期积累,偶尔吃一顿两顿是没什么大碍的。要保护未出世的宝宝的健康,目前最好的方法就是避免再吃这四种鱼类。

孕妇尽量吃不同种的鱼,不要集中吃一种,每周平均吃鱼量不要超340克就不用担心汞的摄入量超标。

**茶类:**孕妇如果喝茶太多、太浓,特别是饮用浓红茶,对胎儿会造成危害。

茶叶中含有 2% ~ 5% 的咖啡因,每 500 毫升浓红茶水大约含咖啡因0.06 毫克,如果每日喝 5 杯浓茶,就相当服用 0.3 ~ 0.35 毫克的咖啡因。咖啡因具有兴奋作用,服用过多会刺激胎动增加,甚至危害胎儿的生长发育。日本专家的调查也证实,孕妇若每天饮 5 杯浓红茶,就可能使新生儿体重减轻。

此外,茶叶中还含有多量的鞣酸,鞣酸可与孕妇食物中的铁元素,结合成一种不能被肌体吸收的复合物。孕妇如果过多地饮用浓茶,还有引起贫血的可能,也将给胎儿造成先天性缺铁性贫血的隐患。科学家们进行过多次对照试验。用三氯化铁溶液作为铁质来源给人服用,发现饮白开水者铁的吸收率为21.7%,而饮浓茶水者,铁的吸收率仅为6.2%。因此,孕期的妇女最好不要饮茶或饮少量淡茶为宜。

蜂王浆:蜂王浆是工蜂分泌的一种白色或淡黄色的略带甜味并有些酸涩的黏稠状液体,是专供蜂王享用的食物。据检测,每100克蜂王浆中含有水分66克,蛋白质12克,脂肪6克以及其他20多种氨基酸、多种维生素、乙酰胆碱、油脂、矿物质等共70多种成分。

蜂王浆和蜂蜜制成的液体称为"蜂乳",蜂乳中如果再掺入人参等滋补品,则可制成人参蜂王浆等口服液。这类口服液往往被认为是较好的滋补品。但是,其中的激素物质可能会刺激孕妇的子宫,引起子宫收缩,干扰胎儿的生长发育。所以,孕妇不宜服用蜂王浆。

(三)孕期应慎服补品

有些女性怀孕之后,总担心自己因缺乏营养而影响腹中的胎儿。她们就自作主张,服用滋补性药品,如人参、参茸丸、复合维生素和鱼肝油丸等。

专家指出,孕妇滥用补药弊多利少,只要孕妇消化功能正常,就不必在补品补药上下工夫,顺其自然更好。

各种滋补性药品都具有药的属性,都要经过人体内分解、代谢,都会有一定的副作用,包括毒性作用和过敏反应。

没有一种药物对人体是绝对安全的。如果用之不当,都会产生一定的副作用,对孕妇胎儿身体造成不良影响。母体摄入的药物,可通过胎盘进入胎儿血液循环,直接影响胎儿的生长发育。胎儿的肝脏发育不全,几乎没有什么解毒的功能,往往会造成严重后果。

中医上讲人参、桂圆、蜂王浆、洋参丸、蜂乳等都属于甘温补品,甘温极易助火,而孕妇又是阴虚内热,孕妇进补无异于火上加油,火盛则灼伤阻血,动胎出血,易出现先兆流产或早产。曾经有一位孕妇因大量服用蜂乳导致严重腹泻,并因此而诱发流产。

还有些孕妇到医院去测定体内的微量元素是否缺乏,目前这项技术还不是很过关,没有制定出更为科学的评定标准,到底缺多少,应该补多少,没有标准。

因此孕妇不要过于依赖这样或那样的检测。维生素也不宜过量服用,如过量食用鱼肝油,也会造成维生素A、D过量中毒。

只要孕妇脾胃功能良好,食欲正常,就应该在吃得好,吃得全,吃得可口上下工夫,注重日常生活中饮食的搭配和多样化,多食新鲜蔬菜和水果,注意调养,这才是孕妇的保健重点,而不能依赖补品补药。

如果孕妇孕期反应强烈出现"剧吐",同时伴有尿少、体重下降等病理现象,就要到医院,在医生的指导下服药。

# 4. 孕妇的饮食生活禁忌

## (一)孕妇要禁止饮酒

女性在受精时,除了上述提及的丈夫不可在醉酒后受精,女性本身也不宜饮酒。

自古以来酒在宴席中就扮演了很重要的角色,现今的世界更将酒视为一种高尚的饮料,适当地饮酒能舒筋活血、振奋精神,有时也能使人暂时忘却苦楚、提高工作效率,因此酒有"百药之首"的美称。

但是酒的作用从医学上来看,并不是真的具有兴奋作用,只是具有轻微的麻醉效果而已。

酒后面部潮红是由于脑中主管血管收缩的中枢部门,呈现麻痹现象的缘故,而且饮酒过后判断力及反省力会迟钝。若是饮酒过度,不仅精神涣散、思考力减弱,羞耻心和道德心丧失,甚而无法控制自己的情绪,做出不可原谅的事。

自古以来人们就将犯罪和酗酒联想在一块儿,那是因为酒醉后精神会异常,并且按捺不住满腹的怨气,因而在丧失判断力和思考力的情况下犯下罪行。

酒不仅对饮者本身有害,据说对胎儿也有影响。双亲酗酒,子女的行为也会异常,所以少年感化院的年轻男女大都来自酗酒的家庭。

孕妇在怀孕期间,一切应以胎儿及自己的健康为前提,饮酒害多益少,戒掉也无妨。

双亲酗酒所生异常胎儿的比例,较父亲一人酗酒来得高。

但是酒是一种非常普及的饮料,所以要把生产异常儿的原因归咎于饮酒不当,是很难令人置信的。酗酒家庭中所教养出来的孩子会有不良的行为,与其说是酒的影响,倒不如说酗酒的生活环境的影响。

妊娠中饮酒是否会造成胎儿的畸形,的确是一个问题。

根据以往的动物实验报告指出,酒精并非造成胎儿畸形的主要原因。但是对动物施以大量的酒精,子宫内幼崽死亡的比率就会显著增加。患有酒精中毒的老鼠,所生的幼鼠会产生视力障碍和脑神经障碍的现象。

除此之外,对妊娠中是否宜于饮酒,若干学者也曾进行研究,但是尚未发现酒精会对胎儿构成伤害。当然对于能够避免的不良影响,都要尽量避免。

(二)孕妇不宜饮用可乐类饮料

可乐很多人都爱喝,尤其是炎热的夏季,冰凉的可乐沁人心脾,喝的感觉畅快淋漓。然而可乐对于孕妇来说却未必合适,1瓶340克的可乐型饮料含咖啡因50~80克,一次口服咖啡因剂量达1克以上,就可导致中枢神经系统兴奋、呼吸加快、心动过速、失眠、耳鸣等。即使服用1克以下,由于对胃黏膜的刺激,也会使某些人出现恶心、呕吐、眩晕、心悸、心前区不适等症状。

胎儿对于咖啡因尤为敏感,孕妇要慎用咖啡因饮料。咖啡因能迅速通过胎盘作用于胎儿,母体内的胎儿就会直接受到咖啡因的影响。早在20世纪60年代初期,就有人用小鼠做试验,结果证明小鼠喝咖啡类饮料可使仔鼠发生腭裂、趾或脚畸形。咖啡因可诱发受试动物的子代出现露脑、脊柱裂、无下颌、无眼、骨化不全等现象。在怀孕的老鼠身上注射相当于2杯可乐所含的咖啡因量,结果这些小鼠骨骼发育极为迟缓。咖啡因之所以能引起遗传性疾病,是由于咖啡因的化学结构与人遗传基因DNA大分子中的一个酸的原子核非常类似,这样咖啡因就可能与DNA结合,使细胞发生变异。科学家还证明咖啡因能破坏人体细胞的染色体。

准妈妈为了未来宝宝的健康,不妨管住自己的嘴巴。当然家人聚会、朋友的Party,偶尔喝一杯也无大碍,只要不长期喝,不一次喝的量太大,应该不会对胎儿造成影响。

(三)孕妇不宜喝浓茶

我国大多数人不喜欢喝咖啡,但有喝茶的习惯。有的人整天不离茶杯,而且喜欢浓茶。妊娠后因已成为习惯不易改变。怀孕期饮浓茶,不仅易患缺铁性贫血,影响胎儿的营养物质供应,还会加剧准妈妈的心跳和排尿,增强孕妇的心、肾负担,诱发妊娠高血压综合征,不利于母体和胎儿的健康。这是因为浓茶中含有较多的咖啡碱,对神经系统和心血管系统都有一定的刺激作用,能使人兴奋,基础代谢增高。茶水中高浓度的鞣酸不但能抑制肠液的分泌,产生收敛止泻作用,还会产生收敛和抑制乳腺的作用。此外,产后饮浓茶,咖啡因可通过乳汁进入婴儿体内,婴儿容易发生肠痉挛,有时婴儿会无缘无故地哭闹。药物研究发现,咖啡因能引起小动物畸形。因此,最好不要喝浓茶。实在要喝茶,也只能喝淡茶。

（四）孕妇不宜多饮汽水

怀孕期间,孕妇及胎儿都非常需要水,同时也只有饮用足够的水才能避免怀孕期限间常见的泌尿道疾病。孕妇饮用液体量可根据季节和气候不同而异,通常每天应饮水 1.2～1.5 升。但孕妇饮用汽水过多可引起人体缺铁,对于准妈妈来说,尤其容易引起缺铁性贫血。因为汽水中的磷酸盐较多,进入肠道后能与食物中的铁质发生化学反应,降低人体对铁的吸收利用。通常食物中的铁只有 10% 可供人体吸收利用,而孕妇自身及胎儿的需铁量较一般人多,饮用汽水反而减少了铁的吸收。此外,汽水中的含钠量较多,孕妇摄入过多的钠会加重水肿。因此,孕妇夏日宜多饮用白开水,少饮汽水。

（五）孕妇不宜多吃冷饮

夏天随着出汗增多,饮用的液体也会增加,有些孕妇夏日贪吃冷饮,以为既可补充水分,又能防暑,其实,这也有不利的一面。妇女怀孕期间,胎盘会产生大量孕激素,使胃肠道平滑肌张力减小,胃酸酸度降低,胃肠蠕动减弱。此时胃肠黏膜对冷热刺激非常敏感,孕妇多吃冷饮会使胃肠血管突然收缩、胃液分泌减少。消化功能降低,出现食欲不振、消化不良、腹泻、腹痛、胃痉挛等症状。此外,孕妇的呼吸道黏膜往往充血并有水肿,贪吃冷饮会使充血的血管突然收缩,血流量减少,致使抵抗力降低,潜伏在呼吸道里的致病微生物便会乘虚而入,引起嗓子痛、咳嗽、头痛等症状,严重者可引起上呼吸道感染和扁桃体炎等。据报道,胎儿对冷刺激敏感,准妈妈吃冷饮时胎动次数增加。因此,孕妇不宜多吃冷饮。

（六）孕妇忌食会引起过敏的食物

孕妇食用会引起过敏的食物,不仅能致畸、流产、早产,还可引起多种婴儿疾病,如支气管哮喘、荨麻疹、神经血管水肿等。因此,属过敏体质的孕妇在饮食方面应当引起注意。

（七）孕妇忌偏食

在生畸胎的女性头发微量元素的测定中发现,其头发中锌、铜、铁、锰、钙、硒等微量元素的含量明显地低于同龄健康的女性。专家们指出:这和饮食有关,其中主要是和偏食有关,而这也是女性大多数人平时以素为主,不但鱼肉不吃,有的连鸡蛋都很少吃。加之孕早期,妊娠反应强烈,食欲下降,使得母体得不到必需的微量元素,从而影响了胎儿正常的生长发育,出现畸形。所以,对孕妇来说,要想生一个健康活泼的小宝宝,切勿偏食。要在医师指导下,适当多吃些瘦肉、海产品和蛋类等,丰富母体内的微量元素,使胎儿健康地发育生长。

(八) 孕妇忌营养不良

妇女妊娠期的营养与膳食,关系到孕妇与后代的健康,甚至会影响子女的智力生长发育,是一个不可忽视的问题。在这里,关键的一点是切忌营养不良。

所谓妊娠期的营养不良,即指营养供给不足,也包括营养过剩的问题。比如,孕妇的膳食中,如果对无机盐长期摄入不足,则可能会使孕妇患骨质软化症、妊娠高血压综合征、缺铁性贫血等,对胎儿则影响更大。卫生统计表明,孕妇营养缺乏,可导致新生儿死亡、流产及死胎率增高,并影响婴儿体格与智能的发育,甚至波及终身,即所谓"先天不足,后天难养"。

同时,孕妇的营养过剩,尤其是热量过剩,也可能造成胎儿过重,或孕妇过分肥胖,而增加难产的可能性。所以,要使孕妇合理膳食,达到理想的营养要求,才能保证母子的健康,切勿营养不良。

(九) 孕妇忌吸烟

吸烟不仅危害吸烟者本人的健康,如果孕妇吸烟还将影响腹中胎儿的正常发育。因为孕妇是通过脐带血管,经过胎盘把氧带给胎儿的。母亲吸烟后,血中一氧化碳的含量增加,使胎儿血中一氧化碳的含量也增加,导致缺氧、胚胎分化不良,因而容易导致胎儿发生兔唇、腭裂、先天性心脏病等先天性畸形。烟中的尼古丁可使胎盘血管收缩,减少胎儿血液供应,因营养缺乏导致胎儿体重不增、发育迟缓甚至停止。吸烟者生出的孩子体质一般比较弱,身高、胸围和头围也比不上不吸烟的孕妇所生的孩子,智力也要差一些。

丈夫吸烟对胎儿也是不利的,产生的不良结果与孕妇自己吸烟是一样的。

孕妇吸烟,对自身和胎儿都有危害。因为在烟草燃烧产生的烟气中,含有害的化合物,其中毒害较大的有尼古丁、氰化物、一氧化碳和焦油等。尼古丁作用于末梢血管,引起血管痉挛,血流减慢,使胎儿供血不足,影响胎儿发育,严重的还可能使胎盘早剥,胎死宫内;氰化物阻碍组织器官的氧化过程,使组织器官供氧不足;一氧化碳会与血红蛋白结合,成为一氧化碳血红蛋白,不能输送氧气,使胎儿处于低氧状态,影响胎儿发育,其新生儿不仅体重轻,智力也会低下。吸烟还容易使新生儿患先天性心脏病(发病率占

0.73%），肺炎和支气管炎的发病率也高。经常受烟危害的孕妇,流产、早产的发病率也高。因此,孕妇有嗜好吸烟的应戒烟,而且应避免被动吸烟。

据报道,对 200 名吸烟在 1 年以上的男子进行精液检查,发现每天吸烟30 支以上的人,畸形精子的比例超过 20%。吸烟时间越长,精子畸形比例也就越高。如果孕妇吸烟,胎儿受到的影响更为直接,危害也就更大了。据对吸烟的父母调查,他们生下的孩子,对烟草的气味特别喜欢,这就有可能在孩子长大后容易染上吸烟的嗜好。

在染色体上载有许多决定人体各种特征的物质,生物学上称为基因。烟草内的尼古丁、一氧化硫等有害物质,通过吸烟者的血液循环侵入精子,有可能引起精细胞的染色体和基因发生变化。这种精子与卵细胞结合所形成的胎儿,其发育将会受到不同程度的损害,因而产生流产、早产,严重的造成胎儿先天性畸形等现象。

小儿哮喘发生率高于成年人,而且多为外源性(即过敏性)哮喘,与接触花粉、真菌孢子、某些食物、运动及冷空气等关系密切。

不可忽视的是,如果吸烟的母亲或家庭成员吸烟的话,小儿哮喘的发生率会增高,而且发作次数增多。一般认为,母亲在怀孕期间吸烟为早期儿童哮喘的危险因素。英国研究者发现,孕期每日吸烟 15 支以上者哮喘的机会大大增加。澳大利亚对新生儿的研究中证实,孕期内母婴每日吸烟 10 支以上,新生儿的肺功能远远低于非吸烟母亲的新生儿。关于吸烟致小儿哮喘发生的机理,主要是烟雾中的某些有毒物质可通过胎儿脐带血进入胎儿体内,形成异常抗原物质,激发胎儿体内与引起哮喘相关的多种细胞增多,尤其是杆状细胞、嗜酸性细胞和 T 淋巴细胞数量较多,最终造成出生后婴儿过敏体质,当遇到烟雾尘埃或吸入冷空气时,便容易诱发支气管哮喘。

由此可见,为了胎儿的身心健康发育,母亲在怀孕期间最好不要吸烟,其他家庭成员也应戒烟,至少不要让准妈妈成为被动吸烟者。

(十)孕妇要避免空气污染

孕期尤其是孕早期,胚胎处于细胞分裂、增殖、组织器官形成、分化阶段;脑组织也是在这一时期形成的。这时的胎儿非常"脆弱",极易受周围环境的影响。当准妈妈吸入含二氧化硫、一氧化碳、浮尘、焦油等有毒有害物质的气体时,这些有毒物质通过血液循环进入胎儿体内,会影响胎儿的正常发育,甚至会引起胎儿畸形或自发流产;更可悲的是日后生出一个有缺陷的婴儿。因此,不能忽视环境质量对优生的影响。要想避免环境污染的致畸危害,就要做到孕期调离有毒害物质的工作环境,避免工业毒物,孕早期少去公共场所,尽量少到油烟弥漫的厨房,孕妇的房间不生煤炉,必须用煤炉时要保持通风良好。孕妇要多呼吸新鲜空气。当然,从宏观上加强环境保护也是一项根本措施。

(十一)孕妇要避免化学物质污染

工业的发展,使男、女作业人员都有接触化学毒物的机会。据统计,接触汞及苯等有机溶剂和服用激素的女工,1819人所生的3392名婴儿中,先天畸形114名,畸形率为33.61%,而对照组女工婴儿畸形率为16.29%,两者有显著差异。

妇女妊娠后对氧的需要量增大,代偿性地使呼吸、心率加快,能吸入、吸收更多有毒物质。肝肾是解毒的主要器官,接触有毒物质也使肝肾易受损害,均对胎儿正常发育不利。有害物质还能抑制胎盘血流量及损伤胎盘转运功能。有害化学物质对胎儿发育各阶段都有不利影响,受孕前可影响精子生成及卵子发育,或引起染色体异常;孕卵着床后可影响胚胎发育,或导致流产,或引起胎儿畸形,特别在器官形成期对有毒物质更为敏感;怀孕3个月后,能引起胎儿发育迟缓,或出生后功能异常。

胚胎及胎儿对化学毒物敏感性高于准妈妈,往往在母体尚未引起危害的浓度下,胎儿已出现毒性作用。所以,对接触化学物质的准妈妈要进行监测或采取缩短工作时间或调离岗位,以保护母胎健康。

(十二)孕妇要慎用风油精

夏天,风油精是人们喜欢随身备用的物品,它具有提神醒脑、解暑避邪、祛风镇痛、驱蚊止痒等功效。然而,它的主要成分之一樟脑却具有一定的毒性作用。

风油精所含的樟脑进入人体后,一般正常人体内的葡萄糖磷酸脱氢酶会很快地与之结合,使之变成无毒物质,然后随小便一起排出体外,所以不会发生不良反应。然而由于生理上的变化,孕妇体内的葡萄糖磷酸脱氢酶的含量降低,怀孕3个月内若过多地使用风油精,樟脑就会通过胎盘屏障进入羊膜腔内作用于胎儿,严重时可导致胎儿死亡引起流产。

在刚出生的新生儿体内,也缺乏葡萄糖磷酸脱氢酶,孕妇如大量使用风油精,樟脑会随气味透过新生儿娇嫩的皮肤和黏膜渗入血液中,使红细胞破裂,溶解成胆红素。血液中的胆红素含量过高,还会透过脑膜与脑细胞结合,引起婴儿黄疸症,出现全身发黄、口唇青紫、棕色小便、不吸奶、哭声微弱、嗜睡等症状,还可能出现抽风、惊厥等神经症状,即使经过治疗也可能使婴儿脑功能受损。所以,孕产妇应慎用风油精。

# 5. 不同孕期中的饮食规律和推荐食谱

## (一)孕早期饮食

孕妇在妊娠初期由于内分泌及精神因素的影响,往往会出现妊娠反应。科学规律的进食可以缓解妊娠反应,坚持少食多餐,勿暴饮暴食。挑食、偏食是不足取的,食物品种越多,营养的全面性才能保证。从孕早期就要注意采用科学的烹调方法。良好的烹调方式不但带来良好的口味,还能有助于营养素被人体利用。因此通过合理的营养搭配,配合正确的烹调方法,才能安全度过孕期。

## (二)食谱举例

早餐:

牛奶 250 克

白糖:10 克

馒头:标准粉 100 克

芝麻酱:10 克

午餐:

米饭:大米 100 克

豆腐干炒芹菜:芹菜 100 克,豆腐干 50 克

排骨烧油菜:排骨 50 克,油菜 100 克

蛋花汤:鸡蛋 50 克,紫菜 5 克


午点:

草莓:100 克

面包:50 克


晚餐:

二米饭:大米 50 克,小米 25 克

鲜菇鸡片:鸡胸片 50 克,鲜蘑菇 50 克

海蛎肉生菜:海蛎肉 20 克,生菜 200 克

| 提供的营养成分（按中等强度的体力劳动计算） ||
| --- | --- |
| 蛋白质:95.5 克 | 占推荐摄入量 127% |
| 脂肪:68.3 克 | 脂质热比 23% |
| 碳水化合物:264.4 克 | 热比 39.4% |
| 热量:2683.7 千卡 | 占推荐摄入量 107% |
| 视黄醇当量:863 微克 | 占推荐摄入量 108% |
| 维生素 $B_1$:1.205 毫克 | 占推荐摄入量 80% |
| 维生素 $B_2$:1.85 毫克 | 占推荐摄入量 109% |
| 维生素 C:76.9 毫克 | 占推荐摄入量 79% |
| 钙:1081 毫克 | 占推荐摄入量 135% |
| 铁:25.95 毫克 | 占推荐摄入量 173% |
| 锌:21.35 毫克 | 占推荐摄入量 186% |

早餐：
豆浆 250 克（或豆腐脑 150 克）
白糖：10 克
馒头：标准粉 50 克
鸡蛋：50 克

午餐：
米饭：大米 100 克
炒豆腐：豆腐 100 克
青椒炒肉丝：青椒 100 克，瘦肉 60 克
拌芹菜：芹菜 100 克（或焓菠菜 100 克）

午点：
柚子 150 克或柑橘 100 克，也可交替选用苹果、梨、香蕉等 100 克；

西瓜 200 克或红果 50～100 克

晚餐:

花卷 100 克

香椿拌豆腐:豆腐 80 克,香椿 40 克

鸡蛋炒蒜苗:蒜苗 100 克,鸡蛋 50 克

虾皮紫菜汤:虾皮 10 克,紫菜 10 克

晚点:

牛奶 250 克,饼干 50 克

全日烹调用油约 20 克

| 提供的营养成分(按中等强度的体力劳动计算) | |
|---|---|
| 蛋白质:95.3 克 | 占推荐摄入量 127% |
| 脂肪:61.0 克 | 脂质热比 25.3% |
| 碳水化合物:317.0 克 | 热比 58.5% |
| 热量:2167.6 千卡 | 占推荐摄入量 87% |
| 视黄醇当量:994.9 微克 | 占推荐摄入量 124% |
| 维生素 $B_1$:1.39 毫克 | 占推荐摄入量 93% |
| 维生素 $B_2$:1.50 毫克 | 占推荐摄入量 88% |
| 维生素 C:110.0 毫克 | 占推荐摄入量 110% |
| 钙:900.6 毫克 | 占推荐摄入量 112% |
| 铁:30.2 毫克 | 占推荐摄入量 201% |
| 锌:11.7 毫克 | 占推荐摄入量 102% |

## 青椒炒肉丝

【原料】青椒 250 克,肥瘦猪肉 150 克,熟油、香油、葱和姜丝、淀粉、酱油

等适量。

【做法】洗净猪肉、切丝;洗净青椒并切成丝;用适量盐、酱油、淀粉等加少量水,放入肉丝,拌匀;把葱姜丝、酱油、盐、淀粉和适量水等放入碗内兑成汁;将炒锅置于火上,放入熟油烧热至五成熟时,先下入肉丝,再放入青椒丝一起过油后,倒入漏勺内控净油;再把锅烧热,放少量油,然后下入兑好的芡汁,待汁变浓时放入过油的肉丝、青椒丝,淋入香油后出锅盛盘即成。

此食谱能提供蛋白质21.8克,脂肪80.8克,热量861.8千卡。

## 青椒炒肉丁

【原料】青椒250克,肥瘦猪肉150克,鸡蛋25克,熟油、葱和姜丝、淀粉、酱油、白糖等适量。

【做法】洗净猪肉、切成1.5厘米见方的丁;将肉丁放入碗内,加入鸡蛋拌匀,再放适量盐和淀粉上浆;洗净青椒并切成丁;将炒锅置火上烧热,放入熟油烧热至五六成熟时,先下入肉丁,用勺翻动,待肉丁变色,放入青椒过油,倒入漏勺滤油;再把锅置火上烧热,加入适量酱油、白糖、水,烧开后勾芡,放入肉丁、青椒丁,出锅装盘即成。

此食谱能提供蛋白质35.3克,脂肪62.0克,能量516.1千卡。

## 红果茶

【原料】新鲜红果(又名山楂)500克,白糖200克。

【做法】将红果择洗干净,用刀挖去籽;把红果放入锅内,加适量清水,置火上烧开后,用微火慢煮至红果软烂,用勺挤碎,加入白糖继续煮2~3分钟,待呈粥状时,出锅倒入杯中,冷却即成。

此食谱能提供蛋白质1.9克,脂肪2.3克,能量153.0千卡。

## 香椿拌豆腐

【原料】豆腐300克,香椿100克,香油和精盐适量。

【做法】把豆腐用开水烫一下,将豆腐切成0.7厘米见方小丁或一字条,放在盘内;用开水把洗净新鲜香椿烫一下,捞出沥干水分,切成细末,撒在豆腐上;加盐和淋上香油即成。

## 鸡蛋炒蒜苗

【原料】鸡蛋 3 个,蒜苗 100 克,花生油 50 克,花椒数粒,食盐适量。

【做法】洗净蒜苗,切成 3 厘米长的段;把鸡蛋打入碗内,加食盐 2 克,用筷子搅匀;将花椒放入碗内,用少许清水泡上;放适量油于锅内,烧热后,将鸡蛋倒入锅内,炒至蛋液定浆,倒出;将余油倒入锅中烧热,放入蒜苗、翻炒,洒入花椒水,加适量盐,放入炒好的鸡蛋,翻炒均匀盛盘即成。

此食谱能提供蛋白质 18.6 克,脂肪 64.8 克,能量 673.8 千卡。

## 虾皮紫菜汤

【原料】紫菜 25 克,虾皮 25 克,香菜叶 10 克,食盐、酱油、胡椒粉、麻油适量。

【做法】撕碎紫菜,洗净虾皮和香菜,同放入碗中,加入适量的食盐、酱油,用开水冲开,撒上胡椒粉,淋入麻油即成。

此食谱能提供蛋白质 14.5 克,脂肪 20.8 克,能量 394.5 千卡。

## 牛奶大米饭

【原料】大米 1000 克,鲜牛奶 1000 克。

【做法】将大米淘洗干净,放入锅内,加入适量清水,上火烧开,煮至米半熟时,倒入鲜牛奶,根据稠稀情况再加入适量水,用中火烧开后,再用小火焖熟即成。

【功效】牛奶每 100 克含蛋白质 3.2 克,比较丰富,不含有可为人体增加热量的碳水化合物。牛奶还含有丰富的钙、磷、铁及维生素等,虽不是孕早期应多摄入的营养素,但对人体保健也十分有益。大米也含有蛋白质(每100 克含 7.3 克),尤其碳水化合物含量丰富,每 100 克达 76.3 克,是补充热能的佳品,同时也含有较多的维生素 B 族、尼克酸和磷、铁等,均对人体有益。

# 炒木樨肉

【原料】肥瘦猪肉 200 克,鸡蛋 2 个,水发木耳 25 克,水发黄花菜 25 克,韭黄 50 克,酱油 10 克,料酒 10 克,味精 1.5 克,精盐 2 克,香油 0.5 克,葱花、姜末各少许,花生油 75 克。

【做法】

①将猪肉洗净,切丝;木耳择洗干净,切成小片;黄花菜择洗净切小段;韭菜洗净切小段;鸡蛋打入碗内,加入少许盐,搅匀打散,下入油锅内炒熟,切成小块。

②锅内放入花生油,上火烧热,先下入肉丝稍炒,再加入葱、姜、酱油、料酒、精盐、味精。煸炒几下,放入木耳、黄花菜及韭黄翻炒,再倒入炒好的鸡蛋,拌炒数下,淋入香油即成。

【功效】鸡蛋每 100 克含蛋白质 12.7 ~ 12.8 克。猪瘦肉每 100 克含蛋白质 20.5 克,肥肉含 1.5 克,还含有脂肪、维生素及矿物质。花生油可增加热能。此菜营养丰富,是孕妇补充蛋白质的佳肴。

# 精炖鲫鱼

【原料】鲜鲫鱼 200 克,香菇 50 克,玉兰片 50 克,花生油 40 克,葱花 20 克,姜片 25 克,精盐、胡椒粉各少许。

【做法】

①将鲫鱼去鳞,去内脏,洗净香菇用水发开,去根蒂,洗净,切丝;玉兰片切丝。

②锅上火,放入花生油烧热,将鲫鱼放入,煎至两面发黄。

③锅中放入清水烧开,放入炸过的鱼及香菇丝、玉兰片丝、葱花、姜片,用大火烧开后,改用小火炖煮至汤白时,加入精盐、胡椒粉调味即成。

【功效】鲫鱼含有丰富的优质蛋白质,每 100 克含蛋白质 13 克。香菇每 100 克含蛋白质 21 克。此菜是补充蛋白质的佳肴,同时还含有维生素和矿物质,营养丰富,对孕妇、胎儿均有益。

## 小米面蜂糕

【原料】小米面 500 克,红小豆 100 克,鲜酵母 10 克。

【做法】

①将红小豆淘洗干净,下入水锅中上火煮熟;面粉加入鲜酵母和较多的温水和成稀面糊,静置发酵,待发好后,加入小米面和成软团,再发好。

②将蒸锅内的水烧开,铺屉布,把和好的面团先放入 1/3,用手蘸清水,轻轻拍平,再将煮熟的小豆撒上 1/2,铺平,再放入剩余面团的 1/2,拍平,将剩余的熟小豆放上,铺平,最后将所剩面团全部放入,用手拍平,盖严锅盖,用旺火蒸 15 分钟即可。

【功效】此糕碳水化合物和蛋白质含量均较高,还含有维生素,是孕妇补充热能的食品。

## 肉片滑熘卷心菜

【原料】卷心菜 400 克,瘦猪肉 150 克,花生油 30 克,酱油 6 克,精盐 4 克,味精 2 克,料酒 5 克,水淀粉 20 克,葱、姜末各 3 克。

【做法】

①卷心菜洗净,切成 1.5 厘米宽的长条,再斜刀切成菱形块。瘦肉切成小薄片,加水淀粉拌匀上浆。

②炒锅上火,放入花生油 15 克烧热,先下肉片稍炒,再加葱、姜末翻炒,待肉片变色,加入料酒、酱油炒匀装盘。

③锅中再放入花生油 15 克烧热,下卷心菜,用旺火翻炒,放盐,快熟时倒入熟肉片,翻炒均匀,用水淀粉勾芡,放味精,炒匀即成。

【功效】此菜菜脆肉嫩,味道鲜美,含有丰富的蛋白质、脂肪、碳水化合物及钙、磷、铁、锌等多种矿物质和维生素。卷心菜中钙的含量比大白菜多 2 倍,粗纤维也较多。中医认为,卷心菜味甘、性平,有补骨髓、润五脏六腑、益心力、壮筋骨等功效。

## 千层茄子

【原料】茄子 500 克,调好的猪肉馅 150 克,酱油 10 克,精盐 4 克,味精 2

克,料酒5克,水淀粉30克,面粉适量,植物油500克(约耗75克)。

【做法】

①茄子去把、去皮,裁掉四边,使呈四方形,再切成0.3厘米厚的大薄片10片。

②将水淀粉、面粉加精盐、酱油、味精、料酒和水调成糊。

③取一片茄子,上撒面粉后,抹上一层肉馅,抹平后再撒一层面粉,盖一层茄片,茄片上再撒面粉,面粉上再抹肉馅,如此将5片茄片做成千层茄子生坯。将另5片茄片,也做成同样的千层茄子生坯。

④炒锅上火,放入植物油烧热,把千层茄子生坯蘸糊,分别下锅,两面均炸呈金黄色,出锅沥油。

⑤将炸好的千层茄子切成3厘米宽的条,再用刀切成块,在盘内摆成花朵形,上笼蒸熟取出。锅置火上,加少许水、酱油、精盐、味精,烧沸,用水淀粉勾薄芡,浇在茄子上即成。

【功效】此菜形如花朵,层次分明,软香适口,含丰富的钙、磷、铁和多种维生素。茄子性味甘、寒,具有散血、止痛、收敛、止血、利尿、解毒等功效,多食能增加微血管的抵抗能力,防止血管脆裂出血。

## 肉丝榨菜汤

【原料】瘦猪肉100克,榨菜50克,香菜少许,香油5克,精盐2克,味精1克,料酒、清汤各适量。

【做法】

①瘦猪肉洗净切成细丝。榨菜洗去辣椒糊,也切成细丝。香菜择洗干净,切段。

②将汤锅置火上,加入汤(或清水)烧开,下肉丝、榨菜烧沸,加精盐、味精、料酒、香菜,淋香油,盛入汤碗内即成。

【功效】此汤肉嫩味美,清香利口,含有优质动物蛋白质、多种矿物质和维生素,并能补充人体需要的水分,适宜孕妇食用。

## 糖醋排骨

【原料】猪排骨500克,香油10克,白糖50克,醋25克,料酒20克,红糖

2 克,精盐 5 克,花生油 500 克(约耗 50 克),葱末、姜末各适量。

**【做法】**

①排骨洗净,剁成 8 厘米长的块,放入盆内,加入适量盐水腌渍 4 小时左右。

②炒锅上火,放入花生油,烧至六七成热,下排骨浸炸片刻捞出。

③炒锅置火上,注入香油,下葱、姜末炝锅,速下排骨、开水、白糖、醋、料酒,用文火煨 20 分钟左右,待肉骨能分离,加红糟,收汁,淋香油即成。

**【功效】**此菜色泽油亮,酸甜适口。排骨含钙、磷较丰富,加醋烹调,钙容易溶解吸收,是孕妇妊娠初期的可口菜肴和保健佳品。

## 香酥鹌鹑

**【原料】**鹌鹑 5 只,生菜 200 克,酱油 15 克,精盐 1.5 克,料酒 25 克,花椒、盐、油各 5 克,白糖、醋、葱、姜各 10 克,花椒 10 粒,大料两瓣,淀粉 25 克,花生油 500 克(约耗 75 克)。

**【做法】**

①将鹌鹑摔死,拔净毛,开背去内脏,洗净,用开水氽烫一下取出,放入冷水内洗净。鹌鹑放碗内,加酱油、精盐、料酒、白糖、醋、花椒、大料,添入与鹌鹑持平的水,调好味。葱切段、姜拍松放碗内。

②将盛鹌鹑的碗盖严,上笼用旺火沸水蒸至断生取出,去掉汤水和调配料,用淀粉抹匀鹌鹑皮表面,稍凉片刻待炸。

③炒锅上火,放入花生油,烧至八成热,放入鹌鹑炸两遍,使鹌鹑皮起脆,捞出用洗净的纱布包住用手拍松,去掉纱布装盘,四周围以生菜叶,随花椒盐、辣酱油食用。

**【功效】**此菜色泽红亮,味咸微甜,香酥鲜嫩,含丰富的优质蛋白质、钙、铁等多种矿物质和维生素。李时珍的《本草纲目》中记载,鹌鹑有"补五脏,益中续气,实筋骨,耐寒暑;清解热"之功效,是疗效食物中的上品。因此,鹌鹑肉、蛋宜于婴儿、孕妇、产妇和年老体弱者食用。

## 蜜烧红薯

**【原料】**红心红薯 500 克,红枣 50 克,蜂蜜 100 克,冰糖 50 克,植物油

500 克(约耗 50 克)。

【做法】

①红薯洗净,去皮,先切成长方块,再分别削成鸽蛋形。红枣洗净去核,切成碎末。

②炒锅上火,放油烧热,下红薯炸熟,捞出沥油。

③炒锅去油置旺火上,加入清水 300 克,放冰糖熬化,放入过油的红薯,煮至汁黏,加入蜂蜜,撒入红枣末推匀,再煮 5 分钟,盛入盘内即成。

【功效】此品晶亮红润,甜软香郁。红薯营养丰富,每 100 克可供热能 80 ~ 120 千卡,其蛋白质的氨基酸组成与大米近似,赖氨酸的利用率比小麦、玉米高。它含有谷类所没有的维生素 C,每 100 克红薯平均含维生素 C 30 毫克,超过某些蔬菜、水果。红心或黄心红薯还有较多的胡萝卜素。因而此点是妊娠期、哺乳期妇女的美食。

(三)孕中期饮食

从妊娠中期开始,孕妇的基础代谢加快,热能需要量比妊娠早期增加约 1255.2 千焦。孕妇需要摄入足量的蛋白质、脂肪、碳水化合物及多种微量元素。补充钙剂和维生素 B,可以缓解妊娠中期常出现的手足抽搐症状。为了保证有充足的营养,孕妇可以适当增加饭量,但过量的食物无论对胎儿还是母亲都是有害的。肥胖的孕妇易患妊娠高血压综合征和糖尿病,还会导致消化不良及胃病,孕妇应当控制肉食,多吃杂粮更有益于孕妇的健康和胎儿的脑发育。

(四)食谱举例

粮食:大米、面粉、小米、玉米面、杂粮等不少于 400 克

动物类食品:禽类(鸡、鸭、鹅等)、肉、鱼虾等 150 ~ 200 克

蛋类:鸡蛋、鸭蛋、松花蛋、鹌鹑蛋、鹅蛋等 50 ~ 100 克

烹调用油:豆油、花生油、香油等 20 ~ 30 克

牛奶或豆浆:250 克

鲜豆或豆制品:50 克

蔬菜:500 克

水果:200 克(以时令新鲜水果为宜)


早餐:

油条:标准粉 50 克

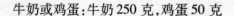

牛奶或鸡蛋：牛奶 250 克，鸡蛋 50 克

早点：
苹果：50 克

午餐：
米饭：大米 150 克
炒三丝：瘦猪肉 50 克，豆腐丝 50 克，冬笋丝 50 克
拌海带丝：海带（水发）100 克
木须汤：鸡蛋 20 克，木耳 10 克，生菜 50 克

晚餐：
玉米面粥：玉米面 50 克
烙饼：标准粉 150 克
煎蛋：鸡蛋 50 克
鱼香油菜薹：油菜薹 200 克，胡萝卜 30 克，辣椒 20 克

晚点：
橘子：100 克

| 全日提供营养成分（按中等强度体力劳动计算） | |
| --- | --- |
| 蛋白质：87.6 克 | 占推荐摄入量 103% |
| 脂肪：72 克 | 脂质热比 25.6% |
| 碳水化合物：383 克 | 热比 60.5% |
| 热量：2532 千卡 | 占推荐摄入量 101% |
| 视黄醇当量：1914 微克 | 占推荐摄入量 191% |
| 维生素 $B_1$：1.82 毫克 | 占推荐摄入量 121% |
| 维生素 $B_2$：2.05 毫克 | 占推荐摄入量 120% |
| 维生素 C：219 毫克 | 占推荐摄入量 168% |

续表

| 全日提供营养成分(按中等强度体力劳动计算) ||
| :---: | :---: |
| 钙:1105.8 毫克 | 占推荐摄入量110% |
| 铁:39.8 毫克 | 占推荐摄入量159% |
| 锌:26.1 毫克 | 占推荐摄入量158% |

# 虾皮烧菜花

【原料】菜花250 克,虾皮25 克,香油10 克,花生油30 克,水淀粉、酱油、食盐、葱姜末和黄豆芽汤适量。

【做法】

把菜花掰成小块,洗净,放入沸水锅内焯透捞出,放入凉水内浸凉,控干水分;将虾皮用水淘洗干净;将锅置于火上,放入花生油烧热,下入虾皮稍炸,放入葱姜末、食盐等,倒入菜花,加入适量豆芽汤;烧开后用小火煨透,以水淀粉勾芡,淋香油出锅盛盘即可。

此食谱能提供蛋白质12.0 克,脂肪40.9 克,能量447.2 千卡。

# 浇汁鱼

【原料】鲜鱼一条(约500 克),熟油(实耗约75 克),团粉、葱、玉兰片、胡萝卜、糖、醋、食盐、姜、蒜和香油适量。

【做法】

把鲜鱼去鳞、鳃和内脏,洗净控干;将鱼平放在菜板上,自鱼鳃5 厘米处开始至鱼尾,在鱼身两面每隔5 厘米用斜刀直剞至鱼骨;将玉兰片、胡萝卜、葱、姜、蒜等均切成细丝。在锅内放少许底油(约25 克),待油热时再放玉兰片、胡萝卜、葱、姜、蒜丝、白糖、醋、盐和鲜汤等,烧开时调成甜酸口味,用团粉勾芡,淋香油后倒碗里备用(即浇鱼的汁)。

在锅内放适量油,烧至八成熟时,把挂满团粉浆的鱼身放进热油中炸至团粉发硬时取出,鱼背朝上放在盘内,以干净毛巾垫上;用手压鱼至团粉裂口时,再重新把鱼放热油小炸至酥焦(但不能炸煳),捞出装盘,泼上鱼汁后发出吱吱响声即成。

此食谱能提供蛋白质 54.3 克,脂肪 100.6 克,能量 1118.6 千卡。

## 熘腰花

【原料】猪肾(腰)250 克,黄瓜 30 克,水发木耳 10 克,香油 1000 克(实耗 50 克),醋、花椒油、酱油、白糖、水团粉、蒜片、葱和姜丝、鲜汤等适量,花生油 40 克,花椒油 5 克,白糖 20 克,醋 15 克,酱油、食盐和水淀粉适量。

【做法】

洗净猪腰,去外膜,从中间切开,片去腰臊,切麦穗花刀,每片按大小可切成 4～6 块。将黄瓜洗净,切成片;把木耳撕成小片,用开水把腰块焯一下,卷花后捞出沥去水分;将炒锅置于火上,放油烧热,下腰花,炸透后捞出控油;原锅内留少许底油,放入腰花、葱丝、姜丝和蒜片,翻炒;再下黄瓜片、木耳、醋、酱油,倒入适量鲜汤,放少许白糖,勾芡后,淋花椒油,盛盘即可。

此食谱能提供蛋白质 38.0 克,脂肪 52.5 克,能量 708.9 千卡。

## 红枣粳米粥

【原料】红枣 20 枚,粳米 200 克,红糖适量。

【做法】

将红枣洗净,粳米淘洗干净,一同放入锅内,加水适量,用旺火烧沸,用文火煮至米烂粥稠时,调入红糖,出锅即成。

【功效】粳米富含碳水化合物,可增加人体热量,红枣富含铁,有补血益血之功效。此粥很适合妊娠中期孕妇食用。

## 肉丝海带

【原料】猪瘦肉 150 克,水发海带 150 克,冬笋 50 克,红辣椒 1 个,花生油 75 克,酱油 15 克,精盐 5 克,味精 0.5 克,醋 5 克,白糖、姜各适量。

【做法】

①把水发海带洗净,切成丝,放入开水锅内烫透捞出,控净水,装入盘内;把猪肉洗净,切成丝。

②炒锅置火上,倒入花生油 50 克,烧至八九成热时,将猪肉丝放入,迅速

炒散,见肉丝变色时,加入酱油,翻炒几下,盛入盘中。

③将冬笋洗净切丝,放入开水锅中烫一下,捞出,控净水,放在盘内。

④把姜洗干净,切成细丝,放在盘内,再加入精盐、味精、醋、白糖。

⑤将辣椒去蒂、去籽,洗净,切成细丝。将炒锅置火上烧热,倒入花生油25克,油热后放入辣椒丝,炸出辣香味后,连油带辣椒丝倒入肉丝菜盘中,拌匀即成。

【功效】此菜富含动物蛋白质、钙、磷、铁、碘及多种维生素,是孕妇妊娠中期补充营养的佳肴。

## 三合面发糕

【原料】面粉500克,黄豆面250克,玉米面250克,鲜酵母20克,红枣、青梅各适量。

【做法】

①将玉米面用八成开的水搅烫和匀,晾凉后再与面粉掺到一起,加入鲜酵母,用温水和成稀面团,放置发起。

②把红枣用开水泡开,洗净去核;青梅去核,洗净,切成小条。

③面团发起后,再掺入黄豆面揉匀,然后将红枣、青梅条加入拌匀。

④蒸锅内加水烧开,放入蒸屉,倒入面团,用手蘸水拍匀,再用小刀蘸水割成小块,用旺火蒸熟即成。

【功效】此糕为米、面、豆搭配而成,富含蛋白质、维生素B族等多种营养成分,孕妇常吃可以增加肌体热量和蛋白质、铁、钙等。

## 韭菜炒虾丝

【原料】鲜大虾肉300克,嫩韭菜150克,花生油60克,香油15克,酱油5克,精盐3克,味精1克,料酒5克,葱20克,姜10克,高汤30克。

【做法】

①将虾肉洗净,沥干水分,从脊背片开,不要片断,抽去虾肠,摊开切成细丝。

②将韭菜洗净,沥干水分,切成2厘米长的段;葱洗净切丝;姜去皮洗净,切丝。

③炒锅上火,放入花生油烧热,下入葱、姜丝炝锅,炸出香味后,下入虾丝煸炒2~3分钟,烹入料酒,加入酱油、精盐、高汤稍炒,放入韭菜段,用急火炒4~5分钟,淋入香油,加入味精,盛入盘内即成。

【功效】此菜含有丰富的胡萝卜素、维生素C及钙、磷、铁。韭菜含纤维素。植物油有利于防止便秘。此菜适合于妊娠中期食用。

# 柿椒炒嫩玉米

【原料】嫩玉米粒300克,红绿柿椒50克,花生油10克,精盐2克,白糖3克,味精1克。

【做法】

①玉米粒洗净。红绿柿椒切成小丁。

②炒锅上火,放入花生油,烧至七八成热,下玉米粒和盐,炒2~3分钟,加清水少许,再炒2~3分钟,放入柿椒丁翻炒片刻,再加入糖、味精翻炒均匀,盛入盘内即成。

【功效】此菜中的嫩玉米香甜可口,佐以辣椒,色泽美观,诱人食欲。夏秋两季,均可食用。含维生素C和粗纤维极为丰富,适宜孕妇妊娠期便秘时食用,效果极佳。

# 豆腐干拌豆角

【原料】豆腐干200克,豆角250克,胡萝卜50克,花椒油10克,精盐6克,味精2克,姜少许。

【做法】

①豆角去掉筋丝,切抹刀片,放入沸水锅内焯熟,捞出放冷水中投凉,沥干水分。

②豆腐干切成小片,放入沸水锅内焯一下,捞出沥干水分。

③胡萝卜洗净,切成小片。姜切末。

④将豆角片堆放在盘子中间,豆腐干片放在豆角的四周,胡萝卜片放在豆角上面。

⑤将花椒油、精盐、味精、姜末放在小碗内调匀,浇在豆角和胡萝卜片上,吃时拌匀。

【功效】此菜色泽美观,脆嫩清香,含有丰富的蛋白质、钙、磷、铁、锌、胡萝卜素和维生素 C、E 等多种营养素。

## 姜米拌莲藕

【原料】中段莲藕 400 克,醋 40 克,精盐 4 克,香油 10 克,姜米 1 克。

【做法】

①莲藕洗净,用刀裁去骨节,刮净外皮,切成铜钱厚的圆片,用凉水淘一下,放入开水锅内略焯,见其发白光色时捞出。

②将莲藕放入盘内,加入精盐、姜米、醋、香油,拌匀即成。

【功效】此菜脆嫩爽口,含有丰富的碳水化合物、钙、磷、铁、维生素 C 等多种营养素。中医认为,生藕味甘、性寒,有凉血散淤、止渴除烦等功效。熟藕性温,能安神、养胃、滋阴。此菜适宜孕产妇食用。

## 清汤鸡

【原料】熟白鸡肉、净冬瓜各 250 克,鸡汤 500 克,酱油、料酒、葱各 10 克,味精、姜各 5 克,精盐适量。

【做法】

①熟白鸡去皮,切成象眼块。把鸡肉皮朝下,整齐地码入盆内,加入鸡汤、酱油、精盐、味精、料酒、葱段、姜片,上笼蒸透,取出拣去葱、姜,把汤汁滗入碗内待用。

②冬瓜洗净切块,放入沸水锅内焯一下,捞出码入盆内的鸡块上,将盆内的冬瓜块、鸡肉块一起扣入汤盆内。

③炒锅上火,倒入碗内的汤汁,烧开撇去浮沫,盛入汤盆内即成。

【功效】此菜鸡肉软烂,汤鲜味浓,爽口不腻,含有丰富的蛋白质、钙、磷、铁、锌和维生素 C、E 等多种营养素。有益气养血、滋养五脏、生津添髓等功效,孕妇常食此菜,可有效防治营养缺乏。

## 炒鲜奶

【原料】鲜牛奶 250 克,4 个鸡蛋的蛋清,笋尖 25 克,去皮马蹄 15 克,植

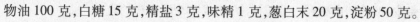

物油 100 克,白糖 15 克,精盐 3 克,味精 1 克,葱白末 20 克,淀粉 50 克。

【做法】

①笋尖、马蹄洗净,切成米粒状。蛋清打起泡后,加淀粉、牛奶,打成牛奶糊,放白糖、精盐、味精继续打匀。

②炒锅置旺火上,放入植物油烧热,下笋尖、马蹄粒、葱白末煸炒出味,倒入调好的牛奶糊,用手勺推动,待起泡后即可起锅装盘。

【功效】此菜色泽晶莹洁白,外脆里软,香甜可口,含有丰富的蛋白质、脂肪、碳水化合物、维生素 A 和钙、磷、铁等多种营养素,是孕妇补充蛋白质、钙质的良好来源。

## 奶汤鲫鱼

【原料】鲫鱼 2 条(约 500 克),熟火腿 3 片,豆苗 15 克,笋片 15 克,白汤 500 克,熟油 50 克,精盐 3 克,味精 2 克,料酒 15 克,葱 2 段,姜 2 片。

【做法】

①鲫鱼去鳞、去鳃、去内脏,洗净,用刀在鱼背两侧每隔 1 厘米剖人字形刀纹。

②炒锅置旺火上,放入熟油 25 克,烧至七成热,下葱、姜炸出香味,放入鱼,两面略煎,烹入料酒稍焖,加白汤及清水 150 克、熟油 25 克,加盖煮 3 分钟左右,见汤汁白浓,转中火煮 3 分钟,焖至鱼眼凸出,放入笋片、火腿片,加精盐、味精,转旺火煮至汤浓呈乳白色,下豆苗略煮,去掉葱、姜,出锅装盆,笋片、火腿片齐放鱼上,豆苗放两边即成。

【功效】此鱼汤味鲜美,鱼肉香醇,含有丰富的蛋白质、脂肪、碳水化合物和钙、磷、铁、锌、尼克酸、维生素 C 等多种营养素,尤其含钙、磷较多,对胎儿骨质发育有较好的作用,并能预防婴儿佝偻病、软骨病等症。

## 阳春面

【原料】鸡蛋面条 100 克,鸡蛋 1 个,青蒜苗 3 棵,香油 5 克,花生油少许,精盐 2 克,味精 1 克,高汤适量。

【做法】

①鸡蛋磕入碗内搅匀。炒锅上火烧热,用洁布抹一层花生油,倒入蛋液

摊成蛋皮,取出切成细丝。蒜苗洗净,切成2.5厘米长的段。

②锅置火上,加水烧开,下鸡蛋面条煮熟,捞出盛在碗内,撒上蛋皮丝、青蒜段。

③将高汤倒入炒勺中烧开,撇去浮沫,加精盐、味精调味,再淋点香油,浇在面条上即成。

【功效】此面汤清味鲜,清淡爽口,含有蛋白质、脂肪,碳水化合物,还可提供人体必需的B族维生素和部分矿物质。

(五)孕晚期饮食

孕晚期是胎儿生长最快的时期,本时期饮食应在控制热量的同时,增加营养物质的供给。妊娠期膳食中蛋白质丰富,能使产后乳质良好。补充钙对胎儿骨骼和牙齿的发育十分重要。孕晚期,用血量加大,补铁可以防止缺铁性贫血症的出现。孕妇应该多吃鱼类,以促使胎儿脑和神经系统的正常发育。孕晚期易发妊娠高血压综合征,严重威胁母婴健康,正确的饮食疗法将缓解这一组症状。

(六)食谱举例

早餐:

牛奶250克,白糖10克

麻酱烧饼:标准粉100克,芝麻酱10克


早点:

鸡蛋羹:鸡蛋50克


午餐:

米饭:大米150克

肉末雪里蕻:瘦猪肉70克,雪里蕻100克

素炒油菜薹:油菜薹150克

鱼汤:鲫鱼50克,香菜10克


午点:

牛奶250克,白糖10克

晚餐：

米饭：大米 150 克

炒鳝鱼丝：黄鳝 100 克，柿子椒 50 克

素炒菜花：绿菜花 150 克

紫菜汤：紫菜 10 克，虾皮 10 克

晚点：

橘子：100 克

全日用油：25 克

| 全日提供营养成分（按中等强度的体力劳动计算） | |
| --- | --- |
| 蛋白质：118 克 | 占推荐摄入量 131% |
| 脂肪：70 克 | 脂质热比 24.8% |
| 碳水化合物：360 克 | 热比 56.6% |
| 热量：2543 千卡 | 占推荐摄入量 102% |
| 视黄醇当量：2453 微克 | 占推荐摄入量 272% |
| 维生素 $B_1$：1.92 毫克 | 占推荐摄入量 128% |
| 维生素 $B_2$：2.88 毫克 | 占推荐摄入量 169% |
| 维生素 C：269 毫克 | 占推荐摄入量 207% |
| 钙：1471 毫克 | 占推荐摄入量 122% |
| 铁：32.1 毫克 | 占推荐摄入量 92% |
| 锌：19.6 毫克 | 占推荐摄入量 119% |

## 桃仁拌芹菜

【原料】核桃仁 50 克，芹菜 300 克，盐、味精、香油适量。

【做法】

芹菜择去老叶，扯去筋，洗净后切丝，用开水焯 2 分钟，捞入凉水中冲一

下,滤干后加精盐、味精、香油,拌匀后入盘,核桃仁用开水泡后剥去皮,开水再泡 5 分钟取出,切成小碎块,放在芹菜上,吃时拌匀。

此菜清脆爽口,四季皆宜。

# 芙蓉鸡片

【原料】生鸡脯肉 75 克,生肥膘肉 50 克,熟火腿末 10 克,豌豆苗 10 克,水发香菇片 40 克,熟油 750 克(实耗 50 克),鸡蛋 1 个,葱、姜汁、水淀粉、鲜汤和食盐等适量。

【做法】

将鸡脯、肥膘肉分别切成蓉,同放碗内,加鸡汤约 50 克,水淀粉 5 克,葱姜汁 10 克;将鸡蛋清磕入一大平盘内,用筷子打成泡沫状,与鸡蓉拌在一起,加适量盐,搅拌均匀;洗净豌豆苗,把炒锅置火上,放入熟油烧热;用手将鸡蓉抓成柳叶状,逐片下锅,炸透后控油;锅内留少许油,上旺火,放入豌豆苗略煸炒;加入适量鲜汤、盐、香菇片等,用水淀粉勾芡,倒入鸡片,翻炒匀盛盘,撒上火腿末即成。

此食谱能提供蛋白质 22.5 克,脂肪 101.7 克,能量 1084.5 千卡。

# 红白豆腐

【原料】豆腐 300 克,猪血 300 克,瘦猪肉 100 克,冬笋 15 克,油渣适量,酱油 10 克,白糖 10 克,熟油 50 克,食盐、白胡椒粉、鲜汤、水淀粉、葱段等适量。

【做法】

将豆腐切成 1 厘米见方的小丁,放入沸水锅焯一下,捞出控水;洗净猪血块,也切成 1 厘米见方的小方块;把瘦猪肉切成丝;将冬笋切成片,油渣切成末;炒锅内放油烧热,入葱段煸炒出香味,再放鲜汤、豆腐丁、猪血块、猪肉丝、冬笋片、油渣,加入适量酱油、白糖、盐等;烧沸后,用水淀粉勾芡,淋熟猪油,炒匀可盛盘出锅撒上胡椒粉即成。

此食谱能提供蛋白质 76.9 克,脂肪 64.3 克,能量 975.7 千卡。

# 凉拌豆腐皮

【原料】豆腐皮 250 克,水发木耳 25 克,去皮熟荸荠 20 克,玉兰片 25 克,虾仁、盐和香油等适量。

【做法】

将豆腐皮切成象眼块,放碗内,用开水汆一下,再用凉水泡凉挤干水分;把木耳撕成小块,将荸荠和玉兰片切成片,用开水汆一下后用凉水泡凉,同豆腐皮一起放在盘内;取适量味精、盐和香油调成汁,倒入盘内拌匀即可。

此食谱能提供蛋白质 114.7 克,脂肪 53.8 克,能量 1138.0 千卡。

# 排骨冬瓜汤

【原料】猪排骨 300 克,冬瓜 500 克,食盐、味精、胡椒粉、葱花等适量。

【做法】

将猪排骨洗净,剁成约 3 厘米宽、5 厘米长的小块,温水时下锅煮去血水,捞出备用;把冬瓜去皮、去瓤、洗净,切成与排骨大小相同的块;将锅置火上,放入猪排,加清水烧开后,用小火炖烂;当排骨炖至八成熟时,下冬瓜炖熟,加入适量味精、食盐、胡椒粉、葱花等,盛碗即成。

此食谱能提供蛋白质 38.9 克,脂肪 42.4 克,能量 582.6 千卡。

# 清蒸鲤鱼

【原料】鲤鱼 500 克,净笋 20 克,火腿 20 克,水发冬菇 10 克,熟油 25 克,黄瓜 30 克,葱段、姜片、白糖、香油、食盐等适量。

【做法】

去鱼鳞、鳃和内脏,两面切十字刀口,洗净备用;将笋和黄瓜切片,大的冬菇切成小块,将上述三样用开水汆一下,捞出控净水分;把火腿切成大片,将鱼放入大汤碗内,把配料放在鱼上面或浇到鱼身上,上笼蒸熟;出屉后拣出葱、姜、大料,将鱼连同原汁一起放入鱼盘内即成。

此食谱能提供蛋白质 51.0 克,脂肪 41.6 克,能量 586.2 千卡。

## 家常熬鱼

【原料】活鱼500克,肥瘦肉50克,玉兰片40克,葱花10克,蒜片10克,姜末10克,香油10克,植物油50克,酱油、食盐、醋等适量。

【做法】

去鱼鳞、鳃和内脏,两面切花刀,然后将鱼用油炸一下,捞出备用。炒锅内放油烧热,用葱、姜、蒜炝锅,加少量酱油、醋、食盐等,放适量鲜汤,放入鱼,用大火烧开后,再改小火炖约15分钟;把鱼捞出放盘内,同时捞出调料放在鱼的上面,然后原汤汁加香油和少量酱油,浇在鱼上即成。

## 栗子炒白菜

【原料】嫩白菜500克,去皮栗子仁50克,笋片25克,水发木耳10克,水淀粉5克,花生油40克,白糖15克,精盐3克,料酒10克,味精2克,高汤100克。

【做法】

①将白菜洗净,控干,用刀轻片几下,再切成3厘米的正方块;栗子切成片;笋片洗净;木耳洗净,大的破开。

②锅置火上,倒入花生油,烧热后将白菜块下入炸软后捞出,控净油,再放入热汤锅内焯一下,除去浮油。

③将净锅置火上,加入高汤,将白菜、栗子、笋片、木耳、白糖、精盐、料酒全部放入锅内,烧至汁浓菜烂时,用水淀粉勾芡,加入味精,翻匀,装入盘内即成。

【特点】菜烂汁浓,甜咸适口,清淡宜人。

【功效】栗子、白菜均富含钙、磷。此菜还含有丰富的维生素 $B_1$、维生素 $B_2$、维生素 C 和纤维素,很适合妊娠晚期妇女食用。

## 熘木樨

【原料】鲜鸡蛋4个,苹果25克,梨25克,香油50克,汤或水50克,水淀粉5克,精盐、味精、葱、姜各适量。

【做法】

①将葱、姜洗净,切成碎末;苹果、梨去蒂,去核,切成片;鸡蛋磕入碗内,用筷子打散搅匀。

②炒锅置火上,放入香油烧热,加入鸡蛋液不停地搅动,待鸡蛋炒熟后,加入汤(或水),放入盐、味精,加水淀粉收汁,再将葱末、姜末及苹果片、梨片倒入锅内,翻炒数次,即可出锅装盘食用。

【特点】色黄,鲜嫩,清淡鲜美。

【功效】此菜富含蛋白质、脂肪、钙、磷、铁及维生素 A、维生素 B 族、维生素 D、维生素 C,很适合妊娠晚期妇女食用。

## 芝麻豆腐皮

【原料】豆腐皮 2 张,豆腐 3 块,芝麻 25 克,熟火腿 25 克,鸡蛋 1 个,花生油 100 克,香油 50 克,淀粉 40 克,精盐 10 克,葱、椒盐、面粉、酱油、味精各适量。

【做法】

①将火腿切成细末,豆腐用刀面压成细泥,葱洗净切末,一起放入盆中,再放入酱油、香油、精盐、味精调好口味,拌匀成馅料。

②先用一小碗,加入鸡蛋液、淀粉及少许面粉调成糊,案板上放豆腐皮铺平,在豆腐皮的一端抹好馅料,卷成管形长卷,再切成 3 厘米长的小段。

③锅置火上,放入花生油,烧至七八成热时,将豆腐皮卷一一拍松挂糊,再沾上一层芝麻,逐个放入热油锅中浸炸,炸至外黄里熟时,捞出装盘即成。吃时蘸椒盐。

【特点】色泽金黄,口感酥脆,味道鲜香,蘸椒盐吃口味独特。

【功效】此菜芝麻、豆腐皮、豆腐均富含钙、磷、铁及维生素 B 族,鸡蛋富含钙、磷、维生素 D。烹制中用油较多,还可防治便秘。此菜很适合孕晚期妇女食用。

## 扒奶汁白菜

【原料】大白菜心 2 个(约 250 克),牛奶 100 克,高汤 200 克,花生油 50 克,精盐、味精、料酒、水淀粉、葱末各适量。

【做法】

①白菜心洗净,切成 14 厘米长、1 厘米宽的条,菜帮贴锅底放在锅内,加入适量开水(以漫过白菜为度),上火煮烂。

②炒锅置火上,放油烧热,下葱末,加料酒、高汤、精盐略烧,放入白菜条,开锅后转文火烧至入味,加牛奶、味精炒匀,用水淀粉勾芡,淋明油,盛入盘内即成。

【功效】此菜色泽乳白,软嫩可口,含有丰富的钙、磷、铁、锌和维生素 $B_1$、$B_2$、C、尼克酸等多种营养素。中医认为,白菜味甘、性温,有通利肠胃、宽胸除烦、消食下气等功效。

## 香肠炒油菜

【原料】油菜 200 克,香肠 50 克,植物油 15 克,精盐 3 克,味精、料酒各 2 克,葱末、姜末各少许。

【做法】

①油菜择洗净,切成 3 厘米长的段,梗、叶分放。香肠切成薄片。

②炒锅上火,放油烧热,下葱、姜末炸出香味后,倒入油菜梗煸炒几下,再倒入油菜叶,炒至半熟时,倒入切好的香肠,加精盐、味精、料酒,快炒几下,起锅装盘即成。

【功效】此菜色泽美观,鲜嫩适口,诱人食欲,含有丰富的钙、铁、胡萝卜素、尼克酸、维生素 C 等多种营养素。

## 香菇炒菜花

【原料】菜花 250 克,香菇 15 克,鸡汤 200 克,花生油 15 克,鸡油 10 克,精盐 3 克,味精、葱、姜各 2 克,淀粉 10 克。

【做法】

①菜花择洗干净,切成小块,放入沸水锅内焯一下捞出。香菇用温水泡发,去蒂,洗净。

②炒锅上火,放花生油烧热,下葱、姜煸出香味,加鸡汤、精盐、味精,烧开后捞出葱、姜不要,放入香菇、菜花,用小火稍煨入味后,用水淀粉勾芡,淋鸡油,盛入盘内即成。

【功效】此菜色鲜味美,清淡适口,含有丰富的蛋白质、脂肪、碳水化合物、钙、磷、铁和维生素 $B_1$、$B_2$、C、尼克酸等多种营养素。中医认为,香菇味甘、性平,有益气、补虚、健胃等功效,可用于食欲不振、吐泻乏力等症的辅助治疗。香菇中的麦角甾醇在阳光照射下能转化为维生素 D,可防治佝偻病。

## 香滑芹菜卷

【原料】嫩芹菜 250 克,青鱼肉 200 克,荸荠 100 克,海米 25 克,鸡蛋 1个,精盐 4 克,味精 3 克,胡椒粉 1 克,料酒 10 克,水淀粉 10 克,植物油 400克(约耗 35 克),鸡汤适量。

【做法】

①青鱼肉用刀背砸成蓉,剔去骨、刺,放入碗内。荸荠、海米剁成末放入鱼蓉内,加鸡蛋清、精盐、味精、胡椒粉、料酒,搅拌成馅。

②芹菜去叶、根,洗净,切成 6 厘米长的段。取洁净纱布平摊在盘内,将芹菜段理顺,整齐地排放在纱布一端,取适量鱼馅铺成 1 厘米粗与芹菜段相同长度的条,放在芹菜上,将纱布包成卷,使芹菜段粘在鱼肉馅周围,成形后揭开纱布,取出芹菜卷放在盘内。按此法全部做完。

③炒锅置旺火上,放入植物油,烧至四成热,下芹菜卷滑油,至肉馅变色,捞出沥油。

④原锅去油上火,放鸡汤、精盐、胡椒粉,开锅后用水淀粉勾芡,放入芹菜卷,裹匀卤汁即成。

【功效】此菜外绿里白,滑嫩爽脆,芹香诱人,含有丰富的蛋白质、钙、磷、铁、锌和维生素 $B_1$、$B_2$、E、C 及尼克酸等多种营养素。芹菜味甘苦、性凉,有平肝清热、祛风利湿、醒脑健神、润肺止咳等功效。芹菜还含有丰富的维生素 P,具有降低毛细血管通透性,加强抗坏血酸的作用。

## 奶油冬瓜

【原料】冬瓜 500 克,牛奶 100 克,鸡油 15 克,鸡汤 250 克,精盐 4 克,味精 2 克,料酒、姜片各 10 克,葱段、水淀粉各 15 克,大料少许。

【做法】

①冬瓜刮去皮、去瓤洗净,切成长 6.5 厘米、宽 4 厘米、厚 1.5 厘米的片,

瓢面向上依次码放于汤碗中,加入鸡汤、大料、葱段、姜片、精盐,上笼蒸烂。

②取出蒸碗,去掉大料、葱段、姜片,把碗内冬瓜连汤倒入锅内,加少量鸡汤,上旺火烧沸,找好口味,撇去浮沫,加入牛奶、味精、料酒,用水淀粉勾芡,淋入鸡油,翻锅滑入大盘内即成。

【功效】此品白绿相间色泽美,味道清淡入口鲜。含有蛋白质、多种维生素和微量元素。冬瓜有明显的消水肿、利尿、消炎、祛痰、镇喘等作用。

## 糖醋黄瓜

【原料】嫩黄瓜300克,香油5克,精盐2克,白糖30克,白醋15克。

【做法】

①黄瓜洗干净,用刀剖成两半,视黄瓜的粗细程度,再改成长条,斜刀切成象眼块,放入盆内,加少许精盐拌匀稍腌。

②白糖放碗内,加入白醋,用汤匙慢慢把白糖研化。

③将腌过的黄瓜轻轻挤去水分,放入糖醋汁中,再腌渍1小时左右,淋香油拌匀,盛入盘内即成。

【功效】此菜酸甜脆嫩,十分爽口,含有钙质、维生素C及娇嫩的纤维素,具有清热解毒、预防便秘的功效。

## 清炖牛肉

【原料】黄牛肋条肉500克,青蒜丝5克,植物油20克,精盐10克,味精2克,料酒12克,胡椒粉0.5克,葱段15克,姜块7.5克。

【做法】

①牛肋条肉洗净,切成小方块,放入沸水锅内焯一下,捞出放入清水内漂清。

②炒锅置旺火上,放入植物油烧热,下牛肉块、葱段、姜块煸透,倒入沙锅内,加清水(以漫过牛肉为度)、料酒,盖好锅盖,开锅后用小火炖至牛肉酥烂时,加入精盐、味精、胡椒粉,盛入汤碗内,撒入青蒜丝即成。

此菜牛肉酥烂,汤清味鲜,含有丰富的蛋白质、脂肪和钙、磷、铁、锌、尼克酸、维生素E等多种营养素,具有补脾胃、益气血、除湿气、消水肿、强筋骨等作用。

## 肉丁豌豆饭

【原料】好大米 250 克,嫩豌豆 150 克,咸肉丁 50 克,熟油 25 克,精盐适量。

【做法】

①大米淘洗干净,沥水 3 小时左右。嫩豌豆冲洗干净。

②锅置旺火上,放入熟油,烧至冒烟时,下咸肉丁翻炒几下,倒入豌豆煸炒 1 分钟,加精盐和水(以漫过大米二指为度),加盖煮开后,倒入淘好的大米,用锅铲沿锅边轻轻搅动。此时锅中的水被大米吸收而逐渐减少,搅动的速度要随之加快,同时火力要适当减小,待米与水融合时将饭摊平,用粗竹筷在饭中扎几个孔,便于蒸汽上升,以防米饭夹生,再盖上锅盖焖煮至锅中蒸汽急速外冒时,转用微火继续焖 15 分钟左右即成。

【功效】此饭软糯滑润,香肥鲜美,含有丰富的蛋白质、脂肪、碳水化合物、钙、磷、铁、锌和维生素 $B_1$、$B_2$、E、C 及尼克酸等多种营养素。中医认为,豌豆味甘性平,有和中下气、利小便、止泻痢、消痈肿等功效。

第六章
孕妇的运动保健

## 1. 孕妇运动保健的特点和作用

怀孕以后,妇女在生理上会发生很大的变化。从体型上看,子宫的膨隆,使腹部向前凸出,腰椎前凸增加,从而导致骨盆前倾。重心的前移,加重了背部肌肉的负担,所以孕妇常常会感到腰痛。此外,骨分韧带还会出现生理松弛,造成关节的稳定性降低。怀孕以后,孕妇的心、脾、肾等内脏器官负担加重,孕妇因而感到活动不方便,容易疲劳,出现喜静厌动现象,甚至成天坐着、躺着,不想上班,更不愿意活动。结果,身体却一天天地虚弱下去。如果能根据个人的具体情况进行适当的体育活动,就可以调节神经系统,增强内脏器官功能,减少妊娠高血压综合征和其他妊娠并发症的发生率,降低剖宫产率,使产程缩短,减少静脉曲张的发生,减轻腰酸背痛。同时,孕妇心情舒畅,有利于母婴的身心健康。具体来讲,孕妇参加体育锻炼,有以下几点好处:

(1)适当的体育活动能调节神经系统功能,增强四肢功能,帮助消化,促进腰部及下肢血液循环,减轻腰酸腿痛、下肢浮肿等压迫性症状。

(2)在室外参加体育锻炼,能呼吸到新鲜空气,经受阳光中紫外光线的照射,使皮肤中的脱氢胆固醇变成维生素 D,促进身体对钙、磷的吸收利用,有助于胎儿的骨骼发育,防止孕妇发生骨质软化症。

(3)孕妇参加锻炼,通过肌肉的收缩运动,能增强腹肌的收缩力量,防止因腹壁松弛造成的胎位不正和难产。由于运动和锻炼,增强了腹肌、腰背肌和骨盆肌肉的力量及弹性,从而能缩短分娩时间,防止容易发生的产道撕裂伤和产后出血现象。

（4）有利于增进母婴健康和优生，泰国有关医学专家利用 5 年时间观察孕妇慢跑、骑自行车等锻炼活动，孕妇平时每周练 3 次，每次 30 分钟。结果发现，孕妇的代谢能力提高，生理状态稳定，尤其是分娩时的心跳频率较低，血压相对稳定。胎儿也随着参加体育锻炼的孕妇进行运动，胎儿心率每分钟可增加 10～15 次，从而表示胎儿对运动有适应性反应，且出生时的健康状况也比一般新生儿好。美国宾夕法尼亚州立大学医学院的研究发现，有慢跑习惯，不仅对孕妇本人和胎儿无不良影响，而且婴儿出生后比活动少的孕妇所生的婴儿更健康，与泰国医学家的研究结果相符合。

此外，妊娠期运动可减轻产痛。意大利某大学对 36 例妊娠中期或晚期的妇女进行运动是否增高血浆内啡肽水平而降低产痛和紧张程度的研究。其方法是：一组孕妇在自行车测力计上进行耗氧训练，对照组未进行训练。两组孕妇整个妊娠期皆受监测。

参加运动的妇女孕期血浆 β－内咖呔持续释放。孕期运动对痛觉和紧张起有益的作用。

由上可知，专家们认为，怀孕期女性仍可进行体力劳动。美国加州大学最新的一项研究指出，没有证据说明体力劳动与流产有直接的关系。研究人员发现，下列情况均对孕妇没有影响：

①每星期工作 46 小时。②每天走动超过两小时。③提举 15 磅（6.8 千克）左右的物件（其他研究则指出这种情况会影响孕妇）。④晚上工作或轮班工作。

## 2. 孕妇运动锻炼的必备条件

### （一）孕妇进行运动要先检查身体

现在，越来越多的孕妇加入了积极锻炼身体的行列之中。在孕妇进行体育锻炼时，检查母体及胎儿的脉搏就会发现，母体的脉搏随着运动而明显增加，而胎儿的脉搏则几乎没有变化，这证明运动对胎儿来说是安全的。

有人担心，运动会使母体血液集中到运动系统的血管中去，从而导致子宫血液量减少，引起胎儿氧气不足。

而实验证明，一般程度的运动对子宫血液量几乎没有影响，只有剧烈的运动才会使子宫血液量减少约 30%。

但是，高危妊娠，尤其是同时还患有高血压、肾炎、贫血等病的孕妇子宫血流量明显减少,一般孕妇不宜进行的运动对她们来说就可能给胎儿带来危险,因此这类孕妇不宜进行身体锻炼。

所以,孕妇如果要进行运动,必须事先检查身体。那种认为进行运动就会平安分娩的想法是片面的,因为运动并非适合每位孕妇。

**(二)制订适合自己的孕期锻炼计划**

即使怀孕了,在忙碌的生活中特别加入一项运动也会让你感到困难。

你可以在做其他事情的同时进行:

①坐在办公桌前或在汽车上活动脚和踝关节。

②在家看书或看电视时,可盘膝而坐。

③早晚刷牙时进行锻炼腹肌的运动。一边刷牙,一边弯曲两膝再伸直。

家人忙碌时,你大可不必袖手旁观。可以适当做一些家务劳动,慢慢做,不必强求。

**(三)孕妇运动的具体条件**

①怀孕情况正常。(指医生确定身体情况正常。或是没有注意安静休养、注意饮食之特别指示)。

②怀孕5个月之后。

③午前10时至午后2时(最不易引起子宫收缩)。

④应限于1小时之内可完成之运动。

⑤不易引起腹痛、腹部紧张感之时期。

⑥室温(游泳时包括水温)适中,不会令人感到寒冷或是酷热之环境。

⑦避免引起妊娠中毒症或其他合并症之运动。1星期以内,体重可增加500克以上运动应谨慎为之,体重可增加至1000克以上则必须禁止,以防止发生妊娠中毒症。

⑧出血、破水或身体不适时应禁止。

⑨最好取得医生之指示。

除了上述条件,还应注意以下几点:

①怀孕3个月至5个月时,只能做"腹部运动"、"呼吸法"等运动。

②临盆时只可做"呼吸法"和"休息法"。

③实施次数采用渐增法。

④融入日常生活中。

⑤运动前先排便、排尿。

**(四)坐、立、行方面的特殊要求**

妊娠早期,孕妇身体没有明显的变化,随着妊娠周期数增加,腹部逐渐向前凸出,身体重心位置发生变化,骨盆韧带出现生理性松弛,容易形成椎前倾,给背部肌肉增加负担,易引起疲劳或发生腰痛。孕妇若于站立、坐、行走时保持正确的姿势,可以减少这些不舒服症状的发生,故应采取如下的正确姿势。

①坐的姿势:坐椅时先稍靠前边,然后移臀部于椅后部,后背笔直靠椅背,股和膝关节成直角,大腿成水平状,这样不易发生腰背痛。

②站立姿势:两腿平行,两脚稍微分开,这样站立,重心落在两脚之中,不易疲劳。但若站立时间较长,则将两脚一前一后并每隔几分钟更换前后位置,使重心落在伸出的前腿上,可以减轻疲劳。

③行走姿势:不弯腰、驼背,不过分挺胸,不用脚尖走路。要背直,抬头,紧收臀部,保持全身平衡,稳步行走,可能时利用扶手或栏杆行路。

(五)做家务劳动的条件

妊娠后干家务活也是一种运动,只要不感觉累,可以像正常人一样地干。但因妊娠后身体的变化,行动会越来越不方便,因此干家务活要适可而止,有的活动应当避免。下面着重提出应该注意的几个方面:

①不登高,不搬抬重物,不弯腰擦拭东西。

②洗衣服不宜使用冷水,避免受凉感冒,一次不要洗得过多,以免过累引起流产或早产。

## 3. 孕妇运动锻炼的方法

(一)孕早期运动

孕妇最好每天都能保持一定的运动量,增加血液循环,加强心肺功能。

针对重点:针对手部、腿部以及骨盆附近肌肉训练设计,由于初期容易孕吐,体力较差,从缓和方式入门,开始锻炼体力。准妈妈可以视个人体力,每回练习6~8次。

作用:锻炼体力、舒活筋骨。

适合月份:怀孕1~3个月。

内容:

A1. 坐在地板上,双手并拢,手臂与身体呈90度;

A2. 用力向外扩张,记得手臂要尽量与身体垂直;

A3. 双手回来并拢,重新再做。

145

B1. 躺在地上,单脚膝盖弯曲;

B2. 按着膝盖往侧下压;

B3. 回来;

B4. 脚伸直,换脚按同样的步骤再做。

（二）孕中期的运动

针对重点:针对舒展全身肌肉而设计。怀孕中期孕吐多半已经减缓,而且身体状况不错,有空时可以多做缓和的舒展操,以减少痛的发生。准妈妈可以视个人体力,每回练习 6 ~ 8 次。

作用:锻炼体力、舒活筋骨。

适合月份:怀孕 4 ~ 6 个月。

内容:

A1. 一手扶在椅背上(亦可扶着桌子),双脚分开与肩同宽;

A2. 膝盖下弯;

A3. 回来。向左侧弯,侧边肌肉有舒展的感觉;

A4. 换边侧弯;

A5. 回来。双手平举,身体先向左弯;

A6. 再向右弯。

（三）孕晚期的运动

配合产前运动的呼吸法

以下示范几种呼吸法配合产前运动一起进行,有助生产顺利之余,同时可减轻腰痛、痔患及产后失禁的情况。

1. 自我放松法

(1)仰卧于床上,放一个枕头,双手平放于身旁。(2)两眼微闭,全身放松,呼吸频率慢,每吸一口气,身体就放松。

次数:持续进行约十分钟。

作用:舒缓肌肉和精神紧张。

2. 腹式呼吸运动

(1)仰卧于床上,放一个枕头于膝下,双手平放于身旁。

(2)吸气时腹部胀起,呼气时腹部收缩,切勿使劲,要自然松弛。

次数:每做五六次就停下稍作休息。

作用:舒缓肌肉和精神紧张。

3. 腹肌运动

(1)仰卧于床上,双手放于腰下,脚曲起脚掌贴地。

(2)吸气时腰部微微向手上压下,放松全身。

次数:做十下。

作用:减轻腰痛,增强腹背肌力,帮助生产过程顺利。

**(四)舒缓腰椎运动**

(1)双脚蹲在地上,双手支撑着身体,头垂下,两肩及背部随着头部一起下垂,使脊骨弓起。

(2)然后抬起头来,两肩及背部随头部一起向上挺起,脊骨向下弯。

次数:做十次。

作用:减轻腰痛,增强腹背肌力,帮助生产过程顺利。

**(五)会阴肌肉运动**

(1)仰卧于床上,双手放于腰旁,脚曲起脚掌贴地。

(2)吸气时收紧肛门、会阴和尿道口,维持五至六秒后,放松再做。

次数:做十次。

作用:能增强会阴肌肉的耐力和控制能力,帮助分娩,亦可避免产后出现大小便失禁的情况。

**孕妇运动保健的其他方式**

**1. 孕妇的呼吸法运动**

孕妇的呼吸法是气功的呼吸法演变而来的,我们取其简易之处摒除气功的艰深理论。要是你能掌握其中要诀,可使精神高度集中,受益无穷。

**【呼吸与吐气】**

以鼻子呼吸,舌头抵在上颚,吐气时舌头放下。

气息抵下腹部时,再慢慢吐气。

例如:先吸气,再吐气,重复做几次。即采用"吸气—吐气—停止"之顺序。

**【逆式呼吸】**

吸气时胸部扩大,腹部收缩。吐气时胸部收缩,腹部扩张。

利用此法可借以按摩内脏。心情稳定后,内脏功能即可加强,常患便秘的人,施行这个方法,效果更加显著。

怀孕时请常施行此呼吸法。假如一天不能做一次的话,则较难产生效果。

2. 孕妇的体操运动

【脚颈动作】

①仰卧,脚颈上下摆动。

②以脚颈为基点,左右摆动。

【双脚交叉动作】

两腿放直,左腿抬高交叉放于右腿上,然后右腿重复左腿动作,以灵活腰部肌肉,保证生产顺利。

【盘腿运动】

端坐,双腿盘回,以放松活动骨盆的肌肉。

【腰肌运动】

仰卧屈膝,头与脚跟支撑,将臀和腰抬高。

【腹肌运动】

仰卧,深吸气,深呼气,并将腹部反复鼓起和收回。

3. 增强身体素质的运动

孕前锻炼的时间每天不少于 15～30 分钟。一般适于在清晨进行,锻炼的适宜项目有慢跑、散步、做健美操、打拳等,并坚持做班前操、工间操,在节假日还可以从事登山、郊游等活动。而且,这些活动千万不要因为新婚后家务负担的加重而间断。

4. 加强腹肌和骨盆底肌的锻炼

女性内生殖器官位于骨盆内,子宫居于盆腔中央。女性腹压的方向几乎和骨盆出口平面垂直,所以骨盆底肌承受着较大腹压。如骨盆底肌不够紧张有力,会造成子宫位置不正,或影响正常分娩。

5. 调节心态的运动

可选择太极拳、瑜伽等进行练习,可帮助女性放松、调节神经机能,提高自我控制能力,调节心态。尤其气功强调平静、安详,这为怀孕期打下了良好基础。

6. 孕妇切勿远道旅行

孕妇远道旅行,不但不是件快乐的事,而且是件非常危险的事情,可避则避。

不赞成妊娠远程旅行理由有很多。其中之一是旅行前的精神紧张或不安很容易造成影响,而且旅行中长时间采取坐的姿势也有流产或早产的危险。另外,由于时差等的关系而使睡眠不足,过于疲累,对于妊娠生产绝对有害无益。

# 4. 孕妇运动锻炼中的注意事项

### （一）孕妇运动时要注意什么

妇女怀孕是个生理过程，虽然为了胎儿的生长发育，准妈妈全身都发生了一系列变化，但一般情况下准妈妈都能胜任这个角色，能照常参加工作和适当进行运动。当然，准妈妈的运动以不感到疲劳、不损害胎儿为原则：

（1）并非所有的准妈妈都适合做运动。如果你有心脏病，或是肾脏泌尿系统疾病，或是曾经有过流产史，自然是不适于做孕期运动的。患有妊娠高血压综合征者，由于血压不稳定，也不适于运动。

（2）如果你在怀孕前就经常锻炼，那么幅度较小的锻炼项目应该从始至终地坚持下去，但是时间和强度应该加以控制。如果你在孕前不经常锻炼，也应逐渐加强，一直到适当的程度。

（3）怀孕头3个月最好不要做幅度和强度较大的运动，因为这时胚胎还没有牢固地扎下营盘，运动有可能导致流产；怀孕7个月以后，也不适宜，这时宝宝已经长得很大了，运动有可能导致早产等问题。因此这类运动最适宜的时间段是从怀孕4个月开始，到7个月止。

（4）孕期不可以做举重和仰卧起坐运动，因为它会妨碍血液流向肾脏和子宫，有可能影响胎儿发育，甚至导致流产。不要跳跃、猛跑、突然拐弯或弯腰，不可弯腰过度，也不要做时间太长、太累的运动。

（5）要避免过热。当身体温度高于39℃时，会对胎儿发育带来危险。因而在热天要避免运动，夏天锻炼的时间安排在一早一晚比较合适，而且要多喝水，充分休息。如果有任何异常，立即停止，尽快回家。

（6）一定要听从身体的警告。有的准妈妈会突然感到头晕，呼吸不畅，或者心跳加快，重心不稳等，这在孕晚期尤为明显，每当出现这些情况时，就要立即停止活动，仔细观察。如有以下情况之一，请尽快就医：血压较高，降不下来；特别疼痛；阴道流血；羊水破出；心律不齐等。

（7）尽量避免做任何可能损伤腹部危险的运动。

（8）提倡做准妈妈体操，怀孕3个月起开始坚持每天做准妈妈体操，借以活动关节，使准妈妈精力充沛，减少由于体重增加及腹部渐渐隆起所致的重心改变而引起的肌肉疲劳。孕后期如果坚持锻炼可使腰部与盆底肌肉松弛,增加胎盘供血,有利于自然分娩。

(9)避免过分跳跃、弹跳或大幅度动作的运动,以免跌倒,损伤胎儿。

(10)怀孕期超过4个月后避免以仰卧姿势进行训练,因为胎儿的重量会影响血液循环。

(11)运动要循环进行,整个过程须包括运动前的热身、伸展及运动后的调息阶段。

(12)怀孕期的生理改变会导致韧带松弛,伸展时须小心避免过分拉扯肌肉及关节。

(13)最舒服的运动,就是不会增加身体负担额外重量的运动。怀孕时,可以持续游泳与骑固定脚踏车,走路与低冲击力的有氧运动也是可以接受的。准妈妈可以和妇产科医生讨论,以决定何种运动对母体及胎儿最好。

(14)孕妇运动时请注意,要避免会增加跌倒或受伤风险的运动,例如,肢体碰撞或激烈的运动,准妈妈肚子即使轻微的受伤,也可能造成严重的后果。同时,也最好避免长时间站立。如果在室内运动,请确保通风透气,并且可以使用电风扇帮助散热。即使不觉得口渴,也请补大量的水分。请务必摄取均衡的饮食,因为怀孕时即使不运动,每天也需要增加热量摄取。

(二)孕期锻炼应注意事项

(1)不要锻炼或做体力工作到精疲力竭。当你感到累时,停下休息。

(2)当你在孕后期躺下休息时,不要锻炼。

(3)在炎热潮湿的条件下,不要锻炼。

(4)在可能伤害你的腹部或子宫或引起你失去平衡时,不要做活动。

(5)当你感到饿的时候,不要禁食或锻炼。

(三)孕妇四季运动不同的要求

生命在于运动,对孕妇当然也不例外。首先使身体健康,增加消化、吸收功能,才能给宝宝提供充足的营养。在不同的季节时,孕妇做保健运动时,要合理、适量。

春季:在春暖花开的季节,也是万物复苏的季节,如果在这个时候,让孕妇做一些孕妇保健体操、散步、太极拳等缓和的运动,可以使孕妇融于大自然,陶醉于大自然,这样不仅可以放松心情,而且还可以锻炼筋骨,有利于自然分娩。

夏季:在这么炎热的天气里,孕妇一定要选择有氧训练,不能进行一些蹦跳、冲撞和对腹部有挤压的运动。而且,夏日的孕妇容易缺水,所以一定要摄入足量的水,不能让身体脱水,这也意味着孕妇在选择运动项目的时候最好不要选择出汗多的项目。

秋季:在秋季应提倡孕妇坚持每天做孕妇体操。借以活动关节,使孕妇精力充沛,减少由于体重增加及腹部渐渐隆起所致的重心改变而引起的肌肉疲劳,还可以使腰部与盆底肌肉松弛,增加胎盘供血,有利于促进自然分娩。

冬季:散步是很适合孕妇在冬季参加的运动,不过孕妇在冬季散步要选择暖和的下午2~3点钟左右,散步地点应选在行人车辆少的地方,最好是公园或路旁树荫下。散步一方面可以锻炼身体,一方面还可以呼吸室外的新鲜空气。通过散步产生适度的疲劳,能帮助睡眠,还可以转换心情,消除烦躁和郁闷。

## 5. 上班族孕妇的活动与保健

怀孕是正常的生理现象,但孕期妇女的身体状况却与普通人大有区别。为了能顺利地度过怀孕期,孕妇必须安排好孕期的日常生活,以保母子健康、平安。

**(一)怀孕的职业女性不适合从事的工作**

上班族孕妇可以参加一般日常工作,但不宜从事以下可导致流产、早产、胎儿致畸等严重危害母亲及胎儿健康的工作:

(1)繁重的体力劳动。繁重的体力劳动消耗热量很多,增加心脏的血液输出量,加重上班族孕妇的负担,会影响胎儿的生长发育,甚至造成流产、早产。

(2)频繁弯腰、下蹲或攀高的工作。长时间蹲立或弯腰会压迫腹部,影响胎儿发育,引起流产、早产。孕晚期,行动不便,且常有伴有下肢浮肿,更不适宜参加这类工作。

(3)高空或危险作业。有跌落危险的作业,距地面2米以上高度的作业以及其他有发生意外事故危险的作业不宜参加。

(4)接触化学有毒物质或放射性物质等的作业。化学有毒物质及放射性物质等有致畸、致癌作用,严重危害母子健康。化学物质中的铅、汞、砷、氰化物、一氧化碳、氯气、苯、甲苯、二甲苯、环氧乙烷、苯胺、甲醛等,在空气中的浓度如超过卫生标准时,上班族孕妇不宜在此环境下工作。此外,超过卫生防护要求的放射性作业,环境噪声超过卫生标准的作业,上班族孕妇也不宜参加。

**(二)孕妇怎样上班**

怀孕了,上班族孕妇不必对自己的特殊情况讳莫如深,及早让你的老板知道,是保护自己和胎儿的一个措施。但是,除了一些有特殊疾病的上班族孕妇不适合上班外,大部分上班族孕妇都能继续工作,而且工作所获得的成果能让上班族孕妇更有成就感,不至于陷入产前抑郁症中。

但上班族孕妇的体力毕竟比不上没有怀孕的妇女,这时同事应发挥同事之间的爱,在能力范围内尽量给予协助,然后上班族孕妇再运用以下十大步骤,将能使怀孕工作生涯更轻松、更容易!

(1)工作一段时间(约1~2个小时),花10~15分钟休息一下,并起来活动活动或伸展四肢。

(2)如果是在办公室,可准备一个躺椅,侧躺休息,不要趴在桌上午休,因为这样会压迫到胎儿;若中午时间不在办公室内,找个椅子稍微斜靠一会儿,对恢复精神也有很大的帮助。

(3)如果你必须长时间坐着工作,应该垫高双脚,偶尔双脚动一动,以促进下肢循环,避免足部水肿。

(4)如果你必须长时间站着工作,应穿弹性袜(弹性袜的穿法是早晨起床前先穿好再下床),并尽量每小时找个空档小坐片刻,将双脚抬高;回家后务必抬腿半小时(躺在床上,双腿靠在墙壁上,臀部贴墙),以预防静脉曲张、足部水肿,解除双脚疲劳。

(5)穿着舒服合适的衣服和鞋子,使活动、走路较为轻松。

(6)注意饮食的规律和营养,并准备一些营养的小点心或水果,肚子饿了就可以吃。

(7)多喝水,可在办公桌上放一个大杯子,一次装满,才不会走动太频繁。

(8)想上厕所要马上去,千万不要憋尿。

(9)将办公室的椅子调到舒服的高度,并在腰部、背部或颈后放置舒服的靠垫,以减轻腰酸背痛、颈部酸痛的不适。还要注意坐姿,避免弯腰驼背。

(10)尽量减少工作上的压力,工作之余听听音乐、练习生产时的呼吸法,让自己放松;或是找亲人好友倾吐一下怀孕心情,都是解压的好方法。

**(三)孕中期的职业女性应怎样工作**

进入孕中期后,孕早期的呕吐反应逐渐减少,食量大增。这时体重在稳定增加,孕妇的行动已经相对笨拙了,随着子宫的增大,身体的重心也发生转移,为了保持平衡,你不得不挺起肚子走路。这时就不能再穿高跟鞋了,因为工作的场所随时会有一些障碍物,当你的反应不敏捷时,容易发生意外。

由于孕早期已经离开了接触毒物、噪声和震动的环境,孕中期的工作对上班族孕妇和胎儿不会有多大影响。所以,只要注意工作间隙能适当休息一下,不要长时间站立或一个姿势坐着工作就可以了。

从怀孕7个月开始,上班族孕妇就不应再值夜班。如果你所在的单位仍安排你值夜班,可以说明情况,征得理解,不要勉强从事。

**(四)孕晚期的职业女性应怎样工作**

现在你可能会感到行动特别不便,这是因为胎儿在腹中的位置在不断下降,使你感到下腹坠胀。这个时期最重要的是充分休息,如果你的工作不是体力劳动,还可以坚持工作一两周。

上班族孕妇坚持照常工作,在健康方面一般不会有问题。但到孕晚期后,要避免上夜班、长时间站立、抬重物及颠簸较大的工作。在工作中,要注意劳逸结合,一旦觉得劳累,便可停下来休息。即使中午不回家,也要躺下来睡个午觉。

按照有关规定,育龄妇女可以享受不少于90天的产假。许多人以为这90天均为产后休息的日子,事实上她们也是这样做的。但是,从妇女保健的观点来说,这90天的"产假"实际上有两周是为产前准备的。因此,怀孕满38周的上班族孕妇,就可以在家中休息,一方面调整身体,一方面为临产做一些物质上的准备。

当然,如果出现早产、妊娠高血压综合征等异常情况,医生建议休息或住院监护时,上班族孕妇应绝对听从医生的医嘱而停止工作。

## 6. 高龄孕妇的运动保健

**(一)高龄孕妇运动保健的常见要求**

适度运动,不仅有益身体健康,还能培养生产时所需要的体力。

(1)游泳:游泳一直是个保持健康的好运动,对孕妇来说,可供选择的运动种类实在不多。但是,在本身健康无虞的情况下游泳(最好先经医生同意),对于身心都有帮助。

(2)每天到公园走走:公园里,有遮阳的大树、美丽的花朵,还有清新的空气,顺便活动筋骨,是休闲,也是运动。

(3)逛百货公司:散步的好去处之一是百货公司,不但可以搜集各种婴儿用品信息,也可以顺便锻炼体力,一举两得,但在人多及冬春季节少去。

(4)带着计步器散步:外出时,随身携带计步器,并定下目标,切实达成。先不要替自己订下高目标,在身体状况习惯之后,再增加"量"。

(5)孕妇体操:孕妇体操是个必须且适用于孕妇的运动方法。在做任何运动时,一旦发现身体不适或腹部发硬,应该马上停止,躺下休息。某些高危险群的孕妇,例如有先兆性流早产、妊娠高血压综合征等,则最好避免之。

(6)带着随身听散步:有些孕妇觉得散步是件很无聊的事。建议孕妇们带着随身听,听一些自己喜欢的歌曲,陪自己"散"个快乐的"步"。

(7)看电视做安产体操:医院的妈妈教室讲座以及《妈妈宝宝》杂志中,都会不定期地介绍安产体操。但是,大部分孕妇一想到必须在家里自我练习时,往往会觉得太麻烦而偷懒,不妨规定自己只有在做体操时,才可以看电视,借此自我要求。

(8)少搭出租车:孕妇常会以怀孕不方便为理由,搭出租车到目的地。其实,搭出租车会减少走路运动的机会,而且费用高。所以,不妨改乘大众运输工具。当然,如果你真的很不舒服或不方便时,仍可以搭出租车。

(9)每天步行到较远的市场买菜:为了避免运动量不足,买菜时,故意走到较远的市场,借此增加每天的运动量。如果担心自己太累,回家时可改搭公共汽车或出租车。

(10)不搭电梯改走楼梯:电梯,已是现代建筑物的必备设施之一。忙碌的现代人,由于电梯的方便性,减少许多走路的好机会。但是,孕晚期可以走楼梯增加运动量,将有助于产程顺利进展。大腹便便的孕妇走楼梯时,要小心慢走,最好有人陪伴,以免发生意外情况。

(二)高龄孕妇怎样才能安全上班

在孕早期,许多孕妇还要到单位上班,在选择使用交通工具时需要学会保护自己和腹中的宝宝。

在孕早期和中期,很多孕妇骑自行车上下班,只要骑车时间不长,还是比较安全的。但要注意以下几点:

(1)不要骑带横梁的男式自行车,以免上下车不方便。

(2)车座上套个厚实柔软的棉布座套,调整车座的倾斜度,让后边稍高一些。

（3）骑车时活动不要剧烈,否则容易形成下腹腔充血,容易导致早产、流产。

（4）骑车时车筐和后车座携带的物品不要太沉。

（5）不要上太陡的坡或是在颠簸不平的路上骑车,因为这样容易造成阴部损伤。

（6）在孕晚期,最好不要骑自行车,以防羊水早破。

乘坐公交车是最经济而且安全的选择,但乘车时间应该避开上下班乘车高峰,以免因空气质量而加重恶心的感觉。公交车后部比前部颠簸得厉害,所以应该选择前面的座位。

许多孕妇驾车时习惯前倾的姿势,容易使子宫受到压迫,产生腹部压力,特别是在孕早期和怀孕七八个月时,最容易导致流产或早产。另外,怀孕期间孕妇的神经比平时更敏感,容易疲劳、困倦、情绪不定。而驾驶汽车如果精神过分地专注,疲劳感就会加强。

怀孕期间若是短距离驾驶,不要采取前倾的姿势驾驶。如果路况不好,放弃长距离的驾驶比较安全。

### (三)高龄孕妇产前运动

（1）产前运动的作用

妇女在怀孕期间保持适度运动,可以使她们的分娩时间缩短多达3小时,除了较快分娩,产后的恢复也比不运动的产妇要好些。怀孕期间运动的产妇可以使第一阶段分娩过程缩短达2.5小时以上。在典型的例子里,分娩的第一阶段可以从14小时减为11小时20分钟。第二阶段经常从90分钟缩短为70分钟,而在第三阶段胎盘开始脱落时,时间则可减半,从15分钟缩短到7分钟。

孕妇运动并不像原先所认为的会影响胎儿出生时的体重,如果准妈妈只是适度地运动也不至于增加流产的可能性。诸如游泳之类的水上运动,尤其适合准妈妈。

此外,一般认为,在妊娠期,孕妇身体情况良好,没有妊娠并发症,适度而有规律的锻炼要比静止的生活方式更能促进妊娠的良好进展,这种运动对孕妇和胎儿的健康没有损害。也就是说,孕妇参加适度的体育活动是有益的。具体有以下几点:

①体育活动能增强心肺功能,保证供给胎儿足够的氧气,有利于胎儿的正常发育,减缓怀孕期间出现的下肢浮肿、心悸、气短等症状。

②体育活动能使全身肌肉的血液循环状况得到改善,肌肉组织的营养增加,骨质更为坚定,预防孕妇出现腰痛、小腿痉挛、牙齿松动、骨质软化等。

③体育活动能改善神经系统的机能,使人体各个器官、系统更有效、协调地工作,有助于母亲各个系统在妊娠期间发生一系列适应性变化。

④主动参与锻炼可以保持良好的身体自控力和愉快的心境,对孕妇的情感状态产生积极的影响。

即使平时不喜欢活动的孕妇,如能坚持做一些有益的活动,可提高肌体的适应力,使自己处于一种良好的体能状态,有助于妊娠分娩这一特殊的生理过程。

(2)常见的产前运动

产前运动的目的:

减少阵痛时的疼痛。

减少分娩时情绪及全身肌肉的紧张。

增加产道肌肉的强韧性,以便分娩顺利。

帮助缩短产程。

产前运动的施行时间:怀孕满七个月,即可开始。

产前运动的注意事项:

做前先排空膀胱。

最好选硬板床或在地面上做,坐姿亦可。

穿宽松之衣服(解开带扣)。

最好在就寝前和早餐前做。

方法要正确,注意安全。

次数由少渐多,勿过劳累。

腰部运动:

目的:分娩时加强腹压及会阴部之弹性,使胎儿顺利娩出。

动作:手扶椅背慢吸气,同时手臂用力,脚尖立起,使身体上升,腰部挺直,使下腹部紧靠椅背,然后慢慢呼气,手臂放松,脚还原,早晚各做5~6次。

腿部运动:

目的:加强骨盆附近肌肉及会阴部弹性。

动作:以手扶椅背,右腿固定,左腿做360°转动(画圈)做毕还原,换腿继续做,早晚各做5~6次。

腹式呼吸运动:

目的：阵痛时可以松弛腹部肌肉减轻痛苦。

动作：平卧，腿稍屈，闭口，用鼻吸长气，使腹部凸起，肺部不动，吸气越慢越好，然后慢慢呼出，使腹部渐平下。每日早晚各做 10～15 次即可。

闭气运动：

目的：在分娩时子宫口开全后做，此运动可加强腹压、助胎儿较快产出。

动作：平躺深吸两大口气，立即闭口，努力把横膈膜向下压如解大便状。（平时在家练习时勿真的用力）每日早晚各做 5～6 次。

胸式浅呼吸运动（呼气运动）：

目的：在分娩时，胎头娩出，做此运动，避免胎儿快速冲出，而损伤婴儿或致产妇会阴之严重裂伤。

动作：平躺，腿伸直，张口做浅速呼吸每秒钟呼气 1 次，每呼吸 10 次必须休息一下，再继续做，早晚各做 3～4 次。

松弛身心的姿势：

仰卧，全身伸直，双手平放身旁；

头及双膝下都放一个枕头，使双膝屈曲；

侧卧，单膝屈曲，中间放一个枕头。宜在午睡或晚间睡觉前做，同时保持全身松弛，可使准妈妈降低精神压力及肌肉的紧张。

会阴肌肉运动：

仰卧，双手放在身旁双膝屈起，双脚微微分开；

用腹部吸气，然后慢慢呼气，并同时收紧腹部、臀部及大腿的肌肉（像忍大小便）；

数五下，然后放松。

重复动作 6～10 次，每天可做多次练习。此动作可增强骨盆底肌肉的控制力、承托力，降低产前的抗拒力，使分娩能在轻松的情况下完成。

腰腹运动：

仰卧，双手按腹部，双膝紧并合，双足分开；

用腹部吸气，然后呼气，并收紧腹部使腰部凹陷处下压；

数五下，然后放松。重复动作 10 次。此动作可增强腹部肌肉及矫正骨盆向前倾的姿势。

腰背运动：

双手及双膝贴在地上；

头俯低，腰部向上拱，吸气，数五下；

头微向上仰,背向上压,呼气;

重复动作3~5次。此动作可松弛背部,防止酸痛,增强小腹、骨盆及背部的肌肉,可于怀孕5个月后开始练习。

腿部运动:

仰卧,双脚用两个枕头垫起;

脚趾及脚踝上下摆动,然后向左右打圈摆动;

重复动作10次。此动作可促进腿部血液循环,减少水肿及抽筋等情况发生。如有抽筋时,丈夫可替妻子伸展脚踝约10秒钟,有治疗抽筋之效;按摩小腿也会令小腿肌肉松弛。

(3)孕妇应学习的松弛技巧

分娩前孕妈妈如果希望能控制自己的情绪,最好的办法就是学会松弛技巧。

意想锻炼法。采取舒适的姿势。深吸一口气并屏气4秒钟,慢慢数至五,然后呼出,使所有肌肉松弛。集中呼吸并重复2~3次,直至完全松弛为止。回想一下过去最愉快的事情。

全身松弛法。仰卧取舒适位置或用软垫垫着。闭目,注意力集中在右手,收紧一会儿后放松,手掌朝上。觉得手有沉重感和热感时,朝地板或软垫方向按压肘部,放松。此时通过你的身体右侧、前臂和上臂向肩部收紧。耸肩后放松。重复做身体上侧。你的手、手臂和双肩将有沉重感和热感。双膝翻向外侧,放松臀部,向地板或软垫轻压背下部。放松,让松弛气流进入腹部和胸部,使肌肉有沉重感和热感。呼吸就开始慢下来。此时放松颈部和颌骨,连同唇部、颌骨下垂,舌头放在口腔底部,面颊放松。

精神松弛。通过有规律和缓慢的呼吸,清除思想上的焦虑、担心和其他杂念,全神贯注做呼吸运动,十分缓慢和均匀地默念"吸气、屏住、呼气",使愉快意念流通至头部,免除杂念。如出现任何烦恼的思想时,可在呼吸运动中默念"不要有杂念"或恢复全神贯注做深呼吸。紧闭双目,想象诸如清澈的蓝天或平静的蓝色大海,每次呼、吸气都要集中精力,倾听着你的呼吸。记住要保持脸部、眼睛和前额肌肉松弛,并使前额有凉感。每日最好按上述方法练习2次,共15~20分钟。在饭前不久或饭后1小时左右练习为宜。

第七章
孕妇的着装与美容护理

## 1. 孕期中女人的美丽所在

爱美之心，人皆有之，准妈妈们也不例外。妊娠期间的准妈妈有一种特有的丰满、柔和的美感，自然不必浓妆艳抹。

在怀孕期间，因为身体产生色素变化，个别人的皮肤会变黑，有人会有蝴蝶斑，涂一点淡淡的液体粉底，扑上轻柔的蜜粉，再轻点朱唇巧妆眉眼，你美丽的脸，永远是最吸引人的地方。化妆能使你的眼睛明亮有神和有快活的感觉。

准妈妈有独特的美，若配上漂亮的衣着，就更能展现出怀孕体态特有的形象，给人以美的享受，使自己的心情愉快，充满自信，有利于胎儿的健康发育。

随着妊娠月份的增加，准妈妈腹部隆起，下肢浮肿，身体逐渐臃肿，有的面部出现了黄褐斑，一改原来妩媚、窈窕的样子。这些变化在客观上影响了妇女自己原来的审美观，因而有的妇女停止了往日的美容与打扮，索性不修边幅。其实，一个人的魅力是来自多方面的。生育是女人的神圣职责，是健康的表现。按照中国人的审美观，怀孕本身就是美的体现。特殊的体态，在很多人眼里是美的，准妈妈不可自我贬低，放弃美化。医学研究表明，妊娠期间准妈妈经常注意给自己增添美感，不但能调节心情，保持心理平衡，有助于身心健康，还有潜移默化的胎教作用。所以，准妈妈经常注意给自己的生活增添美是非常必要的。爱美是女人的天性，妇女在怀孕后，除了忙于胎儿的成长外，相信最注重的会是自己的仪容。

准妈妈在怀孕期间最需要做的是保持仪容清洁整齐。面部、头发过多的油脂分泌,需要勤加洗脸、洗发,准妈妈在洗脸时可按摩面部,以增加血液循环,加强新陈代谢,令皮肤恢复光泽。

准妈妈在化妆美容时,切忌浓妆。头发宜剪短些,可适当涂些营养发乳,但不宜烫发。此外,妇女在怀孕期间,应多吃富含维生素的食物,注意充分的睡眠和休息。怀孕后皮肤非常敏感,故不要更换平时常用的化妆品,以免发生化妆品过敏,使皮肤变得粗糙或产生斑点。

准妈妈需注意一点,怀孕期间所用的护肤品,应该避免有果酸、香料成分,而染发剂、喷发剂、指甲油等含有化学物质的化妆品则不可用。准妈妈如怕晒太阳会长雀斑,最好不要涂防晒护肤品,而改用帽子或遮阳伞遮太阳。

至于女人的至爱——口红也应尽量少涂,最好完全避免接触,因为绝大部分的口红含羊毛脂和铅,如果准妈妈在用餐时,没有完全清洁嘴上的唇膏而将残余的吃入肚中,胎儿极有可能通过脐带吸收,造成一定的不良反应。

其实准妈妈只要保持心情开朗,外表干净整齐,一定人见人爱。

## 2. 孕妇的着装原则与技巧

### (一)怎样使着装兼具舒适得体和审美效果

从一个窈窕淑女到新婚少妇,继而怀有身孕"大腹便便",这无疑是一个女子身材的巨变时期。妇女怀孕以后,随着妊娠月份的增加,身体的确是变得越来越丰满和笨重了。尽管如此,准妈妈本人不应该放弃对美的追求。因为这不仅反映着一个妇女的精神面貌,同时对胎儿也有着潜移默化的影响。

那么准妈妈该怎样注意着装的舒适得体和审美效果呢?

首先要得体。"怀胎十月"在人生的几十年中可谓是短暂的,然而,对一个家庭,对整个社会来说,这时的准妈妈已经不是一个单独的人,而是两个生命的结合体了,她开始孕育着一个刚刚萌芽的生命,时间虽短,而意义深远。因此,准妈妈着装需得体,而不是凑合。普通人着装要符合身份,准妈妈在妊娠初期亦可以此为原则。孕中期以后,准妈妈的上衣和裤腰均宜宽松,以免妨碍胎儿生长发育。这时,如果是夏季,可以穿竖条连衣裙或是深红、暗紫、蓝色等收缩色的连衣裙,样式以筒裙不束腰为宜;如果是春秋季,上身可以穿肥大毛线衫,比平时的毛衣应略长一些,看起来比较舒服;冬季,穿深色的半大衣更轻便好看。

其次要适宜。准妈妈追求美不宜过分,不可与孕前相比,像高跟鞋就不宜再穿。因为怀孕以后,身体重心向前移,准妈妈会很自然地喜欢挺胸凸肚的"骄傲姿势"。

如果穿高跟鞋,不仅重心不稳,容易跌倒,而且还会增加腹坠和腹酸等不适。过于平薄的鞋底也不好,会使准妈妈感到脚下硌硬不舒适。所以,准妈妈的鞋底以稍厚、坡跟为宜。比如布底或海绵坡跟等;鞋帮要松软,如布鞋或羊皮、泡沫塑料等;尺寸要稍肥大些,尤其是孕晚期,大多数准妈妈会出现脚肿现象,鞋子小了会妨碍血液循环。准妈妈不要束胸,可戴稍微宽松一些的胸罩,将乳房轻轻托起,如果胎儿过大或腹壁过松,形成"悬垂腹",可以请教医生以决定是否使用腹带。

准妈妈的衣服随着妊娠时间的增加要提前准备。另外,要多备几件,便于经常换洗,保持清洁。

### (二)孕妇的着装原则与技巧

怀孕的前 4 个月,不需穿孕妇装,因腹部还不明显,但到了 5 个月以后,则要穿着合适的孕妇装。选购孕妇装时,应注意选择能随腹部膨胀而调整的孕妇装;要注意款式简单大方、易于整理,就是要能充分表现出孕妇的韵味。

由于怀孕期间皮肤会出现雀斑或皱纹,因此,可利用孕妇装的花色调配来掩饰。例如,颜色太淡的孕妇装会使膨胀的腹部更明显,所以选色彩庄重的孕妇装。色彩鲜艳的孕妇装虽然能使心情开朗,但颜色过于刺激,则会引起反效果。另外,布料的好坏也很重要,一般人总认为穿着孕妇装的时间很短,所以不必注意质料,其实,这是错误的观念,唯有舒适柔软的布料衣服才能令孕妇感到格外清爽舒服。

市面上各式各样的孕妇装一应俱全,但总有许多孕妇买不到适合自己尺寸的孕妇装。通常,孕妇装不论前期或后期都可穿着,只是在初期,会产生前面裙摆过长与太宽松的现象,这时不妨自己稍加灵活搭配即可。此外,购买时要试穿一下。

随着肚子的增大、乳房的丰满、产前检查次数增加,准妈妈所选择的服装也应该与平时的有所差别。

(1)为了防止脐周着凉引起的异常,内裤直裆可稍长些,裤腰不要勒紧,外裤可采用背带式的宽松裤,避免穿紧身内衣、内裤,尤其是牛仔衣裤。

（2）应穿着柔软、保温性好、透气性好的内衣和外套，以保证阴道有良好的通气性，防止感染。

（3）选择全棉乳罩，尺寸稍大些，扣在前面更方便些。

许多年轻女性怀孕后都希望能把自己打扮得利落又不张扬，因为一生只有一次做妈妈的机会，准妈妈们当然希望漂亮地度过怀孕期。但是买准妈妈装只穿一年，这实在有些浪费，将就一点呢，心里又不乐意。灵巧的你可以检查一下自己的裙子，把能利用的稍作改造就可以穿，在此基础上，再选购一件产后也能穿的准妈妈装就比较节省又实际。

如果你要选购一件合适的准妈妈装，可以参照少打褶、多斜裁、裤腿紧、裤腰松的原则。少打褶、多斜裁是指上衣不必选用胸前打褶过多的款式，这样的衣服标志性太强，一看就是准妈妈服。可以选择斜裁的宽摆上衣，孕期它可以遮盖凸起的腹部，产后也可以日常穿用，看上去舒适而且浪漫。

如果你有一件露背的太阳裙，可以把裙子的两边拆开，再选择和裙子搭配的两块布缝在两侧，这样看上去就像设计出的时装裙，而裙子的宽幅可以增加。产后只需在腰间系上一条精致的腰带，就可以穿上外出了。

选择裤装时，裤腿以合身的松紧度为好，大腿和腰部应该比较宽松，以凸起的腰围为准。穿上这样的裤子，上面再套一件宽大的外衣，在外衣的遮掩下，你的身材会显得非常适中。这种裤子也可以选用老爸或丈夫的宽大裤子改造，把小腿部分缝得窄小一些即可。

如果下身配裙装，最好选用类似西服长裙的贴体式长裙，腰部可加背带，裙型像一个倒放的梯形，如果外面再套上宽松的外衣，几乎不露什么痕迹。产后再穿这样的裙子时可以把腰部收褶，就像一条别致的郁金香式的时装裙了。

（三）怎样选择合适的孕妇装

准妈妈装穿着时间固定，经济实惠的做法是，利用原有的旧衣服改制，也可以穿用朋友的孕期服装。当然，如果有条件的话，在准妈妈服装专卖店为自己选择一件漂亮的准妈妈服也非常必要。

冬季，准妈妈的着装要注意不要让腹部和腰腿受寒，衣着要轻而暖，最好选用保暖性能好的毛料。短款的风衣便于行动，是比较好的选择，而下摆宽大的短风衣看上去还非常浪漫。长大衣穿起来非常笨拙，活动时腿脚施展不开，在孕期穿着不太适宜。

夏季，酷暑令准妈妈难以忍受，应选用易穿脱、易清洗、吸湿性能好的服装和布料,最好是纯棉服装。

怀孕期的服装要适应这一时期的特殊需要。随着怀孕月份的增加,准妈妈体型改变,行动变得笨拙,服装最好以舒适、宽大、洁净为原则。可选择色调明快、柔和甜美的图案,简单易穿脱的式样。

穿准妈妈装首先要考虑舒适。一般来说应该是易穿易脱,穿上后准妈妈不会有拘束之感;服装造型应该能掩饰美化准妈妈不断变化的体型,所以准妈妈装以裙装款式居多;面料上以全毛、全棉等自然织物为佳。通常,准妈妈怀孕到 5 个月后,腹部明显隆起,胸围、腰围、臀围增加,体型丰满,这时开始穿准妈妈装最合适。

准妈妈装不是只要蓬蓬松松、大得能够套住肚子就可以了。在剪裁上,除胸围、腹围为考虑重点外,领口、胸线、腋下至手臂袖圈处也要特殊设计,穿上后不压胸;裙子或裤装的腰部一般是可调节的腰带或松紧带,可随腹部变化调整松紧……整体而言,准妈妈装剪裁要具备立体弧度,这样穿起来才既舒适又漂亮。像胸腹部打褶的连衣裙,购买时要注意裙身足够长,一般前身要比后身长 2.5 厘米,穿起来才会好看。

上班族的要求自然高,而现在的准妈妈装设计很能满足她们的需求,除了腰身肥大之外,准妈妈装的花色、款式丝毫不逊色于时装。准妈妈装的分类也更为细化,有了休闲和职业准妈妈装之分。休闲准妈妈装比较常见,多是宽松的裙装,而职业装则讲究简洁合体。职业准妈妈装大多全身同色系,整体端庄,与职业环境相匹配。基本款式有容易搭配的单件上衣、衬衫或裤装,以及不可或缺的背心裙、变化多端的一件式短洋装、上班休闲均适用的套装等,它们让孕妈妈像怀孕前一样利落、美丽。

现在的准妈妈装已充分体现出实用和时尚相结合的原则。从季节上看,准妈妈装夏季以棉、麻织物居多;春秋季以平纹织绒织物、毛织物、混纺织物及针织品为主;冬季则是各种呢绒或带有蓬松性填料的服装。从颜色上看,准妈妈装多以赏心悦目的柔和色彩为主,米白色、浅灰色、黑、粉红、苹果绿……柔和舒适的色彩能调节准妈妈的情绪,它像优美的乐曲旋律一样,也是胎教中不可缺少的一部分。

现在的准妈妈装很多都注重产后穿用的设计,像牛仔背带裤耐磨、保暖,好配衣服,非常畅销。一般的专卖店都提供改衣服务,生过孩子,衣服一改,又是一件时装。还有一些身材较胖的女士甚至专门到准妈妈服装店里挑选适合自己的服饰。

**（四）孕期怎样选择内衣**

怀孕后由于身体条件的变化，准妈妈应该如何为自己选一套合体舒适的内衣呢？下面我们就为您提供一些可行的建议，供准妈妈参考。

（1）胸罩：怀孕时，乳房是从下半部往外扩张的，增大情形与一般胸罩比例不同，因此，不宜穿加大尺码的一般胸罩，而应该选择专为准妈妈设计的胸罩，并随着乳房的变化随时更换。从怀孕到生产，乳房约增加到两个罩杯大，准妈妈应该在此基础上选择较为宽松的胸罩，以使乳房没有压迫感为宜，避免影响乳腺的增生和发育。而且，过紧的胸罩还会因与皮肤摩擦而使纤维织物进入乳管造成产后无奶或少奶。

怀孕期间乳房的重量增加，下围加大，最好穿软钢托的胸罩，如无支持物，日益增大的乳房就会下垂，乳房内的纤维组织被破坏后很难再恢复。宜选用穿着舒适，肤触柔软的胸罩，以免压迫乳腺、乳头，或造成发炎现象。

胸罩肩带尽量宽，以免勒入皮肤；扣带应该可调节；前扣型胸罩便于穿着及产后哺乳。孕晚期乳头变得敏感脆弱，且可能有乳汁分泌，宜选用乳垫来保护。在产褥期、哺乳期，乳垫也能帮助吸收分泌出的多余乳汁，保持乳房舒爽。

（2）内裤：妊娠的准妈妈阴道内分泌物开始增多，所以宜选择透气性好、吸水性强、触感柔软的棉质内裤，对皮肤无刺激，不会引发皮疹和瘙痒。一种是覆盖式的内裤。能够保护准妈妈的腹部，裤腰覆盖肚脐以上部分，有保暖效果；松紧可自行调节，随怀孕的不同阶段体型自由伸缩变化；强力弹性伸缩蕾丝腰围，穿着更舒适。另一种是产妇专用生理裤。采用舒适的柔性棉，并具弹性，不紧绷；分固定式和下方可开口的活动式两种，便于产前检查和产褥期、生理期等特殊时期穿着。

（3）腹带：一般情况下准妈妈不必使用腹带，但下列情况必须考虑使用：

①有过生育史，腹壁非常松弛，成为"悬垂腹"的准妈妈。

②多胞胎、胎儿过大，站立时腹壁下垂比较剧烈的准妈妈。

③连接骨盆的各条韧带发生松弛性疼痛的准妈妈，托腹带可以对背部起到支撑作用。

④胎位为臀位，经医师做外倒转术转为头位后，为防止其又回到原来的臀位，可以用托腹带来限制。为了不影响胎儿发育，托腹带不可包得过紧，晚上睡觉时应解开。托腹带的伸缩弹性应该比较强，可以从下腹部微微倾斜地托起增大的腹部，从而阻止子宫下垂，保护胎位，并能减轻腰部的压力。

应选用可随腹部的增大而调整、方便拆下及穿戴、透气性强不会闷热的托腹带。有一种可调式托腹裤,集内裤与托腹带于一身,方便实用;采用高级弹性纱编织,使上腹部舒适无压迫感。

（4）准妈妈专用袜:孕晚期容易脚肿,袜子的袜口不能太紧,否则会使已肿胀的脚静脉回流受阻,肿得更厉害。选用宽松的棉袜,吸水性强,也不易滑倒。

### （五）孕妇的穿鞋要求

未怀孕的中青年妇女都喜爱穿中高跟鞋,这样可使人挺胸直腰,精神饱满而风度翩翩。但是,妇女在怀孕后再穿中高跟鞋就是一种错误,应当忍痛割爱一段时间,以保母子平安和有利于优生优育。

第一,中高跟鞋前低后高,穿着时会使身体向前的倾斜度变大,身体的重心也向前移。怀孕以后,身体本身的重心也越来越向前移,唯有背向后仰才能保持平衡,此时如果再穿中高跟鞋,势必使腰椎向前,胸椎往后,脊柱弯曲度增加,因而孕妇累上加累,腰酸背痛。

第二,孕妇穿中高跟鞋,身体过于前倾,也容易压迫腹部,不利于胎儿的血氧供应,会影响胎儿发育。

第三,孕妇穿中高跟鞋易使子宫下坠,膀胱受压,引起尿频和产后子宫脱垂,并会使骨盆倾斜,不利于分娩。

第四,孕妇穿中高跟鞋会使下腔静脉和股动脉受压而影响下肢的静脉血液回流,造成孕妇下肢水肿加重。

第五,孕妇穿中高跟鞋,会使全身的重量过多地集中在前脚掌上,造成脚趾关节过度背伸,容易引起脚弓消失,形成平足症或足痛。

第六,怀孕期间,因内分泌的改变,全身骨骼都会有不同程度的骨质疏松,身体各部位的肌肉、关节韧带和脚弓部也相应松弛。孕妇穿中高跟鞋时,行动颇为不便,容易摔倒,造成流产或早产。为了母子平安,孕妇不宜穿中高跟鞋,尤其是怀孕3个月以上的妇女千万不要忘记这一点。孕妇宜穿用宽松的软底鞋,如布鞋、旅游鞋等。

冬天,准妈妈穿的棉鞋最好宽松一些,因为在怀孕中后期,准妈妈的脚容易发生浮肿,脚型发生变化,怀孕前的鞋就显得很小。这个时期最好穿温暖舒适的布棉鞋,布棉鞋的弹性好,还可以适合多种脚型。

夏天穿泡沫底凉鞋的人较多,这种凉鞋的弹性好,也比较适合脚的形状,但它存在的缺陷也很明显,即鞋底很滑,容易摔跤。因此准妈妈在选鞋时要注意选用有防滑底的鞋,以免雨天或遇到水渍时滑倒。

人们喜欢日常起居时穿拖鞋,因为它具有方便、柔软、有弹性等优点。准妈妈的汗腺分泌旺盛,脚部的汗液多,容易形成汗脚,穿橡胶或塑料拖鞋时有可能引发皮炎,过敏体质的准妈妈尤为明显,因此以薄布拖鞋为宜。

(六)孕期怎样选择职业装

在这九个半月里,让快乐和自信与我们共同度过。怀孕并不像你想象的那么不自在,挺着肚子上班一点儿也不影响你的工作,即使身材改变,在周围的同事眼里,母性的光辉反而让你变得更美;带着你的微笑,一定可以顺顺利利地度过八小时。

简洁合体,是职业装的特性,职业准妈妈装也是一样。除了套装(裤套装或裙套装),出席正式场合的小礼服可供挑选以外,你还可选素雅的小洋装上班。

面料上要讲求精良、舒适,以全毛、全棉等自然织物为佳,当然一些高科技的织物亦是不错的选择。

丝巾、帽子以及其他小搭配的饰品亦不可少。鞋子更应柔软,用来搭配你的准妈妈装。

以前,准妈妈装总是凑合。20世纪60年代,穿宽大的军裤、穿爱人的裤子是多数准妈妈的选择。20世纪80年代,穿一套薄绒的运动衫裤、穿先生的大衬衣、大裤子成为准妈妈们的选择。20世纪末,由于款式和价格的因素,大部分准妈妈会选择外销剩余的大号服装。

21世纪,准妈妈们不再像以往的家庭,直到宝宝能放手才开始二度就业,要知道,女性生理的结果期常常也是职场上的黄金期,上班的准妈妈意味着高尚稳定的职业、和美的家庭,是自信的新世纪新女性。

## 3. 孕期的头发护理

(一)头发护理应注意的几点

妊娠妇女头发受雌激素的影响而处于光洁、浓密、服帖的秀美状态,很少有头垢和头屑。要保护好这头天然秀发,必须注意以下5点:

(1)不宜多洗:每周洗1~2次为宜。洗头发可以除灰尘,止头痒,有利于头部皮肤的呼吸。但是,洗头过频反而使头发失去光泽。洗头发最好使用天然洗发液,而不要使用肥皂。因为肥皂碱性大,容易损伤发质。

（2）注意营养：头发脱色变白与黑色素不足有关，多因精血不足，营养匮乏引起，故应该常吃含铜、锌、铁及维生素多的食品。

（3）稳定情绪：中医学认为"多怒则百脉不定，鬓发焦枯"。养发一定要心境从容，方可使秀发乌亮长驻。

（4）不宜吹发：电吹风机吹出的热风含有部件中的石棉纤维微粒，会破坏头发的角质层。

（5）起居有常：睡眠充足，房事有节，精气足对头发的养护也是很有好处的。

（二）孕妇的洗头技巧

妊娠期间，头发易脏、发黏、蓬乱，使人的心情焦躁不安。为使头发舒散、清爽，要勤洗头。洗头时，首先用温水充分冲洗，然后，再洗2次。第一次是轻轻地揉洗头发；第二次是按摩头皮。腹部凸起时，弯腰洗头会感到吃力。可以做一个适宜的盆架。偶尔请丈夫给洗一下，或到美发店去洗，可调节情绪。

准妈妈挺着一个大肚子，该怎么洗头发比较轻松呢？

短发的准妈妈：头发比较好洗，可坐在高度刚好可让膝盖弯成90°的椅子上，头往前倾，慢慢地清洗。

长发的准妈妈：如果准妈妈留长发，那么洗头发可是一件苦差事了！因为可能会弯腰洗太久，不但腰酸，肚子也会不舒服，还有可能因而造成子宫收缩。所以，长发的准妈妈最好坐在有靠背的椅子上，请家人帮忙冲洗；若嫌这样太麻烦，干脆将头发剪短，比较清爽好洗，等生完之后再留长就好了！

至于孕晚期的准妈妈，大腹便便，无论长发或短发都不好洗，这时不妨花些钱，到美发店请别人洗，既轻松又舒服！

（三）孕妇不宜烫发

在妊娠初期和后期，不要烫发和染发，稳定期身体状态良好时，方可进行。烫发或染发时，要把妊娠情况告诉美发师，请求不要使用刺激性太强的药物。一般情况下，烫发只能保持3个月左右。到分娩时，如何保持发型，最好请教美发师，接受指导。

剪发或梳整发型，只要身体状态良好，什么时候都可以做。如在预产期前10～14天间剪发，即使产后没空去美发店，也能心情愉快地进行。

有的女性孕前有染发、烫发的习惯，但在怀孕后则应限制染发、烫发。这是因为，孕妇的皮肤敏感度较高，染发、烫发剂，会给自己和胎儿带来伤害。

一些染发剂接触皮肤后,可刺激皮肤,引起头痛和面部肿胀,眼睛也会受到伤害,难以睁开,严重时还会引起流产。有报道,染发剂对胎儿有致畸作用。其实长期染发也会对妇女的皮肤有损害,有资料表明,不良的染发剂,可引起皮肤癌和乳腺癌,这对孕妇和胎儿健康十分不利。

有的孕妇烫发用冷烫精,也对头发有害。孕中期以后,孕妇的头发往往比较脆弱,且易于脱落,用冷烫精来做头发,会加剧头发的老化和脱落。

为了胎儿和自身的健康,孕妇应忌染发、烫发。

## 4. 孕期的皮肤护理

### (一)孕妇的皮肤变化

怀孕后,由于血中大量激素的直接作用,使准妈妈的皮肤变得丰盈、滋润。加之体内循环的血液增多,准妈妈的脸会显得光滑柔嫩,容光焕发。多数准妈妈的皮肤有明显改善,干燥皮肤变柔软,油性皮肤变中和,就连一直困扰准妈妈的痤疮也奇迹般地消失了。不过也有相反的情况,例如,不期而至的斑点,液体潴留引起的面部肿胀等。这些变化均属正常,胎儿娩出后会自然消失。

准妈妈会发现乳头、乳晕、腹部正中线和外阴部位色素变深。这些色素分娩后会逐渐褪色,但有的会终生遗留。准妈妈身上的胎记、黑痣、雀斑或瘢痕,在妊娠期会变黑,分娩后会恢复正常。准妈妈的面部可能会出现黄褐色的妊娠斑,有时皮肤上还可能出现小的红色丘疹。

准妈妈的乳房、腹部、大腿和臀部常常出现妊娠纹,这是由于皮肤过度伸展、弹力纤维断裂所致。分娩后这些妊娠纹会逐渐减退,变成银白色,但不会完全消失。遗憾的是,目前尚无可靠的方法避免妊娠纹的出现。到了孕晚期,准妈妈还可能感到皮肤瘙痒,尤其是腹部更为明显。这时,准妈妈千万不要搔抓,因为这只会加重瘙痒。准妈妈可以搽一些润肤液并按摩皮肤,这种按摩能够刺激血管,缓解瘙痒感。

### (二)孕妇皮肤的护理

保持营养的平衡、足够的睡眠、身体的清洁,是妊娠期美容的基础。

(1)洗脸:妊娠期间容易出汗,要勤洗脸。最适宜的洗脸水温度是34℃左右。洗脸要用软水,而不能用硬水。软水是指河水、溪水、雨水、雪水、自来水。硬水是指井水、池塘水。因为地下的硬水富含无机盐,直接用来洗脸,可能使皮肤变粗糙,皱纹增多而加速皮肤衰老。

洗脸时,要使用适合自己皮肤的清洁用品仔细地洗。然后用清水冲洗干净。好出汗的人要增加洗脸次数。用粉底霜化妆后,要先用洁面膏擦掉,然后用香皂冲洗,接着涂上常用的化妆水,最后抹上乳液或者雪花膏。

(2)按摩:每晚睡觉之前要以清洁霜或冷霜做3分钟脸部按摩。额头按摩将左右手的中指及无名指放在额头上,分别自额心向左右两边做按摩,一共按摩6圈,到两边太阳穴时轻轻地压一下,来回共做3次。眼角按摩为了避免眼角长出鱼尾纹,用两手的手指自两边眼角沿着下眼眶按摩6小圈,然后绕过上眼眶,回到眼尾处轻轻地按一下。

眼睛周围的按摩用手指沿着眼睛四周做绕圈按摩,按摩6圈后在太阳穴轻轻压一下。鼻头的按摩用手指自太阳穴沿额头、鼻梁滑下,在鼻头两侧做小圈按摩,共按摩8小圈,由上向外按摩。唇上按摩双手手指放在唇上做8小圈的按摩。

(3)化妆:为防止皮肤对化妆品过敏,孕期最好不用化妆品。夏季为避免阳光对皮肤的直射,应选用那些专门为准妈妈设计的护肤品。不宜浓妆艳抹,特别是口红等被认为对胎儿有影响的化妆品。除了清洁、按摩、化妆方面的肌肤护理以外,为减少腹部妊娠纹,怀孕前应注意适当的锻炼,增加腹部肌肉和皮肤的弹性。

(4)夏季不要忘记戴遮阳帽或遮阳伞:妊娠期间,皮肤比较敏感,稍不注意,脸上就会出现斑点和雀斑。即便阴天,紫外线也特别强。因此,外出时,要搽上化妆时打底用的粉底霜或者防晒霜等,以保护皮肤。为了预防斑点和雀斑,需要多吃含有优质蛋白质、B族维生素和维生素C的食品。

(三)皮肤的内在保养法

①充足的睡眠、良好的精神。

②减少压力紧张,因为皮肤由血液及交感神经控制,无法放松则皮肤自然不好。

③补充水分最重要,早上多喝水,均衡摄取营养(如山药、脂肪、淀粉等);素食者由于缺少蛋白质,可多吃含胶质食物(如山药、大豆制品);动物性胶质要去除多余的脂肪。

④多吃含纤维食物,促进肠蠕动,加速发酵毒物排出,皮肤自然比较漂亮。

⑤多运动,加速体内新陈代谢、血液循环,气色好,皮肤肌肉都较为紧致,当然水灵灵喽!

⑥凡属高脂肪、糖分及盐分的食物,孕妇均不宜多吃,相反多吃蔬菜、水果等高纤维食物,则可由内至外改善肌肤,此外,煎炸食品亦会刺激内分泌而影响肌肤,因此不宜多食。

### (四)孕妇应注意身体的清洁

怀孕以后,妇女皮肤上的皮屑增多,汗腺及皮脂腺的分泌也旺盛,因此孕妇必须注意皮肤卫生。勤洗澡是一个很好的方法。

洗澡需要注意的事项:

(1)次数适当。夏季酷热,每天洗澡不可少于两次;春秋气候宜人,每周1~2次即可;寒冬腊月每两周1次就足够了。

(2)时间适当。饥饿时、饱食后1小时以内不宜洗澡。水温适宜。无论春夏秋冬,浴水温度最好与体温接近(27℃~35℃)。太凉或太热的水会对皮肤造成的刺激,会影响孕妇的周身血液分布,不利于母体健康及胎儿发育。

(3)方式恰当。淋浴比盆浴更适合孕妇,因为淋浴可防止污水进入阴道,避免产前感染。再者,孕妇身体笨重,进出澡盆、浴缸不便,容易滑倒,使腹部受到撞击。

孕妇还要经常进行外阴局部皮肤清洁。这是因为,孕妇外阴部发生了明显变化,皮肤更柔弱,皮脂腺及汗腺的分泌较体表其他部位更为旺盛。同时由于阴道上皮细胞通透性增高,以及子宫颈腺体分泌增高,使白带大大增多。但是,局部清洁时务必注意几个"不可":

①不可用热水烫洗。

②不可用碱性肥皂水洗。

③不可用高锰酸钾液洗。

(4)注意清洁乳头。怀孕20周起,除洗澡外,应经常用温水清洗乳头,洗后抹上油脂(如橄榄油、鱼肝油、菜油等),这样可使皮肤滋润而韧性,分娩后经得起婴儿吸吮,否则容易发生乳头皲裂。

# 5. 孕妇化妆品的选择

爱美是女人的天性，在妊娠期也不例外，尽管身体皮肤的变化非常大，但是女性还是想把自己打扮得更美丽。但是，在怀孕期间化妆可要适当，不能像以前那样为了美而无所顾忌，应精心选择适当的化妆品。否则，腹中的胎儿就要提意见了！

在怀孕期间，由于准妈妈身体内分泌改变，黑色素沉淀增加，易出现雀斑，为了掩饰雀斑，有时准妈妈化妆过浓。事实上，自怀孕第 5 个月起，准妈妈的皮肤会变得干燥或粗糙，适当的皮肤保养是应该的。但准妈妈化妆应以淡妆为主，因为准妈妈皮肤比较敏感，如果使用过多化妆品，就会刺激皮肤，引起过敏。在这个时期，妇女可以使用日常用的乳液或面霜。

爱美之心人皆有之，平时每天工作、生活中习惯化妆的妇女一旦怀孕后，一定要慎用化妆品。

常用的化妆品，如染发剂、脂粉及口红等，都含有不同程度的铅。化妆品所含的铅与过氧化脂质结合后，可加剧细胞黑色素的沉积，影响妇女肤色的美观；另外由于铅可通过胎盘和血脑屏障，有可能损伤胎儿神经系统。此外，准妈妈最好不要涂指甲油，因为指甲油中的有毒化学物质很容易随准妈妈进食而进入体内，并能通过胎盘和血液进入胎儿体内，日积月累，就有可能影响胎儿健康。更重要的是准妈妈涂了指甲油后，在做产前检查时，不利于医生观察其指甲颜色，对某些疾病难以做出正确的诊断。如对贫血、心脏病等的诊断时，就需要观察指甲颜色。

总之，孕期可以使用质量较好的天然营养霜，滋润皮肤，尽量不要浓妆艳抹，忌用劣质化妆品。

# 第八章
# 孕期中母体、胎儿的变化与保护

俗语说："十月怀胎，一朝分娩"。女人怀上孩子要经历十个月的生命孕育过程。在这十个月里，腹中的小生命在逐渐地发生变化，孕妇的身体、感觉和生理机能也在发生变化。这两方面的变化各有什么特征和什么感受呢？为了让小生命健康地孕育和成长，孕妇在不同的时期应注意哪些问题呢？下面就从医学和生命科学的角度分别介绍一下。

## 1. 怀孕第 1 个月的变化与保护

**(一)胚胎形成**

卵子受精后约 7～10 日，受精卵便在子宫内膜着床，并从母体中吸收养分，开始发育。在前 8 周时，应该称为胚胎，还不能称作胎儿。

胚胎的大小，在怀孕第 3 周后约长 0.5～1.0 厘米，体重不及 1 克，但肉眼已能看出其外形。外表上，胚胎尚无法明显地区分头部和身体，并且长有鳃弓和尾巴，和其他动物的胚胎发育并无两样。而此时原始的胎盘开始成形，胎膜(亦称绒毛膜)亦于此时形成。

**(二)母体的变化**

实际上，受精卵形成的一周之内还不能称为怀孕。孕妇开始呈现怀孕迹象，通常在两周以后，因此这一时期尚未有任何症状。

不过有些人的身体会有发寒、发热、慵懒困倦及难以成眠的症状，因一时未察觉是怀孕，往往还误以为是患了感冒呢。这时子宫的大小与未怀孕时相同，还没有增大的现象。

**(三)生活上应注意的事项**

初次怀孕的女性，在身体和心理上，都会发生一连串的变化，因为是第一次,孕妇自己往往还浑然不觉,而且原本没有生育的计划,或是根本不了解身体的反应。以致误食药物或者疏忽了生活上的细节,都很可能对胎儿和母体产生不良的影响。

就身体反应而言,怀孕初期可能会有类似感冒的症状,若胡乱买成药吃,不仅不能达到治疗的效果,说不定还会生出畸形儿。所以平时在任何情况下,都不要任意服用成药,最安全的办法是去看医生,找出原因。

自觉身体不适时,不要勉强做剧烈的运动。或在此时远游,以免造成意外流产。此外,若非必要,不要随意做 X 光照射,应先检查身体状况,确定有无怀孕。

这些生活上的细节,在身体健康、正常工作情况下,偶然误犯好像无关紧要,但若是孕妇,就很可能是一大致命伤,所以必须谨慎从事。

(四)应该了解与准备的事

此时虽还没有特别应该准备的事,不过在怀孕约一个月时,会有孕吐的现象,应多准备一些能缓和孕吐情形的食物,如酸梅、水果等。

## 2. 怀孕第 2 个月的变化与保护

(一)胎儿的成长

怀孕满 7 周之时,胚胎身长约 2.5 厘米,体重约 4 克。心、胃、肠、肝等内脏及脑部开始分化,手、足、眼、口、耳等器官已形成,可以说已接近人的形体,但仍是小身大头。

绒毛膜更发达,胎盘形成,脐带出现,母体与胎儿的联系非常密切。

(二)母体的变化

基础体温呈现高温状态,这种状态将会持续到 14~19 天为止。

身体慵懒发热,下腹部和腰部稍微凸出,乳房发胀,乳头时有阵痛,颜色变暗,排尿次数增加,心情烦躁,胃部感到恶心,并且出现孕吐情形,有些人甚至会出现头晕、鼻出血、心跳加速等症状。这些都是初期特有的现象,不必过于担心。

此时子宫如鹅卵一般,比未怀孕时大一点,但孕妇腹部表面还没有增大的变化。

(三)生活上应注意的事

孕妇在此一时期非常容易流产,必须特别注意,应避免搬运重物或做剧烈运动,而家务与外出次数也应尽可能减少。不可过度劳累,多休息,睡眠要充足,并应控制性生活。

这段时间是胎儿形成脑及内脏的重要时期,不可接受 X 光检查,也不要轻易服药,尤其应该避免感冒。

烟和酒会给胎儿带来不良的影响,两者都不宜尝试。如果家中有饲养猫、狗或小鸟等宠物,应尽量避免接触,以免感染住血原虫症。最好把这些宠物送给别人或暂时寄养在朋友家中。

(四)应该了解与准备的事

就诊的妇产科医院和医生关系着未来的定期检查及入院分娩,应仔细选择。

## 9. 怀孕第 3 个月的变化与保护

(一)胎儿的成长

这个时期,胚胎可正式称为"胎儿"了。胎儿的身长约为 7.5～9 厘米,体重约 20 克。

尾巴完全消失,眼、鼻、口、耳等器官形状清晰可辨,手、足、指头也一目了然,几乎与常人完全一样。

内脏更加发达,肾脏、外阴部已经长成,开始制造尿道及进行排泄作用,胎儿周围充满羊水。

(二)母体的变化

这个月是孕吐最严重的时期,除恶心外,胃部情况也不佳,同时,胸部会有闷热等症状出现。

腹部仍然不算太大,但由于子宫已如拳头般大小,会直接压迫膀胱,造成频尿现象,而腰部也会感到疼痛,腿、足浮肿,此外,分泌物增加,容易便秘、下痢等。乳房更加胀大,乳晕与乳头颜色更暗。

(三)生活上应注意的事

和怀孕两个月时相同,此时也容易流产,生活细节上尤须小心。

平常如有做运动的习惯,仍可持续,但必须是轻松且不费力,如舒展筋骨的柔软体操或散步,剧烈运动应避免尝试,也不宜搬重物和长途旅行,至于操作家务可请先生分担,不要勉强,上下楼梯要平稳,尤其应随时注意腹部不要受到压迫。

上班的职业妇女,应保持愉快的工作情绪,以免因心理负担过重,压力太大而影响胎儿的发育。此时若能取得同事和上司的谅解,继续工作应不成问题。

在这个阶段,夫妻最好不要行房,至少也需要节制,避免压迫到腹部的体位,时间则越短越好。

此外,为预防便秘,最好养成每日定时如厕的习惯,下腹不可受寒,注意时时保暖,不熬夜,保持规律的生活。分泌物若增加,易滋生病菌,应该每天淋浴,以保持身体的清洁。

如果发生下腹疼痛或稍许出血时,可能是流产的征兆,应立刻去医院求诊。

(四)应该了解与准备的事

至少应在本时期之前接受初次的产前诊查,然后每3～4周作一次定期检查。

## 4. 怀孕第4个月的变化与保护

(一)胎儿的成长

在13周后期,胎儿的身长约16厘米,体重约120克。

此时完全具备人的外形,由阴部的差异可辨认男女,皮肤开始长出胎毛,骨骼和肌肉日渐发达,手、足能做些微弱的活动,内脏大致已完成,心脏脉动活泼,可用超声波听诊器测出心音。

(二)母体的变化

痛苦的孕吐已结束,孕妇的心情会比较舒畅,食欲也于此时开始增加。频尿与便秘现象渐渐恢复正常,但分泌物仍然不减。

这个阶段结束时,胎盘已形成,流产的可能性已减少许多,可算进入安定期了。此时,子宫如小孩头部般大小,已能由外表约略看出"大肚子"的情形。基础体温下降,会持续到分娩时,都保持低温状态。

(三)生活上应注意的事

孕吐及压迫感等不舒服的症状消失,身心安定,但仍须小心。此时乃胎盘完成的重要时期,最好保持身心的平静,以免动了胎气。

为了使胎儿的发育良好,必须摄取充分的营养,蛋白质、钙、铁、维生素等营养素也要均衡,不可偏食,此时有可能出现妊娠贫血症,因此对铁质的吸收尤其重要。

身体容易出汗、分泌物增多,容易受病菌感染,每天必须淋浴,并且勤换内衣裤。

**(四)应该了解与准备的事**

孕妇应充分学习有关怀孕、分娩的各项知识,除了可消除怀孕期间的不安及恐惧外,也能有助于顺利分娩。目前市场上售有成套的小手册,以供孕妇购阅。因此孕妇可就近到各地书店购买。

此外,为了使生产较为轻松,最好开始做些孕妇体操,但应以体能负荷的范围为限,千万不可过分勉强。

再过一个月,平时的衣服就会穿不下了,应趁着身体情况良好时先行准备,上街理发时,可请美发师设计一个易梳洗、易整理的发型,除让人看起来清爽外,自己心情也愉快。加大、宽松的内衣裤,也是必备的怀孕用品。

## 5. 怀孕第 5 个月的变化与保护

**(一)胎儿的成长**

此时期结束时,胎儿的身长约为 20 厘米,体重在 250～300 克之间。

头的大小约为身长的三分之一,鼻和口的外形会逐渐明显,而且开始长头发与指甲。全身被胎毛覆盖,皮下脂肪也开始形成,皮肤呈不透明的红色。心脏的脉动也增强,力量加大。骨骼、肌肉进一步发育,手、足运动更活泼,母体开始感觉胎动。

**(二)母体的变化**

子宫如成人头般大小,子宫底的高度位于耻骨上方 15～18 厘米处。肚子已大得使人一看起来便知道是一个标准的孕妇了。乳房与臀围变大,皮下脂肪增厚,体重增加。

若前一个月还有轻微的孕吐情形,此时会完全消失,食欲依然不减,身心达到安定时期。此时微微可以感觉胎动,刚开始也许不太明显,但肠子会发生蠕动的声音,肚子不舒服等现象。

胎动,是了解胎儿发育状况的最佳方法,孕妇应将初次胎动的日期记下来。以供医生参考。

**(三)生活上应注意的事**

怀孕到了第 5 个月,应注意腹部的保温并预防腹部松弛,最好使用束腹、腹带或腹部防护套。

乳房胀大,最好换穿较大尺码的胸罩,有些人可能已有些许的乳汁流出,胎儿日渐加速发育,需要充分的营养,尤其是铁质不足时,极易造成母体贫血,严重时还会影响到胎儿的健康。

此时是怀孕期间最安定的时期,若要旅行或搬家宜趁此时机,但孕妇仍应避免过度劳累。

**（四）应该了解与准备的事**

婴儿用品和分娩时的必要用品,应该列出清单并开始准备。

牙齿需要治疗,必须立刻着手,平时应多注意口腔卫生。

## 6. 怀孕第6个月的变化与保护

**（一）胎儿的成长**

身长30厘米,体重约600～750克。

骨骼更结实,头发更长,眉毛及睫毛开始长出。脸型也更清晰,已十足是人的模样,但仍然很瘦,全身都是皱纹。

皮脂腺开始具有分泌功能,并长出白色脂肪般的胎脂,覆盖在皮肤表面。胃肠会吸收羊水,肾脏排泄尿液,已经完成出生的准备。

此时已可利用听诊器听出胎儿的声音。

**（二）母体的变化**

子宫更大,子宫底的高度约18～20厘米。肚子会越来越胀大、凸出,体重也日益大增,腰部变得更沉重,平时的动作也较为吃力、迟缓。

乳房的发育更为旺盛,不但外形饱满,而且用力挤压时会有带黄的稀薄乳汁"初乳"流出,分泌物仍然大量增加。

此一时期,几乎所有的孕妇都能清晰地感觉到胎动的现象。

**（三）生活上应注意的事**

孕妇肚子变大凸出后,身体的重心也随之改变,走路较不平稳,并且容易疲倦。尤其弯身向前或做其他不平衡的姿势时,就会感觉腰痛,上下楼梯或爬上高处时,应特别注意安全。

此时,身体已能充分适应怀孕状态,身心较趋于畅快,最好多散散步或做适度的体操,活动筋骨,并且要有充分的休息睡眠,短程旅行与性生活不必刻意避免,仍然按照正常的生活步调即可。

饮食上应均衡摄取各类养分,以维持母体胎儿的健康,尤其是铁、钙和蛋白质的需要量应该增加,但盐分必须特别节制。

这段时期容易便秘,应该常吃富含纤维素的蔬菜和水果,牛奶是极有利排便的一种饮料,应多饮用。便秘严重时,最好请教医生如何改善。

(四)应该了解与准备的事

为了产后授乳的顺利,此时应该注意乳头的护理问题。尤其是有扁平乳头与凹陷乳头的孕妇,必须先行矫正。

夫妇应共同学习、讨论有关育婴方面的知识,在心理上准备迎接婴儿的诞生。

# 7. 怀孕第7个月的变化与保护

(一)胎儿的成长

身长约 36～40 厘米,体重约 1000～1200 克。上下眼睑已形成,鼻孔开通,容貌可辨,但皮下脂肪尚未充足,皮肤呈暗红色且皱纹多。脸部会形同老人一般。

脑部开始发达,并可自行控制身体的动作,男胎的睾丸还未降至阴囊内;女胎的大阴唇也尚未发育成熟。

胎儿对体外生活的适应能力,还没完全具备,若在此时出生,往往因为早产而发育不良或死亡。

(二)母体的变化

子宫底高约 23～26 厘米、上腹部也已明显凸出、胀大。腹部向前凸出成弓形,并且常会有腰酸背痛的感觉。子宫的肌肉对各种刺激开始敏感,胎动亦渐趋频繁,偶尔会有收缩现象,乳房更加发达。

(三)生活上应注意的事

由于大腹便便,身体会重心不稳,眼睛无法看到脚部,特别在上下楼梯时必须十分小心。

这段时间母体若受到外界过度的刺激会有早产的危险,应该避免激烈的运动,不宜有压迫腹部的姿势。

长时间站立、压迫下半身,很容易造成静脉曲张或足部浮肿,时常把脚抬高休息,比较能避免这些毛病,若出现静脉曲张,应穿着弹性袜来减轻症状。

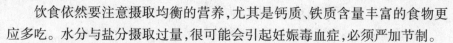

饮食依然要注意摄取均衡的营养,尤其是钙质、铁质含量丰富的食物更应多吃。水分与盐分摄取过量,很可能会引起妊娠毒血症,必须严加节制。

(四)应该了解与准备的事

在此时期出生的胎儿几乎是发育不良的早产儿,为防万一,住院用品应及早准备齐全。此外,婴儿床等大型用品,婴儿房或婴儿就寝的地方都应准备妥当。

孕妇分娩后的几星期内,往往需要调养身体,可能没有时间去整理头发,所以可趁这段身体状况不错的时候,前往发廊换一款比较清爽的发型。

## 8. 怀孕第 8 个月的变化与保护

(一)胎儿的成长

身长约为 41～44 厘米,体重约 1600～1800 克。

胎儿身体发育已算完成,肌肉发达,皮肤红润,但脸部仍然满布皱纹,神经系统开始发达,对体外强烈的声音会有所反应。胎儿的动作会更活泼、力量更大,甚至有时会用力踢母亲的腹部。此时胎儿的头部应朝下,才算是正常的胎位。

大致上,胎儿已具备生活于子宫外的能力,但孕妇仍须特别小心。

(二)母体的变化

下腹部外形更凸出。子宫底高 27～29 厘米。

内脏全部往上推挤,心、肺受到压迫,有时会感到呼吸困难,胃部也会受到挤压,因而易食欲不振。

腰部及其他各部位会感到酸痛,下肢浮肿、静脉曲张浮出,此外,还会出现其他各种症状等,此时可谓第二度孕吐出现的痛苦时期。

腹部皮肤紧绷,皮下组织出现断裂现象,紫红色的妊娠纹处处可见。下腹部、乳头四周及外阴部等处的皮肤因黑色素沉淀而呈现黑状,妊娠性褐斑也会非常明显。

心理方面则会再度陷于神经过敏的状态,往往难以成眠。

(三)生活上应注意的事

此一时期很容易患妊娠高血压综合征。如果在早晨醒来时,浮肿未退,或一周内体重增加 500 克以上时,就应该尽快到医院做诊查。

妊娠高血压综合征虽然可怕,但只要及早发现及时治疗,应无大碍,因此从这个月起,定期产前检查最好改为两周一次,绝对不要忽略了。

平时应多休息,不可过度劳累,并且节制水分与盐分的摄取量。此外,严防感染流行性感冒。

### (四)应该了解与准备的事

开始准备分娩,练习分娩的呼吸法、按摩、压迫法及使力方法等分娩的辅助动作。

## 9. 怀孕第9个月的变化与保护

### (一)胎儿的成长

此时期结束时,胎儿身长约47~48厘米,体重约2400~2700克。

可见完整的皮下脂肪,身体圆滚滚,相当可爱。脸、胸、腹、手、足的胎毛逐渐稀疏,皮肤呈光泽的粉红色、皱纹消失,此时会出现婴儿般的脸部,而指甲也长至指尖处。

男婴的睾丸下降至阴囊中,女婴的大阴唇开始发达,内脏功能完全具备,肺部机能调整完成,可适应子宫外的生活。

### (二)母体的变化

肚子越来越大,子宫底高约30~32厘米。

子宫胀大,导致胃、肺与心脏备受压迫,所以会感觉心口闷热、不想进食、心跳、气喘加剧并且呼吸困难。

有时腹部会发硬、紧张,此时应采取平躺的休息方法。分泌物依然增加,排尿次数也增多,而且尿后仍会有尿意。

### (三)生活上应注意的事

母体的体力大减,容易显得疲倦。为了储备体力准备分娩,因此应该有充分的睡眠与休养。做完家务之后的休息时间也应加长,但不可忘了适度的运动。

此时不可任意刺激子宫,且因有早产的可能性,最好能抑制性生活。

进食不要一次吃太多,以少食多餐为佳,并摄取易消化且营养成分高的食物。

### (四)应该了解与准备的事

想回娘家待产的孕妇,最好此刻就动身,最迟也不宜在超过三十六周后,且尽量选搭振动性不大的交通工具,最好是时间短且能直达的车。

在此之前,最好能先回娘家一趟找预定分娩的医院做一次检查。若无法成行,也应请家人协助找寻并事先预约。而回到娘家待产时,就立刻前往预定分娩的医院检查,当然,也不要忘了携带以往的检查记录。

准备住院之前,应仔细检查分娩用品,避免遗漏任何物品。

# 10. 怀孕第10个月的变化与保护

**(一)胎儿的成长**

胎儿身长约 50~51 厘米,体重约 2900~3400 克。

皮下脂肪继续增厚,体型圆润,皮肤仍有皱纹且呈现光泽的淡红色。

骨骼结实、头盖骨变硬,指甲越过指尖继续向外生长,头发约长 2.3 厘米。内脏、肌肉、神经等非常发达,已完全具备生活在母体之外的条件。

胎儿的身体约为头的四倍长,头部在正常状况下是嵌于母体骨盆之内,活动力比较受限。

**(二)母体的变化**

子宫底高达 33~35 厘米。胎儿位置向下降,腹部凸出的部分有稍减的感觉,同时胃及心脏的压迫感减轻,食欲也日渐恢复正常。但是胎儿下降后,膀胱及大肠的压迫感却增强,尿频、便秘的情形更加严重。此外,下肢也有难以行动的感觉。

身体的分娩准备已经成熟,子宫和阴道趋于软化,容易伸缩,分泌物增加,以方便胎儿通过产道。子宫收缩频繁,开始出现分娩的征兆。

**(三)生活上应注意的事**

因随时都有可能破水、阵痛而分娩,应该避免独自外出、出远门或长时间在外。

没有特殊的事最好留在家中,准备分娩。适当的运动仍不可缺少,但不可过度,以免消耗太多精力而妨碍分娩,营养、睡眠和休养也必须充足。

保持身体清洁,内衣裤应时常更换。若发生破水或出血等分娩征兆,就不能再行入浴,所以在此之前最好每天勤淋浴。

第九章
孕妇产前的准备工作与注意事项

## 1. 分娩前的准备

每一位孕妇在经历了十月怀胎的喜悦和辛苦后,都期待着小生命的降临。但也有部分孕妇一想到"分娩"的痛苦就感到害怕;而另一些孕妇从怀孕开始就担心分娩的问题,甚至在孕晚期对"临产"、"分娩"等医学词汇也感到恐惧。种种担心和不安可以理解,但对于正常分娩的孕妇来说其实是不必要的。分娩和怀孕一样,一百个产妇会有一百种感觉,经历了分娩的母亲多数都会告诉我们,分娩是能够承受的自然过程。

然而产妇在临产过程中,常会出现一系列异常的心理状态。主要表现为对分娩感到紧张、焦虑、担心和恐惧。她们怕分娩疼痛、怕难产、怕出血过多、担心婴儿异常,等等。

这些有害的心理状态对产妇的分娩是十分不利的。因为恐惧的心理情绪会使人体产生种种反应,造成产妇对疼痛过于敏感,并通过中枢神经系统抑制子宫收缩,使产程延长甚至出现难产。同时,还会造成产妇产后子宫出血过多,影响机能的恢复和乳汁分泌,间接影响到婴儿健康。

因此,注意临产妇的心理保健,使之形成良好的心理状态,对于顺利分娩和产后体力恢复都有十分重要的意义。

社会和家庭的支持,是影响心理状态的主要因素。良好的社会支持可对应激状态下的孕妇提供保护,有缓冲保护作用。

产前心理准备包括:

产前要对包括丈夫、公婆及父母等家庭成员进行有关心理卫生宣教,处理好他们与孕妇之间的关系。

对生男生女均持正确的态度,让孕妇有一个充满温馨和谐的家庭环境,感到舒适安慰,心理负担减轻,全身心投入到分娩准备中去。

家人应多关心、鼓励孕妇,并督促她们定期检查,强化客观支持对孕妇的作用。

熟悉分娩环境及工作人员,可通过各种途径,如播放录像、参观、咨询和交流,设法使孕妇熟悉医院。熟悉分娩环境和医护人员,可以减少入院分娩的紧张情绪。

此外,在产程中,鼓励丈夫积极参与,他们给予产妇心理及精神上的支持是其他人不能取代的,并在促进夫妻感情上也有一定的积极意义。

丈夫陪伴产妇具有独特的作用。他们能够知道妻子的爱好,可以在她们疼痛不安时给予爱抚、安慰及感情上的支持。产妇在得到丈夫亲密无间的关爱与体贴时,可以缓解紧张恐惧的心理,减少孤独感。而且,丈夫可在医务人员的指导下帮助产妇做一些事情,如握手、抚摩、按摩、擦汗等,使产妇感受到亲情的温暖。

分娩是令人激动的时刻。十月怀胎的小生命终于要结束"宫廷"生活而来到人间了。每位孕妇为迎接这一时刻的到来都应有充分的心理准备,应该充满信心地迎接和经历分娩过程。产妇对临产要有正确的认识,子宫要一阵阵收缩,子宫口才能一点点开大,孩子才能生下来,所以临产过程需要一些时间,用不着害怕和着急。虽然每个人生孩子的快慢不一样,但相差并不太多。

# 2. 分娩前的物质准备

### (一)怎样做好物质准备

怀孕到了末期,一定要做好物品上的准备。预产期前后2周随时都可能临产,所以在预产期2周前就应把需要的东西整理好,如准备换穿的内衣裤、袜子、吸奶器、盥洗用具、产后用的消毒卫生纸、卫生巾。还应准备些鸡蛋和红糖,红糖要先蒸过,以免喝了泻肚。每晚临睡前,要把暖水瓶、洗脸盆、洗漱用具都放在一起以便随时可取。现款或记账单也应准备好。各医院让带的物品不完全相同,最好在产前检查时就询问清楚。婴儿衣服一般出生时才需要,但也应事先整理放好,并向家人交代。婴儿用物主要包括衣服、被褥、尿布,应选用质地柔软、吸水、透气性好的纯棉布制品,用布带代替扣子,宽大以便穿脱为宜,衣缝应朝外,以防摩擦皮肤;衣服线头要剪去,以免缠绕婴儿的肢体;数量要充足,以便换洗。清洁护肤用品应选用专供婴儿使用的产品,以免刺激婴儿稚嫩的肌肤。

(二)产妇及婴儿所需物品

准妈妈在产前一段时间,就要开始考虑给自己和宝宝添置所需衣物,那么就让我们来看看有哪些东西需要准备呢,以下这张"菜单"一定会对你有所帮助。

**产妇产后用品**

(1)宽松的 T 恤和睡袍。

(2)前开口的袍。

(3)厚袜子(分娩后会冷)。

(4)乳头霜或乳液,避免乳头的疼痛。

(5)六条棉质,深色的内裤,或者是一次性纸内裤。

(6)宽厚的卫生巾,分娩后使用。

**人工喂养用品**

(1)125 毫升奶瓶。

(2)250 毫升奶瓶。

(3)自然奶嘴、普通奶嘴、防塌陷的奶嘴。

(4)胶漏斗,用于将热好的奶倒入奶瓶。

(5)奶嘴消毒器。

(6)奶瓶刷。

**辅食添加所用物品**

(1)有胶衬里的毛巾围嘴。

(2)塑胶碗,防止摔跤打破。

(3)胶勺。

(4)高椅子。

**母乳喂养用品**

(1)吸奶器。

(2)乳垫,保护乳房用。

(3)消毒湿巾。

(4)2~3 个喂奶的胸罩,可以侧边或一侧拉开,宽的肩带。

**婴儿床上用品**

(1)一条包裹或覆盖的小毛毯。

(2)四周栏杆光滑的婴儿床。

(3)棉质的床单2~4条,以备尿湿更换。

(4)软枕头1~2个。

(5)婴儿床上吊的小玩具。

**婴儿洗澡用品**

(1)浴盆,最好是椭圆形状。

(2)婴儿专用的洗浴用品。

(3)两条软毛巾洗身上用。

(4)专洗脸部小毛巾。

(5)擦干用的大毛巾。

**婴儿食品**

(1)奶粉。

(2)补钙用品。

**婴儿日常用品**

(1)各种型号的尿裤(尿布)。

(2)童车。

(3)婴儿服装,需要纯棉质地。

**食品的准备**

怀孕时对于营养的均衡要特别注意。偏食会影响胎儿的发育,并导致怀孕的一些病症。尤其是铁质不足会引起贫血,盐分过多也会造成不良影响,这些都要注意。怀孕不是疾病,也不是说偏食就绝对不行。但是需要加以节制的食品就应尽量少食用。

过咸的食品会增加血压、引起浮肿、加重肾脏的负担而引起妊娠中毒症。最好选择口味淡的食品。

芥末、青芥末、胡椒、辣椒等辛辣料少量使用无妨,但若摄取太多则会对体内造成连续性的刺激。咖啡、红茶等刺激性饮料一旦饮用过多,会使神经兴奋而导致体能动作失常。孕妇要多注意,不应食用太多冰冷的食品及难消化的食物。

**(三)丈夫的准备工作**

妻子怀孕之后,当丈夫的就要开始忙碌了,到妻子临产前一个月,更应加快节奏,高质量地做好妻子产前的各项准备,迎接小宝宝的出世。

**（1）清扫布置房间**

在妻子产前应将房子收拾好，以便妻子愉快地度过产假期，使宝宝出生在一个清洁、安全、舒适的环境里，房间一旦确定，就要进行清扫和布置。如果可能的话，最好能粉刷一遍，如果不能粉刷，也一定要认真地将墙面清扫一遍。清扫时要注意顶部和墙体的上部有无开裂的墙皮或可能会掉下来的东西，如果有，或是将其拆除，或是采取加固措施，以保证安全。还要注意房间的采光和通风情况，使采光和通风条件尽可能完善。检查房间是否有鼠迹、蟑螂、蚂蚁等，要采取措施消灭这类有害物并防止再度出现。

布置房间时应当首先将妻子和小宝宝安排在采光、通风条件好，安静、干燥的位置。如果房间少，不能专为妻子和宝宝安排一间的话，可用家具为妻子和宝宝隔一个小间，以便尽量减少外界的干扰。

**（2）拆洗被褥、衣服**

妻子坐月子前，行动已经不方便了，当丈夫的应当主动地将家中的被褥、床单、枕巾、枕套拆洗干净，并在阳光下暴晒消毒，以便使妻子能够顺利地度过产假。妻子坐月子所需穿的衣服，如果是旧衣服的话，当丈夫的也应当在妻子临产前洗干净，暴晒消毒之后放置好。

## 3. 孕妇身体的变化与清洁

**（一）孕妇生理的变化**

（1）胎动变得少了。接近分娩期，胎儿进入骨盆中。越是接近这个时期，心口窝附近就越感到比以前轻松些。因为胎儿的头有一部分进入到骨盆中，不便于活动，所以胎动也渐渐地减少。这种情况初产妇会感到特别明显。

（2）排尿、排便的间隔近了。接近分娩期，下腹常常有胀满感。这是胎儿下降到骨盆，压迫膀胱引起的。因此排尿的次数多了，间隔短了，并且在排尿时感到困难。排完尿还感到没有排干净，偶尔还要再挤出一点。初产妇如此，经产妇更明显。此外，患膀胱炎的时候，也可出现与此相似的症状，所以必须做检查。如果每次排尿的时间间隔太近，夜间就不能充分睡眠。对孕妇来说，睡眠不足是不利的。所以，白天能睡，就要抓紧时间睡一会儿。排便的间隔时间也短了。前驱阵痛时，常常会感到便意。而实际呢？有的人是排便了，也有的人仅感到便意而无大便。

总之,这是由于胎儿下降压迫直肠引起的。即便是没有真正的便意,也屡屡引起要排便的感觉。临近分娩时,产道和阴道也出现变化。这是分娩准备的开始,可引起充血,分泌物也会多起来。如果不管它,易引起糜烂。所以此时应勤洗澡,勤换内裤。假如洗澡有困难,可用温水毛巾擦一擦身体,用清水冲洗外阴。总之,要用心设法保持清洁。

**(二)怎样做好产前卫生清洁**

临产的重要标志是出现规律性和阵发性子宫收缩,间歇 5~6 分钟左右,持续 30 分钟以上。为确保分娩过程顺利进展,待产过程必须注意下列事项:

(1)清洁卫生:需换医院的衣裤,以防交叉感染;需剃去阴毛,以保证会阴清洁;需灌肠,以刺激宫缩、加速产程进展,并避免分娩时由于排出粪便污染外阴部而引起产后感染。

(2)排尿:贮藏小便的膀胱位于子宫前面。膀胱膨胀可影响胎头的下降和子宫收缩,因此,临产后每隔 2~3 个小时应解小便 1 次。

(3)饮食:在分娩期特别是第一产程,时间长且阵痛频繁,产妇体力消耗大,应进食高热量、易消化的饮食,如面条、粥、蛋糕、巧克力等。这样才能保证有足够的体力完成第二产程。否则,产力会减弱,产程要延长,顺产有可能因子宫收缩乏力而变成难产。一些产妇由于宫缩阵痛而不愿进食,护士就耐心劝导,在宫缩间歇尽量多吃一些。还有一些产妇在做胎心监测或破水需卧床不能自己进食,护士应给予协助。第二产程时可吃一些巧克力,大多数产妇不愿进食,不必勉强,以免引起呕吐。正常分娩后稍做休息,应进食易消化的半流食,如鸡蛋挂面、蛋羹、藕粉等以补充消耗的体力,在三餐之外,还可加餐 2~3 次。

(4)行动与休息:如果胎膜未破,宫缩不强,待产妇可以起床走动。下床活动可促进子宫收缩。倘若胎膜已破,则必须卧床休息,不能起床,不然很有可能并发脐带脱垂而危及胎儿生命。为了保存精力,在宫缩间隙要抓紧时间休息,闭目养神最好。

(5)情绪:精神状态影响产程进展。紧张、焦虑和恐慌常使子宫收缩不协调或子宫颈口迟迟不扩张,产程因而延长。所以,临产后必须稳定情绪,保持精神愉快,多想想即将出世的小宝宝就会高兴。宫缩时应安静泰然,切忌烦躁不宁、呻吟喊叫而额外消耗体力。

**(三)孕妇应特别注意外阴清洁**

妇女在妊娠期要特别注意个人卫生,应每日清洗外阴,防止发生各种生殖系统炎症性疾病。

阴道是内生殖器与外界相通的地方,细菌易于侵入。它的位置对健康十分不利,阴道的后方便是肛门,粪便里有大量细菌,极易污染阴道。特别是有些孕妇患有外痔,大便后如不清洗,更易弄脏内裤,污染阴道及尿道。

健康妇女的阴道里有大量乳酸杆菌,这种细菌把阴道黏膜产生的糖原分解为乳酸,使阴道里的渗出液呈酸性,酸性环境可以有效地抑制致病菌和滴虫的生长,这是人的自然防卫功能。同时,阴道里有大肠杆菌、葡萄球菌、链球菌等在缺氧条件下才能生长繁殖的厌氧菌,以及需氧菌。这些细菌,在平时与人体和平相处,但是当人的抵抗力降低时,自然防卫功能遭到破坏,这些潜伏的致病菌便出来兴风作浪,造成感染。

因而,医生总是告诫孕产妇,平时一定要注意阴部保洁;发现白带增多又有异味要及时检查治疗;妊娠期尽量避免性交;胎膜早破要及时住院,预防和治疗感染。

## 4. 了解"产兆"与分娩常识

预产期到了,预示着孕妇快临产了。但预产期只是孩子出生的大概时间,实际临产日期可以提前或延后 1~2 周,所以不能仅凭预产期来判断孩子出生的时间,应根据孕妇临产前的一些征兆来确定是否上医院待产。

我们见过或听说过不少不懂孕期保健、缺乏分娩先兆常识的人,致使将孩子生在路旁、火车上,乃至厕所中。这样必然会损害产妇和婴儿的健康,甚至送掉母、婴性命。因此,孕妇掌握一些分娩先兆常识是非常必要的。

### 1."产兆"的表现

子宫底降低:在正式分娩前两周左右,孕妇会出现子宫底下降、腹部向前下部凸出现象,此时胎动较前减少,孕妇感觉上腹部较为舒适,呼吸较前畅快,胃口增加,但有尿频及下腹坠感或腰酸腿痛,行动不便,阴道分泌物增加。这对初产妇来讲,预示胎头已入盆固定;也预示着经产妇胎头入盆或接近入盆。

阴道出现血性分泌物:这是由于子宫颈口扩张,使宫颈内口附近的胎膜与子宫壁分离,致毛细管破裂,俗称"见红"。一般见红的血量少于平时月经量,若超过月经量为异常。见红常在分娩开始前 24 小时内出现。

腹痛(子宫收缩):从怀孕 8 个月末开始,孕妇无论是在站立还是在坐或行走时都会感到腹部一阵一阵地发紧变硬,此为子宫开始收缩。每次宫缩的间隔时间长短不一,短者数十分钟,长者至两个小时,宫缩持续时间较短,每次最长不超过半分钟。若宫缩持续时间短且不恒定,间歇时间长且不规律,宫缩强度不增加,称之为假临产。假性宫缩多在夜间出现,清晨消失且不能使子宫口开大。在怀孕 38 ~ 40 周即进入分娩活动期,在这段时间里若每隔 2 ~ 3 分钟宫缩 1 次,持续 50 ~ 60 秒,伴随宫口进行性开大,这才是临产前的宫缩。

破水:由于子宫收缩加强,子宫腔内压力增高,促使羊膜囊破裂,囊内清凉淡黄的羊水流出。一般破水后很快就要分娩了。应立即让产妇取平卧姿势送往医院分娩,千万不可直立或坐起,以免脐带脱出,造成严重后果。

以上任何一种征兆,都预示孕妇即将分娩,就应该做好准备。如果出现假宫缩,不用急于去医院,因为一般初产妇大多数从最初感觉到临产征兆至真正分娩往往还有 1 ~ 2 周时间。高龄初产妇或过去做过人工流产及婚后 3 ~ 4 年才初怀孕,出现分娩先兆至真正分娩的时间有时较一般人长,且表现明显;而经产妇则可毫无分娩征兆,突然出现要生的现象。

**2. 临产与假临产**

临产是分娩的开始。它主要是宫缩出现规律性,持续 30 秒以上,间歇 5 ~ 6 分钟,而且发作越来越频繁,随着子宫收缩的频率增加,疼痛的程度也加强。伴有子宫颈管的消失、子宫颈口的扩张和胎儿先露部的下降。孕妇感觉阵阵腹痛或腰痛、腹坠。这种情况出现后,就可以入院等待分娩。

假临产是孕妇在分娩前,由于子宫肌层的敏感性增加,出现不规律的子宫收缩。持续时间短,没有一定的子宫收缩,持续时间与间隔时间也不恒定。常在夜间出现,清晨消失,孕妇偶有腰酸腹坠,但很快就过去。但对宫颈口扩张和子宫颈管缩短作用不明显,孕妇感觉腹部一阵阵发硬较平时明显,但强度不增,夜间出现,白天消失。有这种感觉,就说明分娩要来临,要做好一切准备。

**3. 预产期与分娩**

胎儿在母体内发育平均需要 266 天。鉴于排卵日期可能提前或错后,胎儿的成熟及分娩又存在一定的个体差异,实际上只有 5% 的孕妇恰好在预产期那天分娩,而有 75% 左右则在预产期前 3 周内及其后 2 周内临产。故妊娠 37 ~ 42 周间分娩,均属于足月产。超过预产期分娩,是常见的情况,不属异常,对此不必过分焦虑。

超过预产期 2 周或 2 周以上仍不临产者为过期妊娠。存在着如胎儿过大或胎儿过硬,分娩时胎儿不容易通过产道的难题;还有,过期产胎盘老化或功能减退以及羊水减少,致使胎儿不能耐受产程中强烈的子宫收缩而易发生宫内缺氧等高危因素,对胎儿安全娩出不利。所以,应尽量设法避免发生过期妊娠。

超过预产期的孕妇,仍应按时进行产前检查。经医生核对预产期,一旦确定已过 1 周时,应遵照医生要求及时入院,并接受适当的引产措施,以保证在妊娠 42 周内顺利分娩。

4. 与分娩有关的因素

关系到分娩是否顺利安全的因素有三:即产力、产道和胎儿。

产力:子宫收缩及腹肌收缩将胎儿及胎盘从子宫中推出的力量叫产力。它主要是由子宫收缩力的总和构成,子宫协调收缩将宫颈向上牵拉形成子宫下段宫口开大,腹肌收缩只在第二产程时发生作用。子宫口开全前使用腹压是有害无益的,反而会使宫颈发生水肿。

产道:是胎儿娩出的通道,分骨产道及软产道两部分。骨产道就是骨盆,是产道的主要部分。软产道是由子宫下段、子宫颈管、阴道及盆底软组织构成的管道。

胎儿:胎儿的大小,有无畸形都可能影响分娩。如果胎儿过大、胎先露异常或严重畸形三种情况都可能妨碍胎儿的娩出。

5. **产妇的分娩方式**

产妇的分娩方式有自然分娩、产钳助产术、胎头吸引术和剖宫产术四种。

(1)自然分娩。这是大多数产妇采取的分娩方式。占分娩总数的 70% ~80%。产程中随着宫缩,胎头下降,产妇子宫口开全后用力,胎儿即可娩出。

(2)产钳助产术。这种方式占分娩总数 5% ~10%。采用产钳助产术有几种情况:①多在子宫口开全后因宫缩无力或胎位不正时;②因有妊娠合并症而采用;③胎儿出现异常,为抢救胎儿。采用此方法时,为使产钳放正,使胎儿免受挤压,产妇的会阴伤口要稍大些,出血量也稍多,所以对产妇的损伤稍大。如果使用不当也会造成产妇或胎儿产伤。

(3)胎头引吸术。这种方式约占分娩总数的 5%。一般用于胎儿即将娩出产力不足者。

（4）剖宫产术。产妇有合并症或胎儿有问题才采取此术。

### 6. 如何保护好产力

光有产道变得柔软，打开还是不够的，还需要一种把胎儿往外逼迫的力量，这就是产力。阵痛就是其中之一。所谓阵痛是指随着分娩开始，因子宫一阵一阵收缩而引起疼痛的感觉。

另外一种是屏气使劲，也就是在腹肌、横膈膜收缩作用下，胎儿头部下滑到子宫颈附近，这时需要屏足气使劲。屏气使劲是受自己意志控制的，所以掌握好屏气使劲的技巧，可以促使生产顺利进行。

保护产力从以下几个方面着手。

（1）加强营养，是保护产力的重要环节。孕期应多食用些含蛋白质、维生素丰富的食物，如鸡、鱼、瘦肉、蔬菜、水果等。临近分娩期要进食一些热量较多的食物，如大米、面粉、玉米、巧克力、红糖水等。

（2）临产时保持精神愉快，不要紧张。产妇对分娩要有一个正确的认识，不要恐惧、忧虑，因精神过度紧张，会扰乱中枢神经系统的正确功能活动，以致大脑皮质过度疲劳，因而影响子宫收缩。这是产力不足和子宫收缩异常的重要原因之一。

（3）产妇每次宫缩时要做深呼吸，增加氧气的摄入量，减少子宫的疲劳，减轻宫缩造成的腹痛。

（4）在第二产程中，当宫缩时，深呼吸，然后自然屏气使劲，就像解大便一样长时间向肛门方向用力；宫缩间歇时，产妇全身放松。只有注意保护产力，才能顺利完成分娩过程。

### 7. 产妇做好精神准备对分娩有什么作用

产妇分娩时子宫要不停收缩，这样必引起疼痛，其疼痛的特点是宫缩时疼，宫缩间歇则消失，疼痛随产程进展而加强，随胎儿娩出而消失。如果产妇事先熟悉掌握腹式呼吸、胸式呼吸、短促呼吸，临产时可熟练地运用，疼痛就可大为减轻；产妇认识了分娩生小孩是妇女的正常生理现象，在现代医疗条件下，分娩会100％的安全，就能保持平静愉快的心态，这样使宫缩正常，分娩就顺利。如果产妇紧张、惧怕，使大脑处于疲劳、抑制状态，就不能正常调节子宫的收缩，而造成难产。所以产妇必须做好充分的精神准备，只有这样才能减少不必要的痛苦，与医生很好配合，防止难产发生，使胎儿顺利娩出。

### 8. 产妇怎样做有利顺利分娩

（1）首先做好孕期保健，注意适当的营养和体重的增加，合理安排好工作和休息、运动。对分娩要有充分的精神准备，练习好腹式呼吸、胸式呼吸、短促呼吸运动，以备产时运用。

（2）要在足月临产前（妊娠 37～38 周）去医院进行全面检查，做 1 次鉴定，初步预测分娩是否顺利。如果产道、胎儿正常，临产宫缩有力正常，大多是可以顺利分娩的。

（3）产程中宫缩疼痛时不要大喊大叫，保持平静良好的心态，保存旺盛的精力，排空大小便，做腹式呼吸缓解疼痛，并与医生、助产士密切配合，一般能顺利度过产程。

（4）宫口开全进入第二产程时，产妇在医生的指导下，运用胸式呼吸，正确用力，使胎儿顺利娩出。

（5）胎儿娩出 5～30 分钟，胎盘会自动剥离、娩出。分娩后要在产房观察休息 2 小时。此时可以喝些红糖水，少量进食，轻揉子宫。这样，分娩就顺利结束了。

### 9. 临产时应灌肠和排净小便

孕妇由于便秘经常有粪便堆积。乙状结肠位于小骨盆腔的左后方，肠内大量粪便的堆积，分娩时往往影响胎头的顺利下降及旋转，以致妨碍产程的进展。产妇入院后，如果没有什么禁忌症，初产妇可在宫口开大不到 4 厘米，经产妇宫口开大不到 2 厘米时，用温肥皂水灌肠。

灌肠能清除粪便，避免在分娩时肛门放松，粪便排出污染产床及消毒物品，避免会阴侧切口、会阴伤口、产道及新生儿被粪便污染，容易发生产后感染。同时，又能通过反射作用，刺激宫缩，加速产程进展。产妇临床的灌肠，对分娩非常有益。

临产时，产妇要注意排尿，一般每 2～4 小时排尿一次，使膀胱随时呈现空虚状态，以避免胀大的膀胱影响子宫收缩和胎儿先露部下降。

如果产妇出现排尿困难时，应及时告诉医生，医生要检查有无头盆不称的情况，必要给予导尿管导尿，但产妇不要因排尿困难而蹲的时间太长。

### 10. 产妇分娩时的饮食要求

在一般情况下，初产妇仅第一产程就需 12～16 小时之多。产妇摄入的营养，既要满足自身呼吸、心跳、排泄等基础生命活动的消耗，又要为胎儿生存提供必需的养分，还要为子宫收缩所需提供大量的能量。所以产妇在分娩过程中必须进食富含高能量、易消化的食物以满足分娩中营养的需求。

传统习惯中，中国的家庭多吃鸡蛋，认为既可免去多尿，还能充饥。但大多数医务工作者认为吃熟鸡蛋并不合适，其养分被人体吸收得很慢，再说水分过少也不利于孕妇分娩。很多专家向大多数产妇推荐的分娩食品为巧克力。巧克力含有丰富的营养素，每 100 克巧克力中含碳水化合物质55～56克、脂肪 30～38 克、蛋白质 15 克，还含有铁、钙以及维生素 $B_2$ 等，同时，巧克力中的碳水化合物可迅速被身体吸收利用。因此，产妇在分娩前，应准备好一些优质巧克力，以便在分娩过程中食用，及时补充体力消耗，促进分娩的尽快完成。

为了有足够的精力完成分娩的全过程，在临盆时可吃些有利于催生的粥品，现介绍几种：

（1）陈皮白糖海带粥：将海带 100 克温水浸泡洗净切末，与陈皮 2 片、粳米 100 克均洗净同放入锅内，煮粥，粥成，再加白糖调味。此粥补气养血，清热利水，安神健身，产妇临产食之，能积蓄体力，有足够力气完成分娩过程。

（2）紫苋菜粥：将紫苋菜 250 克洗净切丝；粳米 100 克洗净，加水煮粥，粥中加入适量猪油、精盐、味精、紫苋菜，粥菜即可食用。产妇临盆时食用，能利窍滑胎易产。

（3）空心菜粥：将空心菜 150 克洗净切碎，粳米 100 克洗净，加水煮粥，粥米半熟放入空心菜、精盐、猪油、味精各适量煮至粥即成。产妇临产食之能助滑胎易产。

# 5. 胎儿的变化与护理

### （一）孕妇要学会数胎动

胎动是胎儿肢体在子宫内运动，可使母体感觉到冲撞，它是胎儿在子宫内存活的标志。一般来说，胎动在妊娠 14 周起就开始了，但大多数孕妇在妊娠 16～20 周才可以感觉得到。孕妇对胎动的感觉各不相同，有的觉得腹部动了几下、鼓了几处或顶了几下；有的只是觉得腹部鼓小包，来回窜动；还有的孕妇会有其他的一些感觉。这些感觉都一律称为胎动。

孕妇常数胎动，可知胎儿安危。如果在妊娠 5～6 个月还没有胎动，就应该及时到医院做详细检查。如果感觉胎动减少，则是胎儿危险的信号，也是临床常见的一种症状，表示胎儿在子宫内缺氧，准确率可达80%。如果胎动消失则更为严重,往往预示胎儿在短期内有死亡的可能,应引起高度警惕,并尽快去医院检查处理。

那么,正常的胎动次数是多少呢?一般认为,每小时应在 4 ~ 5 次以上,每 12 小时 30 ~ 40 次,不应低于 15 次。24 孕周的正常胎动为每 12 小时 86 次;32 孕周为每 12 小时 132 次;40 孕周为每 12 小时 107 次。即每小时分别为 7、11、9 次。晚间胎动最多,每小时为 13 次,早晨和午后一样,每小时 7 次。如果每小时胎动少于 3 次或连续 12 小时少于 20 次则表示胎儿在子宫内缺氧或有其他原因。

自己数胎动的方法:静卧,取侧卧位或半卧位,两手轻轻地放在腹壁上,这时手部就能感觉出胎动来。用这个方法,每日早、中、晚各测 1 小时,为避免忘记所致计数不准确,可事先准备些小竹签或火柴梗之类的工具,胎儿每动一次拿出一根,数满 1 小时即为每小时动数。把每次测定的次数记录在本子上,把 1 日 3 次测得的次数相加后再乘以 4,即得 12 小时的胎动次数。

胎儿在缺氧死亡的 12 ~ 24 小时内常先有明显的胎动减少或消失,在此阶段内,如果能采取紧急措施,可以抢救胎儿,避免死亡。总之,数胎动是孕妇最简单的自我监护的好办法。愿每个孕妇都能学会自己数胎动。

(二)要学会家庭监护胎儿

即将当妈妈的妇女,都希望自己能生下一个既健康又活泼的小宝宝,为此,做好胎儿监护显得极其重要。这就要求孕妇除了需定期上医院做产前检查外,还要在家里进行自我监护。这是整个孕期保健工作的一个重要方面,因为有许多异常情况可在自我监护中发现。

那么,家庭自我监护胎儿,怎么做,做起来难不难呢?

其实家庭自我监护胎儿做起来并不难,主要有以下几种方法:

胎动计数法。胎儿的活动情况,反映了小生命在母体内的安危状态。正常妊娠时胎动次数变化很大,由于每个胎儿的活动量不等,故孕妇应有自己的胎动规律。一般从怀孕 32 周起,每日早、中、晚(最好是饭后)分别静卧 1 小时,由产妇主观感觉这 3 小时内的胎动数乘以 4,作为 12 小时内的胎动数。如 12 小时胎动数小于 10 次,或逐日下降超过 50% 而不能恢复,或突然下降超过 50% 者,则表示胎儿有缺氧情况。严重缺氧者可使胎动消失,正常胎心率的变化也消失。所以如果及时发现胎动消失,尚有挽救胎儿的余地。不过,胎动消失毕竟只是一种危险讯号,并非胎儿就一定有危险。因为孕妇自感胎动,与孕妇的敏感程度、羊水量、腹壁厚度、胎头固定程度等因素有关。此外,还与用镇静剂药物有关。为了安全起见,孕妇自感胎动减少或消失,应立即到医院去诊治,这样才能增加胎儿在母体内的安全。

听诊胎心率。这也是家庭自我监护胎儿一种常用方法。胎心率可由丈夫用产科特制的木听筒(药房有售),或用耳朵直接紧贴孕妇腹壁听取胎心,一般每次听取胎心率的时间至少为一分钟。正常的胎心率为 120～160 次/分之间。胎心率高或低于正常范围,均表示胎儿有缺氧状况存在,胎心慢而不规则是最严重的。若是由于药物或孕妇过速或过缓,则无临床意义。如遇到有胎心异常的情况,应立即去医院进行宫内复苏,以改善胎儿缺氧状况。

当然,为了能生下一个既健康又活泼的小宝宝,孕妇还要注意对自身各方面的保护,避免病毒感染和接触放射性物质,谨慎用药,防止被动吸烟等。只有这样,十月怀胎才会给妈妈带来幸福的果实。

### (三)谨防胎儿窘迫

什么是胎儿窘迫?胎儿窘迫是胎儿在子宫内因为各种原因而出现的缺氧状态。造成胎儿窘迫的原因很多。

第一是母体自身的因素。各种原因造成的母体血中氧的含量不足,都可影响到对胎儿的氧气供应。如产妇有严重的心脏病(尤其是并发心力衰竭)、高热、重度贫血、肺结核、急性传染病、失血性休克或用了全身麻醉剂等,都可以使母体血中氧的含量降低,从而影响对胎儿的氧气供应。

第二是胎盘因素。胎盘是胎儿与母体的结合体,是胎儿与母体之间进行物质交换的重要器官。胎盘不但能主动和选择性地转动以合成胎儿发育所需要的物质,而且还能处理胎儿体内的代谢产物。通过胎盘的绒毛间隙,氧气自母体向胎儿输送(医学上称之为扩散)。如果胎盘出现病变如胎盘早剥、前置胎盘、过期妊娠(胎盘老化)或由于妊娠高血压综合征、慢性肾炎等全身性疾患而降低了胎盘血流量,影响胎盘血液循环,使胎盘功能减退,都可能引起胎儿缺氧。此外,子宫收缩过频、过强,甚至发生痉挛性子宫收缩时,胎盘血液循环受到阻断,也可能发生胎儿窘迫。

第三是脐带因素。脐带是联系胎儿与胎盘的纽带,胎儿通过脐带和胎盘与母体相连接,进行营养与代谢物质的交换。正常情况下,脐带的长度应在 30～80 厘米之间。根据临床观察,正常头位分娩,脐带至少应长于 32 厘米。如短于 30 厘米称为脐带短,如超过 80 厘米称为脐带过长。脐带无论是过长还是过短,在怀孕或分娩期间,都容易发生异常,如脐带脱垂、绕颈、打结,造成母胎间的联系渠道受阻,危及胎儿生命。

第四是胎儿因素。分娩时各种原因所致的产程延长、胎头受压过久,胎儿颅内出血等,都可能影响胎儿血管中枢,引起循环障碍,出现缺氧;此外,胎儿畸形、患先天性心血管疾病、适应能力差等,临产后亦易出现胎儿缺氧。

胎儿窘迫对胎儿的影响取决于缺氧的时间。时间越长,影响越大,严重的甚至可能危及生命,即使胎儿幸存,也容易造成神经系统后遗症。

那么怎样才能预防胎窘迫的发生呢?

首先做好孕期保健,积极防治妊娠并发症,如心脏病、贫血、妊娠高血压综合征、肺结核等。其次要及时处理过期妊娠。妊娠晚期,如果经医生检查后确定为胎头位、臀位、横位等,孕妇不要自行采用膝胸卧位的方法来纠正胎位,避免发生脐带缠绕、脐带打结的危险。此时,孕妇应遵照医嘱注意休息,防止胎膜早破、脐带脱垂。分娩时,孕妇受压过度而出现胎儿缺氧。除此之外,在怀孕期间孕妇要特别注意做好自我监护,胎动计数是一种简便的自我监护方法。如果胎儿缺氧时,早期会躁动、胎动频繁等表现,这是胎儿因缺氧在挣扎。如果缺氧继续时,胎动将逐步减弱,次数逐渐减少。因此,如果孕妇1天内感觉胎动次数过度频繁或逐渐减少,12小时未感胎动时,均应及时到医院诊查,千万不可贻误,以防不良后果的发生。

### (四)要警惕产前胎头浮动

当初产妇到妊娠末期,特别是到预产期前两周时,胎头大都已进入骨盆。如果于分娩前,胎头尚未入盆者,即称为胎头浮动。发生胎头浮动后虽有部分产妇可以自然分娩,然而多数分娩困难,成为一个难产信号。

胎头浮动的发生率大约10%左右。胎头浮动的原因有胎位异常、骨盆狭窄、骨盆畸形、脐带过短、头盆不称和前置胎盘等。

妊娠末期胎头浮动可引起过期妊娠,其发生率大约为21%左右。胎头浮动在分娩期可引起产程的潜伏期延长、宫颈扩张活跃期延长或阻滞。这样就引起了难产。难产威胁着产妇和胎儿的生命安全,为了挽救母婴生命就需要进行必要的手术,如剖宫产、会阴切开术、胎头吸引术或产钳术。总的手术率可高达50%～60%。

产前胎头浮动对胎儿同样会造成不良影响。胎头浮动的少见原因为脐带过短,在分娩时就会影响胎儿血流量,造成胎儿缺氧,发生宫内窘迫,给胎儿带来极大威胁。

如果妇女在妊娠末期,经过产前检查发现有胎头浮动时,必须提高警惕,找出原因,如骨盆狭窄、胎儿巨大、头盆不称等。这些妇女在分娩时一定要到有手术条件的医院去分娩,以保证母婴在分娩中的安全。

### (五)怎样放心地监护婴儿

产前检查时,医生总要听一听胎心音,以判断宫内胎儿的安危,但这种简便的方法并不可靠。比方说胎动或宫缩时,胎心率的变化对判断胎儿的状况十分重要,可这时的胎心音往往听不清,计数也就不准确。再如,胎儿因宫内缺氧(窘迫)而引起的心率的细微变化,靠听诊也不容易早期发现。

另一种常用的判断胎儿安危的方法是看羊水的颜色。未破膜时,要通过羊膜镜看,比较麻烦;破膜后,根据流出羊水的清亮度、颜色能大致判断出胎儿是否缺氧,因为胎儿缺氧会引起肛门括约肌松弛排便,羊水就会被胎粪污染而呈绿色、黄绿色、棕黄色,并伴混浊。但羊水污染也不能肯定就是胎儿缺氧。

20世纪80年代引进、90年代普及的胎儿电子监护仪正在广泛用于孕妇围产期保健中。每一位7个月以上的孕妇都可以接受这种监护。胎儿监护只需把一个宫缩压力探头和一个超声多普勒胎心探头分别固定在隆起在腹壁上,仪器便可以随时连续记录子宫收缩(包括胎动)的曲线和胎心率变化的曲线。即使宫缩时,胎心率也能记录得很清楚。医生从这两条曲线的变化以及两者之间的关系上,就能分析出胎儿耐受缺氧的能力(储备力)和受损伤的程度,准确地预测胎儿安危,为及时决定处理方案提供依据。

如果临产,胎头先露,宫口开大3厘米以上,羊膜已破但在12小时之内,还可以做子宫内监护,但操作稍麻烦一些;消毒后,通过产道把一个特制的螺旋式电极轻轻贴挂在胎儿头皮上,就可以记录到清晰可靠的信号。有人担心这种电极会不会对胎儿有害,只要孕妇没有感染症状,也没有发现胎儿有出血性疾病,一般不会引起感染或损伤。腹壁上的探头对孕妇也都是安全无害的。

孕妇一般都要定期检查B超,为什么还要做胎儿监护呢?B超是从形态上判断胎儿、胎盘发育状况,它能发现较明显的畸形,但对判断胎心功能就无能为力了。胎儿监护虽不能反映胎儿形态,却正好弥补了B超的不足,能反映胎心功能,借以间接推测胎盘功能是否良好,脐带是否缠绕受压。B超不能发现的心脏病,也可以在胎儿监护中得到提示。

做胎儿监护时,孕妇需要仰卧位。由于巨大的妊娠子宫压迫腹腔的大血管,会使心血量不足,引起心慌、气短、出冷汗、血压下降等症状,医学上叫做仰卧位或半卧位,就可以纠正了。

(六)积极预防早破水

(1)早破水的危害

胎膜是胎儿的保护膜,如果胎膜早破,胎儿就将失去保护。首先,羊水外流致使子宫变小,刺激子宫产生收缩,如果破水时妊娠尚不足月,就会发生早产。早产儿体重轻,各器官功能不全,生活能力差,成活率低,对胎儿很不利。

在未临产时破水,就失去了胎膜对胎儿的保护作用。如果妊娠已足月,胎先露部已定,破水24小时内临产,多不影响产程进展;如胎先露部未定,脐带可随羊水流出而脱垂,引起胎儿宫内窘迫;羊水流出过多,子宫紧贴胎儿可引起不协调宫缩,从而影响产程进展和胎盘血循环,引起滞产和胎儿缺氧;胎膜破裂的时间越长,宫内感染机会越高,胎儿吸入感染的羊水可引起肺炎,产妇则容易发生产时感染或产褥感染。

(2)引起早破水的原因

胎膜在临产前破裂称为早破水,也称胎膜早破,这是产科较常见的并发症之一。有些病例引起早破水的原因尚不明,但一般认为与以下情况有关:

①宫颈口松弛、胎膜发育不良易感染,如羊膜—绒毛膜炎等,可发生胎膜早破。

②胎位不正、骨盆狭窄、头盆不称、羊膜腔内压力不均或羊水过多、多胎妊娠等,均可使羊膜腔内压力过高而发生胎膜早破。

③性生活可引起绒毛膜羊膜感染,特别是精液内的前列腺素可诱发子宫收缩,从而使羊膜腔内压力改变而造成早破水。

④其他。诸如剧烈的咳嗽、重体力劳动、突然大笑、大怒等,使腹压突然急剧增加,亦可造成胎膜破裂。

(3)怎样防止早破水

妊娠期间任何时候发生阴道流水,均应引起注意。流水的量少、时间短,流水可能是妊娠期宫颈的分泌物;阴道有中等量或大量液体外流,则要到医院急诊,此时孕妇应保持臀高卧位,以免脐带脱垂,并应保持会阴部清洁。

凡足月妊娠在临产前持续或阵发大量阴道流水,要用试纸诊断法诊断,如试纸变暗绿色,则可确诊为早破水,需要入院处理。如果破水12小时尚未自然临产者,应行引产,同时给予抗感染药,以预防感染。产程中要注意观察先露部分是否已定,有无胎儿缺氧或感染可能,如发现脐带脱垂、胎儿宫内窘迫,需紧急做剖宫产,结束分娩。

妊娠尚未足月即发生破水时,可采用其他疗法,在加强监护措施情况下进行保胎,以期延迟分娩时间。

具体的防止措施主要有:

(1)搞好孕期保健,定期产前检查,一般怀孕 5～7 月间,1 个月检查 1 次;怀孕 7～9 个月间,2 周检查 1 次,怀孕 9 月以上每周检查 1 次;有特殊情况随时就医。

(2)恰当安排好孕期的生活和工作,增加孕期营养,保持心情愉快、适当散步等。

(3)不要从事剧烈运动,不要提重物(如洗衣服、买粮食等),不要走长路或跑步,不要长途颠簸或工作过于紧张。

(4)孕期中减少性生活,特别是孕早期和孕晚期;怀孕最后 1 个月禁止性交,否则易造成早破水,发生感染。

(5)子宫颈松弛的孕妇应当遵照医生的安排进行宫颈环扎术,于分娩前拆除缝线。

(6)避免挤乘公共汽车或到拥挤的场所。

(七)警惕电磁辐射和噪声的危害

(1)电磁辐射的危害

过量的电磁辐射就造成电磁污染。辐射主要来源于电脑、移动电话;居室中电视机、音响、冰箱、微波炉等家用电器;工、科、医疗电器设备及 VDT(影像显示终端机),广播电视发射塔、各种微波塔、雷达和移动通信基站、高压输变电线路及设备。世界卫生组织最新公布:电磁辐射已成为 21 世纪人类健康最大危害之一。

在电脑周围有可以测得的 X 射线、α 射线、紫外线、红外线,高、中、低频静电场等(这些射线穿透力很强,是可能影响 DNA 的射线),但剂量都很小,不超过现行卫生标准,所以对人体不一定是明显有危害的辐射源,目前也没有发现母亲从事这项工作与孩子先天缺陷有关。

准妈妈们如果想要一个健康的孩子,最好能高度重视一切可能影响自己与孩子健康的问题。

尽管你很难在怀孕 10 个月里扔下一切需要电脑的工作,但最好能限制一下用电脑的时间,尤其怀孕前三个月是致畸的高危时期。

要避免在多台电脑的环境里工作。用完电脑后一定要洗脸。

（2）警惕噪声对胎儿的伤害

越来越多的研究表明,噪声会严重影响人类优生而导致畸形胎儿增多。因此,专家们呼吁孕妇要警惕身边的噪声。

美国推进科学协会曾在芝加哥举行的年会上发出警告,噪声对胎儿危害极大,因为高分贝噪声能损坏胎儿的听觉器官。

一些科学家研究指出,构成胎儿内耳一部分的耳蜗从孕妇妊娠第 20 周起开始生长发育,其成熟过程在婴儿出生后 30 多天时间时仍在继续进行。由于胎儿的内耳耳蜗正处于成长阶段,极易遭受低频率噪声的损害,外环境中的低频率声音可传入子宫,并影响胎儿。有的研究表明,胎儿内耳受到噪声的刺激,能使脑的部分区域受损,并严重影响大脑的发育,导致儿童出现智力低下。

美国有一位儿科医生对万余名婴儿作了研究,结果证实,在机场附近地区,婴儿畸形率从 0.8% 增到 1.2%,主要属于脊椎畸形、腹部畸形和脑畸形。日本调查资料表明,在噪声污染区的新生儿体重在 2000 克以下（正常新生儿体重为 2500 克以上）,相当于早产儿体重。

噪声能使孕妇内分泌腺体的功能紊乱,从而使脑垂体分泌的催产激素过剩,引起子宫强烈收缩,导致流产、早产。

噪声对胎儿有如此严重影响,因此,孕妇要警惕身边的噪声,不要受噪声影响,更不要收听震耳欲聋的刺激性音响。

## 6. 临产前的注意事项

1. 不少孕妇由于缺乏常识,对分娩有程度不同的恐惧心理。这种不良的心理,不仅会影响孕妇临产前的饮食和睡眠,而且还会妨碍全身的应激能力,使身体不能很快地进入待产的"最佳状态",因而影响正常分娩。事实上,在现代医疗条件下,只要进行产前检查,分娩的安全性几乎接近百分之百。

2. 产妇临产前一定要吃饱、吃好,产妇分娩时要消耗很大的体力。此时家属应想办法让产妇多吃些营养丰富又高热的食品（比如巧克力）,切忌什么东西都不吃就进产房。

3. 忌身体或精神上的过度劳累。到了妊娠期,活动应该适当减少,工作强度亦应适当降低,特别是要注意休息好,睡眠充足。只有这样才能养精蓄锐,使分娩时精力充沛。

4.调查表明,孕妇在生活、工作上遇到较大的困扰,或者是发生了意外的不幸事件,都可使孕妇产前精神不振、忧愁、苦闷。这种消极的情绪可能影响顺利分娩。特别应指出的是,有些丈夫或公婆,强烈盼望生育男孩,在产妇的心理上造成了无形的压力,也是出现难产的重要诱因之一。

5.有些孕妇在分娩上也是一个"急性子",没到预产期就焦急地盼望能早日分娩,到了预产期,更是终日寝食不安。她们不懂得预产期有一个活动范围,提前10天或错后10天左右,都是正常现象。俗话说"瓜熟蒂落",不必着急。

6.一般在接近预产期的前半个月后,就不宜再远行了,尤其是不宜乘车、船远行,因为旅途中各种条件都受到限制,一旦分娩出现难产是很危险的事情,它有可能危及母子安全。

7.一些孕妇大大咧咧,到了妊娠末期仍不以为然。结果临产时常常准备不充分,待产孕妇应提前选择好分娩的医院和医生,并准备好自己的产前体检的状况手册,以免入院前手忙脚乱。

8.一般情况下,孕妇临产前都会出现一定程度的紧张心理,此时她们非常希望能得到来自亲人尤其是丈夫的鼓励和支持。所以,作为丈夫在妻子临产前应该尽可能拿出较多的时间陪伴妻子,亲自照顾她的饮食起居,使她感到你在和她一起迎接着考验。这是丈夫对于妻子生产的最好帮助。

9.分娩是正常的生理活动,一般不需要用药,也没有能使产妇腹痛减轻的药物。因此,产妇及亲属万不可自行其是,滥用药物;更不可随便注射催产剂,以免造成严重后果。

10.有些妇女怀孕早期担心流产,怀孕晚期害怕早产,因而整个孕期都不敢活动。有些孕妇则是因为懒惰而不愿意多活动。实际上,孕期活动量过少的产妇,更容易出现分娩困难,所以,孕妇在妊娠末期不宜生活得过于懒惰,也不宜长时间地卧床休息。

11.有宿疾的时候

如有痔疮、肾炎、心脏病、结核病等宿疾,不仅是分娩时,就是妊娠期也可能恶化。无论如何,到分娩时也要采取相应的措施。当然,必须听从医生的指示。

如有糖尿病或药物过敏史,则必须向医生说明,因分娩后有时有输液或给抗生素等,医生不了解这些,易出意外事故。

12. 出血和会阴裂伤

正常分娩的出血量,在 200～300 毫升左右。这是由于胎盘娩出所引起的,也有的人出血量只有 100 毫升左右。相反,也有大量出血的。对于大量出血者,必须立即进行处置。大量出血的原因,有阴道裂伤、子宫口裂伤、子宫收缩不好、出血倾向体质、营养不良、休息不好、大便和尿潴留,等等。

大量出血会给母体带来非常大的危险,此时的应急处置就成为非常重要的事情了。阴道和会阴裂伤,是胎儿娩出时引起的。现在娩出时,几乎都施行会阴切开术,因为这是能够简单地治愈的。

# 7. 预产期的推算

人类怀孕一般需 280 天,这是指从最后 1 次月经到出生为止,而真正的怀孕(即卵子受精到胎儿出生)为 266 天。只要记住末次月经的第一天为何日,就可以按照"月份够 3 便减 3;不够 3 便加 9,日期公历加 7,农历加 14,满 30 为 1 月"的公式来计算。

例如:末次月经为 1993 年 4 月 11 日(公历)

月份 4 够 3 减 3 为 1,日期 11 日加 7 为 18 日,那么,预产期为 1994 年 1 月 18 日。

末次月经为 1993 年 2 月 28 日(农历)月份 2 不够减 3 便加 9 为 11,日期 28,农历加 14 为 42,够 30 为 1 月,即预产期为农历 1993 年 12 月 12 日。

以上公式适宜于月经规律(每月 1 次)者。

如记不清末次月经日期,可根据胎动日期作大概计算。一般胎动日期大约在怀孕后的 18～20 周,再加上 20 周就能推算出大约的预产期。

也可以做超声波测胎儿身体的一些径线进行测算,即可测出胎龄,并以此推算出预产期。

以上预产期的算法与实际的分娩日期常相差 1～2 周,若平时月经周期长短变化较大者,预产期可以相差更多,所推算的日期是一个大概数,凡是在预产期内前后 2 周以内分娩的都是正常的。

第十章
轻松安全分娩

# 1. 正常分娩的方式

选择合适的分娩方式关系到产妇和婴儿的健康,在分娩中是十分重要的一环。因此,我们应当了解常见的分娩方式有哪些。通常我们所采取的分娩方式主要有自然阴道分娩、人工辅助阴道分娩、剖腹分娩三种。

### 1. 自然阴道分娩

自然阴道分娩:胎儿发育正常,孕妇骨盆发育也正常,孕妇身体状况良好,靠子宫阵发的有力节律收缩将胎儿推出体外,这便是自然阴道分娩。自然阴道分娩是最为理想的分娩方式,因为它是一种正常的生理现象,对母亲和胎儿都没有多大的损伤,而且母亲产后很快能得以恢复。

"十月怀胎,一朝分娩"。分娩是人类繁衍过程中的一个正常生理过程,是人类的一种本能行为。产妇和婴儿都具有潜力主动参与并完成分娩过程。从受精卵开始,胎儿和在母体内经历 280 天的生长发育逐渐成熟,而孕妇的身体结构也逐渐地发生变化,变得更有利于分娩。

在分娩的过程中,子宫有规律的收缩能使胎儿肺脏得到锻炼,肺泡扩张促进胎儿肺成熟,胎儿出生后很少发生肺透明膜病。有统计表明剖宫产儿肺透明膜病率是阴道分娩儿的 20 倍。严重的肺透明膜病会导致小儿呼吸困难,甚至死亡。同时有规律的子宫收缩及经过产道时的挤压作用,可将胎儿呼吸道内的羊水和黏液排挤出来。新生儿的并发症湿肺、肺炎的发生可大大地减少。

经阴道分娩时,胎头受子宫收缩和产道挤压,头部充血可提高脑部呼吸中枢的兴奋性,有利于新生儿出生后迅速建立正常呼吸。

分娩时腹部的阵痛使孕妇大脑中产出内啡肽,这是一种比吗啡作用更强的化学物质,可给产妇带来强烈的欣快感。另外产妇的垂体还会分泌一种叫催产素的激素,这种激素不但能促进产程的进展,还能促进母亲产后乳汁的分泌,甚至在促进母婴感情中也起到一定的作用。

### 2. 人工辅助阴道分娩

在自然分娩过程中出现子宫收缩无力或待产时间拖得过长时,适当加一些加速分娩的药物以增加子宫收缩力,缩短产程。如遇到胎儿过大或宫缩无力、产妇体力不够时,就要用会阴侧切、胎头吸引器帮助分娩。人工辅助分娩比自然分娩稍困难些,但医生的帮助也会使你顺利分娩。

#### ①产钳助产

产钳是用来牵拉胎头以娩出胎儿的助产工具。采用产钳助产法时,先在你的骨盆区注射局部麻醉药,然后作外阴切开术。医生把产钳的两个夹适当地分别放在胎儿头部的两侧,并且轻轻地往外拉使头部娩出。你可用力向外逼加以帮助,婴儿身体的其余部分将会正常娩出。不少孕妇认为产钳助产对胎儿有害,而要剖宫产。实际上这种想法是只知其一,不知其二。因为剖宫产胎儿并非百分之百的安全,并且术后产妇还有发生近期和远期并发症的可能。正确使用产钳助产,母体创伤较少,对胎儿也无害。

分娩过程中,有不少情况需要有产钳助一臂之力。如:产妇有心脏病、妊高症、不宜用力屏气;胎心率发生异常、羊水混有胎粪,提示胎儿宫内窘迫,需缩短第二产程,及时娩出胎儿,让胎儿脱离险境;第二产程已超过2小时,产妇乏力;子宫有疤痕,为确保母子平安,必须迅速结束分娩。因此,产钳是常用的不可缺少的助产工具。使用产钳助产,在婴儿头部的两侧会留下产钳压迫的印迹或出现青肿,但这些是无害的,并且几天内就会消退。

如果通过仔细检查,判断正确,操作准确,产钳助产对母婴有益无害。若助产者缺乏产钳助产知识,判断错误,使用不当则有可能造成产伤,如小儿颅内出血、面部皮肤擦伤及面神经损伤等,也可能造成母体会阴裂伤。

目前,由于剖宫产手术变得简便而普通,困难的产钳基本为剖宫产术所代替。不过在适当的情况下,产钳术对应急处理某些难产是必要的,是剖宫产不能代替的。

#### ②胎头吸引术

真空吸引是一个连接真空泵的小金属吸杯放进阴道并紧贴于胎头。当你用力逼时,胎儿受到吸杯的吸引逐渐地通过产道而被拉出。胎头吸引约占分娩总数的5%。一般用于胎儿即将娩出但产力不足者。由于其牵力没有产钳大,虽然其使用适应症与产钳助产术相似,但使用率却低于产钳术。使用真空吸杯会在婴儿的头部造成轻度肿胀,以后变成青肿,但这会逐渐减退。

③会阴切开术

在分娩过程中,胎头一下降到产道,会阴部和外阴部被极度拉长,组织和皮肤都感到针刺般的疼痛,这在露头的时候最为显著,也有造成撕裂的。这个裂伤一般是从阴道口向肛门的方向纵行撕裂,也有左右斜向撕裂的例子。这样严重的撕裂,有波及阴道和子宫的可能性,所以医生和助产士在产妇分娩时必须对会阴部加以保护。

保护会阴的方法,就是使母体腹压一点一点地增加。不要急速地,而是一点一点地娩出,尽可能防止会阴部急剧拉长。再者,可先切开这个部位,使之较容易地把婴儿娩出。这就是会阴切开术。这个手术使得分娩变得容易些。刀口是完全可以治愈的。为此,最近在分娩时几乎都行会阴切开术。手术在分娩进展到会阴部刺痛时进行,但事先要给予局部麻醉,所以不会感到疼痛。分娩后将此处缝合。如果顺利的话,4~5天就可以拆线。

缝合后为了不使之化脓感染,请注意决不能用手指去触摸。另外,如过早地站起来,也有再次裂开的可能。所以卧床时间必须要比一般分娩所用时间更加长一些。

3. 剖腹分娩

如果骨盆狭小、胎盘异常、产道异常或破水过早、胎儿出现异常的孕妇,需要尽快结束分娩时应采取剖腹分娩方式,以确保母子平安。现代医学的进步,使手术的安全性提高,目前剖宫产已成为一种较为安全的分娩方式。但它毕竟是一种手术,仍有其危险性,因此,应在有一定适应症的情况下进行。

4. 无痛分娩法

自古以来,分娩总是和疼痛联系在一起的,人们都希望找到一种方法能解除分娩时的痛苦,特别是近代产科十分重视镇痛问题。近年来兴起一种无痛分娩法。那么,什么是无痛分娩呢?无痛分娩实际上是自然分娩的一种方式。

目前一些医院推出了多种减轻分娩时痛苦的手段,从呼吸调整、心理暗示安慰、镇痛仪、注射杜冷丁等麻醉剂到硬膜外镇痛无痛分娩。这样,孕妇既可以充分享受做妈妈的乐趣,又能减轻阵痛的痛苦。

确切地说,无痛分娩的无痛也不是绝对"无痛",不管用什么方法都很难做到绝对不痛,只是设法减轻疼痛,让疼痛变得容易忍受。产程中镇痛主要有两类:其一为精神预防性无痛分娩;其二为药物镇痛。精神性预防有时也能起到很大的作用,它的好处是安全可靠,简便易行。子宫收缩的显著特点是有节律性,也就是说,每次收缩后都有间歇,每次疼痛都有缓解期,掌握这一特点就可以利用短暂的缓解期放松身心。产程中正确的呼吸也可以起到减轻疼痛、稳定情绪的作用。还可以请曾经生过孩子的专业陪产的助产士进行心理安慰(导乐助产)。产程中的药物镇痛方法很多,如肌肉注射杜冷丁或间接吸入"笑气",还有硬膜外阻滞镇痛。另外,有些医院还引进了HANS 和 TANS 电磁镇痛仪,临床使用的效果不错,而且费用低廉;水针穴位注射也有一定的镇痛作用,费用同样低廉。

有关专家介绍,目前,镇痛效果较为理想的是硬膜外阻断支配子宫的感觉神经,减少疼痛,由于麻醉期有所延长,但是可以通过注射催产素加强宫缩,加快产程。硬膜外阻滞镇痛有一定的危险性,如麻醉剂过敏、麻醉意外等。由于在操作时程序比较烦琐,在整个分娩过程中需要妇产科医生与麻醉剂医生共同监督、监测情况。

## 2. 了解剖宫产

剖宫产是针对不能自然分娩的一种生产方式,是在麻醉下经腹壁切开子宫娩出胎儿的一种手术。它主要是解决不宜阴道分娩或从阴道分娩有困难的分娩问题。常见于有心脏病、心功能欠佳,慢性高血压或合并重度的先兆子痫和子痫等。有骨盆狭窄、横位、前置胎盘、胎儿过大或胎心不好需立即娩出或过期妊娠、胎膜早破等多次引产未成功者。

①剖宫产的优缺点

剖宫产的优点:

可以减少骨盆腔结构被破坏,减少阴道松弛、子宫脱垂、尿失禁的发生率,对胎儿窘迫的急救也比较及时。

剖宫产的缺点:

1. 分娩时胎儿未经阴道挤压,不利于新生儿呼吸的建立,新生儿发生肺透明膜病增加,如抢救不及时可造成新生儿死亡。

2. 剖宫产使母亲经历了一次较大的手术,出血增多不利于产后恢复。

3. 手术造成的创伤和出血,使产妇的身体虚弱,发生感染的机会增加。

4. 造成腹腔其他脏器的损伤,易造成日后的继发性的盆腔内膜异位症和肠粘连。

5. 手术后留有很大的疤痕,如果再次怀孕,有可能发生子宫破裂的危险。

②剖宫产的副作用

a. 其实剖宫产并非理想的分娩方式

十月怀胎,一朝分娩,本属生理现象,绝大多女性都能顺利经阴道自然分娩。剖宫产只是处理高危妊娠、分娩的重要手段之一,剖宫产的使用的确在一定程度上降低了孕产妇及围产儿的死亡率。不可否认,近年来随着科学的进步,剖宫产技术的提高,手术时间缩短,手术损伤、感染等显著减少,麻醉和有效抗生素的作用,使剖宫产的安全性大大提高。但其死亡率及并发症仍明显高于阴道分娩,为阴道分娩的2~4倍或更高,故剖宫产终究不是一种理想和完美的分娩方式。

b. 剖宫产手术要产妇承担手术和麻醉的风险

一般情况下剖宫产出血量是阴道分娩出血量的一倍;其手术并发症有近期并发症和远期并发症。近期并发症:脏器损伤,如肠管损伤,膀胱损伤,输尿管损伤等;羊水栓塞;术中出血;术后,若子宫切口愈合不良,则还有晚期产后出血甚至子宫切除的危险;且剖宫产儿综合征的发生率明显高于阴道分娩(湿肺、肺不张、吸入性肺炎、呼吸窘迫综合征等)。远期并发症也比自然分娩妇女明显增加,如宫旁粘连、肠道粘连,造成产后慢性腹痛;另外贫血,劳动力减弱,异位妊娠等;剖宫产术后发生子宫内膜异位症常在术后1~5年出现症状。

c. 剖宫产儿呼吸系统并发症多

近几年有人提出剖宫产综合征的概念,主要是指剖宫产儿呼吸系统并发症多,如窒息、湿肺、羊水吸入、肺不张和肺透明膜病等。在分娩过程中胎儿不是一个被动的排出物,而是一个适应的个体。由于产道的挤压,使胎儿气道液体的1/3~2/3被挤出,为出生后气体顺利进入气道,减少气道阻力作了充分准备,也有助于生后剩余肺液的清除和吸收。剖宫产时就缺乏这种过程,气道液体潴留增加了气道的阻力,并减少了肺泡内的气体,影响通气和换气,可导致窒息、缺氧。剖宫产儿湿肺的发生率为8%,阴道分娩儿湿肺的发生率为1%。

d. 剖宫产儿日后易发生"感觉综合失调"

剖宫产不像阴道产儿在限定时间内能顺势通过产道各个平面连续完成衔接、下降、俯屈、内旋转、仰伸等动作。胎儿娩出产生疲乏的各个动作即为"感觉综合",也就是说阴道分娩的过程,胎儿受到宫缩、产道适度的物理张力改变,身体、胸腹有节奏地被挤压,这种刺激信息被外周神经传到中枢神经,形成有效的组合和反馈处理,使胎儿能以最佳的姿势,最小的径线,最小的阻力顺应产轴曲线而下,最终娩出。

剖宫产属于一种干预性的分娩,绝没有胎儿主动参与,完全是被动地在短时间内被迅速娩出,剖宫产儿未曾适应这些必要的刺激考验,有的就表现为本位感有效期,日后易发生"感觉综合失调"。

准妈妈们,为了自身与孩子的安全及健康,你是否应该慎重选择分娩方式?与其在一知半解的情况下做出盲目的、对自己或孩子带来诸多遗憾的选择,还不如让熟悉你情况的医生为你制定利于你及孩子更为安全与可靠的分娩方式,你说呢?

③剖宫产的适应症

绝对指症:骨盆狭窄;头盆不称;横位;软产道异常;软产道梗阻;瘢痕;肿瘤;先天发育异常;宫颈癌;尖锐湿疣;中央性前置胎盘;胎盘早剥;脐带脱垂。

相对指症:胎儿窘迫;臀位;部分性前置胎盘或低置胎盘;过期妊娠;早产、胎儿生长迟缓;高血压综合征;心脏病;其他妊娠合并症,如糖尿病、重症肝炎、甲亢、血液病;巨大儿。

## 3. 正常分娩的经过

分娩的全过程是从规律性子宫收缩开始,到胎儿及胎盘娩出为止,简称总过程,在医学上将它分为三个产程,也称为"三个时期"。

(一)第一产程

第一产程指,子宫肌肉的规律收缩开始,到宫口开全,第一产程平均要经历12～16小时。经产妇仅6～8小时。

在第一产程的某些时候,如果你突然感到惊慌失措也不要感到意外。不论你的准备做得多么好,都会出现恐惧感,觉得自己的身体已陷入一个不能控制的状态。保持镇静,尽力适应身体的变化。此刻也是你最希望丈夫或好朋友能陪伴在身边,特别是如果他(她)懂得有关分娩方面的知识,并且参加过产前课程则更好。

①接收入院

一旦你到了医院,就会看见助产士进行多项常规的准备接收你住院的工作。她们在做这些工作时,你丈夫可以陪伴你。如果你在家分娩,地区助产士可能会以基本相同的方式为你做好准备。

②助产士提问题

助产士将核对你的记录以及病历卡,并且向你询问:是否已经破水?是否出现过分娩的产兆?她还会了解你的宫缩情况,诸如何时开始出现宫缩?频率如何?宫缩时有什么样的感觉?每次宫缩持续多少时间?

③进行检查

你换上了医院的长外衣或你自己带来准备分娩时穿的衣服以后,为了婴儿能顺利诞生,医院要给你进行各项检查。助产士为你量血压、测体温和脉搏,并且会检查子宫颈已张开了多少,还要做阴道内诊检查。

④检查胎儿

助产士通过腹部的触诊核对胎儿的位置,用胎儿听诊器或助音器测胎儿的心搏。

助产士可能给你系上一个胎儿监视器大约 20 分钟左右,用它录下胎儿的心搏。这可以帮助助产士确定胎儿在宫缩期间是否能获得足够的氧气。

⑤其他事项

还要采集你的尿液标本以检验尿蛋白质及尿糖。如果你的羊水尚未破,可以沐浴或淋浴,由医院决定你是否需要马上直接去产房或分娩室(即待产室)。

⑥内诊检查

助产士会按时给你进行内诊检查,以确定胎儿的位置并了解子宫颈已开大到多少。你可以询问检查的结果:子宫颈不断在开大使你感到鼓舞,然而,它扩张的速度会时慢时快。

一般是在两次宫缩之间进行内诊检查,所以你感到一次宫缩来临时要告知助产士。她会让你仰卧并用枕头支撑上半身,但是,如果你觉得体位不舒服,也可以侧卧。设法尽量放松,使不舒适减少到最低限度,你也可用医院准备好的一氧化二氮($N_2O$)及其吸入器,它会使你感到舒服些。

⑦第一产程过程中可采取哪几种姿势

在第一产程过程中,可试用多种多样的姿势,因为不同时间采用不同的姿势可能会舒服些。预先就练习这些姿势,到一旦需要时你就能容易地跟随着身体的自然趋势去做。

保持直立

在早期宫缩期间,使自己俯撑在附近的一个平面上,例如椅子的座位,或者医院的床。根据平面的高低,必要时你可以跪下。

朝前坐下

面对椅背坐下,把一个坐垫或枕头放在椅背上方。你的头靠在交叉起来的前臂上,保持两膝分开。你也可在椅子上放一个坐垫。

倚靠在你丈夫的身上

临分娩的早期,在你仍可能在周围活动一下的时候,宫缩时你可以倚靠在丈夫的身上,这样他能够按摩你的背部或抚摸你的两肩。

身体向前跪着

两腿分开跪下,身体放松朝前倾靠在一堆坐垫或枕头上。尽量做到背部保持平直。两次宫缩的间歇期可侧着坐一下。

趴在地上

你的双手和两膝着地,趴在地上(你可能发现在床垫上更舒服),来回倾斜你的骨盆。背部不要拱起。在两次宫缩的间隙,身体放松,重心向前移,把头放在两臂上休息。

(二)第二产程

①第二产程的内容

一旦子宫颈开全并且你能够用力将婴儿向外逼动时,表示第二产程已经开始。现在你的任何努力都会远比第一产程更为有效,你可尽自己的努力促使子宫出现强力收缩,帮助将婴儿向外逼出。

即使这一阶段的宫缩比第一产程更强烈,但不会感到像以前那么不舒服。向外推动是很辛苦的,但助产士会和你的丈夫一起帮你找到最舒适的姿势。她还会给你指导和鼓励,以便在最需要时,你能很好用力。此时你已可以从容享受将婴儿慢慢推出的快感。一般来说,第1胎的第二产程大约持续1个小时左右。

当你想用力时(在宫缩期间会发生数次想用力推出胎儿的情况),如果觉得会有所帮助,就做一次深呼吸并在你能够忍受的时间范围内屏息一会儿。在两次推出动作之间,做几次平稳可帮助镇静的深呼吸。在宫缩消失时慢慢地放松,这样才能保持体力,等待胎儿娩出的进程。

②第二产程中可采取哪几种姿势

**蹲坐式**

蹲坐式是最好的一种临产姿势,它可使骨盆得到充分张开并且利用地心吸引力帮助把胎儿推出。但是,除非你事先对蹲坐有过练习,否则蹲一会儿就会感到很累。

**扶持的跪式**

跪式比蹲坐式会少些疲劳感,并且对于你用力推出胎儿时是一个好的姿势。在你的左右两侧各有一个人扶持着你,可使你更稳固。你或者会发现双手和两膝同时着地的跪势可能舒服些,若要采用此种姿势,则要保持背部平直。

**直立的坐式**

直立的坐式是一种常见的分娩姿势。坐在床上,背部用枕垫撑起。保持颏部下垂,当向下用力时,两手抓在大腿的下面。两次宫缩的间隙,背部放松并靠在后面的枕垫上。

(三)第三产程

婴儿娩出后,宫缩有短暂停歇,大约相隔十分钟,又会出现相对无痛的宫缩以排出胎盘,这就是第三产程。在分娩时,或者刚刚分娩后,医生或助产士可能会在你大腿处注射麦角新碱。本药有加强子宫收缩的作用,胎盘几乎即刻就会娩出。如果等待胎盘自然排出,你就可能失去更多的血并且有大出血的危险。

为了胎盘的娩出,助产士的一只手放在你腹部上面,另一只手轻轻地拉脐带以助胎盘与子宫脱离。

(四)分娩以后

医院会给你收拾整洁,如外阴有裂口,需要做局部缝合。助产士将给婴儿称体重及测量,还会很快将婴儿的身体检查一遍。可能会给婴儿注射维生素 K,以预防少见的出血性疾病。分娩后不久就要把脐带夹住并剪断,如果已注射过麦角新碱更要这样做。

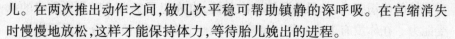

**4. 减轻生产疼痛的方法**

说到缓解疼痛,你可能首先想到的是用止痛药。因为药物会影响产妇对分娩的确切感受，如果你是第一次分娩，也许想了解自己对分娩疼痛的承受能力。在你没有下决心使用镇痛药时，也可以先等上 15 分钟后再说。在这段时间，如果分娩顺利，你可以和助产士或医生讨论一下看看疼痛是否能够完全靠毅力克服，还是已增强到非用药物缓解不可的地步。

有很多非药物性的方法能帮你减轻疼痛，首先是变换体位。你不妨靠在丈夫身上或扶着墙壁来回走动，并且摇动你的骨盆，这可能会使你感到比仰卧在床上舒服；在改变体位时，还可能发现某些姿势特别舒适，能减轻腰背的压力。如果改变体位也不能缓解疼痛，那么丈夫的按摩，比如适度地反复摩擦你的骶骨，也许能有奇妙的效果，据一些资料介绍，它可以缓解大约90% 的产妇分娩时的腰背痛。另外，你可以试试通过意念控制，来帮助你分散对疼痛的注意力。

近年来，还有一种新的镇痛方法得到较广泛应用，即经皮电神经刺激法。产妇临产时，在其背部放置两副电极，然后连接到带电的刺激器上，通过控制器调节刺激强度，来控制产妇的接收疼痛脉冲量。

如果这些方法都收效甚微，再来使用药物缓解疼痛。其中，硬膜外阻滞麻醉是使用最广泛的麻醉类型，它对脊柱进行"神经阻滞"来预防疼痛从子宫扩散，处理得当，能使腰部到双膝之间所有感觉消失，但产妇仍保持清醒。如果有难产，先兆子痫或严重哮喘，或分娩时要使用产钳，这种麻醉可能特别有效；在这种麻醉下，如果产妇临时需做剖宫产，不需其他麻醉就可以完成。在国外，大多数剖宫产使用硬膜外阻滞麻醉来取代全身麻醉。如果你希望接受硬膜外阻滞麻醉，必须由一位有经验的麻醉师来施行，其过程通常需要 10～20 分钟。麻醉剂将在几分钟内生效，并可以间歇加药维持麻醉效果。

总之，非药物性镇痛法能减轻分娩时的疼痛，但你仍然会感到疼痛的存在；药物性镇痛法立竿见影，但副作用较多，需要密切监护。因此，分娩镇痛要根据每个产妇的情况，选择一种最符合个人的方法。现在比较推崇的方法是：硬膜外麻醉加经皮电神经刺激法，这两种方法取长补短，镇痛效果好，副作用少，并能促进子宫收缩。

分娩镇痛主要来自于精神性和功能性，往往使产妇恐惧面对分娩，失去信心，从而影响生产进程正常进行。如果产妇对于镇痛方法有所了解，就会在生产时合理应用，使宫缩更协调，同时体力消耗降低，利于产程进展。

生产时镇痛的方法主要有以下几种:

1.有助于放松的方法:深呼吸,唱歌,洗温水澡,交换体位,按摩腹部和腰骶部并与深呼吸配合,双手握拳压迫腰骶部。

2.有助于分散注意力的方法:听音乐,与人交谈,看电视,看书。

3.有助于胎头下降的方法:避免平卧位,经常变换走、蹲、跪、坐等不同体位。

4.有助于调节神经传递的方法:将镇痛仪器通电后,置于脊柱两侧可止痛的穴位,通过刺激穴位而减轻疼痛;或往穴位处注射普鲁卡因,进行穴位封闭而止痛。

## *5.* 无痛分娩的方式

### (一)什么是无痛分娩法

自古以来,分娩总是和疼痛联系在一起,人们都希望找到一种方法能解除分娩的痛苦,特别是近代产科十分重视镇痛问题。什么是无痛分娩呢?大体上可分为心理无痛分娩疗法、药物法、针刺麻醉法等。在这几类方法中,最值得推介、最有社会效益、最符合国情的是心理无痛分娩法。

心理无痛分娩法是1933年英国医生里德提出的学说。他认为如果对分娩产生恐惧和不安,身体的肌肉就变得紧张,影响产程的进展,在这种恶劣的条件下疼痛越来越重。里德医生为了除去对分娩认识不足而进行产前教育,并为消除身体肌肉紧张而进行一些辅助练习动作,这样有95%的人能轻松地分娩。1949年又出现了以前苏联巴甫洛夫关于条件反射学说的精神预防性无痛分娩法。这些无痛分娩法及产前教育通过对妊娠、分娩的理解;通过体操、呼吸、放松的辅助练习,达到无痛分娩的目的。

心理因素对分娩有重要的影响。近年来我国也开展了对产妇的产前教育,并且开展了康乐待产,这些对消除产妇对分娩的恐惧、紧张都是有效的。提高产妇自身的心理素质,正确对待分娩是十分必要的。分娩中的主要不良心态有怕痛、怕自己生不下来、担心产程中胎儿有危险,等等。近十几年随着剖宫产手术的广泛开展,有些产妇错误地认为剖宫产是分娩的捷径,从怀孕开始就做了剖宫产的心理准备。这种心态对分娩是十分不利的。剖宫产必须有严格的指征。分娩是自然的生理现象,分娩的疼痛是可以忍受的,在寻找无痛分娩的方法时应记住:最好的方法掌握在自己手里。

药物无痛分娩法,主要分为全身麻醉和局部麻醉。对于某些对疼痛十分敏感或能引起合并症的产妇可以考虑给予药物镇痛。但麻醉本身的合并症是应该考虑的。麻醉对产程及新生儿的影响还在不断研究。

针刺麻醉镇痛是中国的特色。由于不使用药物,对母体、胎儿无不良反应,是值得研究的。目前临床已经开始使用针刺镇痛仪、镇痛床,这些都是有益的尝试。

(二)全身麻醉分娩

全身麻醉方法分为吸入麻醉、静脉内注射麻醉、内服药物麻醉等。根据产妇的体质和分娩时的状态,由医生区别使用。

现代主要使用吸入麻醉。这是把麻醉药和氧气混合使用的方法。有由产妇用一个适合自己的面罩使自己麻醉和由医生用麻醉剂进行麻醉两种方法。虽说是全身麻醉,直到分娩结束产妇完全没有感觉,但仍是根据分娩的相应阶段来增加麻醉药物的量和麻醉的深度。当最易感到疼痛的子宫强烈收缩时,吸入麻醉药和氧气使之不感到疼痛;当阵痛间隔长时,仅吸入氧气,这就是所说的控制麻醉。

这个分娩方法可使产妇增强憋劲,既能有分娩的实感,又能无痛地生孩子。

还有使产妇达到无意识程度的深麻醉方法。这种深麻醉方法,当然不会感到疼痛,但因子宫收缩变弱,最后终于不得不采取产钳分娩和吸引器分娩的病例增多了。

## 6. 生产中的异常情形

(一)流产

什么是流产呢?妊娠不够 28 周,胎儿体重不到 1000 克,由于某种原因使其妊娠中断者,我们称之为流产。

引起流产的因素很多。

(1)胎儿和胎盘因素:如果发育异常,可能出现有胎囊而无胚胎,或胎儿生长发育障碍,则大多在怀孕早期就流产,保胎没有什么意义。

(2)母体因素:因急、慢性传染病而导致先兆流产者,最好不保胎,因胎儿的质量不很好,待母体所患疾病痊愈后再怀孕更为合适。如果母体生殖器官有某些疾病而不易怀孕时,此次怀孕后出现先兆流产,只要胎儿发育正常就应尽量保胎,直至分娩。

(3)外来因素:如因过劳、外伤、精神刺激、性交等因素导致先兆流产,而胎儿发育正常者,应尽量保胎。如果是接触有害物质,造成慢性中毒而引起先兆流产,因胎儿中毒已造成了不良后果,一般不易保住胎儿,也不应该继续保胎。先兆流产是否需要保胎,要根据不同情况进行具体分析,然后再做出决定,这样比较客观全面和切实可行。

为预防和避免流产,我们应注意以下几点:

1. 急性传染病须待痊愈后一段时间方可怀孕。慢性病病人则应治疗到病情稳定并经专科医生认可后才能怀孕。

2. 对于有过流产史的夫妇,应及时到医院检查,查清引起流产的原因,无论是夫妇哪一方有问题,都应及时治疗,治愈后再要孩子。

3. 已经怀孕的妇女,要避免接触有害化学物质,如苯,汞,放射线等,怀孕早期应少到公共场所去,避免病毒及细菌感染。如果孕妇患了病,要及时在医生的指导下服药治疗,不可自己随意用药。

4. 早孕期(怀孕 12 周内)除注意饮食卫生和避免过分劳累外,还要避免过分紧张,保持情绪稳定,以利安胎。妊娠的最初 3 个月不要同房。如果经检查,胎儿发育异常,医生认为应做刮宫术时,病人不宜拖延,以免造成失血过多(甚至休克、死亡)或形成影响今后生育的内生殖器炎症,须知大多数流产掉的胚胎一般都是有先天缺陷的,属于自然淘汰之列,切不可因小失大,危及孕妇健康。

(二)早产

妇女妊娠 28~37 周之前终止者,称为早产。正常情况下胎儿应在母亲子宫生长发育 38~40 周的时间,才能发育成熟,降生人间。早产儿体重一般不足 2500 克,身长不超过 45 厘米。由于早产儿的身体小、体重轻,各个器官尚未发育成熟,尤其是神经和消化系统发育不好。因此,早产儿离开母体后存活的能力差,必须给予特殊的护理才能存活,否则,将易患各种病,使死亡率增高。因此,降低围产儿的死亡率,预防早产是关键,即使早产儿存活下来,往往发育不良,常常遗留各种后遗症。

要预防早产儿的降生,必须搞清楚引起早产的原因。早产的主要原因有:母体患有急性传染病、心脏病、肾脏病、严重贫血、高血压等;母体生殖器官异常,如双子宫、子宫肌瘤、宫颈重度裂伤;以及妊娠异常。如双胎、羊水过多、胎盘功能不全、胎盘早剥、前置胎盘等;另外,外伤和不节房事也是早产的因素。

要预防早产须注意以下几点：

1. 有心脏病和肾脏病的适龄妇女怀孕前应到医院检查咨询，以决定能否妊娠和何时妊娠；一旦妊娠，要按期到医院进行产前检查，以减少妊娠并发症的发生。

2. 要积极治疗妊娠贫血及其他合并症，尤其要做好妊娠高血压综合征的防治。

3. 定期进行产前检查，发现胎盘血管疾病、羊水过多等，应积极治疗，同时做好双胎及双子宫的早产准备。

4. 孕妇应做好孕期卫生和保健，不要干过重的体力活，不要抬重物，不要攀高处，乘公共汽车要小心，以免挤压腹中的胎儿，造成外伤，引起早产。

5. 妊娠最后两个月一定要节制性生活。孕妇一旦出现下腹坠胀、腹痛、阴道出血等早产预兆时应立即卧床休息。在医生指导下采取必要的保胎措施。如果腹痛加剧，出血增多，说明保胎成功的可能性小，就会产生早产，应该做好护理早产儿的准备工作。

（三）过期妊娠

凡平时月经周期规则，每28～30天来潮一次的妇女，怀孕后到达或超过预产期两周以上（≥294天），而尚未临产者，称过期妊娠。

值得注意的是过期妊娠是一种病理妊娠，对母儿影响较大。由于胎盘的病理改变致使胎儿窘迫或胎儿巨大造成难产，对母体来说又因胎儿窘迫、头盆不称、产程延长，使手术难产率明显增加。

预防其发生并不困难，我们认识到过期妊娠的危害，定期进行产前检查，适时结束分娩，不要等到过期妊娠时再处理就可以了。

（四）难产

分娩时，产力、胎儿及产道间存在着一定的矛盾，在正常情况下，矛盾经过一系列转化统一后，胎儿就能顺利娩出；反之，如矛盾得不到转化统一，或产力、胎儿及产道中因任何一个或数个因素不正常，分娩就可能发生困难，称"异常分娩"，俗称"难产"。顺产和难产在一定条件下可相互转化，如果分娩处理不当，顺产可变为难产；相反，有可能发生难产者，经正确处理，及时了解产程中出现的矛盾，就可能使难产转化为顺产。

一般来讲，异常分娩可分为：产力异常（宫缩乏力与宫缩过强）；产道异常（骨盆与软产道异常）；胎儿异常（巨大胎儿、畸形及胎位异常）。若按胎儿先露部位的不同,可分为头位难产、臀位难产及横位难产。

我们知道,在分娩过程中,有四个因素影响着分娩:产力、产道、胎儿以及妈妈的心理状况。在这四个因素之中有任何一个出现问题,都有可能造成难产。

那么,我们在怀孕以及分娩过程中有没有办法来预测或是避免难产发生呢? 答案是肯定的。

难产的预防

(1)及早发现不良因素

难产的原因有时很明确,如比较明显的骨盆异常和胎位异常,在产前检查或临产时即可发现并得到及时处理。

在怀孕过程中要在指定的医院进行定期产前检查。在整个妊娠期间,准妈妈一般要进行 8~10 次产前检查。在这些产前检查中,医生会对胎儿在宫内的生长情况进行监控,因而,这对于妈妈和宝宝来说都很重要。通过产前检查,医生能够及时发现孕妇本身是否存在可能造成难产的因素,比如说初步估计产道是否适合阴道分娩,或者是胎儿的大小及位置是否正常。一旦有发生异常的趋势,医生可以采取有效的措施进行纠正。

(2)孕期营养要适当

另外,妈妈在怀孕过程中要注意充分的营养,以保证宝宝健康生长。但要注意营养,并不是多吃,现代营养学认为营养过剩也是一种营养不良。因此,要摒弃一个错误的观念,那就是怀孕期间并不是吃得越多就越好,宝宝也不是长得越胖就越好。如果妈妈营养摄入过多,造成胎儿体重过重,那么在分娩时难产的危险性就会大大提高。

(3)准妈妈,自然分娩不必害怕

有些年轻的准妈妈,过分担心分娩过程中的产痛,从而主动要求去医院接受剖宫产。实际上,不必要的剖宫产对自己和宝宝都没什么好处。多数难产是可以预测和避免的,关键是孕妇和医生的相互配合。即使发生难产,只要发现、处理及时,都能使宝宝健康顺利地分娩。

难产的应对措施

估计可阴道分娩的产妇,要积极配合医护人员在产程不同阶段给予的指导和处理,比如:在临产开始时要吃好、休息好,不要过早屏气用力,以保存体力。

即使发生难产,宝宝无法经阴道分娩,医生还可以通过手术帮助宝宝分娩,只要处理及时,这并不会对宝宝造成伤害。如采取产钳助娩,或剖宫产助娩等。尽管现代医学比较发达,剖宫产已不是一个十分复杂的手术方法,但也不能滥用剖宫产,毕竟它只是解决难产的一个方法,而不能用之去取代阴道分娩。

最后,我们应该学会放松,别紧张!

如果在分娩过程中发生难产,也不必过分紧张。首先孕妇自己要有充分的信心,不要对阴道分娩存在恐惧心理。通过产前孕妇学校的教育,以及分娩过程中爱人或是有经验的助产士进行陪伴分娩,这都会大大提高孕妇的自信心。

(五)分娩期并发症

(1)产后出血

胎儿娩出后24小时以内,阴道出血量超过400毫升可诊断为产后出血,是产科常见的严重并发症,也是造成产妇死亡的重要原因之一。

产后出血最常见的原因是子宫收缩乏力。在正常情况下,当胎儿娩出以后,一定强度和持续时间的子宫肌肉收缩,使子宫肌肉纤维之间的血窦受压,促进局部形成血栓,使子宫停止出血。约有2/3的产后出血直接原因就是收缩乏力。胎盘剥离不全或不能及时排出,影响了子宫肌肉的收缩;软产道损伤以及凝血功能障碍,造成血栓形成不良也都可能引起产后出血。

一旦发生产后出血,急救的要点是尽快有效地制止出血和补充血容量,纠正休克。首先应进行静脉输血、输液,同时给予吸氧、保暖、留置尿管,仔细观察病人血压、脉搏、出血量以及病人的自觉症状,建立特别记录,详细记录抢救治疗经过。

进行上述处理以后,积极寻找和分析出血原因及出血量,根据出血的原因采取制止出血的有效措施。为促进子宫收缩,可持续按摩子宫底,或使用催产素等药物。如果子宫收缩强有力而仍有阴道出血时,则应考虑胎盘排出不全、软产道损伤或凝血功能发生障碍,需采取相应的措施。如果经过以上治疗仍无法制止大出血,则需考虑开腹手术止血,结扎血管或切除子宫。

(2)羊水栓塞

羊水及其中的有形成分(加上皮鳞屑、黏液、绒毛、胎粪、皮脂)进入母体血循环,引起肺栓塞、休克、凝血功能障碍等一系列症状的综合征,称之为羊水栓塞,是分娩的严重并发症。产妇死亡率高达70%~80%。它也可能发生于早孕大月份时,但病情缓和,极少造成产妇死亡。

高龄产妇、多产妇、过强宫缩、急产是羊水栓塞的好发因素,而胎膜早破、前置胎盘、胎盘早剥、子宫破裂、剖宫产术中多是发生羊水栓塞的诱因。

（3）子宫破裂

子宫破裂是指子宫体部或子宫下段于妊娠晚期或分娩期发生的破裂,是产科极严重的并发症,威胁母婴生命。其发病率为判断一个地区产科质量标准之一,目前随着我国医疗体系的完善,子宫破裂的发病率已明显降低。

那么子宫破裂与哪些因素有关呢?

1. 骨盆狭窄。软产道阻塞等,为了克服阻力引起强烈的宫缩可导致子宫破裂。

2. 子宫壁原有疤痕(如剖宫产,子宫肌瘤挖除术)。

3. 子宫收缩剂使用不当引起宫缩过强也可能发生子宫破裂。

子宫破裂严重危及孕产妇及胎儿生命,故积极预防十分重要。只要我们足够重视,绝大部分子宫破裂是可以避免的。因此,我们应做好产前检查,及时诊断胎位异常、胎儿异常及产道异常,并严密观察产程。

（4）脐带异常

①脐带长度异常

脐带正常长度在 30～70cm 之间,平均为 50～60cm。若胎盘附着于宫底,脐带的长度至少 32cm 方能正常分娩。如果脐带过短(短于 30cm),则分娩时可阻碍胎儿下降,使胎儿血循环受阻,缺氧出现窘迫或使第二产程延长。当脐带长度超过 70cm 时称脐带过长。过长的脐带易造成绕颈、绕体、脱垂或脐带受压。

②脐带先露与脐带脱垂

脐带先露又称隐性脐带脱垂。指胎膜未破时脐带位于胎先露部前方或一侧。当胎膜破裂,脐带进一步脱出先露部的下方,经宫颈进入阴道内,甚至经阴道显露于外阴部,称脐带脱垂。

脐带先露和脱垂对母婴可产生重要影响。对于胎先露部已衔接、胎膜已破者,脐带受压于胎先露与骨盆之间,引起胎儿缺氧,甚至胎心完全消失,若脐带血循环阻断超过 7～8 分钟,则可能造成胎死宫内。

有脐带脱垂危险因素存在时,应警惕脐带脱垂的发生。临产后应进行胎心监护。监护手段包括胎儿监护仪、超声多普勒或听诊器监测胎心率,并可用 B 超判定脐带的位置。

# 第十一章
# 产妇身心的恢复与保健

## 1. 产妇怎样坐月子

### (一)产妇坐月子的重要性

坐月子是指胎儿、胎盘娩出到新妈妈肌体和生殖器官复原的一段时期，一般需要 6~8 周。医学上将这段时间称为产褥期，民间俗称"坐月子"。

产前孕妇担负着胎儿生长发育所需要的营养，母体各个系统都会发生一系列的适应变化，尤其是子宫变化最为明显，到孕晚期子宫重量增为非孕期 20 倍，容量增为 1000 倍以上；同时心脏、肺脏负担明显增加，肾脏略有增大，输尿管增粗，蠕动减弱，其他如肠道内分泌、皮肤、骨关节、韧带等都会发生相应改变，产后胎儿娩出后，子宫、会阴、阴道创口愈合，子宫缩小，膈肌下降，心脏复原，被拉松弛的皮肤、关节、韧带逐渐恢复正常，这些形态、位置和功能的复原，都在产褥期内完成，能否复原，则取决于新妈妈坐月子时的调养保健。若养护得当，则恢复较快，若调养失宜；则恢复较慢，且多患产后疾病，甚至影响终生。

新生儿从出世到生后 28 天称为新生儿期。这是继宫内发育之后的第二次发育高峰，也是小宝宝逐渐适应子宫外生活的过渡阶段。此时的新生儿，每日、每周都在发生着变化，有些是正常的生理现象，有些则是疾病的先兆。

鉴于新生儿各器官、各系统的功能不够成熟，中枢神经系统的调节功能较差，常常不能适应外界环境的变化；自身免疫机能不健全，抵抗疾病的能力低。此阶段的唯一食物是母乳或乳类，倘若喂养不当，新生儿很容易生病。

一旦新生儿患病应及时治疗，否则将会使新生儿肌体受到较大的损伤。

因此,对新生儿的精心护理、全面保健也是极其重要的。

可见,女性坐月子既关系到新妈妈自身的康复,又关系到新生儿的健康成长。所以家庭、社会都应予以关注,创造一个良好的休养环境,形成一种欢乐、和谐的气氛。

(二)产后第一天要注意什么

(1)分娩的过程耗尽了新妈妈的体力,现在最重要的是休息,尽量放松心情,以确保体力的恢复。

(2)调理饮食,加强营养。妇女分娩后调理饮食的原则是进食富有营养、易消化的食物。许多新妈妈不想吃东西,不必勉强自己,多喝一些流质或半流质的食品也有利于体力的恢复。一般说来,对没有异常情况的新妈妈,现在没有过多忌口的食物,只是应注意少吃辛辣食品,以免大便干燥;不要喝过于油腻的汤,以免影响乳汁分泌。可以适当地喝一些催奶的鲫鱼汤,在滋补身体的同时也利于下奶。

(3)注意预防产后出血。胎儿娩出后,在24小时内阴道出血量超过400毫升,称为产后出血。其原因与子宫收缩乏力、胎盘滞留或残留、产道损伤等有关。一旦阴道有大量出血,应予适当处理。

(4)及早哺乳,一举两得。分娩后半小时内让婴儿吸吮乳头,这样可尽早建立催乳和排乳反射可能,促进乳汁分泌,还有利于新妈妈自身的子宫收缩。

(5)及时排尿,防止尿潴留。在分娩后4小时内应及时排尿,少数新妈妈排尿困难,可发生尿潴留,其原因与膀胱长期受压、会阴部疼痛反射有关。可请医生针刺或药物治疗,如仍不能排尿,应进行导尿。

(6)注意会阴部卫生。可每日2次用1∶5000高锰酸钾溶液清洗外阴,大便后也应及时清洗(不要坐浴),会阴垫应用无菌卫生纸或卫生巾。

(三)产后一周的调养

第一天:有一顿既丰盛又有营养的早餐,谷类、水果和牛奶。恢复体力是最关键的。

第二天:你处于产后恢复期,可能会有产后痛。如果你缝针了,就会有较强的疼痛感。先照顾好自己,如果你担心自己的健康状况,询问医院的医生或者护士,也许并不像你想象的那么糟。

第三天:会下奶了。双乳会稍微变硬,有一种胀的感觉。如果把冰凉的卷心菜放在上面就会感觉好一些。这个方法很见效。要是你的宝宝不饿,而奶水又太多,就得自己尽可能地挤出来。

第四天:很多新妈妈这时都很伤感。因为身体的激素水平还高于正常值,使你的情绪不稳定,这很正常。再过一些日子你就会感觉好得多。但是,如果那时你还感觉情绪低落,你就要寻求帮助了,千万别自己默默地承受着。

第五天:疲倦感随之而来了,所以当你想好好补觉的时候,就请你的父母或者亲戚帮你看护一下宝宝。

第六天:这几天一直在你的卧室里休息了,你可以到其他房间或者阳台上走一走,新鲜的空气对你有好处。

第七天:不错!你已经度过了艰难的一周了。你需要给自己放会儿假,可以把电话线拔掉,把电视打开,然后再把双脚放在茶几上彻底地放松一下。

(四)月子中的起居养生要则

在这段时间,新妈妈的身体各器官都有很大变化。因此,坐月子要讲究科学。

科学的办法是保持室内良好的通风环境,即使在冬季,适当的通风也是很必要的。衣着要适度、宽松,以棉织物为好,衣物被褥要勤洗;身体的清洁也不容忽视,每天要冲洗外阴部2~3次,切忌坐月子期间不洗澡、不洗头、不刷牙。

坐月子时的饮食如何讲究补。民间习俗讲究吃芝麻小米粥,红糖煮鸡蛋,这些食物有营养,易消化。鸡蛋的营养是有限的,各种肉食、鱼类、牛奶、豆类都含丰富的蛋白质,比如黄豆炖排骨,二者的氨基酸构成有所不同,同食有互补作用。此外,补的方法也有讲究,产后1~2天以清淡的稀饭、粥为宜,开始哺乳后进食量和水分要充足。

多进食含纤维素多的食物,如粗粮、蔬菜、水果。说到水果,有人称之为生冷食物,易致胃病、月经不调。其实水果中不但含有丰富的水分、水溶性维生素、纤维素、微量元素,还有防病治病的功能,例如,苹果味甘凉、性温,具有涩肠、健胃的作用。

产后休息与运动要安排适当,产后第一天以卧床休息为主,从第二天或伤口愈合后就开始做保健操。运动时间或运动量因人而异,如在床上可做抬头、抬腿、伸臂、缩肛等运动,一周后可下床活动。早运动有利于子宫内的分泌物排出,防止感染,有利于体型的恢复。要注意不可长时间蹲站,或进行重体力活动,以防止子宫脱垂。

（五）坐月子要注意个人卫生

"月子"里新妈妈的会阴部分泌物较多,每天应用温开水或1:5000高锰酸钾溶液清洗外阴部。勤换会阴垫并保持会阴部清洁和干燥。产妇由于出汗多,要经常洗头、洗脚、勤换内衣裤,保持皮肤的清洁。洗澡以淋浴为宜,以免脏水流入阴道内发生感染。新妈妈坐月子期间,吃的东西较多,吃的次数也较多,如不注意漱口刷牙,容易使口腔内细菌繁殖,发生口腔疾病。

过去,有不少妇女盲目信奉"老规矩"——坐月子里不能刷牙,结果"坐"一次"月子"毁了一口牙。新妈妈每天刷牙一两次,可选用软毛牙刷轻柔地刷动。每次吃过东西后,应当用温开水漱漱口,居室内经常通风,室内温度不可太高,也不可忽高忽低,不要把门窗紧闭。不闭门窗时新妈妈都要盖厚被的传统做法是十分危险、十分有害的,尤其是在夏季,极易造成新妈妈中暑。

（六）产妇出院后的生活要点

（1）等待身体康复,恢复正常生活。婴儿这位家庭新成员和我们一起回到家里,尽管只有一周没在家,但大概都有一种长途旅行归来时的亲切感吧。终于迎来了这个小小人,新的共同生活开始了。也许尿布脏了、也许肚子饿了,婴儿一旦不舒服马上就啼哭起来。不管怎么说,生活规律打乱了,做妈妈的常常感到很疲劳。这时候要请丈夫帮忙,在等待身体复原过程中,渐渐地恢复正常生活秩序。

出院后直到第2周都要在床上度过。最初的第1周可躺躺、起起。从第2周的后半周开始,起床的时间长一点。第3周开始下床,逐渐使身体习惯。婴儿也好,家里也好,家里人也好,在一个房檐下生活到相互适应,还需一段时间。做妈妈的精神不安是共同生活的大敌,请珍惜时间,好好休养,白天在婴儿睡觉的时候尽量安排好时间,自己也睡,以保证睡眠充足。

（2）产后做家务应从第3周以后开始。能够开始干些家务是从第3周以后,在这之前让家里其他人干,如果小家庭,丈夫又很忙时,下决心请月嫂或保姆也是一种好办法,当然也可以请亲朋好友帮助。产后应避免马上干一些类似做饭等长时间站立的工作。如果想活动活动,厨房温度适宜,可在产后第3周,在别人的帮助下一点一点开始做起。正式的扫除要在第4周以后,弯腰擦洗、扫除庭院要从第5周至第6周后循序渐进。使用吸尘器打扫也是恢复顺利的人从产后第3周开始,可以用手洗衣服,要在第4周以后。

（3）充分摄取营养、控制饮酒和吸烟。产后为了身体复原和哺乳的需要，每日 3 餐要均衡摄取营养，这一点很重要。产褥期所需的营养，比平日多30％以上。要多吃含有蛋白质、脂肪、维生素等含水分多的食物。像豆腐、大豆制品、动物肝脏，多种材料杂煮也是下奶的好食品。酒精及香烟在哺乳期间应当控制。咖啡及红茶等带有刺激性的食物及辛辣物不要吃得太多。

（4）产后 1 个月后才能外出。产后 1 个月过后可以外出，但不能去很远的地方，从到附近买东西开始，再渐渐走远。6 周过后，可以骑自行车或开车，也可带婴儿一起散步。但是不管怎么说，长时间步行及乘车都是造成子宫下垂的原因，所以外出尽量控制在短时间内。四处参观、步行观光这样的旅行及海外旅行，至少要在出院 2 个月以后。分娩后的女性是最美的，再注意身体清洁及服装打扮，就会成为潇洒的妈妈。当然，育儿和家务确实繁忙，但是干净利索的装束会使人心情舒畅，产生轻松愉快的感觉。最好去美容院剪剪头发，做一个新发型。产后 3 天可以使用淋浴，恶露消失以后得到医生许可也可以盆浴。产后在来月经前，皮肤出现生理性障碍，如出现斑点、雀斑。头发也脱落。这些都是因为卵巢激素减少的缘故，此时应多摄取维生素 A 和 B 族维生素、维生素 C、碘、钙、无机盐等。按摩头皮也可预防毛发脱落及头发蓬乱。

（5）渡过出生后育儿疲劳的难关。随着小家庭日益增多，出院后，由于照料婴儿过度疲劳引起的烦恼是应该认真对待的。第一次做母亲的人，从初次照料婴儿的实际情况看，碰到的全是育儿书上没出现的问题。如"牛奶的量是否合适？""老是夜啼是否病了？"等，如有人稍微指导一下，什么事也没有。但是因周围没有可商量的人，往往由不安、疲劳、孤独发展成有点神经质。这时丈夫最重要的是能给予直接、亲切的关怀，如早点回家帮助照料婴儿等。另外，去附近公园散步，带孩子去公园与年轻妈妈交谈，都是可取的。

## 2. 产后的运动保健

### （一）产后如何尽快恢复体型和活力

女性分娩后，不论是体力还是体型都和以前有很大变化，怎样才能尽快恢复以前的身材和活力，还原一个更完美、更成熟的你呢？不妨试试下面几种体操。

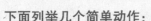

下面列举几个简单动作：

（1）腹部练习

双腿弯曲平躺在床上，双手交叉放在腹部，吸气的同时上身抬起，然后呼气回到平躺的姿势。反复5～10次。这个练习可以在自然产后第五天、剖宫产后4～6星期开始做，以锻炼腹直肌张力。

（2）臀及腰背部练习

双腿弯曲平躺在床上，双手放在身体的两侧，深吸气的同时尽量收紧并抬高臀部，然后慢慢呼气并放下臀部，回到原位。这个动作可以加强臀肌及腰背部肌肉的力量。

（3）会阴部练习

平躺在床上，双腿弯曲、悬空、分开，双手抱住膝盖向身体靠拢，同时收缩肛门，然后将双腿分开放到床上，并放松肛门。如此重复5～10次。

（4）平时在床上随时都可做收缩肛门及憋尿的动作，每天30～50次，以促进盆底肌肉张力的恢复。

注意上述动作开始做时不要用力过猛，要循序渐进，量力而行。可以先试着做其中一种，如果没有什么不适，再逐渐增加。另外，平时不要总是仰卧在床上，应适当变换体位，如俯卧、侧卧，防止子宫后倾。

（二）产后何时开始运动

产后早期起床运动，有利于肌体生理机能的恢复，体力和精神等方面也可较快恢复正常。早期下床可加强盆底肌肉的紧张度，减少子宫移位，膀胱及直肠膨出。对正常健康产妇，会阴如无伤口，可在疲劳消除后6～8小时坐起，24小时可下地活动。会阴有伤口者，一般也宜在24小时下床。剖宫产者视麻醉种类及手术时出血多少而定。如一切顺利而且是针麻，则在手术后24小时坐起并可在床边活动，其他麻醉适当后延。

腹壁肌肉的松弛，在产后用腹带包裹可起紧缩、支撑作用，便于活动。对腹肌紧张度的恢复，主要靠产后操。它既能恢复腹壁肌，又能增进盆底肌的张力。如健康情况良好，可从分娩第二天开始做产后操。先从盆底肌肉锻炼起，逐步增加运动量并进行腹部肌肉的锻炼，要坚持长期进行。

保持体型健美除坚持体操外，生活规律、饮食适时、营养结构合理，也是重要因素。切勿在产褥期活动过少而进食过多，一旦明显发胖，再想减肥就不大容易了。

（三）产后锻炼要注意哪些事项

分娩以后，年轻母亲们觉得是该恢复往日的动人风采的时候到了，便急

于开始锻炼活动,但要注意,这种锻炼必须遵照循序渐进原则进行锻炼,并要注意以下事项:

防止便秘:提倡早活动,早期下床可以防止便秘。

适当室外活动:适当锻炼,产后24小时内可在床上休息,24小时后则应到室外适当活动。

自主活动:自己进食、梳洗,或在室外走走都可以让身体得到一些锻炼。

保证睡眠:还应保持良好的情绪和充足的睡眠。

尽量避免激烈的运动:如果产妇进行母乳喂养,则在第一次恢复月经前应避免各种激烈运动。

锻炼不要使心跳加快:产妇休息几天后,开始绕房间缓慢行走,做基本的骨盆运动。适应了这种锻炼方式后,再推着小宝宝,但是以不要使心跳加快为宜。

逐步延长散步时间:慢慢把散步的时间延长到10～15分钟,在医生的建议下,选择一种安全的健美运动。可以同时开始腹肌练习,但在你感觉恢复了一定的力量和控制前,一定要保持在开始的水平。

适当的饮食:以你的频率进行,在适当的饮食和正确的锻炼方法下,你会恢复平坦的小腹,找回昔日的风采。

(四)产后健美操怎么做

健美操,不仅以其独特的时代感、轻松感、节奏感和优美感,深受广大女性的青睐,而且给锻炼者体内注入活跃的因子和充沛的精力,使她们获得了强身健美、保健和防治多种疾病及养生的最佳效果。一些产后女性因为不懂得锻炼而使体型长得臃肿失衡,一些中年女性还患了各种慢性疾病。

为了有效地改善女性的健康状况,并充分展示女性自身特有的风采,现提供一套健美操锻炼程序。这套程序简单、易学、不受时间和器械的限制,经过数以千计的爱好者的实践,取得了明显的效果。

收紧腹肌运动

1.直立、屈膝、弯腰、躯干与地面平行,双手扶膝,脸朝前。

2.吸气、呼气,同时收紧腹肌。屏住呼吸、收紧腹肌、直到需要呼吸时止。重复3次为1组,做3～5组。

蹬车运动

1.仰卧、双手放在臂下,头、肩稍离地。

2.收紧腹肌,双腿轮流用力向下做蹬自行车状,重复12次为一组,做

3~5组。

**并腿挺伸运动**

1.仰卧,双手置臂下,头、肩稍离地。

2.双腿并拢,屈膝,小腿离地,稍停,然后双腿在不接触地面的情况下,用力向下挺伸,尽量伸直,重复12次为1组,做3~5组。

**躯干扭转运动**

1.仰卧,双手抱头,左脚伸直,稍离地面,右腿屈膝,向上提起,左肘触右膝,头转向右侧。

2.收缩腹肌,左腿屈膝,向上提起,与右腿并拢,然后右腿伸直,左腿仍保持屈膝姿势,扭转身体,向相反方向重复以上动作,重复12次为1组,做2~3组。

**交替踢腿运动**

1.仰卧,双手置臀下,双腿向上抬起,脚掌指向屋顶,膝微屈,小腿交叉。

2.收紧腹肌,缓慢放下两腿,保持背部平直,轻轻地交替上下踢腿,头和肩抬离地面。

上述运动进行5分钟为1组,做1~2组。

**下颌抬起运动**

1.仰卧,双手抱头部紧贴地面,膝稍屈,脚跟着地。

2.收紧腹肌将下颌抵住胸部,然后抬起,再抵住胸部抬起,重复20次为1组,做1~2组。

**下颌侧抬运动**

1.仰卧,双手抱头肩略微抬起,双脚并拢屈膝,扭向右侧。

2.面部,下颌抵住胸部,收紧腹肌,然后抬起,再抵胸部,再抬起,身体扭向左侧,重复以上动作,两侧各做20次为1组,做1~2组。

**举腿下颌运动**

1.仰卧,两腿并起,双脚指向屋顶,头部稍离地面。

2.举腿时抬下颌,收紧腹肌,下颌抵住胸部,头部还原后再抬起,再抵住胸部,以上动作重复20次为1组,做1~2次。

(五)产后如何恢复双腿的魅力

有人说,女人双腿最美的花季是18~23岁这一年龄段,因为双腿在这时能呈现出最美的曲线。这一说法客观上有些道理,20岁左右的姑娘已发育成熟,腿部显得丰满、修长、浑圆、紧绷,再过几年就要结婚、怀孕,生了孩子后双腿顿显韶华尽退,往日的风采荡然无存,让人一眼就看出生育过的印痕。在寒冷季节这些女性尚可借大衣长裤遮掩,在夏天就难免要原形毕露了。

妇女生育后双腿之所以会有如此的剧变,多因其在怀孕期间,尤其是在怀孕后期受日益膨大的子宫压迫,使下肢静脉回流受阻,一方面形成程度不同的妊娠水肿,组织间隙水分增多,带来双腿皮肤紧绷,待水肿消去就显得皮肤松弛;另一方面造成下肢静脉曲张,分娩以后尽管静脉回流情况得到改善,但已较难恢复到孕前水平,加之产后较长时间卧床可加剧下肢静脉曲张,使青筋盘旋扭曲于浅表。更因为怀孕期间及产后一段时期缺少运动,使双腿肌肉萎缩,逐渐为脂肪所填充。

如何使产妇的双腿恢复原有的风采?这里介绍两种行之有效的保养办法:

一是于产后使用弹力绷带或医用弹力套袜。这是最为简便实用的保养之法。它可以压迫下肢静脉,迫使血液向心脏回流,从而消除或减轻下肢肿胀、胀痛等症状。在怀孕后期,采用此法护理双腿亦可减轻水肿程度。

二是产后做双腿健美操。在产后第五天至满月,即可适当运动双腿,以锻炼腿部肌肉,改善下肢静脉血液的回流。锻炼时坐在地上,两下肢伸直并拢,腰部挺直,两手臂伸直放到身后,手指伸开支撑地面,吸气时脚尖尽量上翘,呼气时脚尖尽量伸直;然后仰卧,两下肢伸直略分开,两臂放在身体两侧,吸气时左脚伸直,与上身成直角,足尖翘起。两只脚交替进行。

健美操适用于分娩正常的产妇,由于产妇体质大都较虚,故在锻炼期间要根据自己的具体情况,量力而行,不可操之过急,每节操做两三分钟,早晚各一次,尤其要注意锻炼时呼吸与动作的配合。满月以后则可进行各种肌群锻炼,以恢复大腿肌肉的强度、弹力,适宜的运动有慢跑、双腿伸屈运动、游泳,等等。

(六)产后如何寻回平滑的腹部

产后腹部臃肿,体态不雅,给生活和工作带来诸多不便,令人烦恼和沮丧。俗话说:"胖人先胖肚。"人的肥胖通常是由腹部开始的,其原因主要是腹部肌肉属支持性肌肉,在日常生活中很少参加运动,不能做紧张性收缩,而腹腔、腹壁又易于堆积脂肪,所以不少人显得大腹便便。

要想使腹部健美,必须使腹肌发达,保持一定的紧张度,消除腹部多余的脂肪,避免形成悬垂腹和大腹便便的状态。常用的运动除仰卧起坐以外还有：

一是仰卧床上，两膝关节屈曲，两脚掌平放在床上，两手放在腹部，进行深呼吸运动，肚子一鼓一收。

二是仰卧床上，两手抱住后脑勺，胸腹稍抬起，两腿伸直上下交替打动，由幅度小到幅度大，由慢到快，连做五十次左右。

三是仰卧床上，两手握住床栏，两腿一齐向上翘，膝关节不要弯曲，脚尖要绷直，两腿和身体的角度最好达到 90 度，翘上去后停一会儿再落下来，如此反复进行，直到腹部发酸为止。

四是两手放在身体的两侧，用手支撑住床，两膝关节屈曲，两脚掌蹬住床，臀部尽量向上抬，抬起后停止，4 秒钟落下，休息一会儿再抬。

五是手放在身体两侧，两腿尽量向上翘，翘起来后像蹬自行车一样两脚轮流蹬，直到两腿酸沉为止。

六是立在床边，两手扶住床，两脚向后撤，身体成一条直线，两前臂屈曲，身体向下压，停两三秒钟后，两前臂伸直，身体向上起，如此反复进行 5～15 次。

七是一条腿立在地上，支撑整个身体的重量，另一条腿弯曲抬起，然后用支撑身体的那条腿连续蹦跳，每次 20～30 下，两条腿交替进行，直到腿酸为止。

八是跪在床上，两手扶床，胸部尽量向下压，腹部尽量收缩，同时深呼吸。然后将胸挺起来，用力鼓肚子，同时深呼气，每天起床后及睡觉前各练 5～10 次。

九是仰卧床上，脱下外衣，先将两手搓热，然后用两手在腹部按摩，直到局部发红发热为止，每天早晚各 1 次。

（七）产后如何寻回完美俏臀

一般传统观念认为，女性生产完得坐月子，而最好的方式就是躺着不动，所以刚生产完的妈妈，想运动都很难。但妈妈要小心，当你越发松散，想回复窈窕身材，可就越不容易了。那么究竟生产完后何时开始进行塑臀较为妥当、成效较佳呢？

产后塑臀，得掌握好时机——从第 1 天开始进行。

做产后运动有什么好处？大体上来说，产后做运动有助于防止肌肉松弛，可促进产后子宫恢复，避免子宫脱垂、静脉曲张及便秘等各种不适应症状，对女性有极大的助益。所以妈妈们别给自己偷懒的借口，赶紧起身动一动吧!

刚生产完的妈妈不要因为怕痛,而不敢乱动。正确的观点是从产后第 1 天就可以开始做运动。怎么着手? 很简单,只要深呼吸即可。别小看深呼吸的功效,时常深呼吸,吐纳,可促进血液循环、细胞代谢、增加氧气量,还有促进脂肪燃烧的效果。

待产后第 2~3 天,体力稍微恢复时,则可以开始做一些乳部运动(扩胸运动);到了产后第 7~10 天,阴道伤口已结痂,疼痛也渐渐减轻,就可以开始进行此次的主题——塑臀运动。当然初期不宜过于剧烈,且须以不压迫到颈椎为原则。如果妈妈够勤劳,也可一并进行会阴运动(提肛运动),除有助于产后伤口恢复外,还有预防便秘,重塑臀型的功效。

下面提供几个产后可做的下肢运动,每日勤做,除可促进循环,增强体质,也可借出汗,将"囤积"体内的水分排泄掉,使臀部肌肉恢复弹性,妈妈赶紧来小试身手吧!

**招数一 腿部运动**

1.身体平躺,双手平放。

2.左右脚配合呼吸,轮流向上举起 30 度,吸气时脚上举,吐气时脚下放。

诀窍:做时需注意膝与脚尖均需放平,不可弯曲,刚开始时速度宜慢,然后可按身体状况逐渐加速。

**招数二 转臀运动**

1.身体躺卧,双脚合并,屈膝。

2.手肘平放于地,双膝向左下压地板,并左右来回做。

诀窍:下压双膝时,脚尖应尽量定住不动,功效较佳。

**招数三 美臀运动**

1.平躺于地,双手抱左膝,将左膝靠向腹部,再换右脚。

2.或以手抱双膝,同时靠向腹部。

诀窍:两腿可交换做,也可以同时做,可美化臀部及收缩小腹。

**招数四 爬行运动**

做法:手撑起上半身,双脚屈膝,趴于地,类似擦地状。

诀窍:妈妈可用护膝,避免受伤。

**招数五 臀部按摩**

做法:站立时,将手置于臀部,由上往下推臀部,或由下往上推。

诀窍:由上往下推有助于局部细胞活化,可增进肌肉弹性;由下往上推,则可美化臀部曲线,可双轨进行。

(八)让胸部像孕前一样坚挺起来

**方法一:防止胸部外扩**

第一节:

1. 双手弯曲往前并拢。

2. 双手往上提时吐气,放下来时吸气。

反复 20 次,休息 1 分钟再做 20 次。可以让胸部集中,并收缩双乳。

第二节:

1. 双手握拳平放置于胸前,与肩同宽。

2. 双手尽量往内交叉,幅度越大越好。

反复做 10 次,休息 1 分钟再做 10 次。可以让胸部集中,防止外扩。

**方法二:防止胸部下垂**

第一节:

1. 将手掌打开,双手往外伸直。

2. 双手尽量伸直,两手交叉,胸口往内收。

反复 10 次,休息 1 分钟再做 10 次。可以防止胸部下垂。

第二节:

1. 双手握拳往上抬并弯曲,与手肘头顶对齐。

2. 双手往上提,并且尽量往后。记住肚子尽量不要凸出。

**方法三:紧实胸部肌肉**

第一节:

1. 手拿装满水的小矿泉水瓶或哑铃,弯腰双手垂直往下,膝盖微弯,做半蹲状。

2. 脚维持半蹲姿势,双手打开与肩同宽。

反复做 10 次,休息 1 分钟后再做 10 次。可以训练胸部肌力,让肌肉比较紧实。

第二节:

1. 手拿装满水的小矿泉水瓶或哑铃,坐在椅子前 1/3 处,弯腰双手伸直下垂。

2. 单手往上提,手臂尽量与肩同宽,另一手维持同样姿势。再将那只手放下往旁伸展。

3. 最后再收回来。接着另一手也做同样的动作。

两手轮流反复做 5 次,休息 2 分钟后再做 5 次。

(九)产后减重黄金时期

肥胖可说是许多产后妇女的噩梦,面对体型的改变与多余的赘肉,低落情绪也油然而生。事实上,产后肥胖除了影响外观与情绪外,也容易导致疾病出现,如高血压、心血管疾病等,给健康带来危害。

产后有没有及时减重,和以后体重的增加有很大的关系。

产后第 6 周到 6 个月是体重控制的黄金时期,越晚减肥,效果越差!如果产后 6 个月内能够恢复到怀孕之前的体重,则 8 ~ 10 年后,体重平均增加 2.4 千克;如果产后 6 个月内体重无法恢复,则 8 ~ 10 年后,平均体重会增加 8.3 千克。

根据一项针对国内近千位产后 6 周产妇体重的调查发现,半数产妇体重竟比怀孕前重 10 千克以上,这与产后与产前偏爱面类食品有关。调查同时发现,喂母乳的产妇,减重效果比不喂母乳的产妇好。

1. 产后不宜马上施行饮食控制,最好等到第 6 周,身体恢复得差不多才开始减重计划。

2. 产后进行运动和喂母乳的妇女,体重增加不多。如果喂母乳能持续 3 个月以上,则减重的效果将会更好。

(十)过度减肥害处多

有的妈妈产后早早就开始她不适当的减肥计划。一位年轻的妈妈,孩子刚满月时就开始跑步,而且每顿饭只吃一点羹汤。6 个月后,体重由 70 千克降至 50 千克。随后经常发生头晕、头痛、失眠,令她很不舒服,不想再减肥了,但体重却控制不住地下降,而且精神状态越来越差,甚至影响到工作。一位模特妈妈为了能尽快地重返 T 型台,产后早早地束腰并进行大运动量的锻炼,后来导致了小便失禁。

正常情况下,宝宝降生后,妈妈的体重要比怀孕前重 5 千克左右,这些增加的重量来自增大的乳房、子宫和部分增加的脂肪。这些重量在度过产褥期和哺乳期后会逐渐消失,所以新妈妈分娩后不要过度给自己"减肥"。

如果体型对你很重要,我们的建议:

(1)尽早开始注意饮食

应该在怀孕后就注意自己的饮食,不要过多进食甜食和小糕点、饼干食品。宝宝需要较多的蛋白质,因此妈妈应该多进食肉类、鸡蛋和奶制品,要比怀孕前多一半左右,而米面类的主食量应该与怀孕前差不多。如果发现腹部脂肪越来越厚,就要少吃饭,多吃肉。

（2）循序渐进

不要企图产后"马上"恢复体型。如果想给宝宝母乳喂养,那么在哺乳期就不宜节食,可以在产褥期结束后逐渐开始运动,注意在运动中不要过分用力。如果不哺乳,产褥期也要进食足量的肉类、蛋类和牛奶,主食可以适当减少。不论是什么方法,都不要试图在短时间内达到目标,把计划定在1年左右比较合适。

（十一）产后减肥的建议

产后肥胖的妇女往往出现食欲不振、四肢无力、生殖器恢复缓慢,严重的甚至会出现尿失禁、子宫后倾等问题。因此,积极预防生育性肥胖应引起产妇及家人的重视。

（1）产后42天内不要节食

无论是孕期还是产后,饮食原则都应达到膳食平衡,避免高脂肪、高热量的食物,既要保证营养,又要避免营养过剩。首先,饮食结构要合理,每天所摄取的蛋白质、碳水化合物及脂肪类食物要搭配好;其次是要适量。

产后要增加营养,但不要偏食鸡、鱼、肉、蛋,应荤素食搭配,牛奶、蔬菜、水果、主食都要吃,尽量少吃甜食、油炸食品、动物油、肥肉、动物内脏。

产后42天内不要节食,此时产妇的身体还未恢复到孕妇的程度,还应保证营养的供给,但同时也不要吃得太多了,造成营养过剩。

（2）自然分娩:产后第一天就开始活动

一般自然分娩的产妇,在产后第一天就可以开始活动,例如在床上做一些翻身、抬腿、缩肛运动。尤其是缩肛运动对产后盆底的肌肉和黏膜的恢复非常有益。剖宫产的产妇,拆线前可以适当做些翻身及下地走路的活动,拆线后就可以适量地活动了。

孕妇在产后一周可做点轻微的家务活。每日饭后坚持散步,可以促进新陈代谢的调节,促进脂肪分解,消耗体内多余的能量,使自己不致发胖。产后一周,可以开始在床上做一些仰卧起坐、抬腿活动,以此锻炼腹肌和腰肌,有助于腹直肌的恢复,同时又可减少腹部、臀部的脂肪。

（3）腹带不能过紧

产后产妇的肚皮较为松弛,每当活动量大时,体内游离的脏器牵拉会使人感到非常难受。产妇在产后早期可以使用腹带,但切记腹带不能过紧。

（4）忌吃减肥药

千万不要吃减肥药、减肥茶。减肥药主要通过减少营养吸收，增加排泄量，从而达到减肥的目的。同时，若在哺乳期吃减肥药，药物会从乳汁里排泄，这样就等于给婴儿也吃了减肥药。婴儿肝脏解毒功能差，减肥药容易引起婴儿的肝功能异常。

（5）信心最重要

产妇产后的心情也很重要，不要总是心事重重的样子，要开朗。产后身体内各个器官由旧的平衡转向新的平衡，大约需要42天才能恢复到孕前的水平，恢复到正常状态。这时产妇的信心和平和的心态，才有助于身体的恢复。

## 3. 产后的饮食保健

### 健康豆腐

【材料】豆腐、豌豆荚、黑木耳、金针、姜丝、葱。

【调味料】花生油、蚝油、太白粉。

【做法】

1. 豆腐切长条，热水汆烫，金针用水泡开后，再用热水稍烫。

2. 豌豆荚、黑木耳分别切丝备用。

3. 热锅入油爆香，加入姜丝及葱段之后，分别将黑木耳、金针放入拌炒。

4. 放入豆腐、蚝油及少许的水，以小火焖煮约5分钟，起锅前再加入豌豆荚，并改以大火，略勾薄芡即可。

【功效】豌豆荚、黑木耳有降低胆固醇的功效，并含有高纤维。

### 三色豆腐

【材料】豆腐、彩色甜椒、葱、香菇、虾米、鸡胸肉。

【调味料】盐、姜片、麻油。

【做法】

1. 香菇及虾米分别用水泡软。

2. 豆腐、彩色甜椒、香菇切块备用。

3. 鸡胸肉稍烫、待凉后切片。

4. 热锅入麻油,爆香虾米、香菇及姜片,之后再入豆腐、彩色甜椒及葱段,以大火拌炒,加入调味料即可。

【功效】适量油脂、高维生素 C,营养可口。

## 什锦豆腐

【材料】豆腐 200 克,瘦猪肉、火腿、笋尖各 25 克,虾子 265 克,鸡肉 50 克,干冬菇 5 克,干虾米 10 克。

【调味料】猪油 5 克,葱花、姜末、料酒 25 克,酱油 15 克,肉汤 100 克,味精 1 克。

【做法】

1. 将冬菇用水发好,和猪肉、鸡肉、笋尖、火腿均切成片。

2. 将豆腐蒸一下,取出后切成方块。

3. 将油放入锅中上火,待锅热,把姜末、虾子放入锅中炒一下,之后立即放入蒸好的豆腐和切好的肉片、鸡片、火腿片、笋片及虾米,略煮一会儿,倒入酱油、料酒略炒,加入肉汤待烧开后倒入沙锅内,放在小火上约煮 10 余分钟,再加入味精,即可上桌。

【功效】补气生血、健胃益肺、润肤护肤、养肝健胃,能促进产妇身体康复,对有贫血(含铁量高)、各种出血症、结核病、软骨病、肝炎、肾炎、营养不良、食欲不振、舌炎癞皮病的产妇及乳母更为适宜。

## 哈密瓜盅

【材料】哈密瓜、蛋、胡萝卜、西洋芹。

【做法】

1. 哈密瓜洗净,由上端横切将籽挖除。

2. 蛋打散加少许水,胡萝卜去皮切丁,西洋芹洗净切丁备用。

3. 将胡萝卜、西洋芹加入蛋液中再倒入哈密瓜肚子里。

4. 将哈密瓜移至蒸锅中,盖上锅盖以大火蒸至蛋液凝固即可。

【功效】哈密瓜水分多、容易有饱足感,并含有高纤维。

## 麻油猪肝

【材料】猪肝。

【调味料】老姜、麻油。

【做法】

1. 猪肝：用米酒洗净，切成1厘米厚度，体重每10千克要取60克。

2. 老姜：每10千克体重取60克，连皮一起切片。

3. 麻油：每10千克体重取6毫升。

4. 老姜先用麻油炒香，呈浅褐色，放在锅边待用。将猪肝放入锅内，用大火快炒再加入米酒煮开后，马上关火，趁热吃。

## 清蒸茄段

【材料】茄子。

【调味料】油、蒜泥、酱油、白醋。

【做法】

1. 茄子对剖切长段，放入碗内，加油、水拌匀。

2. 将茄子取出排盘，覆上耐热胶膜放入电饭锅或微波炉蒸软。

3. 沥干水分，蘸酱料食用即可。

【功效】清蒸低油，营养不流失。茄子用清蒸，比水煮口感更好。

## 双菇煮鸡肉

【材料】鸡胸肉、金针菇、香菇、九层塔、太白粉、蛋。

【调味料】蚝油、花生油、盐、酒、胡椒粉。

【做法】

1. 鸡胸肉切细长条，加盐及酒，腌约20分钟，蘸蛋液后再加太白粉。

2. 金针菇去除根部洗净，新鲜香菇洗净切片备用，九层塔亦洗净备用。

3. 热锅入油，先入鸡胸肉拌炒，再入金针菇、香菇及所有调味料拌炒，待熟软后加入九层塔拌炒即可。

【功效】热量低，味道佳。

# 青木瓜肋排汤

【材料】肋排、青木瓜。

【调味料】盐、嫩姜、葱花、酒少许。

【做法】

1. 肋排切小块滚水稍烫。

2. 青木瓜切小块备用。

3. 水烧开放入肋小排、青木瓜、嫩姜片、盐，大火开后转小火煮约 25 分钟，洒上葱花即可盛出。

【功效】青木瓜是一种高纤维食品，又可促进乳汁的分泌。肋排富含钙质、铁质及蛋白质，是一道很不错的产后汤品。

# 香菇鱼片粥

【材料】各种鱼类、芹菜、白米、红枣、姜丝、香菇。

【调味料】香油、盐、胡椒粉。

【做法】

1. 鱼切片，芹菜洗净并切碎备用。

2. 白米洗净加水及枣一起煮成稀饭，加入姜丝、鱼片、香菇以大火煮开后，再加入芹菜末及调味料即可。

# 醋拌莲藕

【材料】莲藕、海带芽、胡萝卜。

【调味料】盐、酱油、白醋、果糖。

【做法】

1. 莲藕削去外皮，切薄片入热水中滚烫，捞起沥干待凉；胡萝卜削去外皮、切小片。

2. 海带芽以清水浸泡、盐水洗净，以热水滚烫，入冷开水中浸泡一下，取出沥干水分切小段。

3. 将上述加调味料和匀，即可食用。

【功效】行气消积食。

## 煨牛肉

【用料】牛肉 500 克,五香粉、花椒、大料各 5 克,桂皮 10 克,酱油 150 克,葱 5 克,姜 10 克,白糖 50 克。

【做法】

牛肉切 3 厘米见方块,用热油炸成杏黄色。葱切寸段,姜切片,花椒、大料以布包好。锅放清水 1000 毫升,同时放入所有作料,待水开后放入炸过的牛肉,改用文火炖约 4 小时,待肉酥烂,汤尽收干即成。

【功能】肉烂味香,易于消化吸收,补气养人。

## 五香酱牛肉

【用料】牛腿肉 2500 克,盐 250 克,酱油 300 克,白糖 150 克,芹菜 120 克,大料、姜片、桂皮各 30 克,五香粉、食用红色素各适量。

【做法】

将盐撒在牛肉上,用力揉搓,然后放入小缸内腌 1~2 天,取出用清水洗净,入开水锅烫几分钟,切成较大的方块,入冷水锅内,加入酱油、白糖及捆成把的芹菜及布袋装的大料、桂皮、姜片等,煮至滚开,撇去浮沫,放入红色素,调成玫瑰色,于微火上煮半小时,取出芹菜再煮 2 小时(其间要时常翻动肉块),至卤汁收干即成。

## 天门冬烧卖

【用料】天门冬 40 克,猪肉 400 克,面粉 600 克,鸡蛋 4 个,洋葱、嫩笋各 2 个,藕粉、调料各适量。

【做法】

将面粉堆在面板上,顶部打入蛋清 1 个,然后用淡盐水和面,揉至面团软硬适度,分成小面团。藕粉用纱布包好做补面用,将面团擀成极薄片,切成 9 厘米见方烧卖皮。先将天门冬用水泡软,将猪肉、笋、洋葱、天门冬剁碎,搅入鸡蛋、酱、食盐、麻油等。将烧卖皮放在手心上,取馅适量放中央,将手收拢,稍按压即成 1 个烧卖。烧卖入笼蒸 30 分钟,至皮透明,即可食用。

【功能】润肺养阴,清热止咳。适用于产后阴虚、干咳少痰、口渴咽干、咯血等。

## 冰糖炖月季

【用料】鲜月季花 30 克,冰糖 30 克。

【做法】

月季花冲洗干净,放入碗中,加冰糖、清水,隔水炖 15 分钟即成。

【功能】本品有润肺止咳功效。适用于肺虚久咳,咯血。本品出自《泉州本草》,方名为后补。原方用于"肺虚咳嗽咯血"。为润肺止咳方。此外,本品尚有活血调经功效,还可用于月经不调,痛经。

## 银耳参蛋汤

【用料】银耳 10 克,北沙参 15 克,红皮鸡蛋 1 个,冰糖适量。

【做法】

将银耳以凉开水浸泡变软,与北沙参一起先用水煮 30 分钟,再将鸡蛋去壳打入碗内搅匀后,倒入锅中,加入冰糖,至蛋熟即可。

【功能】滋阴润肺。适用于产后肺阴不足之咳嗽日久不愈、咽喉干痛、干咳无痰、口渴喜饮等。

## 川芎煮鸡蛋

【用料】川芎 9 克,鸡蛋 2 个,黄酒适量。

【做法】

将鸡蛋、川芎放入锅中,加水及少量黄酒共 300 毫升同煮。等鸡蛋熟后去壳,再用文火煮 5 分钟即成。

【服法】吃鸡蛋、饮汤。每日 1 次,连用 5 日。

【功能】活血行气,祛淤通脉。适用于产后淤血腹痛。

## 桃仁粥

【用料】桃仁 10～15 克,粳米 50～100 克,红糖适量。

【做法】

先把桃仁捣烂如泥去渣,加粳米煮为粥,放入红糖即可。

【服法】每日 1 剂,空腹温热食。

【功能】活血化淤止痛。适用于产后血瘀腹痛等。

## 山楂红糖汤

【用料】山楂 10 克,红糖适量。

【做法】

山楂冲洗干净,去核打碎,放入锅中,加清水,煮约 20 分钟,调以红糖进食。

【功能】本方有活血散淤功能,适用于产妇恶露不尽等症。本方出自《朱震亨》方,方名为后补,原用于"产妇恶露不尽,腹中疼痛,或儿枕作痛",为治疗产妇恶露不尽和产后腹痛常用方。

## 益母草猪瘦肉汤

【用料】猪瘦肉 50～100 克,益母草 15 克,调味品适量。

【做法】

益母草洗净,猪瘦肉切片,加水适量同煮。待煮熟后拣去益母草不用,可酌情放入调味品。

【功能】祛淤生新。适用于产后血淤诸疾。

## 香附蛋糕

【用料】香附子 6 克,鸡蛋 5 个,花生油 130 克,葱花 50 克,淀粉 15 克,精盐适量。

【做法】

将香附子烘干研细末；鸡蛋打入大碗内用竹筷搅匀，加香附细末及葱花、淀粉、精盐，加清水少许，搅匀。再将炒锅置火上，放花生油，烧至六成热时，移至小火，舀出油约30克，将蛋浆倒入锅内，再将舀出的油倒在蛋浆上，盖好锅盖烘10分钟，用竹签捅入鸡蛋糕反面烘烙2分钟，用刀划成扇形放入盘中。

【功能】行气解郁止痛。适用于产后脘腹窜痛，或脘腹胀闷等。

## 玫瑰花汁烤羊心

【用料】羊心1个，玫瑰花30克。

【做法】

玫瑰花加水煎煮，取汁去渣，冷却；将洗净的羊心放入玫瑰煎汁中浸泡半天。取出，切成片状，蘸玫瑰汁反复烘烤至熟。

【服法】趁热食，每日1次。

【功能】疏肝理气，解郁活血。适用于产妇肝郁气结，郁而化火所致的心烦失眠、两肋胀痛等。

## 糖渍橘皮

【用料】鲜橘皮200克，白砂糖200克，水适量。

【做法】

鲜橘皮或泡软的干橘皮适量，洗净，切成丝。放入铝锅，加入大约橘皮重量一半的白糖，添水没过橘皮，加热水沸后，再改微火煮至余液将干时，将橘皮盛出放在盘中，待冷，再撒入大约橘皮重量一半的白糖，拌匀即可。

【功能】本方有开胃理气，止咳化痰功效。经常在饭前饭后食用。

本品甘苦辛温，每次食用不宜过多。胃热者也应慎用。

## 砂仁粥

【用料】砂仁2～3克，大米50～100克。

【做法】

先将砂仁捣碎为细末;再将大米淘洗后,放入沙锅中加水适量,如常法煮粥。待粥将熟时,调入砂仁末,稍煮即可。

【服法】早、晚温热食。

【功能】行气降逆,健脾开胃。适用于产后气滞而致脘腹胀满、疼痛、呕吐、腹泻、消化不良等。

## 米酒蒸螃蟹

【用料】螃蟹数只,米酒1~2汤匙。

【做法】

将螃蟹洗净,盛碗内,隔水蒸,将熟时加入米酒,再蒸片刻,饮汤,食蟹肉(可蘸熟植物油、酱油、味精等调味品)。

【功能】化淤活血,滋肾养阴,适用于产后恶露不畅,淤血腹痛,跌打损伤,淤血肿痛。

## 绿豆粥

【用料】绿豆100克,粳米100克。

【做法】

将绿豆、粳米淘洗干净,下入锅中加水煮至熟烂,食用。

【功能】此粥清热解毒,抗菌消炎,适合产后发热食用。

## 冬瓜鲫鱼汤

【用料】冬瓜500克,鲫鱼1条(约重200克),精盐、黄酒各少许。

【做法】

将鲫鱼收拾干净,放入锅内,加入切好的冬瓜块,烧开煮汤,熟烂后加入精盐、黄酒出锅即成,吃鱼喝汤。

【功能】冬瓜利水清热。鲫鱼健脾利湿,和中开胃,活血通络,主治脾胃虚弱。

## 当归炖鸡

【用料】母鸡 1 只,当归 30 克,醪糟汁 60 克,姜、葱、精盐、胡椒面各适量。

【做法】

①将鸡去毛及内脏,洗净斩成小块;当归洗去浮灰后切片。

②将鸡放入沙锅内,同时加醪糟汁、当归、姜、葱、食盐和适量水,盖严锅口,先在旺火上烧沸,再用文火炖煮 3 小时,出锅时撒上胡椒面即成。

【功能】补气养血,润肠。适用于产后便秘。

## 木耳海参煲大肠

【用料】木耳 30 克,海参 20～30 克,猪大肠 150～200 克。

【做法】

猪大肠洗净切小段,与海参、木耳加清水适量同煮,熟后以食盐、味精调味服食。

【功能】滋阴补血、润燥滑肠,适用于产后大便难。

## 姜糖番薯

【用料】番薯 500 克,红糖适量,生姜 2 片。

【做法】

番薯削去外皮,洗净切成小块,煮汤中放入番薯块,加水适量,煮至番薯熟透时,加入红糖、生姜再煮片刻。

【功能】益气生津,和血润肠。适用于妇女产后便秘。

## 清炖鲫鱼

【用料】鲫鱼 1 条(约 250 克),笋肉 25 克,水发香菇 5 朵,调料适量。

【做法】

笋肉、香菇分别洗净,切片;鲫鱼去鳃、肠杂及鳞,用黄酒、食盐、胡椒粉渍 20 分钟,取出置碗内,鱼身中间摆放香菇片,两头平列笋片,加黄酒少许、葱段、姜片。放入蒸笼中蒸 1.5 ~ 2 个小时,至鱼熟烂,拣去葱、姜。

【服法】佐餐,温热食。

【功能】补气利水消肿。适用于产后气虚、小便不利。

## 济生肾气粥

【用料】茯苓、泽泻、山萸肉、炒山药、车前子、牡丹皮各 9 克,炮附子、熟地黄、川牛膝各 6 克,桂圆 3 克,粳米 100 克。

【做法】

将上药水煎,去渣取汁,加入洗净的粳米煮粥,入少许红糖调味。

【服法】早、晚温热食。

【功能】补肾温阴,化气行水。适用于肾阳不足所致的产后小便不通。

## 木通散

【用料】枳壳 10 克、槟榔 12 克、滑石 18 克、冬葵子 12 克、木通 10 克、甘草 6 克。

【做法】

将以上六味中药用适量水煎煮,每日一剂,共服 3 ~ 7 日。

【功能】对产后小便小腹胀痛,情志抑郁,或胸肋胀痛、烦闷不安有效,此方能理气行滞、行水利尿。

## 炖乌龟

【用料】乌龟 1 只,食盐 2 克,葱、姜和胡椒各适量。

【做法】

先将龟用清水喂养数日,每日换水 1 次,滴入菜油数滴,使肠内积污排尽;再将龟移至另一盆内,冲入热水,使其排尿;并把龟壳刷洗干净,然后宰杀,入锅中,加水适量,大火煮沸,去浮沫,继用小火炖至肉壳分离,去壳取肉,切成片,放入汤中,加葱、姜、胡椒、盐调味即可食用。

【功能】滋阴养血、补益肺肾、除陈退热,对于产后阴虚,大失血后贫血、形体消瘦、骨蒸潮热、盗汗、咳血等均有补益治疗作用。

# 珍珠三鲜

【用料】生鸡胸肉 100 克,胡萝卜丁 100 克,鸡蛋清 1 个,嫩豌豆 25 克,番茄丁 50 克,肉汤 250 克,鸡油 15 克,团粉、料酒、精盐和味精各适量。

【做法】

①将鸡胸肉剁成肉泥。

②将 1/3 的团粉用牛奶调和成汁。

③把蛋清和鸡肉泥放在一起拌匀。

④把肉汤放入锅中煮开,下豌豆、胡萝卜丁、番茄丁,待肉汤滚沸后离火,用筷子把鸡肉从碗边一点一点地拨进锅内,每个鸡肉泥要和豌豆大小一样,待拨完后将锅烧开,最后把团粉汁倒入锅中勾芡,放入味精、食盐、鸡油、料酒,煮开即可装碗食用。

【功能】大补气血、养肝明目、健脾开胃,对于产后气血变亏,脾胃功能不健,食欲较差者,食之可开胃增食,补养气血,促进产后康复。对于平素肝血不足,视力较差者则更为适宜。

# 菠萝烧鸭肉

【用料】瘦肉 100 克,烧鸭肉 100 克,菠萝 50 克,水发香菇 20 克,高筋面粉 100 克,鸡蛋 1 个,奶油和白糖粉各 35 克,葱、精盐、味精、胡椒、麻油、白糖、生油和太白粉各适量。

【做法】

①瘦肉、鸭肉、香菇切丁,猪肉用少许太白粉水蘸抹,与香菇一起下锅,炒成熟馅勾芡起锅,将烧鸭丁、葱末拌入熟馅,加麻油、胡椒即成烧鸭馅备用。

②面粉过筛,在砧板上做成凹状,鸡蛋、白糖粉、奶油放入中间揉和,再将周围面粉刮进,复叠几次,成松酥皮。

③取搪瓷碟洗净,擦干水渍,刷油,松酥皮分成两份,一份擀成直径 15 厘米的圆皮,放入碟内做底,将馅心全部倒入拨平。底皮的周边刷一层蛋液,再将另一张松酥皮擀开覆盖在上面,用餐叉沿周边斜刺一圈,使之黏合不

漏,然后在饼表面刷一层蛋液,用牙签在顶端刺几个小洞,以便透气,放入180℃左右烤箱中烤约15分钟,至表面金黄光亮,内质酥松即可取出,稍冷后对切三刀上桌食用。

【功能】本食谱配料较多,营养较为全面,能益气养血、滋养五脏、生精添髓,产妇食此食物,可有效防止营养缺乏。

# 虾仁芙蓉蛋

【用料】鸡蛋清6个,虾仁50克,熟猪油25克,太白粉10克,葱末、黄油各适量,精盐、味精少许。

【做法】

①将虾仁放碗内,加精盐(1克)、太白粉、鸡蛋清少许拌匀。

②碗中蛋清中加精盐(2克)搅散,放入清水(100克)、味精搅匀,倒入汤盆内,上笼蒸约六七分钟取出,即为芙蓉蛋。

③锅放炉火上,放入熟猪油烧热,放入虾仁,用筛子划散,见虾仁挺身,粒粒成形后,除去余油,放入葱末,烹入黄酒起锅,散放在芙蓉蛋上即成。

【功能】

养血益气、生精壮骨、长肌健体,鸡蛋清含蛋白质尤其丰富,而虾仁则钙、磷、铁等矿物质含量丰富。蛋白质丰富有利虚弱之体恢复,钙、磷含量高则有利骨质强壮,铁含量高则有利生血,故蛋清、虾仁相配,除具有一般补益效果之外,更具长肌、生血、壮骨之效,对于乳母体质恢复及婴儿生长发育,预防佝偻病无疑作用较佳。

# 鲜滑鱼片粥

【用料】猪骨250克,草鱼净肉100克,腐竹50克,粳米100克,香油20克,精盐、味精、姜丝、香菜、胡椒粉各适量,太白粉5克。

【做法】

①猪骨洗净敲碎。

②腐竹用温水泡软。

③粳米淘洗干净。

④将猪骨、粳米、腐竹放入沙锅,加水(约1500克),先用大火烧开,改用

小火慢熬 1 个半小时左右,放入盐(30 克)、味精(0.5 克),调好味,拣出猪骨。

⑤草鱼(或鲩鱼)洗净,斜刀切成大片,厚以 0.3 厘米为宜,用盐、太白粉、姜丝、麻油拌匀,倒入滚开的粥内轻轻拨散,待粥再滚起,端离火位,用碗盛起,撒上胡椒粉、麻油即可食用。

【功能】健脾益气、养血壮骨、生精下乳,富含营养,除蛋白质、脂肪及碳水化合物含量较高外,还富有钙、磷、铁,因而有良好的生血、壮骨作用,并能有效地促进乳汁的分泌。

## 松花猪肉

【用料】猪瘦肉 50 克,鸡蛋 3 个,冬笋 15 克,干冬菇 3 克,猪油 500 克,面粉 30 克,香菜叶、五香粉、酱油、白糖、精盐、味精和葱末各适量。

【做法】

①先将冬菇用开水泡开,择去根蒂。

②香菜洗净待用。

③猪肉、冬笋、香菇、葱均切碎,加入酱油、白糖、味精、五香粉调和好,用少许猪油调好的肉馅。

④将鸡蛋打匀,加进面粉、蛋、葱、味精、五香粉调和好,用少许猪油的热锅内,随时摇转炒锅,将蛋汁煎成 16 厘米左右直径的圆饼时,再把炒好的肉馅倒在圆饼的中心铺平,另把剩下的一半蛋汁倒在肉馅的上面,使之形成一圆盖,然后把洗好的香菜撒在蛋片上,把剩下的猪油用旺火烧开,用勺盛起热油,慢慢浇在蛋饼上,使肉馅上的蛋汁烫熟成淡色时,取出蛋饼,去余油,即可装盘食用。

【功能】补益脏腑、健脾生血、养肝明目、营养筋骨,对于产妇的身体恢复及乳汁的分泌均有促进作用。

## 羊肉烧鱼

【用料】五花羊肉 500 克,鲫鱼 4 条(约 500 克),酱油 100 克,姜片、葱段各 10 克,花生油 100 克,八角、胡椒粉各适量,精盐、白糖各 5 克,香菜少许。

【做法】

①将鲫鱼去鳞、鳃,剖腹去除内脏,洗净。

②羊肉切成 3 厘米长 6 厘米宽的长方块,放入开水锅中略烫一下,捞出再洗一次,沥干水。

③锅放炉上,放入食油烧热,下羊肉炒几下,加水约 650 克、酱油 40 克、葱段 5 克、姜片 6 克、八角 2.5 克、白糖 4 克、精盐 2.5 克,烧至八分熟时,转放沙锅中。

④锅放在火上,放入食油烧热,放入鲫鱼(鱼身两面抹点酱油),煎成两面浅金黄色时取出,放入羊肉锅内,加入剩下的葱、姜、八角、精盐、酱油、白糖及烧羊肉的原汤,改用小火烧约 30 分钟,待鱼酥肉烂时,撒上胡椒、香菜即成。

【功能】补气养血、温中暖肾、健脾益胃、利水消肿、下气通乳,鱼肉补而不滞,羊肉亦不滞胃,两者合食,具有很好的补益作用。其含蛋白质丰富,有利母体复旧及乳汁分泌;含钙、磷量多有利乳母及婴儿骨质发育;含铁量大,有促进生血作用,对产后大失血者甚为适宜。此外,对于产后水肿、蛋白质缺乏有良好的治疗作用。

## 第十二章
## 产后疾病的治疗与保健

**1.** 产后出血

在产后 24 小时内,产妇如失血 400 毫升以上时,称为产后出血。

【小知识】

①当胎盘未排出之前即开始有过多流血者,应考虑为胎盘滞留引起的出血,胎盘排出之后出血,应详细检查胎盘,确定有无胎盘残留于子宫腔内。

②排除胎盘残留以后仍出血者,应观察子宫收缩力是否良好,如子宫收缩良好,则应检查产道有无损伤。

③以上检查未能发现出血原因时,应考虑凝血机制有无障碍,应做出凝血时间、血小板计数、纤维蛋白原测定等检查,以协助诊断。

此外,在诊断时,必须注意诸出血因素的相互关系。全面综合分析,迅速做出判断,以便不失时机地进行及时正确地处理。

【预防】

①孕妇有可能导致产后出血之情况时,如双胎、羊水过多、死胎、出血性疾患、产后出血史等,均应劝其在医院分娩。

②对有产程延长趋势产妇,必须积极处理,以防宫缩乏力。

③胎儿娩出不宜过快,手术助产时要避免产道损伤。

④急产产妇,产后要严密观察以防子宫肌迟缓性出血。

⑤对估计有可能发生产后出血的产妇,产前应做好血型等化验;产时要做好输液、输血准备;胎儿娩出后要注射子宫收缩药物,以加强子宫收缩,减少产后出血。

⑥处理胎盘要恰当,胎盘在未剥离前,不能揉压子宫或牵拉脐带强行娩

出胎盘,以免胎盘剥离不全。胎盘娩出后,应详细检查胎盘,胎膜是否完整,如疑有残缺不全,应立即探查宫腔,取出残存组织。

## 2. 胎盘滞留

凡胎儿娩出后经30分钟,胎盘尚未排出者,称为胎盘滞留。但由于引起胎盘滞留的原因不同,因而临床上分为:

①剥离而滞留的胎盘:多为腹肌松弛而腹压不足,胎盘未能排出。

②胎盘嵌顿:胎盘虽已剥离,但由于子宫有局部收缩环,而使胎盘的大部阻塞于环的上方,不能排出。

③胎盘粘连:胎盘的全部或部分与子宫壁粘连,不能及时从子宫壁的蜕膜层剥离。

④胎盘植入:由于蜕膜发育不良或缺损,胎盘绒毛直接种入子宫肌层,其附着牢固,产后不能自行剥离。

## 3. 会阴撕裂

会阴撕裂分为三种:

一度撕裂。阴唇系带、会阴皮肤、阴道下段黏膜、前庭黏膜被撕裂,但未达到肌层时,称为一度撕裂。

二度撕裂。撕裂已达盆底肌肉(如肛提肌、会阴深浅横肌)及筋膜,但未累及肛门括约肌时,称为二度撕裂。

三度撕裂。撕裂广泛以致肛门括约肌或直肠前壁部分受损时,称为三度撕裂。

## 4. 子宫颈撕裂

以扩张器扩开阴道,用两把卵圆钳夹住子宫颈的边缘,然后有次序地循着子宫颈边缘交替向前作详细检查,特别要注意子宫颈的两侧。

对检查出的宫颈裂伤,一定要暴露出顶端,用Ⅰ号铬制肠线,由顶端之上作间断缝合,对好创缘。但应注意缝线离撕裂外端应不少于0.5厘米。不要穿过宫颈黏膜,不能有活动出血点。

## 5. 阴道尿瘘

1.产后 4~6 天出现阴道漏尿症状,即应做阴道检查确定诊断。

2.对疑有膀胱受损的病例,可较长时间的留置导尿管到红血球消失 2~3天后取出,以利膀胱伤口自然愈合。

3.对尚未感染的新鲜尿瘘,应立即进行修补手术。已经感染的尿瘘,可在抗感染合并考地松治疗以后或未治疗经 4~6 个月,局部组织恢复健康后再行修补手术。

4.给抗感染药,防止感染。

## 6. 子宫破裂

（一）先兆破裂

（1）多见于梗阻性难产,子宫收缩不断加强。

（2）产痛显著,产妇常喊叫,表现烦躁不安、呼吸急促、脉搏增快。

（3）生理性的缩腹距耻骨联合在 10 厘米以上,接近于脐或平脐。

（4）子宫下段压痛明显。

（5）由于先露部位压迫,小便常不能自解,导尿检查有时见血尿。

（6）多伴有胎儿窘迫现象。

综合上述各点,要及时做出诊断,积极处理。

（二）子宫破裂

（1）不完全破裂

有先兆破裂表现伴有腹膜下血肿形成或阴道少量流血者,应考虑为不完全破裂。

（2）完全破裂

产妇在一阵剧烈腹痛之后,突然阵缩停止,腹痛缓解,转为暂时安静,相继出现面色苍白、血压下降、脉细数等休克症状。此时胎动停止,胎心音消失,腹壁触痛,胎体可清楚扪及。阴道检查先露部上升,宫口较前缩小,有时在子宫下段可摸到破裂口,此时可诊断为完全破裂。

【预防】

①做好计划生育工作,以减少多产引起的子宫肌改变。

②加强产前检查,对胎位不正者应及时纠正。

③有子宫破裂诱因,如前次剖宫产、产后感染史、多次刮宫及人工剥离胎盘史等,应劝其入院分娩。

④产程中应严密观察,第二产程不允许过分延长,初产妇不超过2小时,经产妇不超过1小时,延长者应及时选择适当方法结束分娩。

⑤产程中应严格掌握催产素使用指征,不可滥用。

⑥对有剖宫产适应症的产妇,应尽可能采取子宫下段剖宫产。术后告知产妇避孕两年,以使伤口愈合更加牢固,有利于再次妊娠及分娩。

⑦避免施行不该做的阴道手术。如高位产钳术,忽略性横位已久的内倒转术,宫口未开全的产钳或臀牵引术。

⑧阴道检查或手术助产,一定要按照解剖关系,动作轻巧地进行操作。绝对禁忌用暴力解决问题。

⑨有先兆子宫破裂或疑有子宫破裂的病例,切防不要自阴道手术助产结束分娩,以防扩大破裂,导致产妇生命危险。

⑩阴道手术助产术后,如内倒转术、产钳术、断头术、臀牵引术等要常规检查阴道,宫颈及子宫有无损伤,以便及时处理。

## *7.* 羊水栓塞症

羊水栓塞症虽然少见,但常引起产妇突然死亡,故临床上应予警惕。

【小知识】

(1)分娩前产妇多无特殊并发症,分娩中宫缩力强,胎膜已破,胎头低位,或以催产素催产,为发生此病主要诱因。

(2)破膜以后,在第一产程末了,或第二产程中,产妇突然出现发冷寒战、呼吸困难、面色青紫、血压下降等症状,应考虑有肺羊水栓塞。

(3)羊水进入血循环后,在肺内可发生小动脉及毛细血管阻塞及肺血管痉挛,使左心房回流量骤然减少,因而左心室之输出量亦骤减,形成周围循环衰竭,故血压及脉搏均测不出,致休克发生,但与出血性休克不同。

(4)羊水进入血循环,致肺血管阻塞,形成肺高压,又可引起肺血管扩张,刺激迷走神经兴奋,致成反射状的心冠状动脉收缩,因而开始心率缓慢,以后由于肺高压持续,肺水肿出现,右心血液不能进入肺循环,致右心室急性扩张,发生心力衰竭,因而心率由慢又变快。此种情况常被误认为心脏病之心力衰竭,应予以区别。

（5）在肺血管发生阻塞之后,由于肺毛细血管血流不均,因而组织氧量不足,形成缺氧症,临床表现为发绀及呼吸增强。在脑缺氧时,有时引起抽搐或昏迷,无经验者可被误认为子痫,或脑血管意外,应予区别。

（6）听诊两肺罗音明显。

（7）由于缺氧,相继发生胎儿窘迫。

（8）由于缺氧和羊水中大量凝血活酶进入血循环,引起慢性血管内凝血,使血中血小板及纤维蛋白原耗竭,此时临床上可出现血不凝及出血倾向。血液检查:出凝血时间和凝血酶原时间延长,血小板数值下降。

（9）X 线肺摄影可发现肺内存在阴影,心脏轻度扩大。

（10）切除的子宫及附件标本可在子宫旁静脉丛或卵巢静脉中发现羊水内容物。

（11）体检可以发现心脏扩大,肺水肿,肺毛细血管中有羊水内容物。

治疗的主要原则:纠正休克,治疗肺水肿,预防心力衰竭,积极处理并发症。

【预防】

①对有胎膜破裂的产妇,需特别警惕。

②严格掌握阴道手术的适应症,避免不必要的手术操作。

③对子宫收缩过强的产妇,应设法减弱子宫收缩。

④胎膜破裂产妇,在应用催产素催产时,应特别谨慎。

⑤第二产程延长的产妇,应及时结束分娩。

## 8. 空气栓塞

空气栓塞多发生于子宫内手术操作时,或前置胎盘,子宫破裂的病人,临床上极为少见,其临床表现与羊水栓塞相似,但一般不发生血管内凝血,处理可参考前节。

## 9. 产后血管舒缩性虚脱

产后 24 小时以内,产妇突然出现面色苍白,出冷汗,脉细数,呼吸加快,血压下降,四肢发冷,反应迟钝等现象,而无出血、创伤或其他能引起休克的因素存在时,即为血管舒缩性虚脱,重者未及时处理可导致死亡。

此种情况多发生于:

(1)产后腹压骤减之后。

(2)妊娠中毒症使用大量血管扩张药之后。

(3)妊娠中毒症长期限盐摄入,使钠和氯减少,或用脱水疗法使钠和氯排出过多之后。

(4)在上述基础上,加上胎盘的血液淤滞,中断了从胎盘来的促肾上腺皮质激素,而肾上腺皮质激素分泌一时又补充不上,故出现了急性肾上腺功能不足现象。

# 10. 产褥感染

分娩后 24 小时以至 10 天以内,有两次体温高达 38℃ 以上,而不能证实有其他感染性疾病存在时,称为产褥病变,应视为有产褥感染之可能。

临床表现分局部反应与全身反应两种。当感染局限于会阴、阴道和子宫内膜的创伤时,因范围小,程度轻,多无全身反应。相反的,当感染蔓延到子宫全层,宫旁组织,输卵管,卵巢,盆腔腹膜及静脉时,因范围广,程度重,故全身反应显著。可见高烧,腹痛,子宫复旧不良,有明显触痛,恶露混浊有臭味,白细胞增高,甚至出现下肢水肿及疼痛等症状。

严重者可发生败血症或中毒性休克。患者高烧,寒战,神昏,谵语,继而血压下降,面色灰暗,四肢发凉,出冷汗,脉微弱,白细胞计数可很高或由高转为不高,如不积极处理,可发生死亡。

【小知识】

①研究病史,特别是产前、产时以及产后的病史。

②进行仔细的全身检查,排除感冒、扁桃腺炎、肺炎、肾盂肾炎、乳腺炎等疾病,特别是注意子宫底的高度,子宫及盆腔区域,盆腔深部有无触痛,盆腔皮肤有无水肿及触痛等。具有上述临床表现及体征时,即可诊断为产褥感染。产褥感染炎症的范围应分别诊断。如会阴伤口感染;产褥期急性子宫内膜炎;子宫周围炎;盆腔腹膜炎;弥漫性腹膜炎;血栓性静脉炎;败血症;中毒性休克以及产褥病变等。

③血液及清洁小便的常规检查。

④具有明显的全身反应时要作以下检查:

- 子宫腔内容物细菌培养。
- 血、尿细菌培养。
- 胸部透视或拍片。
- 其他。

⑤重症患者应密切观察体温、脉搏、血压及一般情况变化,出现休克时,应与其他休克鉴别。炎热天气,应与产后中暑鉴别,并作以下检查:

- 中心静脉压测定。
- 红细胞压积测定。
- 心电图检查。
- 血液二氧化碳结合力、非蛋白氮检查。
- 钾、钠、氯化物检查,观察病情进展,以便及时正确处理。

## 11. 产褥期中暑

产褥期中暑为发生在炎夏季节的一种急性疾病,多由于居住房屋过小,空气潮湿,通风不良,以及产后遵守忌风的旧习惯,穿棉袄,盖棉被,妨碍肌体散热而引起。产妇发病后常因未来得及治疗而死亡,故应引起产科工作者之重视。

临床表现发病急,初期有疲乏、头痛、头晕、口渴、尿频、多汗等症状;体温高,脉搏、呼吸增快,为重症中暑之前驱症状,如不及时处理,患者可在短时间内呈意识模糊,狂躁不安,昏睡或昏迷,伴有抽搐,腹泻及呕吐,此时出汗及尿量减少,体温高达 41℃ 以上,面部红,皮肤干燥灼热,脉数浅促,血压下降,瞳孔缩小,光反应减退而消失,可于数小时内因呼吸循环衰竭而死亡。

在外界气温升高的情况下,产妇突然高烧伴有中枢神经系统症状是该病的特征。但需与产后感染性休克区别。

## 12. 子宫复原不全

由于子宫收缩不好,迟迟恢复不到原来的样子。尽管分娩后已经过去好多天,但子宫还比较大而且柔软,红色和褐色的恶露一直持续不断,还有人下腹部疼痛。

原因是由于子宫内残留有胎膜或蜕膜,服用子宫收缩药和压迫子宫可以治愈。如果这些方法不行的话，必须施行子宫内容清除术。

分娩后轻率地早期离床或在膀胱、直肠里存尿和大便，不及时排出，也是造成子宫恢复迟缓的原因之一，要充分注意。

## 13. 胎盘残留

有的人在分娩后不久，发现突然出血，这是因为一部分胎盘和胎膜等残留在子宫腔内。

治疗时要施行子宫内容清除术，在排出残存物的同时，要使用子宫收缩剂、止血剂等药物，以期安全。

## 14. 晚期出血

晚期出血也是分娩后不久发生的出血现象，这是从一度止住出血的子宫颈管裂伤和阴道壁的伤口等处再次出血，应立即缝合伤口。

## 15. 产褥热

有的人从分娩后两三天开始体温持续38℃以上，或持续发冷。这是因为子宫内有感染而发烧的，叫做产褥热。过去是常见病，随着医学的进步，现在已非常少见。

原因是在分娩过程中使用的器具和医生、助产士、护士等的手臂消毒不彻底，或恶露的处理过程不清洁，产妇身患感染症（扁桃腺炎、阴道炎等），因而被腐败菌、化脓菌所感染。严重时全身状态恶化，可能引起败血症，因此发烧时，不要滥用退烧剂，应立即请医生诊断，治疗。

预防方法是在处理恶露时要注意清洁，更应注意外阴部等局部的清洁，卧床休息、保暖。此外要摄取适当的营养，保持全身状态良好。

## 16. 产后宫缩

在产褥初期，有轻微的下腹部疼痛。这是由于子宫在不规则地收缩，叫做后宫缩和产后腹痛。不是病症，不必担心。

分娩过程快的人和经产妇感觉强烈。初产妇如果在子宫或阴道内残留着血块或部分胎盘、胎膜的话,也会导致痉挛性子宫收缩,有时会误认为是产后宫缩。

## *17.* 会阴缝合的疼痛

有时会阴缝合的伤口痉挛或疼痛,但在拆线以后,就不会再疼了。如果还继续疼的话,也许是血肿形成,因此要请医生诊断。

## *18.* 恶露的恶臭

恶露散发出像腐烂鱼的恶臭时,可怀疑是产道和子宫被细菌感染。如放任自流的话,有时会导致产褥热,因此必须及早治疗。应该用抗生素和消炎剂等药物。

## *19.* 痔疮

怀孕期患痔疮,经过分娩一般都易恶化。因为在分娩时用很强大的力量使劲,患痔疮的人也很多。

痔疮在分娩后两三周里红肿,而且特别疼,因为怕疼有大便也憋着,引起便秘,使痔疮更加恶化,就形成恶性循环。除用药物坐浴和软膏等治疗外,应注意饮食,不要形成便秘,不要早期离床。只需 1 个月左右,红肿和疼痛都会消失。

## *20.* 妊娠中毒症的后遗症

一般来讲,即使得了妊娠中毒症,分娩过后血压也就降下来,浮肿消失,蛋白尿也没有了,但是偶尔也有分娩后还是原样未变。此外,也有的在怀孕期什么也没有,可是分娩后却出现妊娠中毒症的症状。

主要的症状是浮肿、蛋白尿、高血压等,这些症状有时会单独地出现。产后要接受周密的检查,出现症状时,应接受治疗。特别是在怀孕期就有症状的人,运用饮食疗法和保持安静等,要遵医嘱;放任自流的话,会留下后遗症,下次怀孕时,症状会加重,还可能患慢性肾炎。

出院后应充分休养,在完全好转以前都要接受检查和治疗。

## 21. 耻骨联合分离

有时有这样的情况,骨盆的耻骨联合部分在分娩时分离了,一活动就特别疼。要固定骨盆进行矫正。

## 22. 子宫脱垂

由于分娩,支撑子宫和阴道的骨盆底的肌肉和韧带松弛,子宫从骨盆底垂落和阴道壁膨出,其程度各不相同,但初产几乎没有这种情况,多见于经产妇,严重时必须施行手术。

## 23. 乳头裂伤、表皮剥落

乳头裂伤在初产妇比较常见。这是由于乳汁流通不畅,或者还不熟悉授乳,因而使授乳时间拖长,造成乳头破溃,乳头受伤,乳头和乳晕的表皮剥落。趁伤口小时,敷上铋糊软膏,注意乳头清洁,以免细菌感染。

如因为疼痛而拒绝授乳,乳汁积存会形成淤乳(乳汁滞留症),这时可采取带乳头帽授乳或挤奶喂养等方法,防止乳汁滞留。

## 24. 淤乳(乳汁滞留症)

乳汁滞留在乳房中,引起淤乳,乳房胀得硬邦邦的,红肿、发热。如果置之不理,会成为乳腺炎的病历。因此必须在早期治疗。

做乳房按摩,挤出乳汁就会好转,但随便进行是危险的,要尽早接受医生的诊治,遵医嘱行事。

## 25. 乳腺炎

在母乳授乳期发生的乳腺炎,叫做产褥乳腺炎,是由于淤乳处置不当引起化脓,或从乳头口进入化脓菌引起感染的。

乳房红肿发硬,疼痛剧烈,体温可达38℃左右。发展到严重的时候,积存的脓使乳房变得又软又大,最后从乳头往外流脓,这时要切开排脓。

在产褥4~7日左右乳汁滞留、发烧,因此要充分哺乳,哺乳后要将乳房挤空。乳房发硬或疼痛剧烈时,尽早请医生诊治是必要的。

在初期,要常挤乳,或用冷毛巾暂时冷敷,病情会减轻一些。根据情况要使用抗生素和消炎剂。

预防方法与淤乳和乳头裂伤相同,做乳头和乳房的按摩,保持清洁,不要把乳汁存留在乳房内。

## 26. 膀胱炎、肾盂肾炎

产后,由于容易造成排尿困难而进行导尿,或是憋尿,或恶露的处理不清洁,分娩时膀胱黏膜受伤,都会引起尿路感染,导致膀胱炎、肾盂肾炎。

预防方法:勤做恶露处理,注意清洁是最重要的。还有,不憋尿也是重要的。

膀胱炎的症状是,尿频(尿的次数增多),有残尿感(排尿后总觉得没尿净),排尿时疼痛,尿混浊。

肾盂肾炎是细菌感染波及肾盂,因为几乎是膀胱炎的并发症。突然感到冷,忽而高烧达40℃左右,忽而又降下来。被感染的肾脏附近有压痛感。

和产褥热相似,尿混浊,化验出细菌后可与产褥热区别。用抗生素治疗。如不彻底治愈,容易再犯。

## 27. 排尿障碍

产后头两天有尿意却不能顺利排出。这是因为在分娩中膀胱被压迫,由于用劲,膀胱壁和腹壁的紧张度减退,排尿的力量减弱。由于产妇躺着,会阴切开和外阴部的伤口疼痛,以致排尿困难。

积尿不仅会影响子宫收缩,而且由于尿液浓缩会成为感染的因素,所以尽管伤口有些疼痛,也要努力做到自然排尿。

分娩后 8 小时以上还没有自然排尿时,可做导尿,在尿道插上导管使其排尿。

# 28. 便秘

产后几乎所有的人都自诉便秘。

这是因为分娩前后基本不进食,腹压降低不易用劲,会阴切开或痔疮疼痛不能用劲,第一天躺着排便很难便出等,各种不利的因素相互交织造成的。

减轻便秘的方法:

蜂蜜的滑肠作用很好,要适当喝一些蜂蜜水。

吃富含高纤维素的食物并多喝开水。

经常地运动。

医生开给你的任何铁剂药物,均应饭后服用并喝水。

如果持续便秘要去看医生,不要自己乱服轻泻剂。